ro
ro
ro

Andreas Winkelmann, geboren im Dezember 1968 in Niedersachsen, war Bäcker, Soldat, Sportlehrer, Taxifahrer, Versicherungsfachmann und arbeitete in einer Honigfabrik, bevor er sich ganz dem Schreiben widmete. Er lebt in einem über vierhundert Jahre alten Haus am Waldesrand nahe Bremen. Wenn er nicht gerade in menschliche Abgründe abtaucht, überquert er zu Fuß die Alpen oder wandert am Polarkreis, fischt und jagt mit Pfeil und Bogen in der Wildnis Kanadas oder fährt mit dem Fahrrad durch Skandinavien. «Grenzerfahrungen erweitern den Horizont», findet er.

Sie möchten regelmäßig über Neuerscheinungen, Veranstaltungen und aktuelle Gewinnspiele von Andreas Winkelmann informiert werden? Dann abonnieren Sie den Newsletter unter www.rowohlt.de/andreas, besuchen die Website www.andreaswinkelmann.com oder folgen dem Autor auf www.facebook.com/andreas.winkelmann.schriftsteller oder www.instagram.com/winkelmann.andreas.autor.

ANDREAS WINKELMANN

NICHT EIN WORT ZU VIEL

THRILLER

ROWOHLT
TASCHENBUCH VERLAG

Originalausgabe
Veröffentlicht im Rowohlt Taschenbuch Verlag,
Hamburg, Juli 2023
Copyright © 2023 by Rowohlt Verlag GmbH, Hamburg
Zitat aus Songtext von *The Sound of Silence*
© Paul Simon Music, Sony/atv Songs Llc
Songwriter: Paul Simon
Zitate aus Reinhard Haller, *Die Macht der Kränkung*,
Wals 2015, S. 12 und 120
Covergestaltung Hafen Werbeagentur, Hamburg
Coverabbildung Shutterstock
Satz aus der Kepler Std
bei Dörlemann Satz, Lemförde
Druck und Bindung GGP Media GmbH, Pößneck
ISBN 978-3-499-00752-1

Für all diejenigen,
denen ihre innere Dunkelheit Angst macht.

WAHRHEIT

1

Sind das Blutspritzer an der Wand?

Es gab noch einige andere Details, die wichtig sein sollten für Claas Rehagen – dass er an einen Stuhl gefesselt war zum Beispiel oder, ganz grundsätzlich, nicht wusste, wo er sich befand und wie er hierhergekommen war –, aber, gottverdammt, woher stammten die Blutspritzer?

Oder waren es gar keine?

Gehörten die roten Flecke vielleicht zu einem Muster, aus dem Licht und Sonne im Laufe der Jahre die Farbe herausgepresst hatten? Aber auf dem einheitlich sandfarbenen Untergrund leuchteten sie so grell, als wären sie erst vor Kurzem entstanden, und sie waren auch nicht gleichmäßig genug verteilt für ein Muster.

Claas' auf Verbrechen geschulter Verstand wusste: In der Kriminaltechnik kannte man verschiedene Muster von Blutspritzern, die einen Rückschluss darauf zuließen, wie die Person, von der das Blut stammte, getötet worden war. Durch ein Projektil, durch die Klinge eines Messers oder den heftigen Schlag eines Hammers auf die Schädeldecke zum Beispiel. Diese Muster ließen auch Rückschlüsse darauf zu, ob der Täter mit der rechten oder linken Hand getötet hatte, mit welcher Wucht und wo im Raum er sich dabei befunden hatte. Schon immer hatte Claas sich für diese Art von Details begeistert, nun aber jagten sie ihm furchtbare Angst ein.

Denn jetzt ging es um ihn.

Um sein Leben.

Und die Realität.

Nicht den Plot eines Buches oder die Szene eines Films, nein, um die gnadenlose Realität.

Diese Angst war gänzlich anders als alles, was Claas bislang gespürt hatte. Sie schien ihren Ursprung hoch oben an der Wirbelsäule zu haben, an jener empfindlichen Stelle zwischen den Schulterblättern, das Einfallstor, durch das diese Angst seinen Körper nun mit Adrenalin flutete und ihn dazu aufforderte, aktiv zu werden, entweder zu kämpfen oder zu flüchten, doch nichts davon war ihm möglich, und so musste er die Angst aushalten, sie mit allen Sinnen empfinden, ohne sich ablenken zu können.

Gegen die Fesseln hatte er schon gekämpft. Anfangs mit berechtigter Hoffnung, war es doch kein Seil, sondern Frischhaltefolie, die ihn am Stuhl hielt. Mehrfach war sie, Lage um Lage, um seine Oberschenkel und die Sitzfläche des Stuhls geschlungen sowie vom Bauch aufwärts um den Oberkörper und die Lehne bis zum Hals. Er war nackt, nur die Unterhose hatte man ihm gelassen. Die Folie war dick gewickelt, und diese multiplen Schichten waren erstaunlich strapazierfähig. Zwar gaben sie ein wenig nach, aber nicht genug, um entkommen zu können.

Erneut spannte Claas seine Muskeln in den Armen und Schultern an, atmete dabei tief ein, presste mit allem, was er hatte. Lockerte sich die Folie? Bekam er mehr Spielraum? Er wiederholte den Vorgang mehrfach, bevor er erkannte, wie trügerisch die Hoffnung war. Nein, es hatte keinen Sinn. Die Folie hielt ihn gnadenlos fest. Schwitzend, die Atmung ein angstgetriebenes Stakkato, versuchte er hektisch, den Kopf nach rechts und links zu drehen.

Aber die Folie saß bis zum Hals so fest, dass er nur das sehen konnte, was vor ihm war. Der Raum war quadratisch, die Decke vielleicht zwei Meter hoch, ein Fenster gab es nicht. Mattes Licht fiel durch eine vergilbte Kunststoffhaube schräg oben vor ihm in der Decke in den Raum. Der metallene Aufsteller, mit dem sich die Haube öffnen ließ, war an der Schachtseite mehrfach verschraubt. Die verstaubten Spinnweben zeugten davon, dass lange niemand mehr versucht hatte, die Haube zu öffnen. Sie bewegten sich, so als gäbe es dort oben einen leichten Luftzug.

Der Fußboden des Raumes war von Holzsplittern übersät, die von den rohen Dielenbrettern aus billigem Nadelholz stammten. Links, ein Stück vor seinem Stuhl, klaffte ein großes Loch im Boden, und es wirkte, als sei es von riesigen Klauen brutal hineingerissen worden. In dem Loch, so viel konnte Claas erkennen, lauerte Dunkelheit. Lag darunter ein Keller? Ein Verlies? Lebte etwas oder jemand darin?

In den Ecken rotteten sich graue Wollmäuse zusammen. Claas' Augen waren so gut, wie sie es mit achtundzwanzig sein sollten, und jetzt erkannte er, dass die ihm am nächsten liegende Wollmaus zu einem Teil aus blonden Haaren bestand.

Frauenhaare?

Blutspritzer an der Wand.

In diesem Raum war bereits getötet worden.

Würde er der Nächste sein?

Die Angst blockierte sein Denken, aber einige Synapsen

leisteten Widerstand, warfen die Frage auf, ob sich hier jemand einen Scherz mit ihm erlaubte. Gewiss ein Scherz, der den üblichen Rahmen sprengte, aber eben nicht mehr als das. Morbider Humor war unter den Menschen, mit denen er sich umgab, nicht ungewöhnlich, und wenn diese sich ein Ziel dafür aussuchen dürften, wäre ihnen Claas sicher willkommen.

Er sagte, was er dachte, und das war anderen schon immer ein Dorn im Auge und machte ihn zum Ziel für Neid, Spott und Gewalt. Erst neulich hatte er bei Insta einen Kommentar lesen müssen, in dem ihm jemand wünschte, er möge doch bitte an seinen eigenen Worten qualvoll ersticken. Doch Todesdrohungen waren selten, meist ging es nur darum, ihn einen kleinen miesen Wichser zu nennen, der selbst nichts auf die Kette bekam und darum andere kritisieren musste. Diese Leute verstanden natürlich nicht, worum es ihm wirklich ging, nämlich um Ehrlichkeit, und wer auf einem solch niedrigen Niveau kommunizierte, war für Diskussionen nicht erreichbar, deshalb führte Claas sie erst gar nicht. Was ihm wiederum als Arroganz ausgelegt wurde.

War dies die Rache dafür?

Woher das Geräusch plötzlich kam, konnte Claas nicht bestimmen. Es war ein Dröhnen, das von überall zu kommen schien. Herzschlag und Puls wollten sich einfach nicht beruhigen, jagten sein Blut mit Hochgeschwindigkeit durch den Körper. Eine winzig kleine Wunde, und er wäre binnen Minuten verblutet. Zudem schwitzte er stark unter der Folie.

Irgendwo hinter ihm öffnete sich eine Tür. Ein kühler Luftzug erfasste seinen schwitzenden Körper. Am Boden begannen die Wollmäuse einen Tanz. Claas glaubte, einen besonderen Geruch wahrzunehmen, den er nicht einordnen konnte. In dieser Situation jemanden in seinem Rücken zu spüren, ihn oder sie aber nicht sehen zu können, brachte ihn beinahe um den Verstand. In seinem Nacken stellten sich die feinen Härchen auf – war es die Zugluft, die sich dort verfing, oder der Atem der fremden Person? Seine Haut zog sich unangenehm zusammen, als wolle sie einen Panzer bilden gegen was auch immer.

Unerwartet legte sich ein Tuch über seine Augen und wurde blitzschnell und geschickt an seinem Hinterkopf verknotet. Claas schrie, flehte, ihn zu verschonen, ihn gehen zu lassen. Das tat er, bis er einen Knebel in den Mund gesteckt bekam, der ihm die Zunge gegen den Gaumen drückte und ihn glauben ließ, ersticken zu müssen. Claas wehrte sich heftig, der Stuhl, an den er foliert war, hüpfte auf und ab, schabte lautstark über die Dielen und drohte umzukippen. Erst ein Schlag mit der flachen Hand ins Gesicht ließ ihn innehalten. Seine Wange brannte vom Ohr bis zur Lippe.

Die Person, die ihm das antat, sagte nichts. Sie bewegte sich im Raum hin und her, hantierte mit Gegenständen, die metallisch klapperten. Dann glaubte Claas zu hören, wie die Beine eines Stativs ausgefahren und fixiert wurden. Da er als Instagrammer und Youtuber ständig Stative benutzte, kannte er dieses Geräusch gut. Ein schnelles Ratschen, gefolgt von einem Klicken. Schließlich bekam Claas etwas um den Hals gehängt. Eine Kette, die sich kühl auf seinen verschwitzten Nacken legte.

Sein Peiniger entfernte die Augenbinde.

Claas blinzelte sich die Sicht frei.

Das schwarzblaue Auge einer Videokamera glotzte ihn an. Gleich daneben signalisierte eine winzige rote Lampe, dass die Aufnahme lief. Claas senkte das Kinn, um zu sehen, was um seinen Hals hing. Er sah ein großes Stück Papier auf seiner

Brust liegen, mehr aber nicht. Das Papier wirkte alt oder als sei es selbst geschöpft worden.

Wenn er sich nicht täuschte, stand irgendetwas darauf. Buchstaben, Text, eine Botschaft.

Vielleicht die Lösegeldsumme, die sein Peiniger für seine Freilassung forderte.

2

Besonders intensiv hat sich mir die Macht der Kränkung in meiner Tätigkeit als Kriminalpsychiater und Gerichtsgutachter gezeigt. Bei zahlreichen Mördern, Räubern oder Attentätern war kein anderes Motiv als tiefe Gekränktheit zu finden.

In der Dunkelheit des Wagens lauschte Jaroslav Schrader dem Hörbuch «Die Macht der Kränkung» von Reinhard Haller. Eigentlich zog er das gedruckte Buch vor, aber während einer Observation war es kontraproduktiv, die Nase zwischen Buchdeckel zu stecken. Es galt, die Umgebung im Blick zu behalten.

Viele große Verbrecher erweisen sich im Grunde als gekränkte Genies. Kränkungen sind oft die Wurzel kriminellen Verhaltens, von impulsiven Stehlhandlungen und Brandstiftungen bis zu Beziehungsdelikten und Familientragödien reichend. In neuerer Zeit bilden Kränkungen und Demütigungen die Basis des modernen Terrors.

Jemand näherte sich dem Haus, das Jaro beobachtete. Er hatte den dunklen Dienstwagen auf dem Parkplatz einer Spielhalle abgestellt, die um diese Zeit noch geöffnet war. Licht gab es hier hinten keines, die bunte Leuchtreklame ging nach vorn zur Straße raus, sein Wagen als einer von rund einem Dutzend stand hier gut geschützt. Vor zwei Stunden war die Sonne untergegangen, hatte ihren täglichen Kampf gegen die Dunkelheit eingestellt, ruhte sich aus, um morgen voller Tatendrang wieder anzugreifen. Richtig dunkel war es in der Stadt aber nie, Licht aus Hunderten unterschiedlichen Quellen kumulierte zu einer urbanen Aura, die die Stadt umschloss wie die Stratosphäre die Erdkugel.

Jaroslav würgte den Sprecher ab, rutschte tiefer in den Sitz und beobachtete. Die Person kam von rechts und hielt sich dicht an der Hauswand. Schlaksig war sie, und schlaksig bewegte sie sich. Die Arme schlenkerten an den Seiten, der Kopf wog hin und her. Was wohl als coole Attitüde gedacht war, wirkte nach außen einfach nur albern. Jaro musste grinsen.

«Guten Abend, mein Freund», sagte er leise, dann gab er an seine Kollegen durch, was er sah.

«Männliche Person. Größe und Figur passen. Macht euch bereit», flüsterte er ins Mikro.

«Ist er es?»

«Er ist es.»

«Sollen wir zugreifen?»

Jaro dachte nach und entschied sich dagegen.

«Nein, wir warten noch einen Moment. Wenn er drin ist, sitzt er in der Falle. Für hier draußen ist mir der Junge zu schnell.»

«Du bist doch auch schnell.»

«Vielleicht, aber ich bin zwölf Jahre älter.»

Johannes Jorgensen war zweiundzwanzig und topfit. Seine Kraft und Ausdauer nutzte er schon mal, um nach Raubüberfällen schnell zu verschwinden oder um jemanden krankenhausreif zu schlagen, der sich ihm in den Weg stellte. Jaro hatte keine Angst vor dem Mann, wusste dessen Fähigkeiten aber einzuschätzen. Brutal, schnell, zielstrebig, aber nicht besonders schlau. Keine Schulbildung, keine Ausbildung, eine Verbrecherkarriere wie aus dem Bilderbuch.

Jaro zog den Zündschlüssel ab und bereitete sich darauf vor auszusteigen. Eine, vielleicht zwei Minuten noch, dann würde er dem Mann folgen, hinauf in die Wohnung, in der seine Freundin auf ihn wartete.

«Sollen wir nicht langsam mal loslegen?», kam die drängende Frage seiner Kollegen über Funk.

«Jetzt macht mal halblang und gönnt dem armen Kerl für ein paar Minuten seinen Spaß, bevor er die nächsten zehn Jahre hinter Gittern verbringt», erwiderte Jaro.

«Halte ich für einen Fehler. Aber du hast ja die Einsatzleitung.»

Das war Harald. Der dienstältere, aber im Rang unter ihm stehende Harald Mertens, dem es viel zu oft gefiel, an Jaros Führung herumzukritteln. Immer häufiger tat er es sogar vor Kolleginnen oder Kollegen. Nicht mehr lange, dann würde Jaro dem Einhalt gebieten müssen. Ein Team war nicht so gut wie sein schwächstes Glied, sondern so schlecht wie sein stärkstes Ego. Wenn Männern eines im Weg stand, dann ihr Ego – und davon hatte Harald zu viel.

Vorerst aber schluckte Jaro jede Bemerkung hinunter. Es gab jetzt Wichtigeres.

Johannes Jorgensen, ein Däne, der die europäische Freizügigkeit nutzte, um nicht in Dänemark, sondern in Deutschland sein Unwesen zu treiben, drückte die unverschlossene Haustür auf. Bevor er das Gebäude betrat, drehte er sich um, betrachtete die Straße, und sein Blick ging genau in Jaros Richtung zum Parkplatz der Spielhalle hinüber.

Konnte er ihn auf diese Entfernung sehen? Und wenn ja,

zog er die richtigen Schlussfolgerungen? Jorgensen musste jederzeit damit rechnen, festgenommen zu werden. Jemand, der so lebte, war ständig auf der Hut. Andererseits war der Däne bisher immer davongekommen, wahrscheinlich hatte eine gewisse Hybris längst Besitz von ihm ergriffen. Wenn Typen wie er glaubten, niemand könne ihnen ans Bein pinkeln, standen sie schon bis zum Hals in der Jauche.

Jorgensen sollte ruhig erst mal nach oben gehen, in die Wohnung seiner Freundin. Der richtige Moment für den Zugriff war gekommen, wenn die beiden zur Sache kamen. Wem die Unterhose um die Fußknöchel schlackerte, der lief nicht besonders schnell. Hier draußen war die Gefahr zu groß, dass sie die Verfolgungsjagd verlieren würden.

Der Däne schien beruhigt zu sein. Er betrat das Gebäude, die Tür fiel zu.

Jaro stieg aus, dehnte und streckte sich und ließ Knochen knacken. Für seine knapp zwei Meter Körpergröße waren die langen Stunden im engen Dienstwagen Gift. Er überprüfte seine Dienstwaffe und wartete, bis seine Kollegen zu ihm kamen. Vier männliche Beamte, zwei Anfänger und zwei altgediente Kollegen. Man kannte sich, hatte schon das eine oder andere Mal zusammen gejagt.

«Ich verstehe nicht, warum wir nicht sofort zugegriffen haben», blaffte Harald Mertens sofort.

«Weil wir ihn oben in der dritten Etage in einer wehrlosen Situation überraschen, während er hier draußen auf der Hut ist und gleich mehrere Fluchtwege hat. Oder willst du ihm vielleicht hinterherrennen?»

Weil er das *Du* besonders betonte, war es eine Anspielung auf Haralds Übergewicht, die jeder hier verstand. Aber Harald hatte auch selbst Schuld. Was sollte die Diskussion zu diesem

Zeitpunkt? Sie mussten sich auf die Festnahme fokussieren, interne Rangeleien lenkten nur ab. Denn ganz gleich, wie viele Zugriffe sie schon hinter sich gebracht hatten, man wusste nie, wie es ablief, was passieren würde.

«Okay», begann Jaro, um von Mertens' Einwand abzulenken. «Ihr habt die Akte gelesen, wisst, was euch erwartet. Wir müssen schnell und konsequent sein. Jorgensen ist nicht der schlimmste Finger an der Hand, aber ich schätze, er möchte nicht in den Knast wandern und wird alles daransetzen, das zu verhindern. Alles klar? Können wir?»

Die Männer nickten, außer Harald. Der schaute demonstrativ in die andere Richtung. Versteinerte Gesichter, keine zur Schau gestellte Langeweile darin, sondern Konzentration. Ein bisschen Angst auch. Das war gute Angst, die wach hielt.

Jaro ging voran. Die Eingangstür wechselte vollkommen geräuschlos von einer Hand in die andere. Auch auf der Treppe waren die fünf Männer kaum zu hören. Sie mussten in die dritte Etage, hoch genug, um davon ausgehen zu können, dass niemand durchs Fenster flüchtete.

Vor der Tür der Wohnung warteten sie, bis ihre Atmung sich beruhigt hatte. Erhöhte Atemfrequenz bedeutete niedrigere Konzentration. Es gab kein Namensschild, aber Jaro wusste, hier lebte Mandy Stein, eine drogenabhängige junge Frau, die sich aus welchem Grund auch immer mit Jorgensen eingelassen hatte. Der Tipp kam von Holunder, einem Informanten aus der Szene, dem Jaro vertraute. Er hatte einen ordentlichen Namen, aber alle nannten ihn Holunder, weil er den Saft der Beeren zu Sirup verarbeitete und mit Amphetaminen anreicherte. Jaro hatte mal davon probiert. Schmeckte gar nicht schlecht, war aber nicht wirklich gesund.

Außerdem färbte er die Zähne blau. Holunder verkaufte auch Marihuana, aber nie die richtig fiesen Sachen.

«Ich will, dass ihr alle nach diesem Einsatz zu euren Frauen unter die Decke kriecht», flüsterte Jaro. «Wehe, einer entscheidet sich für eine Krankenschwester.»

Niemand lächelte.

Sie hielten ihre Dienstwaffen in den Händen. Die Anspannung war an ihrem Höhepunkt angekommen.

Wenn jemand Jaro nach seinem Job fragte und er antwortete, er sei Zielfahnder, dann stellten die Leute sich genau solche hoch spannenden, nervenaufreibenden Situationen vor, doch oft war das Gegenteil der Fall. Warten. Beobachten. Fragen stellen. Akten wälzen. Videomaterial auswerten. Wieder beobachten. Nächtelang. Tagelang.

Jaro klingelte und trat von der Tür weg. Niemand wusste, ob Jorgensen eine Schusswaffe besaß. Nach dem ersten Mal tat sich noch nichts, also klingelte er noch einmal.

«Ja?», kam es zaghaft aus der Wohnung. Eine Frauenstimme.

«Polizei, öffnen Sie die Tür.»

Hektische Schritte auf Laminatboden. Getuschel, leise, aber aufgeregt.

Jaro wiederholte seine Aufforderung, doch niemand wollte ihr nachkommen. Ein kurzer Anlauf reichte für die dünne Tür. Er brachte seine einhundertzwei Kilo in Bewegung, rammte die rechte Schulter gegen das Türblatt, hörte Holz brechen, wiederholte den Ansturm, und die Tür flog auf.

Ohrenbetäubende Frauenschreie. Hoch und schrill.

Jorgensen zog sich rückwärts in den Wohnraum zurück. Seine linke Hand lag auf Mandys Stirn und presste ihren Kopf gegen seinen Brustkorb. Die rechte Hand hielt ein Küchenmesser, die Schneide an Mandys Kehle. Er drückte so fest zu, dass bereits ein wenig Blut aus der oberflächlichen Wunde trat.

«Verschwindet, oder ich stech das Miststück ab!», schrie er. Entgegen seinem schlaksigen Äußeren hatte er den tiefen Bariton eines kräftigeren Mannes. Tatsächlich trug er nur noch seine Unterhose und offenbarte einen trainierten Körper, dem die Drogen bisher nichts hatten anhaben können. Seine Brust war dicht bedeckt von Tattoos, an jedem der acht Finger trug er goldene Ringe, auf seinem vorderen rechten Oberschenkel leuchtete die Narbe einer nicht lang zurückliegenden Verletzung. Wahrscheinlich war sie der Grund, warum Jaro den Mann in den letzten Monaten nicht hatte finden können. Er hatte sich nicht bewegt, hatte in irgendeiner Höhle gelegen wie ein wildes Tier und seine Wunden geleckt.

Jaro steckte die Waffe weg, hob die leeren Hände und folgte den beiden in den Wohnraum.

«Komm schon, mach keinen Scheiß. Heute hast du verloren, das nächste Mal gewinnst du wieder. Aber wenn du das hier durchziehst, gibt es für dich kein nächstes Mal.»

Erst jetzt bemerkte Jaro, dass der junge Mann unter Drogeneinfluss stand. Seine Augen verrieten es. Weit aufgerissen, gerötet, die Pupillen vergrößert, zudem schwitzte er stark, obwohl er nur seine Unterhose trug.

«Ich schwöre, ich schneide ihr den Hals auf», drohte Jorgensen.

«Dann sitzt du im Knast, bis du fünfzig bist, vielleicht sogar länger, und ich muss dir ja nicht sagen, was man im Knast von Männern hält, die wehrlose Frauen töten, oder? Komm schon, das muss doch nicht so enden. Lass Mandy da raus, die kann nichts dafür.»

«Das Dreckstück hat mich verpfiffen.»

Jaro schüttelte den Kopf. «Das musste sie gar nicht. Ich klebe dir seit Monaten an den Hacken.»

Jaro hoffte, dass seine Stimme fest, entschlossen, gleichzeitig aber empathisch genug klang. In seinem Inneren sah es nämlich ganz anders aus. Sein eigenes Leben zu gefährden war eine Sache. Das gehörte zum Job dazu. Aber nicht das der jungen Frau, sosehr am Rande der Gesellschaft dieses Leben auch spielte. Jaro war der Letzte, der sich ein Urteil darüber erlauben durfte, welches Leben wertvoll war und welches nicht. Niemand durfte das. Und ohne jeden Zweifel war Mandys Leben ein zu hoher Preis, um Jorgensen in den Knast zu bringen.

Anderer Tag, anderer Ort, schoss es Jaro durch den Kopf.

Jorgensens Hand zitterte. Er hatte sich nicht unter Kontrolle, wusste nicht, was er tun sollte. Die Situation kippte. Jaro musste den Druck rausnehmen.

«Okay, okay», sagte er und machte einen Schritt rückwärts. «Wir ziehen uns zurück. Aber tu ihr nichts, ja?»

«Ihr sollt abhauen! Wenn ich euch vor dem Haus sehe, schmeiße ich sie aus dem Fenster.»

«Kein Problem, Mann, wir hauen ab. Machen Feierabend. Ist eh schon viel zu spät.»

Jaro bewegte sich rückwärts aus der Wohnung, seine Kollegen taten es ihm gleich.

«Tür zu!», brüllte Jorgensen, als sie im Treppenhaus standen.

Jaro lehnte die Tür an, schließen ließ sie sich nicht mehr.

«Scheiße!», sagte Harald Mertens hinter ihm. «Wir hätten ihn draußen hopsnehmen sollen.»

«Wir schnappen ihn ein andermal», sagte Jaro. «Rückzug, komplett.»

«Spinnst du?», versetzte Harald. «Der Typ steht unter Drogen, wir können den nicht mit der Frau dadrinnen allein lassen.»

«Hast du einen besseren Vorschlag?», fuhr Jaro ihn heftiger an, als es nötig war. Er hatte das Gefühl, die Situation nicht mehr unter Kontrolle zu haben, und das hasste er.

Harald wollte etwas sagen, ließ es dann aber doch. Genauso gut wie Jaro wusste er, die Wohnung zu belagern brachte wenig, Jorgensen zum Aufgeben zu überreden ebenso.

Und da war sie auch schon, die Stimme.

Ihre Stimme!

Jaro hatte damit gerechnet. Früher oder später hörte er sie in Stresssituationen immer. Sie war nur in seinem Kopf, für niemanden sonst hörbar, ein Echo der Erinnerung in seinen Synapsen. Leise, sanft, beinahe zärtlich. Sie wollte ihm nichts Böses, sorgte aber dafür, dass seine Konzentration vollends verloren ging.

Sei vorsichtig.

«Raus hier!», schrie Jaro und scheuchte seine Männer die Treppe hinunter. Bewegung half. Schreien half. Dann verstummte die Stimme. Zumindest vorübergehend. Die aufgerüttelte Erinnerung blieb jedoch noch eine Weile präsent, so wie die Schaumkrone auf einem frisch eingeschenkten Bier.

Seine Männer gehorchten, polterten die Treppen hinunter.

Unten angekommen, traten sie auf den nächtlich beleuchteten Bürgersteig hinaus. Die Straße war menschenleer. Die Stille passte nicht zur Situation und Jaros tosendem Inneren, und sie wurde beinahe sofort unterbrochen.

Ein kurzer, gellender Schrei, der abrupt endete, als Mandys halb nackter Körper auf dem Asphalt aufschlug.

Jorgensen hatte Wort gehalten.

«... *und als endlich kein Leben mehr in ihr war, erhob er sich von dem Leichnam, legte den Kopf in den Nacken, sah zum Vollmond hinauf, dessen Licht er schon immer dem der Sonne vorgezogen hatte, und flüsterte: ‹Hello darkness, my old friend. I've come to talk with you again.›*»

Die Stille war beängstigend tief, ließ Atem und Herzschlag der Menschen stocken. Von der Dramatik der Szene gepackt, starrte Faja Bartels den Mann an, der vorn auf der Bühne saß und leise den Beginn des Kultsongs von Simon and Garfunkel zitierte. Die kleine Lampe auf dem Tisch neben ihm schuf eine Insel aus Licht, es war seine Insel, seine Bühne, die Aufmerksamkeit galt allein ihm. Ganz langsam, so als sei die Zeit eine zähe, schwere Masse, schlug er das Buch zu, hob den Kopf, nahm die schwarze Brille ab und ließ seinen Blick über die Zuhörerinnen und Zuhörer gleiten. Er lächelte nicht, zeigte keine Gefühlsregung, dabei hatte er soeben einen grausamen Mord in einer so perfekten Intonation vorgelesen, als sei er selbst der Täter.

David Sanford war ein Meister seines Faches, und er schlug Faja Bartels ebenso in den Bann wie alle anderen. Deshalb verpasste sie ihren Einsatz, den sie ohnehin gern vermieden hätte. Sie war in der Buchhandlung nur angestellt, aber ihre Chefin hatte starke Rückenschmerzen, und so war es an Faja, den Abend zu gestalten. Immerhin hatte die Chefin ihren Sohn Dirk abgestellt, der nach der Lesung beim Aufräumen helfen würde.

Einer der Gäste hustete, andere fielen mit ein, der Geräuschpegel hob an und riss Faja Bartels aus ihrer Starre.

Sie stand auf, begann zu applaudieren, und das Publikum fiel ein. David Sanford erhob sich aus dem grünen Sessel, legte das Buch beiseite und verbeugte sich dankend. Der Mann war mit seinem Erstlingswerk richtig durchgestartet, entsprechend lange hatte es gedauert, ihn für eine Lesung buchen zu können. Sein Honorar fraß die Eintrittsgelder und noch mehr, aber die Presse war da, gleich zwei Zeitungen, und die Berichterstattung als Marketing eben unbezahlbar.

Noch während der Applaus anhielt, meldete Fajas Handy den Eingang einer Nachricht bei WhatsApp. Sie warf einen schnellen Blick auf das Display, sah, dass die Nachricht von Claas Rehagen stammte, der zu ihrer Insta-Gruppe, den Bücherjunkies, gehörte. Bestimmt wollte er wissen, wie die Lesung war. Claas hielt nichts von Sanford, hatte das Buch in seiner Rezension verrissen und dem Schriftsteller vorgeworfen, dem Mainstream nach dem Mund zu schreiben. Und selbst wenn er nicht zweihundert Kilometer weit entfernt gewohnt hätte, wäre er nicht zu der Veranstaltung gekommen. Claas hatte das so oft wiederholt, dass Faja zu der Überzeugung gelangt war, er hätte sehr wohl gern daran teilgenommen, es nur nicht zugeben wollen. Jetzt musste er eben so lange schmoren, bis Faja Zeit für ihn hatte. Sie steckte das Handy weg.

Sie musste nach vorn auf die Bühne. Sich bedanken, lobende Worte finden. So etwas lag ihr nicht, und sie spürte, wie ihr die Hitze in die Wangen schoss. Selbst mit zweiunddreißig litt sie noch unter Minderwertigkeitskomplexen und hatte die Hoffnung aufgegeben, dass sie je verschwinden würden. Sie nahm den Blumenstrauß und trat vor. Die meiste Zeit ihres Lebens dachte Faja nicht daran, aber in Situationen wie dieser zog sich die geschädigte Haut auf ihrer rechten Gesichtshälfte schmerzhaft zusammen und rief ihr ins Gedächtnis, dass sie nicht aussah wie alle anderen.

Der Blumenstrauß hinterließ eine Tropfspur von der Vase bis zur Bühne. Nervös trat Faja die zwei Stufen hinauf und quetschte das letzte Wasser aus den Stängeln. Leider hielt der Applaus noch an. Sie musste warten. Dort oben, neben ihm, quasi im Scheinwerferlicht, alle Augen auf sie gerichtet, und Faja fragte sich zum hundertsten Mal, ob sie richtig angezogen war. Sie trug ein knielanges schwarzes Kleid, das einzige, das sie besaß, kam sich darin aber verkleidet vor.

Endlich ebbte der Applaus ab. Faja räusperte sich, fand ihre Stimme irgendwo tief in ihrem Bauch, zog sie mühsam herauf und stolperte durch die ersten Worte.

Sie bedankte sich bei Sanford, und als sie ihm den Blumenstrauß entgegenhielt, zog er die rechte Augenbraue hoch. Seinen spöttischen Gesichtsausdruck untermalte er mit den Worten, da habe er heute Abend wenigstens noch etwas zu tun, wenn er versuchen würde, die Blumen irgendwie in den Koffer zu bekommen.

Die Hitze in Faja nahm zu, die Haut spannte noch mehr.

Sie wäre gern im Erdboden versunken und war dankbar, als die erste Welle Fans gegen die Bühne brandete, um sich ihre Bücher signieren zu lassen. Faja zog sich in den Hintergrund zurück und schoss mit ihrem Handy ein paar Fotos für Social Media. Der Pressefotograf mit seiner professionellen Kamera ging vor David Sanford auf die Knie, und der Schriftsteller setzte für ihn einen sympathischen Blick auf. Er sah irgendwie künstlich aus, fand Faja. Zwar fit für einen Mann an die fünfzig, die Haut aber zu braun, das volle Haar dunkel getönt.

Um sich abzulenken, öffnete sie WhatsApp, um zu sehen,

was Claas wollte, kam aber nicht dazu, seine Nachricht zu öffnen. Eine Kundin trat auf sie zu. Faja kannte sie, sie kam regelmäßig in den Laden.

«Ein wirklich großartiger Abend! Vielen, vielen Dank!»

Sie strahlte und hielt ihr signiertes Exemplar von *Dunkelheit, mein Freund* in die Höhe. Das Buch hatte in den letzten Wochen die Bestsellerlisten gestürmt, stand auf Platz eins und würde dort wohl noch eine Weile bleiben.

«Das freut mich», entgegnete sie.

«Wie kann ein so sympathischer Mensch so gruselige Bücher schreiben?», fragte die Kundin.

«Vielleicht, weil er gar nicht sympathisch ist», wollte Faja antworten, beließ es aber bei einem zustimmenden Lächeln.

Die Kundin ging fort, und Faja nahm das Handy erneut hoch. Sie wollte ein Foto auf Instagram bei den Bücherjunkies posten, ihren Freundinnen und Freunden zeigen, wie gut sie den Abend meisterte. Allerdings stolperte sie über das Standbild des Videos, das Claas Rehagen ihr geschickt hatte.

Um Gottes willen!

Was sollte das?

4

Nein, tu das bitte nicht. Er ist es nicht wert.

Ein Teil von Jaroslav Schrader wollte auf die Stimme in seinem Inneren hören, aber dieser Teil war klein und wurde mühelos überspült von einer gigantischen Welle der Wut, die wie ein Tsunami in den sicheren Hafen brandete, in dem er einst zusammen mit der Stimme gelebt hatte.

Blutspritzer klebten auf seiner Kleidung und warm in seinem Gesicht.

«Einen Notarzt!», rief Harald Mertens und beugte sich über Mandy Stein. Doch den brauchte sie nicht mehr. Mit dem Kopf voran war sie aus dem dritten Obergeschoss auf dem Gehsteig aufgeschlagen, die Wirbelsäule gebrochen, ihre toten Augen fingen das Licht der Straßenlaternen. Diese Spiegelung verzerrte Jaroslavs Weltbild, schmolz es auf Wut und Rache zusammen. Diese Reaktion war ihm nicht unbekannt, aber er hatte geglaubt, sie beherrschen zu können. Was für ein Irrtum.

Er fuhr auf den Fersen herum und lief ins Haus zurück.

«In den Innenhof!», schrie er seine Männer an, dann stürmte er die Treppe wieder hinauf, hörte Schritte hinter sich, bemerkte Mertens, der aber nicht schnell genug war, um mithalten zu können.

Nein, tu das bitte nicht. Er ist es nicht wert.

Er konnte nicht auf die Stimme hören. Sie hatte nicht gesehen, was er gesehen hatte, spürte nicht die Blutspritzer auf seinen Wangen antrocknen, wusste nicht um all die sinnlose Gewalt, der er jeden Tag ausgesetzt war. Jeder Mensch hatte seine Grenzen, auch Polizeibeamte, und Jaro spürte, dass er seinen *Point of no Return* überschritt, als er den Treppenabsatz in der dritten Etage erreichte.

Ohne Zögern stürmte er in die Wohnung.

Jorgensen war nicht zu sehen, aber der starke Luftzug im Flur ließ Jaro erahnen, wo er ihn finden würde. Er ignorierte, was er in seiner Ausbildung gelernt hatte, lief an zwei Türen vorbei, ohne die dahinterliegenden Räume zu sichern, erreichte das Wohnzimmer und sah das weit geöffnete Fenster, das auf den Innenhof des Gebäudes hinausging.

Jorgensens rechtes Bein lag bereits auf dem Fenstersims, das linke stand noch im Wohnzimmer. Er war dabei hinauszuklettern.

«Lass es», rief Jaro.

Jorgensen warf ihm einen furchterregenden Blick zu. Er war panisch, hatte gänzlich die Kontrolle über sein Handeln verloren, die längst die Drogen übernommen hatten. Für das, was er Mandy gerade angetan hatte, würde er nicht mit der Härte bestraft werden, die er verdiente. Er würde wieder einmal davonkommen.

Jorgensen zögerte, blieb rittlings auf dem Sims sitzen, die Finger an den Fensterrahmen geklammert.

«Mach keinen Scheiß», sagte Jaro leiser als zuvor und trat einen Schritt auf den Mann zu.

«Bleib weg von mir!», rief Jorgensen. «Du sollst wegbleiben, oder ich springe.»

Jaro schüttelte den Kopf.

«Warum?», fragte er. «Du hättest Mandy nicht töten müssen. Das war vollkommen sinnlos.»

«Die Schlampe hat mich verpfiffen.» Jorgensens Stimme klang weinerlich.

«Ich hab's dir schon gesagt: Sie war das nicht. Holunder hat dich verpfiffen.»

«Ich glaub dir kein Wort, Scheißbulle. Und jetzt hau ab, sonst hast du noch jemanden auf dem Gewissen.»

Jaros Gedanken rasten. Heute hatte er bereits einen unverzeihlichen Fehler gemacht, der Mandy das Leben gekostet hatte, einen zweiten konnte und wollte er sich nicht leisten. Die Frage war aber, was *er* als weiteren Fehler wertete. Nicht seine Kollegen, nicht die Medien, nicht seine Chefin, nein, nur er selbst. Was würde er beim nächsten Blick in den Spiegel sehen? Einen Mann, der sich treu geblieben war, oder einen Feigling?

Jaro warf einen schnellen Blick zur Tür. Jeden Moment würde Mertens auftauchen.

Er wandte sich erneut Jorgensen zu.

«Lass uns reden ...», sagte er und tat den nächsten Schritt.

5

Da sie nicht glauben konnte, was sie sah, zog Faja Bartels das Bild mit zwei Fingern größer. Aber es stimmte. Claas saß auf einem Stuhl. In seinem Mund steckte ein Knebel, seine Augen waren weit aufgerissen, sein Körper war mit Frischhaltefolie umwickelt. Augenscheinlich war er damit an den Stuhl gefesselt.

Sie hätte das Video gern gestartet, um zu schauen, was für einen Mist Claas sich wieder ausgedacht hatte, damit er nicht zugeben musste, neidisch auf ihren Abend zu sein, traute sich aber nicht. Es waren noch zu viele Menschen im Buchladen, ein Bienenstock, in dem es summte und surrte. In den engen Gängen kam es zu Kollisionen, Sektgläser klirrten, das Stimmengewirr nahm noch zu, jetzt, da sich die Anspannung legte.

Hundertunddrei Gäste waren gekommen, zumeist Frauen, und bis auf ein paar wenige ließen sich alle ihr Buch signieren. Erfahrungsgemäß dauerte es eine Stunde, bis auch die letzten Gäste den Laden verlassen hatten. Faja hatte jetzt keine Zeit für Claas' morbiden Humor, auch wenn sie ihn sonst mochte. Sollte jemand ihrer Chefin erzählen, dass sie ins Handy gestarrt hatte, statt sich um die Gäste zu kümmern, hing eine Woche der Ladensegen schief.

Also schlüpfte sie in ihre Rolle als Gastgeberin, von der sie selbst wusste, dass sie ihr nicht stand. Sie bekam es hin, und vielleicht merkten die Gäste nicht, wie schwer ihr die nötige Extrovertiertheit fiel, sie aber spürte es. In jeder Faser ihres Körpers und jeder Synapse ihres Hirns. Morgen früh würde sie mit einem Kater erwachen, für den sich andere betrinken mussten. So war das eben, wenn man über seinen Möglichkeiten handelte.

In den ersten Minuten dachte sie noch an Claas und sein verrücktes Video, dann vergaß sie es. Der Laden leerte sich, am Ende blieben nur noch Sanford und sie zurück. Irgendwo lungerte noch Dirk herum und wartete darauf, die Stühle rauszutragen.

Sanford sah sie an. Seine Augen fast schwarz, sein Blick fest, tief und einschüchternd. Die Brille hatte er sofort nach der Lesung weggesteckt. Vielleicht tat sie seiner Eitelkeit nicht gut.

«Ich danke Ihnen für die Einladung. Das war ein sehr interessanter Abend», sagte er mit so tiefer wie weicher Stimme.

«Unsere Kunden lieben Ihr Buch.»

«Ich würde mich gern revanchieren», überging Sanford das Kompliment. «Mit einer Einladung meinerseits. Wie sieht es aus, wollen wir noch gemeinsam etwas trinken?»

Während er sprach, machte er einen Schritt auf Faja zu und kam ihr damit viel zu nahe. Es lag noch ein Meter Abstand zwischen ihnen, aber irgendwas in seinen Augen negierte diesen Meter. Anzüglichkeit und Überlegenheit, gepaart mit Gier.

Faja begann zu schwitzen.

«Tut mir leid ... ich ... ich muss noch aufräumen ... morgen ... der Laden öffnet um neun, dann muss hier ...»

Sie machte eine Handbewegung über die Stuhlreihen hinweg. Hundertdrei Stühle, zwar aus Plastik und leicht, dennoch würde es eine Weile dauern.

«Schade», sagte Sanford. «Ich finde Sie interessant genug für ein Gespräch. Das kommt nicht so häufig vor bei mir.»

Faja wusste nicht, ob das ein Kompliment war. Ihr Lächeln fiel schief aus.

«Woher stammt das?», fragte Sanford und deutete mit dem Kinn auf Faja. Er musste nicht präzisieren, was er meinte.

Als sei sie fremdgesteuert, berührte Faja sich dort, wo ihre Haut hart, uneben und gespannt war. Die Stelle ihres Körpers, an der sie nichts fühlte.

«Ach das ... ist lange her.»

Sanford hob die Hand, als wolle er sie ebenfalls berühren. Sie wusste nicht, was sie tun sollte, wie sie sich aus der Situation befreien konnte.

In diesem Moment betrat Sanfords Assistentin Nora Goldmann den Raum. Sie hatte die Lesung verlassen, als Sanford losgelegt hatte. Angeblich, um irgendwo eine Kleinigkeit essen zu gehen. Faja hatte eher das Gefühl gehabt, sie wolle ihm nicht zuhören. Wahrscheinlich kannte sie den Text mittlerweile in- und auswendig. Seit wann war sie wieder da? Sicher schon eine Weile, damit ihr Boss nicht bemerkte, dass sie überhaupt fort gewesen war.

«Können wir, David?», fragte sie, blieb aber in der Tür stehen.

Sanford ließ die Hand sinken, sein Gesicht veränderte sich. War es eben noch von Mitgefühl und Interesse geprägt, kehrte nun die Arroganz zurück.

«Ich bin hier fertig», antwortete er mit Blick auf Faja, dann nahm er seine Tasche und verschwand.

Nora Goldmann trat auf Faja zu und hielt ihr einen Umschlag hin.

«Die Honorarrechnung», sagte sie. Ihr Blick war fest auf Faja gerichtet. «Alles in Ordnung? War David unhöflich? Wenn ja, möchte ich mich entschuldigen. Es liegt an der Anspannung. Er macht das ja noch nicht so lange.»

«Nein, nein, alles in Ordnung», antwortete Faja und nahm die Rechnung entgegen. Sie ärgerte sich ein wenig über sich selbst, weil sie es nicht schaffte, die Wahrheit zu sagen.

«Sie haben ihm doch nicht gesagt, dass ich kurz fort war, oder? Es wäre wirklich toll, wenn das unser kleines Geheimnis bleiben könnte. Ich war halb verhungert, aber David will vor einer Lesung nie etwas essen. Die Aufregung, Sie verstehen.»

Faja nickte. Das kannte sie nur zu gut. Sie hatte seit dem Frühstück nichts mehr zu sich genommen. «Ich hab nichts gesagt», antwortete sie.

«Das ist wirklich lieb. Und vielen Dank auch für die Blumen», sagte die Assistentin und deutete auf den Strauß, den Sanford achtlos liegen gelassen hatte. «David macht sich nichts aus Blumen, aber mir gefallen sie.»

Sie nahm den Strauß und folgte ihrem Boss.

Und dann war es plötzlich still im Laden.

Diese Stille hatte Faja sich herbeigewünscht, konnte sie aber nicht genießen. Sie kam zu plötzlich, zu unvorbereitet, zu massiv. Wohin jetzt mit ihrer Aufregung, dem Adrenalin, der Freude, es allein geschafft zu haben? Hilflos sich selbst überlassen, stand sie in dem leeren Buchladen, in dem es noch nach den Ausdünstungen der Menschenmenge roch, suchte nach einem Halt, um nicht in das Loch zu fallen, das sich in solchen Momenten oft auftat.

«Kann ich loslegen? Hab noch was vor heute.»

Das war Dirk, der sich aus einer dunklen Ecke schälte und Faja erschrak. Sie mochte den Dreiundzwanzigjährigen nicht. Er hatte ihr vor einiger Zeit ein paar unangemessene Nachrichten bei WhatsApp geschickt, die ziemlich eindeutig gewesen waren, doch Faja hatte nicht darauf reagiert. Dirk stand unter der Fuchtel seiner Mutter, studierte auf ihre Kosten, benahm sich aber, als hätte er bereits ein Vermögen verdient, trug dauernd neue Sneaker aus Sondereditionen.

«Klar, fang schon mal an», sagte Faja.

Sie wollte schnell noch ein Foto von dem großen Schriftsteller-Star in ihre Gruppe schicken, dazu war sie vorhin nicht gekommen. Ihre Bücherjunkies warteten sicher schon darauf.

Sie holte das Handy hervor und öffnete die Messenger-App. Ach ja, da war ja auch noch das Video von Claas. Warum schickte er es eigentlich nur ihr und nicht den Bücherjunkies, zu denen auch er gehörte? Das Standbild dieses blöden Videos war gruselig, sie wollte es eigentlich nicht anschauen, tat Claas aber den Gefallen. Er freute sich immer so herrlich kindisch, wenn man auf seine Scherze hereinfiel. Mit seinen achtundzwanzig Jahren benahm er sich oft wie ein kleiner Junge. Manchmal war das sympathisch, oft aber auch einfach nur peinlich.

Das Video startete.

War Claas wirklich nackt?

Faja sah genauer hin.

Fast, er trug eine Unterhose. An dieser Stelle verriet sich Claas. Wenn er wirklich das Opfer einer Entführung wäre, wäre es dem Täter sicher egal gewesen, ob man etwas sehen konnte oder nicht.

Claas bekam es beängstigend gut hin, Angst und Panik zu

spielen. Entweder hatte er sich mit Wasser besprüht, oder er schwitzte wirklich. Sein magerer Körper wirkte durch die Frischhaltefolie zusammengepresst wie eine Wurst in ihrer Pelle. Der Raum, in dem er saß, war beängstigend gut gestaltet. Die Sets vieler billiger Horrorfilme kamen da nicht heran. Er saß vor der Ecke eines Zimmers, die Wände waren sandfarben, und jemand hatte mit roter Farbe mehrfach *burn* daraufgeschrieben.

Viel mehr als das interessierte Faja aber ein anderes Detail.

Um Claas' Hals hing ein Stück Papier.

Es hatte die Größe eines DIN-A4-Blattes, war aber nicht weiß, sondern grünlich und von grober Struktur. Da es sich unten ein wenig einrollte, wirkte es wie von einer alten Papyrusrolle abgeschnitten. Gehalten wurde das Blatt Papier von zwei Metallklammern an einer silbernen Kette, wie man sie für Vorhänge verwendete.

Auf dem Papier stand etwas, und es war groß genug geschrieben, um es lesen zu können, ohne das Bild größer ziehen zu müssen.

Erzähl mir eine spannende Geschichte.
Sie darf fünf Wörter haben. Nicht ein Wort zu viel.
Sonst muss dein Freund sterben. Seine Zeit läuft bald ab.

Faja schüttelte den Kopf.

Das war so typisch Claas.

Er liebte es, andere in Dingen herauszufordern, in denen er selbst zu gut war, als dass man gegen ihn gewinnen könnte. Wenn er mehr Disziplin hätte, könnte aus ihm ein guter Schriftsteller werden, aber es reichte nur für kurze Texte. Doch darin war er wirklich gut. Allerdings eine Geschichte in fünf Wörtern zu erzählen, also eine Story mit Anfang, Mittelteil und Ende, einem Spannungsbogen und der nötigen Dramatik, das dürfte selbst Claas nicht hinbekommen.

Faja dachte nach, dabei fiel ihr Blick auf Dirk, der die Stühle hinaustrug. Sie musste ihm langsam mal helfen, wollte Claas' Aufforderung aber nicht ignorieren, bei all der Mühe, die er sich mit diesem Video gab.

Also schrieb sie, was ihr gerade in den Sinn kam.

Sterben muss er sowieso irgendwann.

Das war zwar keine Geschichte, und spannend war es auch nicht, aber es hatte fünf Wörter. Faja fand es schlagfertig und dieser albernen Sache angemessen. Sie schickte es ab, steckte das Handy weg und machte sich an die Arbeit.

Dirk und sie mussten die Stühle unter der Überdachung hinter dem Gebäude stapeln, wo Dirk sie morgen mit dem Transporter abholen würde. Irgendwo am Stadtrand hatte die Chefin eine kleine Halle angemietet für solche Zwecke.

Es dauerte eine Stunde, bis der Verkaufsraum leer war. Jetzt galt es noch, die verschiebbaren Regale wieder in ihre Stellung zu bringen und die leeren Gläser und Sektflaschen in die Teeküche. Abspülen würde sie die morgen, wenn Frau Eberitzsch da war und sich um die Kunden kümmerte.

«Ich hau dann ab», verkündete Dirk und war verschwunden, bevor Faja etwas erwidern konnte.

Es war Mitternacht, als Faja schließlich erschöpft und verschwitzt auf die Straße trat. Die kühle Nachtluft legte sich wie ein Tuch auf ihr Gesicht. Das tat gut. Sie blieb stehen, schloss die Augen, atmete tief ein und aus und genoss den Augenblick. Als sie die Augen öffnete, fiel ihr Blick auf einen Mülleimer an einer Straßenlaterne. Darin steckte ein Blumenstrauß, die Stängel schauten oben aus dem Loch heraus.

Ihr Blumenstrauß?

Ein Geräusch alarmierte Faja.

Das Schaben von Schuhsohlen auf Beton.

Irgendwo hinter ihr in der Dunkelheit.

Faja fuhr herum. Erst in diesem Moment wurde ihr bewusst, wie allein und schutzlos sie hier draußen war. Dies war ihre Stadt, eine Kleinstadt, in der nie etwas Aufregendes passierte, die sie kannte, seit sie lebte, in der sie sich so sicher fühlte wie nirgends sonst auf der Welt, aber gerade jetzt hatte sie Angst.

6

Claas Rehagen hatte keine Ahnung, wie lange er bereits an den Stuhl gefesselt war, es fühlte sich an, als seien es Tage. Seine Haut unter der Frischhaltefolie fühlte sich irgendwie mürbe und teigig an, so als löse sie sich unter dem Schwitzwasser langsam von seinem Fleisch. Das tat nicht weh, war aber ein unangenehmes Gefühl, zudem stank er. Nach Schweiß und Urin, denn er nicht länger hatte einhalten können. Seine Schreie waren ungehört geblieben, niemand war gekommen, ihn auf die Toilette zu lassen. Seitdem die Person, die sich mit ihm im Raum befunden hatte, verschwunden war, hatte sich weiter nichts getan. Vielleicht war er zwischendurch vor Erschöpfung eingeschlafen, vielleicht auch nicht. Jedenfalls stand die Videokamera noch vor ihm, das Objektiv auf ihn gerichtet, doch das Aufnahmelämpchen leuchtete nicht.

Sein Entführer hatte nicht ein einziges Wort gesprochen,

weder zu ihm noch in die Kamera. Wenn es ihm darum ging, eine Botschaft irgendwohin zu senden, so musste sie auf dem Stück Papier stehen, das noch um Claas' Hals ging. Leider war es ihm nicht möglich, sie zu lesen.

Was mochte dort stehen?

Eine Lösegeldforderung?

Das wäre absurd. Claas hatte kaum Geld, seine Eltern waren grundsolide Menschen mit einem Eigenheim und vielleicht zwanzigtausend Euro auf der hohen Kante. Niemand würde auf die Idee kommen, so jemanden zu erpressen. Auch in seinem erweiterten Umfeld gab es niemanden mit Geld, keine Oma, keinen Opa, keinen reichen Erbonkel in Amerika. Rein logisch betrachtet, fiel die Möglichkeit, dass er gegen Zahlung einer Geldsumme freigelassen würde, aus. Es musste um etwas anderes gehen. Eine Rachegeschichte vielleicht. Oder einfach nur um Freude an Gewalt, daran, andere zu quälen, zu demütigen, zu töten.

Claas hatte genug Thriller und Krimis gelesen, er kannte sich aus in der Welt der Verbrechen. Vor allem aber in den Köpfen derer, die solche Geschichten verfassten. Kranke Geister, die sich tagein, tagaus mit Mord und Totschlag beschäftigten und sich im harten Konkurrenzkampf darin überboten, neue Tötungsmethoden zu finden.

War er von so einem entführt worden?

Wollte jemand an ihm etwas ausprobieren? Ein Exempel statuieren?

Er wollte nicht sterben. Nicht jetzt, nicht hier, überhaupt nicht. Er wollte alt werden, ein Leben haben, mit allem, was dazugehörte. Eine Frau, Kinder, Erfolg, Glück. Dinge, die ihm bisher verwehrt geblieben waren. Immer hatte er gedacht, morgen würde es passieren, würde jemand in sein Leben treten, der alles veränderte. In letzter Zeit hatte er dabei an Faja gedacht, in die er ein bisschen verliebt war.

Tränen rannen seine erhitzten Wangen hinab.

Wenn sich doch endlich etwas ändern würde! Diese Ungewissheit machte ihn fertig. Warum kam denn niemand, um ihm zu sagen, wie es weiterging?

Um nicht in Panik zu verfallen, versuchte Claas, in der Zeit zurückzugehen. Er fragte sich, was passiert war, wie er hierhergekommen war. Seine Erinnerung war diffus. Er war auf der Arbeit gewesen, wie immer. Hatte an einem komplizierten Gebiss gearbeitet, das ihn schon seit zwei Tagen beschäftigte. Claas liebte seine Arbeit als Zahntechniker nicht gerade, aber wer hatte schon das Glück, einem Job nachgehen zu können, den man liebte? Künstler vielleicht. Schriftsteller. Wenn man sich damit abfinden konnte, ständig am Hungertuch zu nagen.

Auf der Arbeit war alles normal gewesen, daran erinnerte er sich genau. Die Fahrt nach Hause, ein kleiner Einkauf im Supermarkt für das Abendessen. Er hatte ein Chili machen wollen. Auch da keine besonderen Vorkommnisse. Gesprochen hatte er mit niemandem.

Auf der Fahrt hatte er an die Lesung denken müssen, zu der Faja ihn eingeladen hatte. Claas hatte mit der Begründung abgelehnt, der Weg sei ihm zu weit. Doch das war vorgeschoben. Die Wahrheit war, dass Sanford ein verdammt guter Schriftsteller war, an dem es kaum etwas auszusetzen gab, und darauf war Claas abgrundtief neidisch. Er wollte nicht im bewundernden Publikum sitzen und sich die ganze Zeit darüber ärgern müssen, dass der Typ da vorn mehr Erfolg hatte als er selbst.

Zu Hause angekommen, war er gleich in die Wohnung hinaufgegangen. Von den Nachbarn war niemand zu sehen

gewesen. Mit den Einkäufen an der Hand und seinem Rucksack für die Arbeit über dem Arm hatte die Wohnungstür auf-
geschlossen und …

Hier wurde der Nebel dichter.

Claas strengte sich an. Er sah seine Dachgeschosswoh-
nung, die Bücher rechts und links, alles wie immer und doch
irgendwie nicht.

Was hatte es mit dem Stuhl auf sich?

Den hatte er doch nicht mitten in den Raum gestellt, oder?

Und warum war es so dunkel? Hatte er wirklich die Verdun-
kelungsrollos an den Dachschrägenfenstern runtergezogen?
Das kam schon vor, wenn er abends einen Film schaute, gerade jetzt im Sommer, wenn die Sonne bis weit in den Abend
hinein schien.

Das hatte ihn gewundert, ja, aber nicht argwöhnisch werden lassen, also hatte er seine Wohnung betreten, Einkäufe
und Rucksack abgestellt und war auf den Stuhl zugegangen.

Irgendwas war merkwürdig daran.

Ein matter Glanz, den er sich nicht erklären konnte.

Und es roch auch nicht so wie sonst in seiner Wohnung.

Der Stuhl … Nebel … keine klare Sicht auf seine Erinnerungen, aber irgendwas war da gewesen, etwas …

Das Bild huschte vorbei, und Claas erschrak, als könne er
die Szene direkt vor sich sehen.

Fuck! Das konnte doch nicht sein!

So etwas gab es nicht im wirklichen Leben, nur in Krimis
und Thrillern, die Claas als Bücher oder Filme konsumierte,
so viel er konnte.

Auf dem Stuhl … das war …

Claas schloss die Augen und flüchtete aus seiner Erinnerung. Er wollte nicht sehen, was ihm selbst bevorstand.

7

In dem quadratischen Innenhof des Gebäudekomplexes hatten die Anwohner einen kleinen Garten angelegt, in dem sie Gemüse zogen. Gurken, Tomaten, Salat, Zucchini und Kletterbohnen. Als Klettergerüst für die Bohnen dienten Metallstangen, wie sie beim Betonbau verwendet wurden. Gedrehte, rostige Stangen mit spitzen Enden. Auf einer dieser Stangen steckte jetzt Jorgensen.

Die Fallhöhe aus dem dritten Stock hatte ausgereicht, die Stange im Bauchraum durch seinen Körper zu treiben und ihn dennoch auf dem Boden aufschlagen zu lassen. Dort zerdrückte der Leichnam die Bohnenpflanzen. Sein rechter Arm lag ausgestreckt da, die Fingerspitzen nur wenige Zentimeter entfernt von einer Erdbeerpflanze, an der dicke rote Früchte hingen. Es sah so aus, als wolle er sie pflücken.

Die Kollegen hatten Scheinwerfer aufgestellt, die notwendigen Generatoren brummten, ihr Geräusch und die Stimmen der zwei Dutzend Menschen wurden zwischen den Hauswänden hin und her geworfen. Trotz der hektischen Betriebsamkeit lag eine nächtliche Ruhe über allem. Eine stille Konzentration und Entspanntheit, die es unter diesen Umständen tagsüber nicht gegeben hätte. Sie passte nicht zu den dramatischen Ereignissen, die hier stattgefunden hatten, aber Jaroslav Schrader hieß sie willkommen. Für sein Seelenleben war sie in diesem Moment Balsam.

Er saß auf einem höllisch unbequemen Gartenstuhl unter dem Dach eines Pavillons, an dem eine Lichterkette warmweißes Licht verstreute. Ringsherum standen kleine Einmachgläser mit Teelichten darin, manche mit buntem Papier ausgekleidet. Schön hatten sie es sich hier gemacht, die Bewohner. Ein kleines Paradies inmitten der Hölle. Verdrängung und Ignoranz waren die Schutzschilde der Menschen. Oft vermochten erst die richtig großen Katastrophen sie zu durchbrechen.

Jaro betrachtete das vertraute, zielgerichtete Treiben und wartete auf seine Chefin. Er hätte gern geraucht.

Mit vierzehn hatte er damit angefangen, sich schnell gesteigert, bald zwei Schachteln am Tag gebraucht und mit fünfundzwanzig wieder aufgehört, als er gespürt hatte, wie es seine Fitness beeinträchtigte. Beim Laufen hatte es sich angefühlt, als steckte ein Pfropfen in seiner Lunge. Seither waren mehr als zehn Jahre vergangen, in denen er so gut wie nie den Wunsch verspürt hatte, wieder damit zu beginnen, doch jetzt war er plötzlich da, stark genug, der Kollegin ein Zeichen zu geben, die in der Nähe stand.

Sie kam auf ihn zu.

«Hast du eine Zigarette?», fragte Jaro.

Sie griff in die Beintasche ihrer Uniformhose, zog eine Schachtel hervor und warf sie vor ihn auf den runden Gartentisch.

«Feuerzeug steckt drin», sagte sie.

Jaro bedankte sich und zündete sich eine Zigarette an. Der erste Zug schmeckte wie Gift. Er wusste sofort, dass er das Nikotin nicht mehr brauchte, aber diese eine würde er rauchen.

«Ist er gesprungen?», fragte die Kollegin und deutete mit dem Kinn zu dem Leichnam hinüber.

«Klar», sagte Jaro. Der Qualm brannte in seinen Augen, rief Tränen hervor. «Hab noch versucht, ihn davon abzubringen. Warum? Hast du was anderes gehört?»

«Dass du ihn geschubst hast.»

«Wer sagt das?»

«Mertens.»

Jaro nickte. «Dachte ich mir.»

Er nahm einen tiefen Zug und sah zu dem Fenster hinauf, an dem Techniker gerade Fingerabdrücke extrahierten.

Unruhe kam auf. Eine Frau betrat den Innenhof. Die Kollegin schnappte ihre Zigaretten und zog sich zurück. Jaro steckte die halb aufgerauchte Zigarette in den weichen Boden zwischen die Radieschen.

Annegret Möhlenbeck trat auf ihn zu. Seine Chefin war klein und kräftig und hatte die Energiereserven von zehn Männern. Jaro schätzte sie als integre, mutige und gerechte Führungskraft, die sich vor ihre Leute stellte, ihnen aber auch einen Tritt in den Hintern verpasste, wenn es sein musste.

Gegen Letzteres wappnete er sich jetzt.

«Wie geht es Ihnen?», fragte die Möhlenbeck.

«Ging schon besser», antwortete Jaro wahrheitsgemäß.

Seine Chefin setzte sich zu ihm an den Gartentisch. In der Dunkelheit schienen ihre Augen zu glühen, und obwohl es mitten in der Nacht war, strahlte die Möhlenbeck Tatkraft aus. Sie war hellwach. Anders als Jaro, dem in der vergangenen halben Stunde das Adrenalin verloren gegangen war. Er fühlte sich matt und abgeschlagen.

«Ich will ohne Umschweife zur Sache kommen», begann die Möhlenbeck. «Mertens sagt, er habe Sie am Fenster gesehen, ganz nah bei Jorgensen.»

«Mertens hat sehr gute Augen, nehme ich an», entgegnete Jaro. Mertens konnte ihn, wenn überhaupt, nur gesehen haben, als er Jorgensen beim Fallen hinterhergeschaut hatte, nicht aber in der Sekunde davor. Der entscheidenden Sekunde.

«Ich brauche klare Antworten.»

«Und ich klare Fragen.»

Sie funkelte ihn an. «Haben Sie Jorgensen gestoßen?»

«Nein, er ist gesprungen ... oder gefallen, kann ich nicht genau sagen ... er war total zugedröhnt ... Ich habe noch versucht, ihn zu packen, aber es war zu spät.»

«Kann das Packen unbeabsichtigt ein Stoßen gewesen sein?»

«Mein Griff ging ins Leere. Also nein.»

«Ein solches Gerücht macht schon die Runde.»

«Das kann dann ja nur Mertens gestreut haben.»

«Mertens hat auch gesagt, Sie hätten Jorgensen bereits auf der Straße festsetzen können. Ihn hinauf in die Wohnung gehen lassen, sei ein unnötiges Risiko gewesen.»

«Wenn Mertens das sagt.»

«Hat er recht oder nicht?»

«Im Nachhinein betrachtet, ja. Ich gehe aber nach wie vor davon aus, dass Jorgensen entkommen wäre, hätten wir versucht, ihn auf der Straße zu schnappen.»

«Dann würde die Frau noch leben.»

Jaro nickte. «Ja, dann würde Mandy Stein noch leben. Das ist der Fehler, den ich mir vorwerfen muss.»

«Ihnen ist klar, dass es eine Untersuchung geben wird.»

«Klar. Ich kenne das Prozedere.»

«Gut, dann wissen Sie ja auch, dass ich Sie für die Dauer der Untersuchung freistellen muss.»

Jaro erstarrte. Es war nicht so, dass er diese Maßnahme nicht in Erwägung gezogen hatte, doch er war davon ausgegangen, dass die Möhlenbeck auf seiner Seite stand.

«Müssen Sie nicht, soweit ich weiß», sagte er.

Sie nickte. «Doch, muss ich und werde ich. Schon allein um Sie zu schützen.»

«Ich kann gut selbst auf mich aufpassen.»

«Ich möchte auch, dass Sie unsere Psychologin aufsuchen.»

«Warum denn das?»

«Die Frage ist überflüssig. Sie haben einen Einsatz geleitet, bei dem zwei Menschen ums Leben gekommen sind. Es ist sehr wahrscheinlich, dass Sie Hilfe brauchen.»

Jaro sah zu Boden und schüttelte den Kopf. Er musste seine Hände zu Fäusten ballen, um seine Wut zu unterdrücken.

«Ich komme damit zurecht», presste er zwischen den Zähnen hervor.

«Das glauben Sie jetzt. Aber warten Sie erst einmal die nächsten Tage ab. So etwas geht an niemandem spurlos vorbei.»

«Kann es sein, dass ich gerade bestraft werde, weil ich meinen Job gemacht habe?»

Jaro hielt dem stechenden Blick seiner Chefin stand.

«Gibt es denn etwas, für das Sie bestraft werden müssten?»

«Dünnes Eis», sagte Jaro.

«Drohen Sie mir?»

«Nein, aber ich glaube, ich kann erwarten, dass Sie mir glauben, wenn ich Ihnen sage, Jorgensen ist gefallen.»

Seine Chefin ließ sich Zeit mit einer Antwort, und Jaro fand es unangenehm, wie sie ihn in diesen Sekunden fixierte.

«Wir zwei haben schon einmal darüber gesprochen, dass Ihnen Ihre Vehemenz und mangelnde Impulskontrolle irgendwann im Weg stehen werden. Sie erinnern sich?»

«Beides habe ich unter Kontrolle.»

Die Möhlenbeck machte mit dem Kinn eine Bewegung zu Jorgensen hin.

«Warum sieht das für mich gerade anders aus?»

«Weil Sie nicht dabei waren und nur auf Mertens' Gerede hören.»

Wieder schwieg sie und fixierte ihn auf diese unangenehme Art und Weise. Dann kam ihre nächste Frage.

«Warum haben Sie eigentlich solche Angst vor einem Gespräch mit unserer Therapeutin?»

«Was? Wieso? Ich habe doch keine Angst.»

Er würde niemals zugeben, dass er tatsächlich Angst davor hatte, aber aus anderen Gründen, als die Möhlenbeck glaubte. Er hatte Angst davor, dass die Therapeutin die Stimme in seinem Kopf entdeckte, seinen ganz persönlichen Schutzengel, der ihm Ratschläge erteilte und seine Konzentration störte. Dann würde man ihn nicht nur zeitweise, sondern für immer aus dem Dienst entfernen. Ein Zielfahnder mit einer Stimme im Kopf und einer Waffe in der Hand. Das war nicht tragbar. Außenstehende würden sogar sagen, es sei gefährlich, aber das stimmte nicht. Die Stimme war nicht gefährlich, ganz im Gegenteil. Sie machte Jaro zu dem, was er war, war ein Teil von ihm. Ohne sie wollte er nicht leben.

«Ich habe keine Angst», wiederholte er.

«Dann beweisen Sie es.»

WORT 2
FUNKELT

1

Faja Bartels wusste stets im Moment des Erwachens, ob es ein guter Tag werden würde oder nicht. Wachte sie mit leichtem Druck im Kopf und einem Ziehen in der rechten Gesichtshälfte auf, würde der Tag schlecht werden. Heute spürte sie nichts von beidem.

Der schmale Spalt zwischen den Vorhängen ließ ein wenig Sonnenlicht in ihr kleines Schlafzimmer. Sie rekelte sich unter der Decke und genoss das Gefühl, nicht sofort aufspringen zu müssen. Der Wecker zeigte halb sieben an, und da sie erst um zehn im Laden sein musste, hatte sie genug Zeit für ein paar Brückenminuten. Minuten zwischen der Friedfertigkeit der Nacht und den Anforderungen des Tages, die ihr oft zu viel waren. Minuten, in denen alle Gefühle in der Mitte ihres Körpers ruhten und die Gedanken träge ihre Umlaufbahnen zogen.

Sie liebte diese Zeit.

Alsbald gesellten sich Erinnerungen dazu. An den gestrigen Abend, die Lesung, das Gefühl, erfolgreich gewesen zu sein ... und die Angst. Später, auf der Straße, als sie das Gefühl gehabt hatte, beobachtet zu werden. Sie hatte niemanden gesehen, und die Geräusche von Schuhen auf Asphalt hatten sich nicht wiederholt, aber auf ihrem weiteren Weg nach Hause war die Angst wie ein Schatten gewesen, dem sie nicht entkommen konnte. Hinter ihr, vor ihr, neben ihr, überall. Sie war gerannt, bis das Licht hoher Straßenlaternen ihr Sicherheit suggerierte. Schließlich hatte ein Taxi neben ihr gestoppt und der Fahrer sie gefragt, ob alles in Ordnung sei. Faja hatte nicht wie ein verschrecktes Huhn wirken wollen und bejaht, aber Taxifahrer waren Nachtexperten, sie kannten die Ängste und Gefahren, und so hatte er angeboten, sie zu fahren. Faja hatte angenommen und war dankbar gewesen für die umschmeichelnde Sicherheit lederner Sitze hinter dunklen Scheiben.

Sie wollte nicht ängstlich sein.

Aber wie wurde man los, was sich wie Krebs in die Zellen krallte? Wie konnte man vergessen, was wie ein Pilzgeflecht die Synapsen durchdrang?

Faja suchte noch nach Antworten auf diese Fragen. Wahrscheinlich war sie damit nur eine von mehreren Milliarden Menschen, was es aber nicht leichter machte, wenn die anderen auch keinen Rat wussten. Und die, die glaubten, eine Lösung gefunden zu haben, nur eiserne Rüstungen mit sich herumtrugen. So wie sie selbst auch. Eine Rüstung, die sie zu einem einsamen Menschen machte. Aber es wurde besser, von Tag zu Tag, in kleinen Schritten. Dabei halfen ihr die Social-Media-Kontakte, weil sie Freundschaften ermöglichten, die sie im realen Leben nie gefunden hätte. Die Bücherjunkies waren der beste Beweis dafür. Sie akzeptierten Faja so, wie sie war, und Faja liebte sie dafür, selbst einen verrückten Kerl wie Claas.

Ein letztes Mal noch rekeln, das leichte Laken über ihre nackte Haut streichen lassen, einen Fuß in den Balken aus Sonnenlicht strecken, langsam in den Tag hineinfinden. Ein bisschen widerwillig schlug sie schließlich die Decke beiseite und setzte sich auf die Bettkante. Die Haare fielen ihr ins Gesicht, sie blies eine Lücke hinein, betrachtete ihre Zehen und entschied, die blaue Farbe darauf zu erneuern. Draußen herrschte Sandalenwetter.

Sie visierte die Tür an und stieß sich vom Bett ab. Wankte in die Küche, in der die digitale Uhr des Kaffeeautomaten ihr heute kein schlechtes Gewissen machte. Die Sache mit dem rechtzeitigen Aufstehen hatte sie noch nie im Griff gehabt. Aber heute war genug Zeit. Wie schön! Faja drückte die Tasten, die sie mit einem Caffè Crema belohnen würden. Während die Mühle mahlte und das Brühwerk brühte, eilte sie ins Bad hinüber und setzte sich auf die Toilette. Dabei spürte sie langsam die Spannung in der rechten Gesichtshälfte zunehmen.

Würde der Tag vielleicht doch nicht so gut werden?

Mit den Fingerspitzen massierte sie das Narbengewebe, und als sie gespült hatte, nahm sie den Tiegel mit der speziellen Creme aus dem Spiegelschrank. Sie tauchte zwei Fingerspitzen in die weiße Creme, trug sie auf ihre Haut auf und massierte sie mit kreisenden Bewegungen ein. Eine Tätigkeit, die sie seit Jahren jeden Tag ausführte. Die Narben verschwanden dadurch nicht, wurden aber flexibler, störten nicht so häufig, und wirkliche Schmerzen hatte sie nur selten.

Danach der obligatorische Blick in den Spiegel. Anschauen, was nicht zu ändern war, sich an den Anblick gewöhnen, um sich so anzunehmen, wie sie war. Das gelang nur durch Wiederholung, denn so funktionierte das menschliche Hirn nun einmal. Als normal nahm es hin, was es täglich verarbeitete. Problematischer war es mit den Blicken der anderen. An die gewöhnte man sich nie.

Immer wenn sie hinschaute, genau hinschaute, versuchte die Erinnerung einen Sprung ins Heute. Das allerdings ließ Faja nicht zu. Natürlich gehörte eine Geschichte zu den Narben, aber die musste ja keine Bühne bekommen. Für die Erinnerungen gab es keine Creme, die sie erträglicher werden ließ. Stattdessen eine Kammer, verschlossen von einer Tür, deren Riegel Faja selbst geschmiedet hatte, und den Schlüssel zu dem monströs großen Schloss hatte sie schon vor langer Zeit in den Lava speienden Krater des Schicksalsbergs geworfen, so wie Frodo in «Herr der Ringe».

In der Küche piepte die Kaffeemaschine. Faja ging hinüber, nahm die Tasse aus dem Fach, genoss den Duft und benetzte ihre Lippen mit der feinen Crema. Während sie trank, nahm sie ihr Handy aus der Ladeschale auf der Fensterbank. Eine Nachricht von Claas erwartete sie.

An ihn und sein morbides Video hatte Faja auf dem Weg nach Hause nicht mehr gedacht, aber es war klar, dass er nachfassen würde.

Sie stellte die Tasse ab, öffnete den Messengerdienst und fand ein neues Video von ihm vor.

Auf dem Standbild saß Claas noch immer auf dem Stuhl, eingewickelt in Frischhaltefolie, hinter ihm die rot leuchtenden Worte *burn, burn, burn* an der Wand. Alles war so wie schon gestern Abend, bis auf das Stück Papier mit der Aufforderung, eine Geschichte in fünf Wörtern zu erzählen. Das fehlte.

Faja hatte keine Lust dazu, startete das Video aber dennoch.

Claas zappelte wie ein Verrückter. Er wand sich hin und her, kämpfte gegen die Frischhaltefolie an, sein Kopf flog von einer Seite auf die andere, er schien schreien zu wollen, konnte es aber nicht, und erst jetzt bemerkte Faja, dass noch etwas anders war. Über Mund und Nase klebte durchsichtige Folie, und irgendetwas Großes steckte in seinem Mund. Sie konnte nicht erkennen, was es war.

Claas' Augen waren weit aufgerissen, an seiner Stirn trat eine Ader hervor, leuchtete bläulich, schien nicht zu wissen, wohin mit dem Blut. Sein Körper verkrampfte sich, erschlaffte dann wieder, dann krampfte er erneut und bog den Rücken durch, soweit es die Folie zuließ.

Das war kein morbider Scherz.

Claas kämpfte um sein Leben.

Faja begann zu zittern, ihr Puls zu rasen, sie wollte irgendwas tun, wusste aber nicht, was. Jemand musste Claas helfen, großer Gott, irgendjemand musste ihm doch helfen! Sie hielt ihr Telefon mit beiden Händen, schüttelte es, als würde das irgendwas ändern, dann brachen Tränen aus ihr hervor, wie Sturzbäche liefen sie ihre Wangen hinab.

«Claas ... bitte ... Claas», stieß sie verzweifelt aus.

Was sie ansehen musste, war entsetzlich, und doch konnte sie das Video nicht abschalten. Sie musste doch sehen, was mit Claas passierte, wie er gerettet wurde oder ob sich nicht doch alles als ein Scherz entpuppte. Und so sah sie weiter zu, sah Claas kämpfen, bis sein Körper sich plötzlich aufbäumte und in einer unnatürlichen Haltung, in der jeder Muskel bis aufs Äußerste angespannt war, verharrte.

Faja schrie auf, ließ das Handy fallen, beugte sich über die Küchenspüle und erbrach heiße Flüssigkeit. Dann gaben ihre Knie nach, sie sackte auf den Boden, sah dort das Handy liegen, das Display gerissen, und dennoch zeigte es weiter Claas. Auf allen vieren krabbelte Faja aus der Küche, weg, nur weg von dem Handy. Im Flur stieß sie den Garderobenstuhl um und nutzte ihn, um auf die Beine zu kommen. Sie wusste, sie musste Hilfe rufen, musste die Polizei informieren, einen Festnetzanschluss hatte sie nicht, und es kam nicht infrage, ihr Handy zu benutzen.

Zitternd, weinend, einer Panik nahe, öffnete sie die Kette der Wohnungstür, zog die Tür auf und stürzte auf den Hausflur hinaus. Sie stieß gegen das Treppengeländer, hangelte sich daran entlang und erreichte die gegenüberliegende Tür ihres Nachbarn Henk. Den sie nicht mochte, weil er sie ständig anbaggerte. Trotzdem klingelte sie Sturm, bis ihr einfiel, dass er gar nicht da war. Urlaub. Afrika oder so. Auf Beinen, die sich wie Knetgummi anfühlten, stolperte sie die Treppe in die zweite Etage hinunter, klingelte und klopfte bei Frau Hansen und schrie um Hilfe. Als die alte Dame endlich öffnete, stolperte Faja in den Wohnungsflur und fiel abermals auf die Knie.

«Kind ... um Gottes willen, was ist denn passiert?»

«Claas ... er ist tot ... ich hab es auf meinem Handy gesehen ... die Polizei, wir müssen die Polizei rufen.»

Frau Hansen schlug die Hände vor den Mund.

«Um Gottes willen», stieß sie dahinter aus, bewegte sich aber nicht von der Stelle.

Faja spürte, wie sich etwas vor ihre Gedanken schob. Eine schwarze Wand, die sie von der Realität abschotten wollte und hinter der eine friedliche, wattige Welt auf sie wartete, doch Faja wollte das nicht. Frau Hansen bewegte sich immer noch nicht, und sie musste doch unbedingt Claas helfen. Vielleicht bestand noch eine Chance.

«Die Polizei», hörte sie sich mit einer Stimme sagen, die nicht ihre eigene sein konnte, dafür war sie viel zu weit entfernt.

Wie der Vorhang im Kino schob sich die schwarze Wand immer weiter zu, der Spalt aus Licht wurde schmaler und schmaler.

«Claas ...», stammelte Faja. «Die Geschichte ... ich muss die Geschichte erzählen ... fünf Wörter ... nur fünf Wörter ...»

Dann empfing die Dunkelheit sie wie ein guter, alter Freund.

Hello darkness, my old friend, I've come to talk with you again.

2

Wenn Jaroslav Schrader eine Eigenschaft zur Genüge besaß, dann war es Hartnäckigkeit. Begann er etwas, brachte er es zu Ende. Setzte man ihn auf jemanden an, hatte derjenige schon verloren, auch wenn er es noch nicht wusste. Jemand hatte mal zu ihm gesagt, er sei wie eine dieser nervigen Stechfliegen, die man auch Bremsen nannte. Egal, wie oft der Pferdeschwanz sie verscheuchte, sie hörte nicht auf, bis sie totgeschlagen wurde.

Und weil seine Hartnäckigkeit, die manch einer Sturheit nannte, unter Beschuss erst so richtig aufblühte, ging er nach einer kurzen Nacht, in der er lediglich drei Stunden Schlaf gefunden hatte, zum Dienst. Was auch passieren mochte, würde passieren, das lag nicht in seiner Hand. Nicht aufzugeben, weiterzumachen, nach einem Tiefschlag wieder aufzustehen, lag hingegen in seiner Hand. Und auf keinen Fall würde er Mertens kampflos das Feld überlassen.

Das Präsidium befand sich in der Nähe seiner Wohnung, Jaro hatte sie deshalb ausgesucht und genoss es, morgens zu

Fuß zur Arbeit zu gehen. Tage wie diesen, an dem der frühe Morgen einen perfekten Sommertag versprach, die Sonne sich gemächlich aus dem Dunst erhob und die Schatten vertrieb, mochte er besonders. Die Stadt war noch ruhig, die Menschen noch langsam, er konnte mit ihr und ihnen erwachen. Gedämpfte Geräusche, gedämpftes Leben, gedämpftes Licht. In wenigen Stunden, wenn der Motor auf Hochtouren lief, schmolzen Aufmerksamkeit und Respekt auf das geringstmögliche Niveau. Dann war Krieg. Wie jeden Tag. Sein Metier.

Über seine Earpods hörte er das Hörbuch weiter und erfuhr, dass der nordkoreanische Diktator Kim Jong-un seinen Verteidigungsminister am 30. April 2015 mit einer Flugabwehrrakete hinrichten ließ, weil er bei einer Rede des Diktators eingeschlafen war.

Eine Flugabwehrrakete!

Unvorstellbar.

Jaro fragte sich, ob er gestern Abend falsch gehandelt hatte, weil Mertens ihn mit seiner Kritik vor den Kollegen gekränkt hatte. Würde Mandy Stein noch leben, wenn Jaro auf Mertens eingegangen wäre? In seinem Bauch schufen diese Gedanken heimtückische Schmerzen.

Bei dem Türken an der Ecke, der alles verkaufte, was in seinen Laden und davor passte, holte er sich wie gewohnt einen schwarzen Kaffee. Der Eingang war bereits zugestellt mit Obstkisten, darin Wassermelonen, so riesig, dass man sie kaum tragen konnte. Erdogan, der Besitzer, kam mit einem Armvoll Salatgurken heraus, die er in eine der Kisten legte.

«Meine Frau ist wieder schwanger», verkündete Erdogan nach kurzer Begrüßung und seufzte.

Er war achtundvierzig Jahre alt, übergewichtig, hatte Bluthochdruck und Diabetes. Er neigte zu cholerischen Anfällen, war aber eine Seele von Mensch, der jeden Angriff des Schicksals abschüttelte und weitermachte.

«Sie sagt, es ist von dir», behauptete Erdogan grinsend. «Und sie wird jeden Cent aus dir herauspressen, dich aber nicht heiraten.»

«Glaub mir, sie wird ihre Meinung noch ändern.»

Die beiden Männer betraten den Laden, und Erdogan machte sich daran, den Kaffee einzuschenken. Jaro brachte dafür seine eigene Tasse mit. Einen Thermobecher, auf dem in roten Lettern *Leben am Limit* stand. Eigentlich war Kaffee to go das Einzige, was Erdogan nicht verkaufte, aber die Art, wie er für sich selbst in einem Perkolator Kaffee zubereitete, war umwerfend. Niemand in der Stadt machte besseren Kaffee. Also hatten sie einen Deal.

«Im Ernst ... ich glaub, ich schaff nicht noch ein Kind», sagte der Gemüsehändler dabei.

«Also war das kein Spaß?»

«Nein, war es nicht.»

Jaro legte ihm eine Hand auf die massige Schulter. Erdogan war einen Kopf kleiner als er.

«Wenn es einen Menschen auf der Welt gibt, der das schafft, dann du. Und wenn es einen Menschen auf der Welt gibt, der ein Haus voller Kinder haben sollte, dann du. Wenn sie nur halb so gut werden, wie du es bist, retten sie die Welt.»

Erdogan strahlte. Er mochte pathetische Sprüche.

«Möchtest du Pate werden?»

Die Frage überraschte Jaro, und er wusste nicht, wie er darauf reagieren sollte.

«Da gibt's sicher bessere Kandidaten.»

Erdogan schüttelte den Kopf. «Es ist mir ernst. Und es wäre mir und meiner Frau eine Ehre.»

Jaro rang mit sich, weil er wusste, er war kein zuverlässiger Mensch, jedenfalls nicht in privaten Beziehungen, und so eine Patenschaft währte lebenslang. Konnte er dieses Versprechen erfüllen? Konnte das überhaupt irgendjemand? Manche glaubten es zumindest und waren deshalb dafür geeignet, aber nicht einmal das tat Jaro. Aber wie konnte er ablehnen, wenn Erdogan ihn so voller freudiger Erwartung anschaute?

«Okay», willigte Jaro spontan ein. «Und es ist mir ebenfalls eine Ehre.»

Erdogan nahm ihn in die Arme, klopfte ihm auf die Schulter und bedankte sich. Jaro mochte die Körperlichkeit, und heute fühlte sie sich besonders gut an.

«Lebenslang Kaffee aufs Haus, das verspreche ich dir», sagte Erdogan, nachdem sie sich voneinander getrennt hatten.

«Das war mein Ziel», sagte Jaro. Er nahm den Becher und trank einen ersten Schluck. Temperatur und Geschmack waren perfekt wie immer. «Vielleicht musst du mich sogar hier in deinem Laden beschäftigen.»

«Wieso das? Du bist doch der, der die Welt rettet. Jedenfalls hier in der Stadt.»

«Wahrscheinlich nicht mehr lange. Hab Mist gebaut. Kann gut sein, dass ich rausfliege.»

«Erzähl.»

«Du weißt doch, ich kann nicht über meinen Job sprechen. Mit dir schon gar nicht. Von deinen vier Brüdern und zwölf Cousins steht die Hälfte auf meiner Liste.»

«Sie sind alle gute Menschen in einem schlechten Leben», sagte Erdogan. «Ich kann jemanden brauchen, der die Melonen vom Lkw lädt und reinträgt.»

«Genau mein Ding. Ich melde mich, wenn's losgehen kann.»

Jaro winkte Erdogan zum Abschied.

Bis zum Präsidium waren es noch fünf Minuten. Jaro ging langsam, bereitete sich innerlich auf den Tag vor, auf die nächsten paar Stunden, in denen der Einsatz der letzten Nacht die Hauptrolle spielen würde. Er würde einstecken müssen, und das nicht zu knapp. Mertens hielt den Flurfunk sicher auf Trab und ließ kein gutes Haar an ihm. Mehr Sorge aber bereitete ihm die Ankündigung der Möhlenbeck, ihn freizustellen. Hatte sie das ernst gemeint, oder war es eine spontane, revidierbare Reaktion auf die Ereignisse der Nacht gewesen?

Der Kaffeebecher war noch halb voll, als er die Tür des Personaleingangs aufstieß. Sein Büro befand sich in der zweiten Etage. Auf dem Weg dorthin begrüßte er Kolleginnen und Kollegen und hatte irgendwie das Gefühl, alle schauten ihn mitleidig an. Vielleicht waren es auch nur die üblichen schlecht gelaunten Morgengesichter, und er deutete mehr hinein, als da war.

Im Gang vor seinem Büro hatte sich eine kleine Gruppe versammelt, darunter Mertens, selbst von hinten an seinem dicken Bauch und der kahlen Stelle am Hinterkopf zu erkennen. Sein Anblick löste etwas in Jaro aus. Tief in seinem Bauch begann es zu rumoren. Er kannte das schon und nahm sich vor, es zu ignorieren, sich zusammenzureißen.

«... hat sich wieder aufgespielt und die ganze Aktion gefährdet», hörte er Mertens sagen, und auch wenn sein Name nicht fiel, wusste Jaro, dass er gemeint war.

Die Kollegen hatten Jaro bemerkt, Mertens aber nicht.

«... und ich sage euch, Jorgensen ist nicht von allein aus dem Fenster gefallen.»

«Wenn du schon Tratsch verbreitest, versuch es doch bei mir direkt», fuhr Jaro ihn mit harter Stimme an. In diesem

Moment hatte er immer noch fest vor, die Situation nicht eskalieren zu lassen. Aber wie hielt man unter Kontrolle, was unkontrollierbar war?

Mertens fuhr herum, Schrecken und peinliche Berührtheit ließen ihn debil wirken. Jaro wusste, hier ließ sich nichts mehr kontrollieren, denn Mertens konnte sein Gesicht nur wahren, wenn er auf seiner Behauptung bestand.

«Ich weiß, was ich gesehen habe», sagte er auch schon.

«Du hast gar nichts gesehen, weil du wie immer nicht an vorderster Front warst.»

«Was willst du damit sagen?»

Jaro zuckte mit den Schultern. «Was willst du mit deiner Andeutung sagen? Dass ich Jorgensen getötet habe?»

Mertens formte Worte, die seine Lippen nicht verließen, und die ohnehin stickige Luft im Gang heizte sich zusätzlich auf.

«Na los, sag schon.» Jaro tat einen Schritt auf ihn zu, was nicht nötig gewesen wäre, da er aufgrund seiner Größe und physischen Präsenz ohnehin schon einschüchternd wirkte.

«Willst du mich schlagen?», fragte Mertens. «Gewalt scheint dir ja zu liegen.»

«Beantworte einfach meine Frage, Mertens.»

«Muss ich nicht. Es wird eine Untersuchung geben. Die wird alle Fragen beantworten.»

Damit drehte er sich von Jaro weg.

Jaros innerliche Eruption war immens, aber mit Mühe gelang es ihm, das Magma nicht herauszuschleudern. Er schob sich an Mertens vorbei, rempelte ihn dabei an und sagte leise: «Feigling.»

Bevor er sein Büro erreichte, rief Mertens ihm Worte hinterher, die alles veränderten.

«Mandy Stein war schwanger. Drei mit einer Klappe, gut gemacht, Schrader.»

«Mertens, hör auf!», schnauzte eine Kollegin ihn scharf an.

Zu spät. Zu spät.

Jaro stellte den Kaffeebecher ab, schnellte herum, auf Mertens zu, packte ihn am Kragen, drückte ihn gegen die Wand.

«Was erzählst du für eine Scheiße!»

Die Nasen nur wenige Zentimeter voneinander entfernt, dachte Jaro allen Ernstes darüber nach, ihm einen Kopfstoß zu verpassen. Das Tier in ihm rüttelte an der Käfigtür.

«Aufhören! Sofort!»

Das war die schneidende, kräftige Stimme der Möhlenbeck, und Jaro war sofort klar, dass sie ihn vor Schlimmerem bewahrte. Dennoch war es ihm nicht möglich, Mertens sofort loszulassen.

«Schrader!», fasste seine Chefin nach.

Das half. Jaro ließ Mertens los.

«In Ihr Büro, sofort! Und die anderen haben doch wohl genug zu tun, oder nicht!»

Klein, wie sie war, eilte die Möhlenbeck im Laufschritt vorbei und verschwand in Jaros Büro. Ohne sich noch einmal umzudrehen, ließ sie Jaro folgen wie einen geprügelten Hund. So ging Autorität. Der Auflauf hatte sich zerstreut, noch ehe Jaro die Tür hinter sich schließen konnte.

«Stimmt das?», fragte er seine Chefin.

«Ja. Mandy Stein war im vierten Monat.»

Die Nachricht sickerte nicht langsam durch, sondern schlug mit eiserner Faust zu. Er spürte, wie ihm der Boden unter den Füßen weggerissen wurde, alles verschwamm; die Umgebung, er selbst, seine Überzeugungen und Gewissheiten. Er musste sich setzen. Sah Mandy Stein im Würgegriff von Jorgensen, ein Messer an der Kehle. Das nächste Bild zeigte ihre toten Augen, in denen sich das Licht der Straßenlaternen brach. Schwanger. Seine Entscheidung hatte ein Leben genommen, das noch nicht einmal richtig begonnen hatte. Ganz egal, wie man es drehte und wendete, er war der Böse in diesem Fall.

Jaro war nach Heulen zumute, doch er heulte nicht.

Nie.

Jaro legte seinen Kopf in die Hände. Er war schwer wie eine Bleikugel, die Gedanken darin eingegossen. Sie bewegten sich nicht mehr, hingen an der Nachricht von der Schwangerschaft und Mandys gebrochenem Blick fest. Seine Schuld war unbestreitbar, und Jaro fragte sich, ob er damit fertigwerden würde.

Seine Chefin setzte sich auf die Kante des Schreibtisches, kam Jaro damit näher, als er es wollte. Trotz ihres Übergewichts bewegte sie sich geschmeidig.

«Wenn es Ihnen hilft, ich glaube nicht, dass sie bei dem Drogenkonsum ein gesundes Kind zur Welt gebracht hätte.»

Es half nicht. Weil es keine Rolle spielte.

«Machen Sie freiwillig ein paar Tage Urlaub und versuchen Sie, den Kopf freizukriegen ... und sprechen Sie mit unserer Psychologin. Tun Sie mir den Gefallen. Ich brauche Sie hier. Fit und mental gesund. Einen Besseren als Sie habe ich nicht.»

Wenn sie wüsste, dass Jaro schon lange nicht mehr mental gesund war, würde sie das nicht sagen. Aber so etwas behielt man natürlich für sich. War ja auch kein großes Ding, hin und wieder eine Stimme im Kopf zu haben. Schwierig war nur, dass er auch für den Tod des Menschen verantwortlich war, zu dem die Stimme gehörte. Jetzt konnte er nur hoffen, dass sich nicht auch noch Mandy Stein und Jorgensen dazugesellten.

«Haben Sie mir zugehört?»

Jaro nickte.

«Sie glauben mir nicht, dass ich Jorgensen nicht geschubst habe, oder?»

«Es geht nicht darum, was ich glaube oder nicht. Es gibt die Aussage eines Kollegen, das Ganze wird untersucht werden, Sie kennen das Prozedere. Und wissen Sie, was ich nicht tun werde? Ich werde Sie nicht auffordern, mir in die Augen zu schauen und mir die Frage zu beantworten, ob Sie ihn geschubst haben. Wenn Sie es getan haben, müssen Sie selbst damit klarkommen. Wenn nicht, wird die Untersuchung das bestätigen, und bis dahin machen Sie Urlaub.»

«Zu Hause rumsitzen wird mir sicher nicht helfen.»

«Habe ich mir gedacht.» Sie seufzte und legte drei aneinandergeheftete Seiten auf den Schreibtisch. «Deshalb suspendiere ich Sie vorerst auch nicht. Kümmern Sie sich um diese Sache.» Sie tippte auf die Seiten. «Normale Ermittlungsarbeit außerhalb Ihres Fachbereichs. Damit sind Sie erst mal hier raus. Allerdings sind Sie einer Kollegin von der Kripo unterstellt. Die haben Personalnot.»

Jaro schüttelte den Kopf. «Kein Interesse.»

«Entweder das, oder Sie gehen sofort nach Hause und sortieren Ihre Briefmarkensammlung.»

Ein Blick in ihre Augen bestätigte Jaro, dass seine Chefin es verdammt ernst meinte.

«Also gut ...»

«Aber nur unter einer Bedingung. Ich will, dass Sie jetzt sofort die ersten drei Termine mit unserer Psychologin machen. Während ich hier sitze.»

«Kann das nicht warten?»

«Nein, kann es nicht. Und das hat nicht nur mit Jorgensen

zu tun. Manchmal habe ich den Eindruck, Sie sind nicht wirklich da. Fast so, als sprächen Sie mit einer Stimme in Ihrem Kopf.»

Jaro kroch Hitze in die Wangen.

«Rufen Sie an», befahl seine Chefin und hielt ihm einen Zettel mit einer Telefonnummer hin.

Widerwillig griff er zum Hörer.

3

Über diese Welt hatte sie Hunderte Male gelesen, sich jetzt in ihr zu befinden, fühlte sich surreal und falsch an. Diese Erfahrung hätte für alle Zeiten Fantasie bleiben sollen, ausgeschmückt mit Details, die es so nicht gab, angereichert durch Besonderheiten, wo in Wirklichkeit Tristesse herrschte.

Es war eine karge, nüchterne Welt.

Weiße Wände. Graue, verschließbare Aktenschränke aus Metall. Ähnlich gestaltete Schreibtische, die Kopf an Kopf standen, einen Spalt voneinander entfernt, um den Wasserfall von Kabeln zu Boden fließen zu lassen. Keine Bilder an den Wänden, keine Grünpflanzen auf der Fensterbank, nicht einmal die obligatorische Yuccapalme, die doch in jedem Krimi vorkam. Von der Tür bis zu den Schreibtischen verlief eine y-förmige Spur, die über Jahre in den widerstandsfähigen grauen Nadelfilz hineingelaufen worden war.

Seit zehn Minuten saß Faja Bartels allein in dem tristen Raum. Sie fühlte sich unwohl, gefangen. In der Wohnung von Frau Hansen war sie aus ihrer Ohnmacht erwacht, noch bevor der Rettungswagen eintraf. Der Notarzt hatte sich ein paar Minuten um sie gekümmert und entschieden, dass eine Einweisung in die Klinik nicht nötig war. Erst dann hatte er den herbeigeeilten Polizisten Zugang zu Faja gestattet. Es war ein wenig schwierig gewesen, den beiden uniformierten Beamten zu erklären, was passiert war, zumal Faja alles andere als zusammenhängend erklärte, aber als sie es begriffen, hatten sie per Telefon jemanden herbeigerufen, der für solche Fälle zuständig war.

Diesen Jemand hatte Faja noch nicht kennengelernt. In der Wohnung von Frau Hansen hatte sie den Beamten den PIN-Code für ihr Handy gegeben, dann war sie auf diese Polizeidienststelle verbracht worden. Eine junge Beamtin hatte ihr Wasser und einen Schokoriegel aus dem Automaten gebracht und sie gebeten zu warten.

Eingeschüchtert, verwirrt und verängstigt wartete Faja.

Irgendwann ging die Tür auf.

Herein kam ein kleiner, schlanker Mann von vielleicht vierzig Jahren. Er hatte volles dunkles Haar, einzelne Strähnen hingen bis über seine braunen Augen. Die lagen hinter einer Brille mit dickem, braunem Gestell, wie es gerade in war. Er trug Jeans, ein blaues Oberhemd und Lederschuhe. Mit der Klinke in der Hand blieb er stehen.

«Möchten Sie etwas zu trinken oder zu essen haben?», fragte er. «Ich besorge Ihnen gern, was wir im Automaten haben. Viel ist es nicht, aber für einen Snack zwischendurch reicht es allemal.»

Der Mann sprach auffallend schnell und ein wenig steif.

«Danke, Ihre Kollegin war schon so nett, ich brauche nichts.»

Er schloss die Tür, kam zu ihr, reichte ihr die Hand. Er bewegte sich so schnell, wie er sprach. Seine Hand war weich, der Griff nicht zu fest, aber auch nicht zu lasch. Er sah ihr direkt in die Augen. Die kleinen Lachfalten in seinen Augenwinkeln wirkten sympathisch.

«Simon Schierling, Kriminalhauptkommissar», stellte er sich vor, und Faja nannte ihren Namen.

«Wie schreibt man Ihren Vornamen?», fragte er.

«F, A, J, A», antwortete sie. «Ohne H oder I, einfach nur vier Buchstaben.»

Es gab nur eine Person, die ihren Namen ständig mit H und damit falsch geschrieben hatte, aber das lag lange zurück.

Kommissar Schierling setzte sich an den Schreibtisch. Aufrecht, fast kerzengerade, und dann schob er ein paar Dinge hin und her, bis er mit der Anordnung zufrieden war. Faja fand, er passte in diesen kühlen, nüchternen Raum.

«Geht es Ihnen wieder besser?», fragte der Kommissar.

Faja nickte und presste dabei die Lippen zusammen. Es ging ihr besser, aber nicht gut. Dafür lag zu viel im Ungewissen.

«Claas ...», sagte sie fragend.

Simon Schierling schüttelte den Kopf.

«Wir wissen noch nicht, was mit ihm ist.»

«Aber das Video ...»

«Das bereitet mir Sorge und Kopfzerbrechen. Ich kann Ihre Reaktion sehr gut verstehen, denn was in dem Video zu sehen ist, wirkt sehr real. Sie wissen sicher selbst, dass man mit heutigen Methoden alles faken kann, auch ein solches Video. Wir können also nicht sicher sein, dass Claas Rehagen wirklich gestorben ist. Berichten Sie doch bitte, was passiert ist. Von Anfang an.»

Wieder hatte Schierling schnell und steif gesprochen.

Faja begann mit der Lesung am gestrigen Abend, als Claas mit ihr in Kontakt getreten war, und endete in der Wohnung ihrer Nachbarin.

«Sie sollten eine spannende Geschichte aus nur fünf Wörtern erzählen, sonst stirbt Ihr Freund?», hakte Schierling nach, der sich Notizen in einen kleinen Block machte, während Faja sprach. Der Einbanddeckel des Spiralblocks war mit Motiven der Eiskönigin bedruckt. Der Kommissar hatte wohl Kinder. Er trug auch einen Ehering.

«Wie ungewöhnlich», schob er nach.

«Ja, und weil ich Claas' speziellen Humor kenne, habe ich es auch für einen Scherz gehalten. Ich hatte so viel zu tun mit der Lesung, den Gästen, unserem Star-Autor ... Wenn ich sofort reagiert hätte ...» Faja schloss die Augen und schüttelte den Kopf. «Wenn Claas etwas zugestoßen ist, weil ich nicht richtig reagiert habe ...»

Sie war nah daran, in Tränen auszubrechen.

«Machen Sie sich bitte keine Vorwürfe. Es ist nicht Ihre Schuld. Und es steht ja auch gar nicht fest, dass Ihrem Freund etwas zugestoßen ist. Falls es sich dabei um einen Scherz handeln sollte, verspreche ich Ihnen, ich sperre Claas Rehagen eine Woche in eine Ausnüchterungszelle, weil er Ihnen das angetan hat. Sagen Sie, woher kennen Sie Herrn Rehagen?»

«Aus der Buchbloggerszene bei Instagram.»

«Können Sie das näher erklären? Ehrlich gesagt lese ich nicht viel, und wenn, dann Fachliteratur.»

«Na ja, wir haben eine kleine Gruppe, die Bücherjunkies, außer mir und Claas gehören noch fünf andere dazu. Wir lesen sehr viel und tauschen uns darüber aus. Treffen uns auf Lesungen, auf Buchmessen, privat, digital oder persönlich, lesen Bücher gemeinsam, veranstalten Events dazu, manchmal mit den Schriftstellern. Irgendwie dreht sich unser Leben mehr oder weniger um Bücher.»

«Und um welche Bücher? Abenteuer oder so?»

«Hauptsächlich um Krimis und Thriller. Buchblogger gibt es aber in jedem Genre.»

«Und die Lesung gestern Abend war aus einem Krimi, nicht wahr? Wie, sagten Sie, heißt der Schriftsteller?»

«David Sanford. Er ist sehr bekannt. Das Buch, das er vorgestellt hat, trägt den Titel ‹Dunkelheit, mein Freund›.»

Schierling machte sich Notizen. Dabei entstand eine nachdenkliche Falte zwischen seinen Brauen. Als er so in sich gekehrt nachdachte, glaubte Faja, in dem eigentlich jugendlich wirkenden Gesicht Spuren eines Lebens zu entdecken, in dem der Kommissar zu oft in den Abgrund geblickt hatte. In Büchern mutete man diesem Berufsstand allerhand zu, und oft wurden sie als gebrochene Menschen dargestellt, weil es eben nicht anders sein konnte, wenn man tagtäglich mit den dunkelsten Seiten der Menschheit konfrontiert wurde. Aber Simon Schierling war nicht gebrochen. Vielleicht war seine Familie ihm eine Stütze. Diese Vorstellung gefiel Faja, und sie spürte wieder diese tiefe Sehnsucht nach so einer Familie, die sie nie gehabt hatte.

«Diese Sache mit den fünf Wörtern», sagte Schierling nachdenklich. «Dann eine Buchlesung, ein Schriftsteller, der Krimis schreibt, Sie arbeiten in einer Buchhandlung ... das alles hat mit Geschichten zu tun.»

Faja nickte. «Wenn ... wenn ich dieses letzte Video nicht gesehen hätte, würde ich deshalb immer noch denken, dass Claas sich einen Scherz erlaubt. Ja, er hat einen speziellen Humor, aber mich glauben zu machen, dass er stirbt ... nein, das traue ich ihm dann doch nicht zu.»

«Kollegen der digitalen Forensik werden sich mit dem Video beschäftigen, sobald sie Zeit haben. Ich bin gespannt auf deren Auswertung, und bis wir sie haben, gehen wir davon aus, dass Ihr Freund lebt. Natürlich werden wir ihn an seinem Wohnort aufsuchen. Sagen Sie, welche Art Beziehung haben Sie zueinander?»

«Wir sind über diese Gruppe befreundet, mehr nicht. Jedenfalls ist es für mich so. Ich glaube aber ... na ja, Claas sieht vielleicht mehr darin.»

«Sie aber nicht?»

Faja schüttelte den Kopf. Schierling machte sich eine schnelle Notiz.

«Ich weiß, was Sie jetzt denken», sagte Faja.

«Interessant. Sie können Gedanken lesen.»

«Sie denken, ich habe Claas zurückgewiesen und er will sich deshalb an mir rächen, nicht wahr?»

«Ist das so abwegig?»

«Vielleicht nicht ... aber ich kenne Claas und traue ihm das nicht zu. Ich habe ihn ja auch nicht zurückgewiesen, denn er hat mich nie gefragt oder auch nur den Versuch unternommen, mehr als eine Freundschaft daraus werden zu lassen.»

«Und dennoch glauben Sie, er würde das gern wollen.»

«Das ist eine Frage von Blicken, Gesten, Worten und dem Bauchgefühl, das daraus entsteht.»

«Weibliche Intuition», sagte Schierling lächelnd.

«Haben Männer die nicht auch?»

Schierling kam nicht dazu zu antworten, denn sein Handy klingelte. Er ging ran, hörte zu und traute sich nicht, Faja dabei anzuschauen. Erst als er aufgelegt hatte, hob er den Blick. Faja konnte sehen, dass er eine schlechte Nachricht bekommen hatte.

4

Das Haus der Fleischers lag außerhalb der Stadt. Einzel-
lage an einem sanft ansteigenden Hang, der in einen dichten
Fichtenwald überging. Die Nachbarschaft war verstreut, die
Häuser zwar in Sichtweite, aber kein Grundstück grenzte an
ein anderes. Gespräche über Gartenzäune gab es hier nicht.

Der Himmel war staubig blassblau, als Jaro dort eintraf.
Federwolken markierten einen Wetterumschwung am Nachmittag, kündigten Gewitter an. Die Landschaft gefiel ihm.
Ruhe, Weitläufigkeit, man konnte für sich bleiben, wenn man
wollte. Vor Jahrtausenden hatten Gletscher Furchen in das
Land gegraben, durch die jetzt Quellwasser abfloss. Schmale
Bäche in schattigen, gesunden Wäldern. Die Getreideernte
hatte begonnen, und Jaro musste einige Male aufs Bankett
fahren, um monströse Mähdrescher mit Kettenfahrwerk passieren zu lassen.

Die Fleischers vermissten ihren Sohn Thorsten. Schon vor
zehn Tagen war er von einem Musikfestival nicht zurückgekehrt, das hier in der Nähe stattgefunden hatte. Die Leiterin
der Kriminalpolizei hatte Jaro telefonisch den Auftrag gegeben, noch einmal mit den Eltern zu sprechen. Mehr als spär-
liche Infos und ein digitales Foto hatte Jaro nicht bekommen.
Fleischer war ein gut aussehender junger Mann mit blond
gelocktem Haar, der ein bisschen traurig dreinschaute.

Zwar hatten Beamte die Vermisstenanzeige entgegengenommen, aber nicht aktiv verfolgt. Ein junger Mann, der
nach einem Festival verschwindet, auf dem viel getrunken
wird und man neue Menschen kennenlernt, rief nicht sofort
den Polizeiapparat auf den Plan. Aber zehn Tage waren zehn
Tage, und der Vater hatte angeblich als Unternehmer Einfluss

auf die lokale Politik. Er hatte angerufen und von neuen Informationen gesprochen.

Also schickte man Jaro. Einen angezählten Zielfahnder, der Stimmen in seinem Kopf hörte, im Verdacht stand, einen Junkie aus dem dritten Obergeschoss ins Bohnenbeet gestoßen zu haben, der Schuld am Tod eines ungeborenen Kindes trug und demnächst wohl offiziell in Behandlung einer Psychotherapeutin war.

Man schickte die letzte Wahl.

Jaro war wütend und enttäuscht. Auf sich selbst, alle anderen, die ganze Welt. Und er war traurig. Immer wieder sah er Mandys Augen, und das Licht der Straßenlaternen darin verwandelte sich in ein zweites Augenpaar. Damit musste er klarkommen, wusste aber nicht, wie. Vielleicht war es doch keine schlechte Idee, mal ein paar Worte mit der im Polizeidienst stehenden Psychotherapeutin zu reden. Einen Termin hatte er immerhin schon.

Jaro hatte nicht einmal vor, das Beste aus seiner neuen Aufgabe zu machen. Der Fall war ihm scheißegal, Thorsten Fleischer ebenso, und er war froh, wenn er diesen Tag hinter sich gebracht hatte.

Um zwölf Uhr mittags schlug ihm drückende Wärme entgegen, als er aus dem Dienstwagen stieg. Über dem bröseligen Asphalt flimmerte Hitze. Auf dem Dach des Wagens sammelten sich Getreidefasern, die Luft schien angefüllt davon, sie vernebelten den Horizont, unscharf und flirrend, wie eine Fata Morgana.

Die Haustür ging auf, und eine hochgewachsene Frau in luftigem Sommerkleid kam heraus. Das Haus der Fleischers war keine Villa, aber ein gepflegter Bungalow aus den Siebzigern, mit etlichen Anbauten wie Carport, Wintergarten und weißen Mauern. Man zeigte den beruflichen Erfolg. Frau Fleischer hatte weißes Haar und braune Haut. Lippen und Augenpartie wirkten bearbeitet.

Jaro stellte sich vor und wurde hereingebeten in die saubere Kühle des klimatisierten Hauses. Frau Fleischer führte ihn ins Wohnzimmer, einen riesigen Raum, dessen verglaste Front auf einen ebenfalls riesigen parkähnlichen Garten hinausging, darin eingelassen ein Pool. Drinnen wie draußen schien nichts dem Zufall oder sich selbst überlassen.

«Ist Ihr Mann auch da?»

Sie schüttelte den Kopf. Die weißen Locken wogten.

«In der Firma. Elektrogeräte. Im- und Export, Verkauf und Reparatur. Er hat wenig Zeit.»

Davon scheint sie jede Menge zu haben, dachte Jaro, den Zustand des Hauses betrachtend. Die Dekoration war perfekt, stilvoll und unaufdringlich, aber überall vorhanden. Staubfänger, die keinen Staub fingen, denn der hatte hier drinnen keine Chance.

«Man sagte mir, Herr Fleischer hätte neue Informationen zum Verschwinden seines Sohnes.»

Sie nahm ein Blatt Papier vom Tisch, hielt es ihm hin.

«Hier stehen Namen und Kontaktadressen von Freunden und Bekannten. Die müssen Sie befragen. Wir haben … oder besser, mein Mann hat es versucht, aber die lügen.»

Jaro war von der Vehemenz der Frau so eingeschüchtert, dass er Blatt und damit Auftrag entgegennahm. Als interessierte es ihn wirklich, warf er einen Blick darauf. Es war ein Ausdruck. Durchnummeriert. 22 Posten.

«Nach Dringlichkeit sortiert», erklärte Frau Fleischer. «Je weiter oben, desto unglaubwürdiger.»

«Was meinen Sie denn, ist passiert?»

«Nun, mein Mann meint, das liegt auf der Hand. Die jungen Leute haben zusammen gefeiert, getrunken und was man heute sonst noch so tut in dem Alter. Er tippt auf irgendwelche Mutproben, bei denen etwas schiefgelaufen ist. Und das will jemand vertuschen. Würde ihn nicht wundern, wenn Thorsten auf dem Grund eines Sees oder Flusses liegt.»

Jaro wunderte sich über die Gefühlskälte der Frau. Unwahrscheinlich war es aber nicht, was sie sagte.

«Hat Thorsten eine feste Partnerin?»

«Nicht dass ich wüsste. Und wenn, wäre es ein Partner. Aber er spricht über so etwas nicht mit uns.»

Würde ich auch nicht, dachte Jaro und studierte weiterhin die Liste mit Namen. Es würde eine Woche dauern, mit all den Leuten zu sprechen.

«Wollen Sie nicht anfangen?»

Ihr Ton war unverhältnismäßig, und sie ging Jaro auf die Nerven. Patzige Antworten lagen ihm auf der Zunge, aber wenn er sich hier einen Fehler erlaubte, saß er morgen wirklich zu Hause und sortierte Briefmarken. Vielleicht wäre es besser so.

«Kann ich sein Zimmer sehen?» Die Frage kam Jaro spontan, vorgehabt hatte er das nicht, aber auf die Art konnte er Einsatz zeigen und musste nicht länger wie ein Angestellter im Wohnzimmer Anweisungen empfangen.

«Wenn es Sinn macht.»

Frau Fleischer bewegte sich nicht.

«Macht es.»

«Gut.»

Sie führte ihn in den hinteren Bereich des weitläufigen Hauses und öffnete eine Tür. Die Tür war mit einem Poster beklebt, das die Gitterstäbe einer Gefängniszelle darstellte. Jaro hielt das für eine ziemlich krasse Botschaft und fragte sich, was für eine Atmosphäre in dieser Familie wohl herrschte.

«Wir haben alles so gelassen, wie Thorsten es hinterlassen hat.»

Dieser Satz war mindestens so krass wie das Poster. Er klang wie aus einem Film und implizierte, dass der Sohn der Fleischers nicht zurückkehren würde.

Das Zimmer hielt für Jaro eine Überraschung bereit.

Nach ihrer Warnung hatte er mit einer Kopie seines eigenen Jugendzimmers gerechnet, das vom Gesundheitsamt, hätte es Kenntnis davon erlangt, wegen Infektionsrisiko versiegelt worden wäre. Thorsten Fleischers Zimmer hingegen war lediglich eine unaufgeräumte Bibliothek. An allen Wänden standen Regale voller Bücher. Bücher lagen auch auf dem Boden, dem ungemachten Bett, der Fensterbank. Dutzende. Hunderte. Wenn nicht sogar Tausende.

«Die kann er doch unmöglich alle gelesen haben», stieß Jaro erstaunt aus und hatte sein eigenes Bücherregal vor Augen, das zwar gut gefüllt war, aber Lichtjahre von diesem Zimmer entfernt. Jaro las langsam und viele Bücher mehrfach.

«Was weiß ich», versetzte Frau Fleischer. «Er gibt sein ganzes Geld für Bücher aus. Vermögensfraß, wie man Mann immer sagt. Wenn es wenigstens mit Bildung zu tun hätte, aber es ist nur Unterhaltung auf dem untersten Niveau.»

Jaro inspizierte die Regale. Die Titel ließen auf Krimis, Thriller, Horror und Science-Fiction schließen. Das Poster an der Tür machte klar, dass der Junge sich in seinem Elternhaus eingesperrt fühlte, aber hier drinnen schien er sich eine eigene Welt geschaffen zu haben, in der sein Geist so frei war, wie er nur sein konnte. Dass beides miteinander zu tun haben könnte, leuchtete Frau Fleischer natürlich nicht ein. Mit leicht angewidertem Blick betrachtete sie die Bücherregale.

«Das bringt uns nicht weiter», sagte sie.

«Darf ich fragen, wie vermögend Sie sind?», fragte Jaro, ohne sich zu ihr umzudrehen.

«Ich wüsste nicht ...»

«Aber ich. Und Sie dürften wissen, dass Menschen entführt werden, um Lösegeld zu erpressen.»

«Unfug. In Filmen vielleicht oder in Städten, aber doch nicht hier auf dem Land.»

«Also haben Sie keine Lösegeldforderung oder Ähnliches bekommen?»

«Natürlich nicht.»

«Und Ihr Vermögen?»

«Ist beträchtlich, aber zum größten Teil nicht liquide.»

Jaro gab sich mit der Antwort zufrieden und nahm ein Buch in die Hand, das Thorsten Fleischer wohl gerade las oder gelesen hatte. Es lag auf dem Nachtschrank neben dem Bett.

Dunkelheit, mein Freund, lautete der Titel, der Autor hieß David Sanford. In dem Buch steckte eine Vielzahl von Notizzetteln, auf denen mit krakeliger Schrift etwas notiert worden war. Anmerkungen zum Text, eigene Gedanken, mitunter negative Kommentare. Thorsten Fleischer schien die Bücher nicht einfach nur zu lesen, er studierte und sezierte sie. Jaro fragte sich, ob das wirkliche Leben nicht an dem jungen Mann vorbeizog, während er in diesem Gefängnis Stunde um Stunde lesend verbrachte. Bücher konnten einem das Leben erklären, aber nicht ersetzen. So hatte er selbst es immer empfunden.

Andererseits war er zu diesem Festival gegangen. Wie passte das zusammen?

«Hier drinnen werden Sie ihn nicht finden.» Frau Fleischer klang genervt.

«Wie war Ihr Sohn an dem Tag, an dem Sie ihn zuletzt gesehen haben?», fragte Jaro.

«Wie immer.»

«Und das bedeutet?»

«Thorsten ist zweiundzwanzig Jahre alt. Er hat kein eigenes Einkommen und gerade sein Studium geschmissen. Er ist chronisch schlecht gelaunt, rechthaberisch, arrogant. Wir streiten eigentlich nur noch miteinander. Aber er ist der Sohn meines Mannes, also helfen wir, wo wir können. Doch wir geraten zunehmend an unsere Grenzen.»

«Der Sohn Ihres Mannes?»

«Ich bin seine zweite Ehefrau, Thorsten ist nicht mein leibliches Kind.»

Jaro fragte sich, ob sie deshalb so kühl und distanziert über Thorsten sprechen konnte oder ob sie generell so war. Normal war ihr Verhalten nicht. Aber was hieß das schon.

«Kann es unter diesen Bedingungen nicht sein, dass er einfach ... nun ja, weggegangen ist?»

«Ohne Geld? Schwer vorstellbar.»

«Die Liste», sagte Jaro und warf einen schnellen Blick darauf. «Ist ein bester Freund, eine beste Freundin dabei?»

«Die ersten drei Namen. Ich sagte doch schon, je weiter oben, desto unglaubwürdiger. Und mit wem würde man sich betrinken und dumme Mutproben begehen?»

«Mit dem besten Freund», antwortete Jaro brav.

«Richtig. Ich finde es bedenklich, dass ich Ihre Arbeit machen muss», sagte die Fleischer. «Wie lange sind Sie schon bei der Polizei?»

«Was hat das hiermit zu tun?»

«Reine Neugierde.»

«Lange genug, um Ihnen sagen zu dürfen, dass Sie wahrscheinlich falschliegen und die Ursache für das Verschwinden Ihres Sohnes ...»

«Stiefsohn», unterbrach sie ihn.

«... Ihres Stiefsohnes in der familiären Situation zu suchen ist», beendete Jaro seinen Satz.

«Was erlauben Sie sich!»

«Was nötig ist.»

Er hatte jetzt die Nase voll von der Frau. Und wenn er sofort wieder von dem Fall abgezogen und in den Urlaub geschickt wurde, dann war das eben so.

«Ich werde mich über Sie beschweren.»

«Das ist Ihr gutes Recht. Danke, ich finde allein hinaus.»

Er winkte zum Abschied mit der Namensliste. Als Jaro vor das Haus trat, hatte er das Gefühl, aus dem Gefängnis entlassen zu werden – und er war nur eine Viertelstunde dadrinnen gewesen.

Wie musste es erst für Thorsten gewesen sein?

5

«Ich will, dass das hier alles nach Vorschrift abläuft, also sperren Sie den Bereich endlich ab!»

Simon Schierling zeigte den Beamten den Bereich, den er meinte, dann wandte er sich dem Gebäude und der Frau zu, die auf ihn wartete.

Der alte Bau hatte bisher die öffentliche Bibliothek beherbergt. Nun zog diese gerade in neue Räume um, die die Stadt ihr spendiert hatte: Neubau, klimatisiert, barrierefrei, modern. Nichts davon bot das vor Simon aufragende zweigeschossige Gebäude, in dessen Mauern man zudem Asbest festgestellt hatte. Die Abrissbagger standen bereit, warteten nur noch darauf, dass die letzten Kartons mit Büchern endlich umzogen. Da in der neuen Unterkunft die Brandmeldeanlage nicht funktionierte, zog sich das jedoch in die Länge.

«Und wir bringen doch nicht all unsere Schätze dorthin und setzen sie dieser Gefahr aus», sagte die Leiterin der Bibliothek, Frau Baumann, mit einer gehörigen Portion Empörung in der Stimme. «Da kann der Bürgermeister sich auf den Kopf stellen und Tango tanzen.»

Simon Schierling musste lächeln bei der Vorstellung. Den Bürgermeister hatte er bereits kennengelernt. Ein extrem unsportlicher Typ. Wahrscheinlich tanzte er nicht einmal auf seinen Füßen stehend einen vernünftigen Tango.

Frau Baumann hatte ihm soeben erklärt, warum die Bibliothek für den Publikumsverkehr zwar geschlossen war, viele Bücher aber noch darin herumstanden.

«In zwei bis drei Wochen soll der Umzug aber abgeschlossen sein», schob sie nach.

«Sagen Sie, wer außer Ihnen hat im Moment noch Zutritt zum Gebäude?», fragte Simon.

«Meine beiden Mitarbeiterinnen. Eine, die Silke, ist aber gerade krankgeschrieben. Ach ja, und der Hausmeister, Herr Niesfeld.»

«Den Einbruch haben aber Sie selbst bemerkt?»

Frau Baumann nickte. «Ich bin jeden Tag hier, packe Kartons, kümmere mich um die Logistik und so weiter. Ich komme um zehn und gehe um achtzehn Uhr. Aber ich muss Sie korrigieren. Ich habe keinen Einbruch bemerkt, ganz im Gegenteil. Ich hatte bereits zwei Kartons gepackt und musste in den hinteren Teil, in die Belletristik, als ich ... als ich ...»

Frau Baumann schlug sich eine Hand vor den Mund und wandte sich ab. Der Schock stand der Fünfzigjährigen ins Gesicht geschrieben. Der herbeigerufene Notarzt, der vor Simon eingetroffen war, hatte ihr bereits ein leichtes Beruhigungsmittel verabreicht. Sie war schockiert, aber nicht so stark, dass sie weiter ärztlich versorgt werden müsste. Wie es mit ihrer Psyche aussah, würde sich später herausstellen. Die Frau machte einen gefestigten Eindruck, aber Erlebnisse wie dieses waren schwer zu verarbeiten.

«Sie können gern nach Hause gehen. Im Moment brauche ich Sie nicht. Ich würde mich melden, sobald sich das ändert.»

«Wer tut so etwas? Und warum hier bei uns? Ich meine ...»

Sie schüttelte den Kopf auf der Suche nach Worten, fand aber keine. Dabei war sie in ihrem Beruf sicher eine Meisterin der Worte.

«Das werden wir herausfinden, ob wir es aber verstehen können, darf bezweifelt werden.»

«Das liegt an all der Gewalt in den Medien», sagte Frau Baumann und nickte, um sich selbst zu bestätigen. «Schauen Sie nur, wie viel Platz Bücher über Mord und Totschlag in der Bibliothek einnehmen! Wie sollen die Menschen denn da noch normal bleiben!»

Frau Baumann ging zu einem Mann hinüber, der auf sie wartete. Wahrscheinlich ihr Ehemann. Er nahm sie in die Arme und streichelte ihr den Rücken, während er Simon mit düsterem Blick anstarrte. Simon genoss den Anblick von Liebe und Vertrautheit, weil er aus eigener Erfahrung wusste, wie wichtig beides in Extremsituationen war. Wie schnell man abstürzen konnte, wenn dergleichen fehlte.

Dann wandte er sich um und dem Gegenteil von Liebe zu.

Er zog sich Handschuhe und Überzieher für die Schuhe an und betrat die alte Stadtbibliothek. Schon im Eingangsbereich schlug ihm ein eigentümlicher Geruch entgegen. Eine Mischung aus Büchern, Staub, Putzmittel und etwas, das in der Kehle kratzte. Simon musste an die Wirkung von Asbest denken und versuchte, nur durch die Nase einzuatmen. Der lang gestreckte Raum war dunkel und unübersichtlich, lange Regalreihen zerteilten ihn, Simons Blick konnte nicht weiter als vier bis fünf Meter eintauchen. Nicht alle Regale waren leer, hier und da standen noch Bücher herum, an der linken Wandseite zog sich eine Reihe brauner Kartons entlang, immer zwei übereinander. Die alten Tische, an denen Generationen von Menschen Bücher gelesen hatten, waren noch da.

Simon Schierling wusste, wohin er sich wenden musste. Im Moment war er ganz allein hier. So hatte er es am liebsten, wenn er einen Tatort untersuchte. Nach seiner Erfahrung war ungeteilte Aufmerksamkeit wichtiger als der Austausch mit Kolleginnen oder Kollegen, zumindest in dieser frühen Phase.

Es war erstaunlich still in dem altehrwürdigen Gebäude. Der Lärm der Stadt drang nicht durch die dicken Mauern, und Simon konnte sich vorstellen, welch friedlicher Ort diese Bücherei gewesen sein musste.

Durch den Mittelgang drang Simon immer tiefer vor, dorthin, wo eine einzelne Leuchte auf einem zwei Meter hohen Stativ eine Szene beleuchtete, die jedem Thriller zur Ehre gereicht hätte.

Dort hinten standen die halb leeren Regale zu einem nach vorn offenen Quadrat, ähnlich einem Boxring. Innerhalb dieses Rings war genau mittig ein Stuhl platziert. Die Person, die darauf saß, blickte zur offenen Seite und damit direkt in Simons Richtung.

Claas Rehagen.

Kein Zweifel.

Der Stuhl passte zu den anderen, die in der Bibliothek vorhanden waren, der Täter hatte sich also hier bedient – oder die Täterin. So wie schon in dem Video, war Rehagen mit durchsichtiger Folie an den Stuhl gefesselt. Und er war bis auf die Unterhose nackt. Anders als in dem Film war ein Streifen der Folie so geschickt um Rehagens Kopf gewickelt, dass er aufrecht war und man beim ersten Hinsehen den Eindruck hatte, er starre einen an. Es war aber kein Leben mehr in den weit aufgerissenen Augen.

Simon kannte diesen jungen Mann nicht, hatte ihn in dem kurzen Video jedoch lebendig gesehen, um sein Leben kämpfend. Ihn jetzt so vorzufinden, machte etwas mit ihm. Simon spürte Trauer und Mitleid. Emotionen, die er sich während der Arbeit sonst nicht erlaubte. Seit der Sache vor zwei Jahren hatte sich das geändert, langsam, unbemerkt, immer ein bisschen mehr. Er war sensibler geworden, nicht mehr der kühle Profi, der er davor gewesen war. Das fehlte ihm.

Kontrollier dich, dachte er und richtete die Aufmerksamkeit auf seine Atmung. Tief durch die Nase einatmen, die Luft durch den Solarplexus strömen und alles Schlechte fortwehen lassen. Durch den Mund ausatmen, damit nichts zurückbleiben konnte. Er hatte das oft genug getan, um seine Seele zu retten, seitdem sich die Hölle damals einen Spaltbreit für ihn geöffnet hatte. Die Wirkung trat augenblicklich ein, und er spürte, wie er sich entspannte. Gerade genug, um sich konzentriert an die Arbeit machen zu können.

Alles genau nach Vorschrift, um keine Fehler zu machen.

Langsam umrundete er den Stuhl. *Was soll uns das sagen? Warum sitzend? Warum die Folie? Warum fast nackt? Warum die Bibliothek?* Was hatte es mit den Geschichten und Büchern auf sich? Wie so oft in solchen Fällen steckte eine geheime Botschaft in der Handlungsweise des Täters. Oft war sich der Täter dessen nicht bewusst, aber hier sprach die Inszenierung dafür, dass die Botschaft absichtlich und mit einem bestimmten Ziel gesetzt worden war. Das Geheimnis des Falles lag darin, sie zu entschlüsseln. Jemand wollte ein Spiel spielen, wollte seine Klugheit unter Beweis stellen. Das hatten schon andere versucht, nur wenigen war es gelungen.

Etwas steckte im Mund des Opfers.

Simon Schierling schaltete seine Stablampe ein und leuchtete durch die Folie in den Mund, der ein wenig offen stand. Eine grüngraue Masse füllte ihn aus. Simon vermochte nicht zu sagen, worum es sich dabei handelte, tippte aber auf Papier. Herausholen musste es der Rechtsmediziner, das war Vorschrift. Seine Erinnerung zeigte ihm den lebenden Claas Rehagen mit einem Blatt Papier um den Hals. *Erzähl mir eine spannende Geschichte. Sie darf fünf Wörter haben. Nicht ein Wort zu viel. Sonst muss dein Freund sterben. Seine Zeit läuft bald ab.*

Womöglich steckte die Essenz der Intention des Täters in diesen Sätzen. Fünf Sätze zu je fünf Wörtern. Hatte die Zahl Fünf eine besondere Bedeutung für ihn? Gut möglich, dass die Obduktion etwas anderes herausfand, aber in diesem Moment ging Simon davon aus, dass Claas Rehagen erstickt war. Das Video sprach dafür. Ansonsten wies der Körper keine sichtbaren Verletzungen auf.

Als Simon sich ihm bis auf wenige Zentimeter näherte, spürte er die Vibrationen von Panik, Angst und Verzweiflung.

Mit diesen extremen Empfindungen war der junge Mann in den Tod gegangen, fernab seiner Liebsten, seiner gewohnten Umgebung, allein dem Wissen ausgeliefert, dass sein Leben unvollendet bleiben würde. Wenn Menschen zu Lebzeiten etwas ausstrahlten, eine Art Aura, die spür-, aber nicht sichtbar war, warum nicht auch im Tod?

Simon trat zurück. Körperlich und emotional.

Er konzentrierte sich auf die Umgebung, die Fakten, das Zähl- und Messbare. Er war ein bisschen zu nah an den Ereignishorizont eines schwarzen Loches herangetreten und hatte gespürt, wie es an ihm mit einer Macht zerrte, der er kaum etwas entgegenzusetzen hatte. Das durfte ihm nicht wieder passieren. Ein zweites Mal würde er es nicht schaffen, der Dunkelheit zu entkommen.

Simon verließ das Quadrat aus Regalen und näherte sich der hinteren Tür. Sie führte in eine Teeküche und einen Aufenthaltsraum für die Mitarbeiter. Eine weitere Tür am Ende des kurzen Ganges führte aus dem Gebäude auf den Parkplatz. Frau Baumann hatte ihm verraten, dass diese Tür so gut wie nie benutzt wurde. Sie selbst und das Personal betraten das Gebäude durch den Haupteingang, Lieferungen wurden ebenfalls dort entgegengenommen. Die Tür stand einen Spaltbreit offen, und als Simon sie aufstieß, verstand er, warum sie nicht genutzt wurde. Sie führte auf den hinteren Teil des Parkplatzes hinaus, einen fünf Meter schmalen, gepflasterten Streifen vor einer dicht bewachsenen Böschung, hinter der die Bahnlinie verlief. Als Simon auf das Pflaster trat, rauschte ein Güterzug vorbei und brachte eine ohrenbetäubende Geräuschkulisse, die nur langsam abebbte. Ein Rumpeln und Schlagen, Quietschen und Kreischen, das ihm selbst bei Tageslicht Angst einjagte. Aus Geräuschen müsste man Energie erzeugen können, dachte Simon, dann hätte die Menschheit ein gewaltiges Problem weniger.

Das Personal nutzte diesen kaum einsehbaren Parkplatz nicht, für den Täter war er dagegen optimal gewesen. Keine Lampen, keine Blicke, keine Gefahr. Von hier aus hatte er in aller Ruhe seine Inszenierung ausführen können. Ein Blick auf das Türschloss verriet, dass es nicht aufgebrochen worden war.

Wenn der Täter kein Fachmann für Schlösser war und sie nicht spurlos öffnen konnte, dann hatte er einen Schlüssel benutzt. Und wenn er einen Schlüssel benutzt hatte, würde es einen nachvollziehbaren Weg geben, wie er an diesen gelangt war.

«Was für ein Fehler», murmelte Simon, fast schon ein wenig enttäuscht.

Er ging zurück zu Claas Rehagen, der in dieser alten heiligen Halle der Bücher saß, zwischen all den Wörtern, die ihn nicht hatten retten können.

Fünf hätten gereicht.

Warum fünf?

Menschen machten in der Regel viele Worte um nichts. Worten folgten oft keine Taten. Eine Destillation von Worten, um ein Leben zu retten. Ging es darum?

Simon ließ den Blick über Claas huschen und wandte sich dann den Regalen zu, die ihn umgaben. Die wenigen Bücher, die noch da waren, gehörten zum Spannungsgenre. Belletristik. Krimis, Thriller, Abenteuer. Hunderte von Büchern, in denen Gewalt die Hauptrolle spielte, die Handlung vorantrieb, die Nerven kitzelte. Frau Baumann hatte vorhin deutlich gemacht, was sie von dieser Art Literatur hielt, und Simon sah das ähnlich. Vielleicht hatte die Leiterin der Bibliothek das nicht mit Absicht gemacht, aber Simon fand es schon bemerkenswert, dass fast alle Bücher schon umgezogen waren, nur diese Gewaltorgien auf Papier nicht. So als hätte Frau Baumann sich gescheut, sie anzufassen.

Simon schritt die Regalmeter ab, nahm ein paar Bücher zur Hand, las Kurzbeschreibungen, die wie Messerstiche formuliert waren. Schneidend, scharf, spitz. Schmerzhaft.

Ein Buch schien am Ende der Buchreihe umgekippt zu sein. Es lag mit dem Buchrücken zuoberst da, als beanspruche es besondere Aufmerksamkeit. Simon drehte es mithilfe eines Kugelschreibers herum und spürte, wie die Denkfalte sich tief zwischen seine Brauen eingrub.

David Sanford.

Dunkelheit, mein Freund.

6

Wenn sie an dem Abend aufmerksam genug gewesen wäre, nicht abgelenkt durch Sanfords Lesung, wenn sie dem Video Glauben geschenkt und eine spannende Geschichte aus nur fünf Wörtern geschrieben hätte, würde Claas noch leben.

Nur fünf Wörter.

Faja Bartels hatte in der vergangenen halben Stunde geweint. Jetzt fühlte sie sich körperlich erschöpft, ihre Augen waren verquollen, keine Tränen mehr da. Nur noch Schmerz und Trauer. Zu ihren Füßen lagen die zusammengeknüllten und durchfeuchteten Papiertücher. Die Haut ihrer Wangen war ebenfalls so feucht, dass sie nicht einmal die Narben spürte.

Nachdem Kommissar Schierling plötzlich losmusste, hatte

eine Beamtin Faja nach Hause gefahren. Kurz hatte sie über-
legt, noch in den Laden zu gehen, um sich durch die Arbeit
abzulenken, sich dann aber doch zu schwach gefühlt. Sie
hatte nur einen Moment ausruhen wollen und war auf der
Couch eingeschlafen. Geweckt worden war sie vom Anruf
des Kommissars. Mit vorsichtigen Worten hatte er ihr beige-
bracht, was sie ohnehin schon wusste. Claas war tot. Schierling hatte ihr nicht erzählt, wo und in welchem Zustand er
Claas gefunden hatte, hatte überhaupt keine Details verraten
und sie außerdem zum Stillschweigen über den Fall ver-
pflichtet, unmittelbar danach aber gefragt, ob sie jemanden
habe, mit dem sie reden könne. Das hatte Faja bejaht. Es war
nur eine halbe Lüge gewesen. Hier war niemand, zumindest
nicht physisch anwesend. Die Freunde, mit denen sie sich
austauschte, traf sie online. Überhaupt fand ihr Sozialleben
größtenteils online statt. Mit Menschen, die wie sie selbst Bücher und Geschichten liebten, sich tagein, tagaus mit nichts
anderem beschäftigten, die darüber sogar die reale Welt ver-
gaßen. Konnte sie mit ihren Freundinnen und Freunden, ihren Bücherjunkies, von denen sie einige hin und wieder sogar
persönlich traf, über das sprechen, was passiert war?

Der Kommissar hatte am Telefon gesagt, sie dürfe nicht
über den Fall sprechen, weil es die Ermittlungen behindern
könnte, wenn bestimmte Informationen an die Öffentlichkeit
gelangten. Aber mit irgendjemandem musste Faja reden. Niemand konnte erwarten, dass sie allein mit einer solch mons-
trösen Sache fertigwürde. Ihre Mutter war nicht die Richtige
dafür, sie hatten keinen guten Draht zueinander, und ihr
Vater war nach der Sache damals verschwunden. Vielleicht
lebte er längst nicht mehr.

Mühsam, so als drücke ein zentnerschweres Gewicht sie

nieder, kämpfte Faja sich von der Couch hoch, ging ins Bad, wusch sich das Gesicht, schaufelte so lange kaltes Wasser hinein, bis ihre Augen sich besser anfühlten. Sie cremte noch einmal ihre von den salzigen Tränen gereizten Narben ein. Dann setzte sie sich mit ihrem Handy auf den Balkon. Die Luft war warm und roch nach den Lindenbäumen, die unten an der Straße blühten. Die Polizei hatte die beiden Videos von Claas heruntergeladen und dann auf ihrem Messengeraccount gelöscht, sodass sie ihr Handy hatte mitnehmen können.

Faja fragte sich, ob die Videos zufällig an sie geschickt worden waren oder ob Claas' Mörder ganz bewusst sie ausgewählt hatte. Möglicherweise waren sie noch an weitere Mitglieder der Buch-Community geschickt worden, doch hätten die dann nicht auch längst Alarm geschlagen, so wie sie selbst? Aber warum sie? So ein besonderes Verhältnis zu Claas hatte sie nicht gehabt.

Faja sah nach, was bei ihren Freundinnen und Freunden online los war. Bei Instagram schien alles seinen normalen Gang zu gehen. Sie posteten Fotos von Büchern, die sie gerade lasen, gaben Rezensionen und Sterne-Bewertungen ab, klagten über viel zu viele Bücher, die noch gelesen werden mussten, und freuten sich gleichzeitig über angekündigte Neuerscheinungen. Manch einer stellte sich mit Fotos von sich selbst in den Vordergrund, andere fotografierten Buchcover, einige wenige sogar in liebevoll eingerichteten Locations. Wie auch immer sie es taten, diese Menschen verliehen den Büchern abseits von Buchhandlungen ein Leben, ein Gesicht, eine Bedeutung und zollten damit den Autorinnen und Autoren Respekt. Es war eine Symbiose, die Faja mochte und für deren Erhalt sie viel Zeit aufbrachte. Dass jetzt ein Mörder sie für seine entsetzlichen Zwecke missbrauchte, ließ sie in anderem Licht erscheinen.

Claas' Account war so tot wie er selbst. Die Polizei hatte ihn nicht gelöscht, das ging vielleicht nicht oder zumindest nicht so schnell. Aber sein letzter Post stammte von vor vier Tagen. Da hatte er über *Dunkelheit, mein Freund* gelästert und das Buch als Machwerk bezeichnet, das nur dazu diente, dem Autor die Taschen zu füllen. Typisch Claas. Da schwang schon eine Menge Neid mit.

Erzähl mir eine spannende Geschichte. Sie darf fünf Wörter haben.

Was hatte es mit dieser Aufforderung auf sich? Eigentlich war es doch eine Aufgabe, die nicht zu lösen war, und Claas' Tod somit von vornherein beschlossene Sache. Hatte er sterben müssen, weil er so hart und manchmal auch unhöflich mit Schriftstellern ins Gericht ging? Hatte er jemanden so sehr gedemütigt, dass die Person zu einem derart bestialischen Mord fähig war? Oder kam der Täter gar aus den Reihen der Buchbloggenden? Vielleicht jemand, der Claas' rüpelhafte Art verabscheute?

Unter den Leuten aus der Bücherjunkies-Gruppe gab es jemanden, den Faja besonders mochte. Lisbeth Heiland. Sie trafen sich hin und wieder, lasen Bücher im Buddy-Read gemeinsam, tauschten sich darüber hinaus aber auch über viele andere Dinge des Lebens aus – sogar über Männer. Eine wirklich beste Freundin, mit der sie über alles reden konnte, hatte Faja nie gehabt. Sie ahnte, es lag an ihrer eigenen Unsicherheit und einem grundsätzlichen Misstrauen Menschen gegenüber. Lisbeth kam einer solchen Freundin aber am nächsten, und Faja beschloss, zuerst mit ihr zu reden.

Lissi, wie sie von allen genannt wurde, war quirlig und

lebensfroh, trug ihr kurzes Haar alle paar Wochen in einer anderen auffälligen Farbe und war die Einzige von ihnen, die hin und wieder Fotos mit viel nackter Haut postete, was gut ankam. Faja würde sich das nie trauen.

Sie arbeitete als Angestellte bei einer Autovermietung und war auch während ihrer Arbeitszeiten immer mal wieder online. Faja wusste, Lissi saß allein in einem klimatisierten Bürocontainer, der mitten auf einem großen Schotterparkplatz stand, auf dem die zu vermietenden Fahrzeuge parkten. Ihr Chef schaute nur sporadisch rein. Er betrieb noch einige Sonnenstudios, Spielhallen und zwei Kneipen. Sie konnte Lissi also mit ruhigem Gewissen anschreiben.

Ich muss reden. Hast du Zeit?

Die Nachricht ging über den Messengerdienst raus, wurde aber nicht sofort als gelesen markiert. Wahrscheinlich hatte Lisbeth gerade Kundschaft. Faja nutzte die Gelegenheit, bei Bookstagram herumzusurfen, suchte dort nach Nachrichten, die etwas mit Claas' Tod zu tun haben könnten, fand aber nichts.

Auf dem Instagram-Auftritt von David Sanford gab es einen Post zu der Lesung von gestern Abend. Er oder seine Assistentin hatten Fotos gepostet und sich mit netten Worten bei den Gästen und der Veranstalterin bedankt. Faja fiel ein, dass sie selbst auch längst einen solchen Post hätte absetzen sollen, doch das erschien ihr gerade unwichtig. Auf den Fotos von der Lesung war sie selbst zu sehen, aber auch einige Gäste. Faja sah sich das Foto, auf dem sie selbst zu sehen war, genauer an, zoomte hinein und fand, sie sah müde und angespannt aus. Zum Glück waren die Narben nicht zu sehen.

Warum hatte sie nicht gelächelt, als das Foto gemacht worden war? Hatte sie nicht mitbekommen, dass eine Handykamera auf sie gerichtet gewesen war? Der Mann, der hinter ihr stand, hatte es offenbar bemerkt, denn der hatte sich weggedreht und den Kopf gesenkt. Er war ein wenig größer als sie selbst, trug einen Bart und eine Baseballkappe, sodass von seinem Gesicht nichts zu sehen war. Faja glaubte, ihn schon das eine oder andere Mal im Laden gesehen zu haben. Irgendein Kunde eben, der nicht wirklich im Gedächtnis blieb.

Was ist los, meine Süße?

Das war Lissi.

Faja war drauf und dran, ihr über WhatsApp zu schreiben, was passiert war, hielt aber inne und erinnerte sich an die Warnung des Kommissars. Egal, es musste jetzt einfach raus.

Claas ist tot, begann Faja. Sie wechselten vom Schreiben zum Telefonieren, und Faja erzählte Lissi alles, bat sie aber, es nicht weiterzuerzählen, um die Ermittlungen nicht zu gefährden. Lissi war fassungslos und bestürzt und brauchte einige Minuten, um wirklich sprechen zu können, aber dann blieb sie bewundernswerterweise bei Verstand – und bei Faja. Sie rätselten, wer dahinterstecken könnte. Das taten sie auch, wenn sie gemeinsam Krimis lasen. Dann benahmen sie sich wie richtige Ermittler, benutzten passendes Vokabular und gingen mit einer Ernsthaftigkeit vor, als sei es ihr Job, Mörder zu fassen.

Natürlich fiel der Name David Sanford.

«Der hat aber ein wasserdichtes Alibi», sagte Faja. «Ich hatte ihn die ganze Zeit über im Auge.»

«Wäre ja auch zu schön gewesen», sagte Lissi. «So wie Claas den fertiggemacht hat, muss er dahinterstecken, und in einem Krimi würde jeder sofort ihn verdächtigen ...»

«Womit er als Verdächtiger ausfällt», vervollständigte Faja den Satz.

«Kooorekt», machte Lissi es so, wie sie es immer tat. Sie bemühte sich hörbar darum, so zu sein wie immer, sich vor dem Grauen in Aktionismus zu flüchten. «Weißt du was? Wir sollten uns mit Claas' letzten Rezensionen beschäftigen, nachschauen, wem er so richtig auf die Füße getreten ist. Wer weiß, vielleicht finden wir Hinweise auf den Täter und können der Polizei damit helfen. Immerhin sind wir professionelle Laienermittler.»

Zu einem anderen Zeitpunkt hätte Lissi mit ihrer rauen Stimme lauthals darüber gelacht, aber nicht heute. Dafür war die Sache zu ernst.

«Und vielleicht sollten wir die anderen einweihen.»

«Die Bücherjunkies?», fragte Lissi.

«Schaden kann es ja nicht», sagte Faja.

7

«Auf keinen Fall lege ich mich auf eine Couch!»

Zwar konnte Jaro sich gegen das Gespräch mit der Psychotherapeutin der Polizei nicht mehr wehren, aber er würde sie, so oft es ging, wissen lassen, dass er nicht freiwillig hier war und sowieso nichts von solchen Gesprächen hielt.

Aylin Coban schnappte sich ihre Jacke vom Haken an der Innenseite der Tür und verließ ihr Büro.

«Trifft sich gut», sagte sie. «Ich kann mein Büro für heute

ohnehin nicht mehr sehen. Kommen Sie, lassen Sie uns gegenüber ins Tapas-Restaurant gehen und dort quatschen.»

Damit erwischte sie Jaro auf dem falschen Fuß. Wie sollte er gegen eine Einladung ins Restaurant opponieren? Noch dazu, wenn die Coban so sympathisch und offen lächelte. Sie hatte dunkle Haut und sehr weiße Zähne, schwarzes Haar, das sie zu einem Pferdeschwanz gebunden trug, sodass die übergroßen, bunten Ohrringe zur Geltung kamen. Ihre Jacke war ein Flickenteppich aus bunten Stofffetzen, die Nähte ausgefranst. An jedem Finger trug sie Ringe mit bunten Steinen. Diese Frau war ein lebendig gewordener Tuschkasten.

«Kommen Sie?» Sie sah Jaro mit hochgezogenen Brauen an. In ihrem Gesicht lag so viel Offenheit, Herzlichkeit und Interesse, dass er ihr folgte. Immer noch widerwillig, aber nicht mehr so sehr wie noch vor zwei Minuten.

Im Fahrstuhl roch er ihr blumiges Parfum. Sie schaute nicht zu Boden, wie er selbst es in Fahrstühlen immer tat, sondern blickte ihn direkt an.

«Wie war Ihr Tag?», fragte sie.

An manchen Menschen passte einfach alles, es gab keine Brüche. Aylin Cobans Stimme war frisch und fröhlich und voller Farbe. Aus großen braunen Augen sah sie ihn an, neben ihren Mundwinkeln gruben sich Lachfalten in die Haut.

«Ganz okay.»

«Meiner auch. Eine fünf auf einer Skala von eins bis elf.»

«Bis elf?»

«Bis zehn kann jeder. Wo liegt Ihrer?»

«Wo liegt was?»

«Ihr Tag. Auf der Skala?»

Jaro musste einen Moment nachdenken, um die Frage beantworten zu können.

«Minus fünf», sagte er.

«Und das ist für Sie ganz okay?»

Schon im Fahrstuhl begann es, dieses Spiel aus Frage und Antwort, das er niemals für sich entscheiden würde, in dem er immer in die Defensive geraten und sich selbst hinterfragen würde.

«Ich bin eben positiv», sagte er.

«Das höre ich gern.»

Die Fahrstuhltür öffnete sich, sie stiegen aus und verließen das Gebäude. Es war nach achtzehn Uhr, der Parkplatz des Präsidiums zur Hälfte leer, auf der Straße, die sie überqueren mussten, herrschte noch Feierabendverkehr. Als Jaro unter Zwang mit der Therapeutin telefoniert hatte, hatte sie ihm sofort diesen späten Termin noch am selben Tag angeboten, und er wurde den Verdacht nicht los, dass die Möhlenbeck es so arrangiert hatte.

«Sie mögen doch Tapas?»

«Eigentlich schon, aber ich habe keinen besonders großen Hunger.»

«Dann sind Tapas goldrichtig. Die kleine Mahlzeit für zwischendurch, wenn man keinen besonders großen Hunger hat.»

Sie sah eine Lücke im Verkehr und lief los. Jaro folgte ihr, als sei er ihr Hund. Die Schöße ihrer bunten Jacke flatterten ihm Laufwind, niemand würde diese bunte Person auf der Straße übersehen, sie war ein sich bewegendes Warndreieck.

Noch bevor Jaro den Bürgersteig erreichte, stieß sie schon die Tür des Restaurants auf. Obwohl es dem Präsidium gegenüber lag, war Jaro noch nie hier gewesen. Er ging nicht so häufig essen, und spanisches Essen reizte ihn nicht. Pommes mit Currywurst war eher sein Ding.

Aylin Coban begrüßte den Mann hinter dem Tresen überschwänglich. Danach führte er sie zielstrebig zu einem Tisch hinten in der Ecke, der vor einem großen Buntglasfenster stand, wie man es in einer Kirche erwarten durfte. Die Abendsonne fiel hindurch und zauberte ein buntes Mosaik an die Wand dahinter.

Das konnte kein Zufall sein.

Sie setzte sich, sie zog ihre Jacke aus, strahlte ihn an.

«Und? Erzählen Sie mal.»

Jaro ließ sich auf den Stuhl fallen, vermied den direkten Blickkontakt.

«Was soll ich erzählen?»

«Fangen wir vorn an. Warum wollen Sie nicht mit mir sprechen?»

«Es liegt nicht an Ihnen. Ich sehe nur keinen Sinn darin.»

«Ach so, und ich dachte schon, Sie mögen mich nicht. Wenn es nur das ist, sehe ich kein Problem darin. Der Sinn erschließt sich Ihnen während der Gespräche. Versprochen.»

«Man sollte nur versprechen, was man auch halten kann.»

«Ich weiß.»

In diesem Moment lächelte sie mal nicht, sah ihn stattdessen mit einem Blick an, der ihn ganz klar wissen ließ, wohin die Reise ging.

«Hören Sie ...», begann Jaro.

Sie ließ ihn nicht ausreden.

«Na klar höre ich. Wäre ja schlecht, wenn nicht. Ich höre sogar sehr gut. Ich höre, dass Ihnen etwas Schlimmes zugestoßen ist. Für mich stellt sich nicht die Frage, ob Sie schuld sind am Tod der Frau, des ungeborenen Kindes, des Mannes, der aus dem Fenster gestürzt ist. Für mich stellt sich nur eine einzige Frage: Wollen Sie drüber reden?»

«Eigentlich nicht», antwortete Jaro.

«Super!» Sie klatschte in die Hände «Dann ist das ja geklärt, und wir können endlich Tapas bestellen. Ich trinke Weißwein dazu. Sie auch?»

Sie gab dem Mann hinter dem Tresen ein Zeichen, er kam herbei und nahm die Bestellung auf. Jaro nahm das Gleiche wie sie, nur keinen Wein, sondern Bier. Während sie warteten, plapperte Aylin Coban vor sich hin, erzählte, wo sie studiert hatte, was ihre Eltern machten – beide unterrichteten an einer Grundschule – und dass sie sich vor dunklen Kellern fürchtete. Dann kamen die Tapas und Getränke, sie freute sich überschwänglich und stopfte sich sofort den Mund voll.

«Scheiße, bin ich ausgehungert», sagte sie mit vollem Mund.

Jaro wusste immer weniger, was er von der Frau halten sollte. War das tatsächlich alles? Dieser armselige Versuch, ihn zu einem Gespräch zu überreden?

«Stört es Sie, wenn wir beim Essen sprechen?», fragte sie, als ihr Mund nicht mehr ganz so voll war.

Jaro schüttelte den Kopf.

«Prima. Wo wollen wir beginnen? Bei dem Vorfall in der Nacht oder lieber früher? Sagen Sie mir, wo die Leichen in Ihrem Keller liegen.»

«Äh ... Entschuldigung, aber ich sagte doch gerade, dass ich nicht darüber reden möchte.»

Aylin Coban schüttelte den Kopf.

«Eigentlich. Sie sagten, Sie wollen eigentlich nicht darüber reden. Das bedeutet, Sie wollen.»

Sie aß ungeniert weiter und leckte sich die feurig-scharfe Soße von den Fingern, in die sie ihre Tortillas tauchte.

Jaro war sprachlos. Nicht verärgert, einfach nur sprachlos.

Er spürte, wie er längst in ihrem Netz zappelte, und normalerweise brachte ihn so etwas auf die Palme. Heute aber nicht. Etwas in ihm wollte reden. Über Dinge, über die er mit niemandem sprach. Dinge, die böse und schwarz waren und dort versteckt bleiben mussten, wo sie waren. Im Keller, wohin Aylin Coban sich nicht traute.

Jaro wurde bewusst, dass er schon viele zu lange nach einer Reaktion suchte. Er starrte sie an, den Mund leicht geöffnet, und natürlich bemerkte sie, wie er mit sich rang.

«Diese Frau ...», wich Jaro schließlich aus und war in diesem Moment sogar froh, über den Vorfall sprechen zu können. Besser darüber als über die Stimme in seinem Kopf. «Ich kriege das Bild nicht aus meinem Schädel ... ihre Augen, als sie tot vor mir auf dem Asphalt lag ... und dann war sie auch noch schwanger.»

Aylin Coban leckte sich noch einmal die Finger ab, nahm sich dann eine Serviette, um ihre Lippen abzuwischen, und sagte: «Ein bisschen viel, selbst für einen großen Kerl, wie Sie es sind, nicht wahr?»

Jaro nickte.

«Gut, dann reden wir zuerst darüber. Das Erlebte ist ja auch noch sehr frisch. Vielleicht gelingt es uns, diese Bilder zu verarbeiten, danach widmen wir uns dem, was tiefer vergraben liegt.»

«Wie kommen Sie darauf ...»

«Sie müssen unbedingt diesen Dip probieren», unterbrach sie ihn. «Das ist mein Lieblingsdip, niemand macht den besser. Er brennt im Hals, wärmt im Magen und macht die Zunge locker. Ich schwöre, zwei Löffel davon, und Sie reden wie ein Wasserfall.»

Sie hielt ihm die kleine Porzellanschale und einen Teelöffel hin. Ihr Lächeln war offen, ehrlich und ansteckend, und Jaro konnte nicht anders, als die Schale zu nehmen und einen Löffel der roten Soße zu probieren.

Er glaubte, innerlich zu verbrennen. Hastig löschte er seinen Mund mit Bier.

Aylin Coban lachte laut und schamlos.

«Sehen Sie, Sie können mir absolut vertrauen.»

Jaro blieb nur ein gequältes Lächeln. Er fragte sich, wie sie diese Schärfe ohne Reaktion ertrug.

Nach ein paar Bissen ließ sich Aylin Coban von ihm erzählen, was in der Nacht passiert war.

«Kannten Sie die Frau?», fragte sie danach.

«Mandy Stein? Nein.» Jaro schüttelte den Kopf. «Ich weiß nichts von ihr, außer dass sie Jorgensens Freundin war.»

«Ist es Trauer, Wut oder Entsetzen, was die Bilder lebendig hält? Was meinen Sie?»

«Ich ... ich weiß nicht genau. Eigentlich von allem etwas.»

«Oder Scham?»

«Wieso das?»

«So wie ich es verstanden habe, hat Jorgensen oben in der Wohnung gesagt, er würde Frau Stein aus dem Fenster werfen, wenn er die Polizei auf der Straße sieht. Er hat es angekündigt und ausgeführt. Er hat Sie gedemütigt. Vor den Augen Ihrer Kollegen. Sie, als Leiter des Einsatzes. Kann es nicht sein, dass Sie sich deshalb vor allem schämen?»

Jaro schüttelte den Kopf. «Nein, das denke ich nicht.»

«Ich aber schon. Wussten Sie, dass eine Demütigung stärkere Gehirnaktivitäten verursacht als Freude? Oder gar Wut? Eine Beleidigung steckt ein Kerl wie Sie weg. An einer Demütigung knabbern Sie lange. Vor allem, wenn Sie die auslösende Schuld bei sich selbst suchen.»

«Ich habe eine Entscheidung getroffen, in deren direkter Folge eine schwangere Frau gestorben ist. Wer sonst sollte schuld sein?»

«Das Kind war von Jorgensen, wussten Sie das?», fragte Aylin Coban.

Jaro schüttelte den Kopf.

«Spielt das eine Rolle?»

«Jorgensen wusste das. Dennoch tötet er seine Freundin und sein Kind auf diese grausame Weise. Ich weiß nicht, vielleicht täusche ich mich, aber ich kann hier sehr klar erkennen, wer schuldig ist und wer nicht. Und ich kann erkennen, dass Sie Scham empfinden, Herr Schrader. Weil Sie meinem Blick nicht standhalten können, sobald wir darüber sprechen.»

«Wie gesagt, ich glaube nicht, dass Scham mein Problem ist.»

«Okay, kann sein, aber eines will ich dazu noch loswerden. Wenn man Scham ignoriert, sie verdrängt, sich ihr nicht stellt, entlädt sie sich irgendwann umso heftiger. Wissen Sie, es ist nichts dabei, Scham zu empfinden, sie ist ein ganz normales menschliches Gefühl und sollte den Raum bekommen, den sie braucht. Gerade wenn die Scham auf Demütigung basiert. Und am besten gibt man beiden Gefühlen Raum, indem man darüber nachdenkt. Warum schäme ich mich? Warum fühle ich mich gedemütigt? Hätte ich selbst anders handeln können? Tun Sie mir einen Gefallen, denken Sie drüber nach und ordnen Sie es für sich ein. Mehr müssen Sie gar nicht tun. Und diese Tapas essen natürlich. Die machen nämlich glücklich.»

8

Boxsäcke fraßen Stress. Dafür waren sie gemacht. Einstecken, einstecken, einstecken, aber niemals austeilen. Das braune Leder war dünn geworden und rissig vom Schweiß, die Füllung zusammengepresst und hart, aber das Ding nahm hin, was Jaroslav Schrader austeilte. Oben klirrten Kette und Drehhaken, unten stieß Jaro bei jedem Schlag ein Stöhnen aus. Er konnte längst nicht mehr, seine Muskeln übersäuerten, brannten, weigerten sich, weiterzuarbeiten. Doch er musste, denn in seinem Kopf rumorte es noch zu sehr, wie in einer Elektrospule, die längst festgebrannt war, aber immer noch Stromimpulse bekam.

Jaro vermisste ihre Stimme. Gerade jetzt, wo er sie gebraucht hätte, schwieg sie.

Warum schwieg sie?

Überflüssige Frage, denn er wusste, er hatte sich falsch verhalten. Unbedacht etwas Blödes gesagt. Aber das war ihm auch früher schon passiert, und sie hatte es ihm nicht krummgenommen. Nahm sie es ihm zusätzlich übel, was in der Wohnung von Jorgensen passiert war? *Tu es nicht*, das waren ihre letzten Worte gewesen, und er hatte nicht auf sie gehört. Auch das nicht zum ersten Mal, aber vielleicht hatte sie jetzt einfach die Geduld mit ihm verloren.

Ein letzter Schlag, dann fielen seine Arme herab, als bestünden sie aus Blei. Jaro lehnte sich gegen den Boxsack, presste seine Stirn gegen das übel riechende Leder, spürte die Schwingungen seiner Schläge darin und sein Herz in seiner Brust wummern.

So sollte sich Leben anfühlen. Laut und hart und spürbar, jede einzelne Faser ein Resonanzraum des Ichs.

Er ruhte sich eine Minute aus und ging dann unter die Dusche. Im Gym war um diese Zeit noch nichts los, er hatte den Umkleide- und Duschraum für sich allein, jedoch keine Zeit, das zu genießen. In einer halben Stunde begann sein Dienst, und er musste hinausfahren aufs Land, in einen Ort namens Friedberg. Dort lebte Ansgar Brandhorst, der erste Name auf der Liste, die ihm die Fleischer gestern gegeben hatte. Jaro war mit der Liste zurück ins Präsidium und hatte sie in der Hoffnung abgegeben, niemand würde sich dafür interessieren. Jedoch hatte die Gruppenleiterin sich entschieden, Jaro die lästige Laufarbeit zu überlassen. Die Liste abarbeiten, hatte sie es genannt und Jaro damit losgeschickt.

Er hatte keine Lust. Gestern nicht und heute nicht und morgen wahrscheinlich auch nicht. Dennoch fühlte er sich außerstande, eine Entscheidung zu treffen, wie er weitermachen wollte. Weil er seine Hoffnung darauf setzte, jeden Moment von der Möhlenbeck angerufen und wieder auf seine Stelle gesetzt zu werden. Alle fünf Minuten überprüfte er sein Handy auf einen verpassten Anruf.

Der Gym-eigene Föhn brannte nach einer halben Minute durch und verbreitete bestialischen Gestank, weshalb Jaro mit noch feuchtem Haar zum Dienstwagen lief. Der war ihm von der neuen Abteilung zur Verfügung gestellt worden. Ein mickriger Golf, der zu ihm passte wie ein schlecht sitzender Anzug. War das Absicht? Machten die sich über ihn lustig? Er schabte mit dem Kopf am Wagenhimmel, die Knie drückten Dellen ins Armaturenbrett, und sein Rücken schmerzte schon, als er nach zehn Minuten einen Stopp bei Erdogan einlegte, um sich einen Kaffee zu holen.

Erdogans breiter Hintern ragte unter einem Regal hervor, als Jaro den Laden betrat.

«Zeigst du heute deine Schokoladenseite?», fragte Jaro.

Erdogan kam vom Boden hoch und klopfte sich den Staub von den Händen.

«Die Falle muss ganz tief drunter, sonst gehen die Mäuse nicht dran. Die sind gewitzt, aber eben auch hungrig. Kaffee, mein Freund?»

«Auf jeden Fall.»

Erdogan nahm Jaros Becher und schenkte ein. Sah ihn dabei prüfend an.

«Du siehst gestresst aus. Brauchst du den Melonenjob doch?»

«Steht noch nicht fest.»

«Ich hab von der Sache gehört. Mit dem Junkie. Schlimm, ganz schlimm. Drogen zerstören alles, auch Leben, die frei sind von Drogen. Sogar neues Leben. Lass das nicht zu, mein Freund.»

Jaro wunderte sich, dass Erdogan von Mandys Schwangerschaft wusste, andererseits war er immer gut informiert.

«Werde ich nicht.»

«Das weiß ich. Du wirst bald Pate, vergiss das nicht, und damit Teil meiner Familie. Es wird ein Junge, wir werden ihn Ümit nennen. Das bedeutet Hoffnung. Ihr werdet euch gut verstehen, das weiß ich.»

Jaro hatte plötzlich das Bedürfnis, Erdogan zu umarmen. Sie klopften sich auf die Schultern, dann verließ er den Laden und musste daran denken, was sein eigener Name bedeutete, der aus dem Russischen stammte.

Zornig, heftig, mutig, eifrig. Namen waren eben nicht nur Schall und Rauch.

Eine halbe Stunde später kam Jaro in Friedberg an. Bei der Adresse handelte es sich um ein ehemaliges landwirtschaftliches Anwesen. Auf vielleicht zwei Hektar Land verteilt, standen einige Gebäude, die dem Verfall preisgegeben waren. Scheune und Ställe, die sichtlich nicht mehr genutzt wurden, dazu ein großes Wohngebäude, das auch nicht besser aussah. Auf dem mit Natursteinen gepflasterten Hof standen noch die Pfützen vom letzten Gewitterregen.

Jaro fuhr mittig auf den Hof, stieg aus und sah sich um.

An einer Wand türmten sich gelbe Bierkisten auf, die Flaschen waren leer. Daneben Bierbänke und Tische und einige gefüllte blaue Müllsäcke. Auf diesem Hof war das Festival gefeiert worden, von dem Thorsten Fleischer nicht zurückgekehrt war. Wahrscheinlich war das Wort Festival etwas zu hochtrabend für eine Zusammenkunft von jungen Leuten, die saufen, kiffen und Musik hören wollten.

Ein selbst gemaltes Schild an der Wand der Scheune wies darauf hin, dass man auf dem Hof biologisch angebautes Gemüse und Eier von artgerecht gehaltenen Hühnern kaufen konnte, außerdem Aale und Forellen aus dem nahe gelegenen Fluss. Die Betreiber boten Workshops zu Umweltthemen an sowie Übernachtungsmöglichkeiten in einem Tiny House und auf der Zeltwiese. Gäste, die das Angebot in Anspruch nahmen, sah Jaro nicht, auch keine Hühner, aber einige Schafe, die mit langen Gesichtern vertrocknetes Gras fraßen. Besonders glücklich wirkten sie nicht, so ähnlich wie Jaro selbst, wenn er Müsli aß.

Jaro richtete seine von der Autofahrt verzogenen Knochen und ging auf die Haustür zu. Sie stand offen. Musik drang heraus. Da es keine Klingel gab, rief er ins Haus hinein, bekam aber keine Reaktion. Eine offen stehende Tür war immer eine Einladung, also trat er hindurch. Gleich links lag die spartanisch eingerichtete Küche mit Fliesen aus den Fünfzigerjahren an den Wänden und Linoleum auf dem Boden, der an einigen Stellen Blasen warf. Auf einem langen Tisch standen die Überreste vom Frühstück, die French Press war noch zur Hälfte gefüllt. Jaro berührte das Glas, es war kalt.

Im Flur gab es eine Treppe ins Obergeschoss. Von dort kam die Musik. Jaro rief nach oben, bekam aber keine Antwort. Er verließ das Haus, um die Hupe des Wagens zu benutzen, tat es dann aber nicht, weil er die armen dürren Schafe nicht in Panik versetzen wollte.

Stattdessen ging er auf ein gemauertes, niedriges Gebäude zu, das wohl mal ein Stall gewesen war. Sämtliche schmalen Fenster waren mit Holz verschlossen, die Tür aber stand leicht offen. Wieder eine Einladung, der Jaro nachzukommen gedachte.

Doch dazu kam es nicht.

Er war noch zwanzig Meter entfernt, als die Tür von innen aufgestoßen wurde und ein Mann herauskam. Er hielt einen hellen, prall gefüllten Jutesack in der Hand. Als er Jaro bemerkte, erstarrte er für einen Moment, um im nächsten davonzurennen. Zwischen dem Stallgebäude und der Scheune hindurch auf eine Streuobstwiese zu, in der das Gras hüfthoch stand. Ungeschickt setzte er über einen Lattenzaun, stürzte und verschwand für einen Augenblick im Grasmeer.

Jaro wusste nicht, wie Ansgar Brandhorst aussah, ging aber davon aus, dass es sich bei dem Flüchtenden um den Hofbesitzer handelte. Weglaufen war nie eine gute Idee, wenn man sich bereits im Auge des Jägers befand. Wie bei einem Wolf setzte es einen Impuls bei Jaro frei. Den Jagdinstinkt. Er rannte los. Quer über den Hof, mit einem Satz über den niedrigen Lattenzaun, dann ins lange Gras der Wiese hinein. Der Flüchtende rannte hügelabwärts, stürzte ein zweites Mal, rappelte sich wieder auf, ließ dabei den Jutesack los und rannte weiter. Zaunlos ging die Streuobstwiese in ein Sonnenblumenfeld über. Die bereits vertrockneten Gesichter der Sonnenblumen schauten in Jaros Richtung, und er sah sie umknicken, als der junge Mann rücksichtslos hineinstürzte. Doch er kam nicht weit. Die zwei Meter großen Pflanzen waren zu stabil und standen zu dicht. Wieder ging er zu Boden und blieb diesmal liegen, bis Jaro ihn erreichte. Aus schreckgeweiteten Augen starrte der Mann ihn an, die Hände ausgestreckt.

«Ich hab es nicht, noch nicht, vielleicht nächste Woche ...», stieß er schwer atmend aus.

Jaro baute sich vor ihm auf und hob den Jutesack, den er unterwegs aufgehoben hatte. Er schüttete den Inhalt über dem Mann aus und war nicht überrascht, dass es sich dabei Cannabisblätter handelte.

«Ich bin Polizist», sagte Jaro. «Ich glaube, wir müssen reden. Aber nicht hier zwischen den Sonnenblumen.»

Auf dem Rückweg zum Hof gestand Ansgar Brandhorst den illegalen Anbau von Cannabis und den Verkauf der getrockneten Blätter sowie ganzer Pflanzen. Er hatte Jaro für einen Zwischenhändler gehalten, bei dem er Schulden hatte, deshalb war er davongelaufen. Angeblich war der Mann brutal und zu allem fähig.

Eingeschüchtert stand Brandhorst auf seinem Hof, ein bemitleidenswertes dünnes Männchen, dessen Bio-Weltsicht an den Realitäten zerschellte.

«Pass mal auf», begann Jaro. «Deine mickrigen Grasgeschäfte interessieren mich einen Scheiß. Du kochst uns beiden auf den Schreck jetzt mal einen Kaffee, und dann reden wir darüber, was ich wirklich wissen will.»

«Was wollen Sie wirklich wissen?»

«Alles zum Verschwinden von Thorsten Fleischer.»

Brandhorst kochte Kaffee, und der war gut, nicht so gut wie der von Erdogan, aber gut genug, um Jaro versöhnlich zu stimmen. Mit den Tassen in den Händen gingen sie hinaus auf eine weitere Wiese hinter dem Haus, die gemäht war. Um eine Feuerstelle standen ungefähr dreißig Liegestühle aus Holz, die bunten Stoffbezüge von der Sonne ausgeblichen.

«Das Festivalgelände», sagte Brandhorst. «Wir nennen es Look-up-Festival. Im Grunde sitzen wir hier zusammen, trinken und gucken in die Sterne. Perseidennacht, wissen Sie.»

«Was ist eine Perseidennacht?»

«Na ja, kurz gesagt, eine Häufung von Sternschnuppen um den 12. August herum ... hat was Magisches.»

«Ihr habt also Sternschnuppen gezählt, Musik gehört, getrunken und Feuer gemacht?», fasste Jaro das Festival zusammen.

«Feuer nicht. Wäre viel zu hell, dann kannste keine Sterne mehr gucken. Sobald es dunkel wurde, haben wir das Feuer ausgemacht. Vorher haben wir es zum Grillen genutzt. Musik haben wir später auch nicht mehr angehabt. Weil manchmal, wenn es ganz still ist, kann man die Perseiden singen hören.»

«Aha», machte Jaro. «Und wie viele Leute haben die Sterne singen hören?»

Brandhorst zuckte mit den Schultern.

«Weiß nicht. Es kommen welche, es gehen welche. Vielleicht hundert im Laufe des Abends, würde ich sagen.»

«Und du kanntest die alle?»

«Nee, muss ich auch nicht. Ist für jeden offen hier. Die Leute schmeißen was in die Kasse und bekommen dafür Getränke, vegane Wurst, gegrillten Fisch und einen einzigartigen Blick inklusive Stille. Das ist der Deal.»

«Wie lange war Thorsten Fleischer hier?»

«Kann ich nicht genau sagen. Ich glaube, bis eins oder so hab ich ihn immer mal wieder gesehen. Kann auch länger gewesen sein, aber in der Dunkelheit erkennt man die Leute dann ja auch nicht mehr. Hannibal Lecter persönlich hätte da sitzen können, und niemandem wäre es aufgefallen.»

«Wie gut bist du mit ihm befreundet?»

«Mit Lecter?»

«Sehr witzig. Mit Thorsten.»

«Ich weiß gar nicht, ob man das schon Freundschaft nennen kann. Ich glaube, er war vor drei Jahren zum ersten Mal auf dem Look-up-Festival. Letztes Jahr hat er dann beim Auf- und Abbau geholfen, da kommt man natürlich ins Gespräch. So richtig passt er aber nicht hierher, finde ich.»

«Was meinst du?»

«Der ist so 'n Einzelgänger. Kann nicht gut mit Menschen, redet nicht viel und so. Und das hier lebt ja davon, dass die Leute miteinander reden. Und wenn er mal was sagt, kommt er ziemlich klugscheißerisch rüber, obwohl er das nicht will, glaube ich jedenfalls nicht. Aber der weiß 'ne ganze Menge, kann zu jedem Thema was sagen, und das kommt manchmal blöd.»

«Ihr wart also nicht beste Freunde?»

«Nee, eher locker miteinander bekannt, würde ich sagen. Seine Eltern sind schwierig, und meine sind es auch, da hatten wir Berührungspunkte.»

«Hat er an dem Abend irgendwas in die Richtung gesagt, dass er abhauen will? Elternhaus verlassen oder so?»

Brandhorst schüttelte den Kopf. «Nee, das nicht. Aber dass

er die blöde Kuh von Stiefmutter bald im Pool ertränkt. Er war nicht gut drauf, saß mal hier, mal da, ist mit einem Bier in der Hand rumgegangen, hat aber zur Stimmung nichts beigetragen.»

«Hat er gekifft?»

Brandhorst erschrak bei der Frage und wurde wieder ganz klein.

«Sie nehmen mich wirklich nicht fest und erzählen niemandem von der kleinen Plantage?», fragte er.

«Dafür ist dein Kaffee viel zu gut. Aber eins musst du versprechen. Wenn ich wegfahre, baust du deine Plantage ab. In einem Monat komme ich noch mal vorbei, wenn die dann immer noch da ist, bist du dran.»

«Versprochen, mach ich ... Wollte sowieso schon lange damit Schluss machen, mich mehr aufs Gemüse konzentrieren und so.»

«Ja, klar», sagte Jaro grinsend. «Und? Hat er gekifft?»

«Ich weiß nicht. Kanns mir aber ehrlich gesagt nicht vorstellen. Dafür war der viel zu spießig.»

«Wie kommen die Leute eigentlich hierher? Liegt ja schon abseits.»

«Fahrrad, Auto, zu Fuß ... Busse fahren hier abends nicht mehr.»

«Und wie ist Thorsten hergekommen?»

«Hab ich doch schon dem Vater gesagt. Mit dem Rad.»

«Du hast mit Thorstens Vater gesprochen?»

«Ja. Ein unangenehmer Mensch. Taucht hier auf und markiert den großen Zampano. Wirft mir vor, meine Freunde und ich hätten etwas mit dem Verschwinden seines Sohns zu tun, und er würde uns die Polizei auf den Hals hetzen ... was er ja auch getan hat, oder?»

«Er hat zumindest dafür gesorgt, dass ich hier bin. Und das kann man ja auch verstehen, wenn das eigene Kind verschwindet. Wann war er hier?»

«Zwei Tage nach dem Festival.»

Jaro dachte nach. Zwei Tage vergehen zu lassen, wenn der Sohn nach einer Partynacht nicht auftaucht, war unter den Umständen wohl vertretbar. Immerhin war Thorsten zweiundzwanzig Jahre alt und die familiäre Situation nicht einfach. Der Vater schien sich wirklich Sorgen zu machen, im Gegensatz zur Stiefmutter.

«Was meinst du, ist passiert?», fragte Jaro.

Ansgar Brandhorst zuckte mit den Schultern.

«Ich kann mir schon vorstellen, dass Thorsten das Weite gesucht hat. Seine Stiefmutter und er hassen sich. Er hat mal davon gesprochen, den Kontakt zu seiner leiblichen Mutter wieder aufnehmen zu wollen ... Keine Ahnung, wie ernst es ihm damit war.»

«Weißt du, wo sie lebt und wie sie heißt?»

«Nee, keine Ahnung. Wie gesagt, so dicke waren wir nicht miteinander. Da müssen Sie wohl mit dem Vater reden ... viel Glück dabei.» Ansgar lachte trocken auf.

Jaro bedankte sich, ließ seine Telefonnummer da für den Fall, dass Ansgar noch etwas einfiel, dann verließ er den Biohof.

Die Handyortung von Thorsten Fleischer hatte ergeben, dass es sich zuletzt vom Look-up-Festival bei einem Sendemast in der Nähe eingeloggt hatte, dann aber abgeschaltet und seitdem nicht wieder eingeschaltet worden war. So würde sich jemand verhalten, der nicht gefunden werden will. Oder der ganz bewusst Sorgen in seinem Elternhaus auslösen will.

Jaro hielt es durchaus für möglich, dass Thorsten Fleischer

sich versteckt hielt, um einen Keil zwischen seine Stiefmutter und seinen Vater zu treiben. Vielleicht wollte er seinem Vater beweisen, dass seine Frau kein Interesse an seinem Kind hatte. So ein Verhalten würde zwar eher zu einem Teenager als zu einem erwachsenen jungen Mann passen. Aber in Extremsituationen verhielt man sich manchmal wie ein Kind, das wusste Jaro am allerbesten.

Er fuhr langsam die Straße ab, die von Brandhorsts Biohof in Richtung der Fleischers führte. Thorsten hatte eine Strecke von gut fünfundzwanzig Kilometern mit dem Fahrrad zurücklegen müssen, um zu dem Festival zu gelangen. Kein Pappenstiel, gerade nachts. Was, wenn ein Unfall passiert war? Die Gräben waren über weite Strecken tief und stark bewachsen, und wenn man nicht genau hinsah, konnte man einen darin liegenden Menschen schnell übersehen.

Doch Jaro fand nichts. Keine Leiche, kein Fahrrad, keine Hinweise auf einen Unfall. Als er den Ort erreichte, in dem die Fleischers lebten, gab er eine neue Zieladresse ein und drückte aufs Gaspedal.

9

Für Simon Schierling war die Rechtsmedizin ein Ort der Wahrheit, denn im Tod büßten die Menschen ihre Fähigkeit zu lügen ein. Was die Ärzte hier herausfanden, waren nicht angreifbare, unabänderliche Fakten, die aber richtig interpretiert werden mussten.

Darüber hinaus musste er sofort an seine Frau und die Kinder denken. Das war jedes Mal so, daran konnte er nichts ändern. Heute Abend würde er mit den Zwillingen Luzie und

Lanie spielen und lachen, und in seinem Hinterkopf würden die Bilder des getöteten Claas Rehagen keine Ruhe geben. Der Tod war bereits zu Gast gewesen in ihrer kleinen Familie, und nie ging er wieder ganz, immer ließ er etwas zurück, eine Art emotionalen Tumor, gegen den es kein Medikament gab, der nur von Liebe und Vertrautheit in Schach gehalten werden konnte.

Mit diesen Gedanken betrat Simon Schierling die Rechtsmedizin, um der Obduktion von Claas Rehagen beizuwohnen. Durchgeführt wurde sie heute von Dr. Heinz Homfeld, einem ehrgeizigen Mann Mitte vierzig, der zu Zynismus neigte, aber nicht unsympathisch war. Simon mochte ihn.

Homfeld schob sich mit der Fingerspitze die randlose Brille auf die Nase und warf Simon lediglich einen kurzen Blick zu, während er sich um die Utensilien kümmerte, die er für seine Arbeit benötigte.

«Kommissar», sagte er, «wie schön. Dann können wir ja beginnen. Wie geht es der Familie?»

«Großartig, vielen Dank.»

Immer wieder warf diese nette, normalerweise beiläufige Frage Simon zurück an den Rand des schwarzen Loches. Jene gefährliche Zone, die man Ereignishorizont nannte und von der aus man in die zentrale Singularität stürzte. Die Hölle, wie Simon es sich für sich benannt hatte, weil er nicht verstand, was es wirklich bedeutete – vielleicht verstand es niemand.

Die Folie, mit der Claas Rehagen an den Stuhl gefesselt gewesen war, war bereits entfernt worden, und das Fleisch des spannungslosen Körpers schien auf dem glänzenden Metall des Obduktionstisches zu zerfließen. Wie gesagt: ein Ort der Wahrheit. Hier zeigte sich, was blieb – und es blieb nichts Schönes.

Ein Assistent machte Fotos von dem Leichnam, während Homfeld sich mit ihm beschäftigte. Auf Simons Bitte hin widmete er sich zuerst dem Mund und dem, was er enthielt.

Homfeld schob seine behandschuhten Finger zwischen die Lippen des Toten und bog Ober- und Unterkiefer etwas auseinander, sodass sein Assistent Fotos machen konnte. Dann legte der Assistent die Kamera beiseite und holte sehr vorsichtig heraus, was in Rehagen steckte.

«Es reicht bis tief in den Rachen», sagte Homfeld dabei.

Eine feuchte Papiermasse von grüngrauer Farbe kam zum Vorschein.

«Ich muss wissen, ob etwas darauf geschrieben steht», sagte Simon, der einen Verdacht hatte, um welches Stück Papier es sich dabei handelte.

Mit nervenzerrender Akribie entfalteten Homfeld und sein Assistent den Papierball, bis er nahezu flach auf dem Untersuchungstisch lag. Die Buchstaben waren durch die Feuchtigkeit im Mund des Opfers verlaufen, doch die Wörter ließen sich noch entziffern. Homfeld fühlte sich berufen, sie laut vorzulesen.

«Erzähl mir eine spannende Geschichte. Sie darf fünf Wörter haben. Nicht ein Wort zu viel. Sonst muss dein Freund sterben. Seine Zeit läuft bald ab.»

Der Rechtsmediziner sah zu Simon auf.

«Interessant. Jeder Satz besteht aus fünf Wörtern. Ich nehme an, es gelang nicht, die Geschichte zu erzählen?»

Simon erwiderte nichts. Er hatte damit gerechnet, dass es sich bei dem Papierball im Mund des Opfers um dasselbe Schriftstück handelte, das in dem Video an einer Kette um seinen Hals hing. Der Täter hatte es Claas in den Mund gesteckt, Folie über das Gesicht gewickelt und den jungen Mann ersticken lassen. Er war im wahrsten Sinne an diesen Worten erstickt.

«Auf den ersten Blick würde ich sagen, es handelt sich hier nicht um normales Schreibpapier, wie man es überall kaufen kann. Es ist eindeutig dicker und von festerer Struktur, deshalb konnte es auch ausreichend Feuchtigkeit aufnehmen, um im Mund stark aufzuquellen», sagte Homfeld. «Bei der Tinte tippe ich auf pigmentierte Tinte mit hoher Wasserfestigkeit, sonst könnten wir den Text nach der Verweilzeit im Speichel nicht mehr lesen. Der Text wurde handschriftlich aufgetragen, wahrscheinlich mit einem Füllfederhalter.»

Simon nickte.

«Ich lasse es von der KTU abholen und analysieren», sagte er. «Gibt es sonst etwas, was ich über den Leichnam wissen muss?»

«Nun, keine weiteren sichtbaren Verletzungen, nicht einmal Hämatome. Die Blutuntersuchung steht noch aus. Der Mann war jung, nicht besonders gut trainiert, hatte eine Blinddarmoperation ... mehr kann ich Ihnen zu diesem Zeitpunkt nicht sagen.»

Simon bedankte sich und verließ die Rechtsmedizin. Mit dem Handy gab er den Auftrag an die KTU, den Papierball zu untersuchen. Außerdem beantragte er, feststellen zu lassen, wo das Handy von Claas Rehagen sich zuletzt in eine Funkzelle eingebucht hatte. Danach telefonierte er mit dem IT-Forensiker und erfuhr, dass es noch eine Weile dauern würde, bis die Videos ausgewertet waren. Es gab einfach zu viel zu tun, gerade im digitalen Bereich.

Simon machte sich auf den Weg zur Meldeadresse von Claas Rehagen. Die lag in einem anderen Zuständigkeitsbereich, und die Kollegen vor Ort hatten angeboten, sich für ihn in der Wohnung umzuschauen, aber Simon brauchte die Eindrücke hinter den offensichtlichen Bildern. Das, was die IT-Forensiker Metadaten nannten. Da auch das eigentlich zuständige Präsidium überlastet war, hatte man keine Einwände dagegen. Ganz im Gegenteil war man froh, nicht noch einen Fall bearbeiten zu müssen.

Die Autobahn war größtenteils frei. Simon gab Gas und erreichte die Stadt, in der Claas gelebt hatte, schneller als gedacht.

Bevor er ankam, fuhr er rechts ran, kaufte sich einen Kaffee, trank ihn im Stehen am Wagen, rief seine Frau an und fragte, ob es allen gut ging. Was der Fall war. Aber man konnte nie wissen. Nie! Er erfuhr, dass sowohl bei Luzie als auch bei Lanie wieder Milchzähne wackelten, und seine Frau bat ihn, unterwegs bei der Zahnfee vorbeizuschauen und kleine Geschenke mitzubringen. Simon wusste, das hätte sie selbst tun können, übertrug es aber ihm, damit er trotz der hohen Arbeitsbelastung so dicht wie möglich an seiner Familie dran war.

Erst nach diesem Gespräch war er bereit, seine Gedanken kreisen zu lassen.

Faja Bartels arbeitete in einer Buchhandlung. Am Abend einer Lesung erhielt sie das erste Video. Das Opfer schien ein Büchernarr zu sein. Es wurde in einer Bücherei gefunden. Erzähl eine Geschichte mit nur fünf Worten. Was sollte das? War es einfach nur eine Ablenkung, oder steckte der Kern dieser abscheulichen Tat in diesen Worten?

Simon ging davon aus, dass er es herausfinden würde. Aber nicht heute und auch nicht morgen. Wie es aussah, hatte der Täter sich akribisch auf seine Tat vorbereitet, hatte einen Ort gefunden, an dem er Claas Rehagen gefangen halten und töten konnte. Und einen anderen Ort, die Stadtbücherei, um die Leiche zu präsentieren. Und präsentieren war hier das richtige Wort. Die Inszenierung war dem Täter wichtig, er war ein Risiko eingegangen dafür. Jemand hätte ihn beobachten können, vielleicht war er von einer Überwachungskamera aufgezeichnet worden, das musste noch überprüft werden. Und wie auch immer er an den Schlüssel gekommen war, sie würden es herausfinden.

Alles in allem ein enormer Aufwand, um Claas Rehagen zu töten und ihn finden zu lassen.

Was hatte der junge Mann getan, um das zu rechtfertigen?

Simon öffnete die Beifahrertür. Auf dem Sitz lag das Buch von David Sanford, *Dunkelheit, mein Freund*. Nachdem die KTU es auf Spuren und Abdrücke untersucht hatte, hatte Simon es mitgenommen. Er war noch nicht dazu gekommen, darin zu lesen, schlug es jetzt auf und ging die Seiten durch auf der Suche nach etwas Erhellendem. Dabei stieß er auf eine Liedzeile, die er kannte. Die wahrscheinlich fast jeder kannte.

Hello darkness, my old friend, I've come to talk with you again.

Simon and Garfunkel.

Ein Anruf bei Frau Baumann, der Leiterin der Bücherei, hatte ergeben, dass es natürlich mehrere Exemplare des Buches von Sanford im Bestand gab. Ein Stempel wies dieses als Eigentum der Bücherei aus. Im ersten Moment hatte Simon vermutet, der Täter habe es absichtlich dort platziert. Das war wohl nicht der Fall, aber war es von selbst umgekippt, oder hatte der Täter es so hingelegt, damit es jemandem auffiel?

Simon fand die Liedzeile einige Male im Text, meistens in Verbindung mit einem überaus detailreich geschilderten

110

Mord. Krankes Zeug, das sich nur ein kranker Geist ausdenken konnte.

Simon warf das Buch zurück auf den Sitz, trank den letzten Schluck Kaffee und machte sich wieder auf den Weg. Bevor er die Adresse erreichte, forderte er wie vereinbart telefonisch Unterstützung der Kollegen vor Ort an und bat darum, ihn in fünfzehn Minuten zu treffen. Rehagen war von Beruf Zahntechniker gewesen, das wusste Simon schon von Faja Bartels. Sie hatte ihm auch erzählt, dass er allein in einer Zweizimmerwohnung lebte. Wie sich jetzt herausstellte, befand sich die Wohnung in einem hässlichen Altbau, dessen Backsteine die Schwärze von Jahrzehnten aufgesogen hatten. Dunkler Stein, schmutziges Fensterglas, abweisende Architektur – wer hier wohnte, dem fehlte das Geld für Farbe und Freude im Leben. Oder das Interesse an beidem. Als Simon ausstieg, ging vor dem Gebäude eine Frau von vielleicht dreißig Jahren auf und ab. Sie stellte sich als Sandra Meyer vor, die Kollegin vom örtlichen Präsidium.

«Ich habe bereits einen Generalschlüssel von der Trägergesellschaft», sagte sie und hielt den Schlüssel hoch. «Wir können sofort loslegen, wenn Sie möchten.»

«Und wie ich möchte. Aber macht es Ihnen etwas aus, wenn ich zunächst allein in die Wohnung gehe? Ist so eine Angewohnheit von mir.»

Sandra Meyer war drahtig, ihr Kinn kantig, die Augen klar und blau. Sie trug ihr blondiertes Haar kurz und bunte Kreolen in den Ohrläppchen. Mit leicht schief gelegtem Kopf betrachtete sie Simon interessiert und mit einem spöttischen Lächeln in den Mundwinkeln.

«Ich bin also nur die Schlüsselmeisterin?», fragte sie.

«Keineswegs. Es geht mir nur um die ersten fünf Minuten.

Danach wäre ich sehr dankbar für Ihre weitere Unterstützung in dem Fall.»

«Und was ist das für ein Fall? Man hat mir nichts darüber gesagt.»

Simon setzte sie in kurzen Sätzen ins Bild.

«Was für eine irre Geschichte!», sagte Sandra Meyer und schüttelte den Kopf. «Klingt für mich, als fängt da gerade jemand an, sich ein Denkmal zu setzen.»

«Malen Sie den Teufel nicht an die Wand», warnte Simon. In eine ähnliche Richtung hatte er gestern auch schon gedacht, aber es gab keine Hinweise darauf, also hatte er beschlossen, sich vorerst nicht mit diesem Gedanken zu beschäftigen. Alles zu seiner Zeit.

Claas Rehagens Wohnung befand sich im dritten Obergeschoss unter dem Dach. Vor der Tür stehend, überprüfte Simon, ob sie eventuell aufgebrochen wurde, doch dafür gab es keine Spuren.

«Wir wissen noch nicht, wo und unter welchen Umständen Rehagen entführt wurde», sagte Simon. «Wahrscheinlich werden wir Ihre Hilfe in Anspruch nehmen müssen, um das herauszufinden.»

«Kein Problem ... sobald mein Chef es genehmigt», antwortete Sandra Meyer. «Sie wissen ja, die Dienstwege müssen eingehalten werden.»

«Ganz meine Meinung», erwiderte Simon.

Sie steckte den Schlüssel ins Schloss, öffnete ihm die Tür und trat zurück.

«Bitte schön. Toben Sie sich aus. Ich warte brav im ...»

Simons Gesichtsausdruck ließ sie verstummen und einen Blick in die Wohnung werfen.

«Um Gottes willen», stieß sie aus.

10

Die Fleischer Elektro GmbH befand sich in einem ländlichen Gewerbegebiet unweit der Autobahn. Die Straßen und Gebäude wirkten neu. Angesiedelt hatten sich vor allem kleinere Betriebe. Jaro sah einen Zaunbauer, einen Steinmetz, der Grabsteine ausstellte, einen Tischler, einen Dachdecker und eine Gartenbaufirma.

Die Firma der Fleischers befand sich am Ende eines Wendehammers und stach heraus, weil das Firmengelände und die Gebäude darauf größer waren als die umliegenden. Der Mitarbeiterparkplatz war mit zwei Dutzend Wagen gut bestückt. Vor der lang gestreckten Halle standen mehrere weiße Transporter und kleine Lkws, die gerade beladen wurden. Vor dem Bürogebäude parkte in Alleinstellung ein teurer Land-Rover-Geländewagen.

Jaro stellte den furchtbaren Dienstwagen direkt daneben ab und stieg aus. Angemeldet war er nicht, er liebte Überraschungsbesuche und hatte häufig festgestellt, wie effektiv es war, wenn die Leute keine Zeit hatten, sich auf ihn vorzubereiten.

Da die vordere Eingangstür verschlossen war, ging Jaro um das Gebäude herum zur Lagerhalle. Dort drückte er sich an einem der Lkws vorbei, sprang auf die Verladerampe und betrat die Halle. Irgendwo surrten elektrische Gabelstapler, Menschen unterhielten sich, sehen konnte Jaro aber niemanden. Auf den ersten Blick entdeckte er vor allem großformatige Fernseher, Kühlschränke und Waschmaschinen. Als er weiter in die Halle vordrang, sah er einen Mann in grauer Arbeitskleidung, der damit beschäftigt war, kleinere Kartons auf einer Palette zu sichern. Er lief um die Palette herum und wickelte die Kartons mit Folie ein. Als er Jaro entdeckte, stellte er das Arbeitsgerät ab und kam auf ihn zu.

«Kann ich helfen?», fragte er freundlich.

«Bestimmt. Ich möchte Herrn Fleischer sprechen, aber vorn ist die Tür abgeschlossen.»

«Ja, ist gerade Mittag, da sind die Damen drüben beim Chinesen. Ich darf Sie aber nicht einfach durchlassen.»

«Dann rufen Sie doch bitte Herrn Fleischer her.»

«Das darf ich eigentlich auch nicht …»

«Doch, dürfen Sie», sagte Jaro und zeigte seinen Dienstausweis. «Ich bin sicher, Ihr Chef wird Verständnis haben.»

Der Mitarbeiter wich erschrocken vor dem Dienstausweis zurück. Hastig verschwand er in einem Glaskasten in einer Ecke der Halle, telefonierte kurz und kam zurück.

«Ich soll Sie hinbringen», sagte er und zeigte mit dem Daumen zur Durchgangstür.

Jaro folgte ihm. Sie hatten die Tür kaum passiert, da kam ihnen ein großer Mann mit dickem Bauch entgegen, gekleidet in Anzughose und weißes Hemd. Die Ärmel waren bis über die Ellenbogen aufgerollt, die obersten Knöpfe geöffnet. Auf der Stirnglatze des Mannes standen Schweißperlen. Heinz Fleischer.

«Ist die Lieferung für Tschechien endlich vom Hof?», fuhr er den Mitarbeiter an.

«In einer halben Stunde, Chef.»

«Aber spätestens», sagte Fleischer und tippte auf eine Armbanduhr, die Jaro für eine echte Rolex hielt.

«Kommen Sie bitte mit», sagte er danach, ohne Jaro anzusehen. Mit weit ausgreifendem Schritt führte er ihn in ein Büro im ersten Stock des Gebäudes, bot ihm dort aber keinen Sitzplatz an, sondern kam im Stehen zur Sache.

«Sie sind wegen Thorsten hier, nehme ich an?»

«Bin ich.»

«Sie haben von meiner Frau die Liste bekommen?»

«Habe ich.»

«Und was wollen Sie dann jetzt von mir?»

«Ein Gespräch.»

«Worüber?»

«Wollen wir uns setzen, oder klären wir das im Stehen?»

Jaro hielt dem Blick des Mannes stand, der es gewohnt war, Anweisungen zu erteilen, aber nicht, sie zu befolgen. Schließlich deutete er mit der Hand auf eine moderne Sitzgruppe aus gebürstetem Stahl und schwarzem Leder.

«Bitte», sagte er. «Getränke kann ich leider nicht anbieten. Meine Assistentin ist gerade in der Mittagspause.»

«Kein Problem.»

Sie setzten sich. Fleischers Hemd drohte die Knöpfe zu sprengen. Für einen Mann seiner Größe und seines Volumens hatte er unpassend kleine Augen, die in seinem breiten Gesicht beinahe verschwanden. Seine Ohren leuchteten rot, was auf Bluthochdruck schließen ließ.

Jaro entschied sich, mit der Tür ins Haus zu fallen. Er hatte keine Lust, sich an den heißen Brei heranzutasten, um den Mann zu schonen. Fleischer machte den Eindruck, als könne er einiges ertragen.

«Ziehen Sie eigentlich in Betracht, dass Ihr Sohn aus freien Stücken fortgegangen ist?»

Heinz Fleischer starrte ihn an. Nun wurden auch die Wangen rot.

«Ja», sagte er zu Jaros Überraschung. «Aber ich ziehe auch in Betracht, dass das nicht der Fall ist. Weil Thorsten nämlich mittellos ist. Wie lange würde er ohne Geld auskommen?

Zwei, drei Tage, aber sicher nicht zehn Tage. Und genau deshalb habe ich Druck gemacht bei der Polizei.»

«Kann es sein, dass er zu seiner leiblichen Mutter gegangen ist?»

«Ich habe Katrin angerufen. Sie sagt, sie hat lange nichts mehr von ihm gehört. Ich glaube ihr. Katrin würde mich nicht anlügen. Sie hat mir immer die Wahrheit auf den Kopf zu gesagt. Unter anderem deshalb sind wir nicht mehr zusammen.»

«Ich würde dennoch gern mit ihr sprechen.»

«Dann machen Sie das. Ich gebe Ihnen die Kontaktdaten mit.»

«Was hat Ihr Sohn studiert?», fragte Jaro.

«Es muss wohl heißen, was er nicht studiert hat, denn er hat ja abgebrochen. Zuerst BWL. Auf meinen Wunsch hin, damit er eines Tages das Know-how hat, die Firma zu übernehmen. War aber nicht so seins. Er wollte lieber Literaturwissenschaften studieren.»

«Aber das war Ihnen nicht recht?»

Fleischer seufzte. «Nein, war es nicht, ich habe es aber auch nicht verboten. Allerdings wusste Thorsten, dass er dann selbst für seine Lebenshaltung und fürs Studium aufkommen muss. Und da waren dann auch schnell die Grenzen seiner Begeisterung für Literaturwissenschaften erreicht. Wissen Sie, ich habe den maroden Elektrohandwerksbetrieb meines Vaters übernommen, ihn umgekrempelt und innerhalb eines Vierteljahrhunderts zu einem profitablen Unternehmen gemacht. Dabei hat mich auch niemand gefragt, was ich lieber getan hätte. Ich wäre gern Musiker geworden. Jeder soll mit seinem Leben anfangen, was er für richtig hält, aber nicht auf Kosten anderer.»

«Wovon hat Thorsten gelebt?»

«Er hat zeitweise hier im Lager gearbeitet. Paletten gepackt, Fahrzeuge beladen. Das ist harte körperliche Arbeit, für die ein Freigeist wie er nicht gemacht ist. Das waren seine Worte. Tja, aber umsonst gibt es bei mir nichts.»

«Lieben Sie Ihren Sohn?»

«Was soll diese Frage?»

«Wieso? Ist doch eine ganz einfache Frage.»

«Natürlich liebe ich mein Kind. Deswegen verhätschele ich es aber nicht, falls Sie darauf anspielen. Ich will nur wissen, was passiert ist. Das erfahre ich allerdings nicht, wenn Sie hier herumsitzen und mir solche irrelevanten Fragen stellen. Meine Frau sagte mir am Telefon, Sie wären auch ihr gegenüber unverschämt geworden. Ich denke, ich werde mit Ihren Vorgesetzten darüber sprechen müssen.»

«Das ist Ihr gutes Recht, bringt Ihnen Ihren Sohn aber auch nicht zurück.»

«Und Sie tun das?»

«Keine Ahnung, ob ich ihn zurückbringen kann, aber ich finde heraus, was passiert ist.»

Fleischer fixierte Jaro mit seinen kleinen Augen. Trübten die sich gerade ein und wurden feucht? Dieser Berg von einem Mann würde doch nicht anfangen zu weinen.

«Ganz gleich, ob wir ein gutes Verhältnis haben oder Thorsten mich für einen gierigen Kapitalisten hält, er ist mein Sohn. Ich muss einfach wissen, ob es ihm gut geht.»

Die Stimme des großen Mannes zitterte, und Jaro spürte, er sagte nicht irgendwas auf, von dem er glaubte, dass es sich gut anhörte. Nein, hier sprach ein Vater, der darunter litt, dass sein Kind spurlos verschwunden war. Der Klarheit wollte. Und wenn auch nur aus dem Grund, dass er sonst mit seinem

Leben nicht weitermachen konnte. Aber das war egal, alle Menschen handelten aus Eigennutz.

«Dafür werde ich sorgen», sagte Jaro und meinte es auch so. Und in diesem Moment war sein Jagdinstinkt geweckt.

Fleischer beugte sich vor und fixierte Jaro.

«Wissen Sie, was mein größtes Kapital ist? Ich treffe Entscheidungen. Darum geht es im Leben. Um Entscheidungen. Ich war stolz auf meinen Sohn, als er sich als Schwuler outete. Einfach deshalb, weil er die nötige Stärke dafür zeigte. Ich habe ihn Literatur studieren lassen, weil ich stolz war, dass er die Entscheidung getroffen hat. Aber wissen Sie was? Das hatte er gar nicht, in beiden Fragen nicht, das habe ich zu spät erkannt. Er kam zurück von seinem Studium und wusste plötzlich nicht einmal mehr, ob er Männlein oder Weiblein sein will, faselte was von diesem Gender-Kram und dass er seinen Namen hasst, weil der so geschlechtsspezifisch ist. Da ist mir der Kragen geplatzt. Ich unterstütze jeden, der weiß, was er will, und die nötigen Entscheidungen auf dem Weg dorthin trifft. Der seine Ziele verfolgt, egal was es kostet. Fragen Sie meine Mitarbeiter, die werden Ihnen das bestätigen. Aber mit Rumgeeier kann ich nichts anfangen. Dabei hätte ich es eigentlich wissen müssen.»

«Was wissen müssen?»

«Thorsten war schon immer zu weich. Wissen Sie, ich habe eine Jagdpacht, gar nicht weit von hier, mit Hütte und allem Drum und Dran. Als Thorsten zwölf war, habe ich ihn mitgenommen. Den Bock zu schießen hat er noch hinbekommen, aber beim Aufbrechen ist er dann abgehauen. Wer sich nicht selbst ernähren kann, kommt nicht weit im Leben.»

Jaro hätte dem Mann gern gesagt, dass er sich seine Ma-

118

cho-Sprüche schenken konnte, wollte ihn aber auch nicht zu sehr reizen. Also konzentrierte er sich auf das Wesentliche.

«Diese Jagdhütte, kann es sein, dass Thorsten dort ist?»

Heinz Fleischer lachte auf. Sein Bauch wackelte.

«Im Leben nicht. Der Ort ist der Horror für ihn. Außerdem weiß er, dass ich dort jederzeit auftauchen kann.»

«Okay. Was muss ich sonst noch wissen?»

Fleischer zuckte mit den massigen Schultern und lehnte sich zurück.

«Einmal die Woche war Thorsten bei diesen Literaturfuzzis in der Stadt, so ein Klub, Zeitverschwendung, wenn Sie mich fragen. Sie haben die Liste mit Freunden und Bekannten. Arbeiten Sie die ab, dann werden sie ihn schon finden. Ist keine große Detektivarbeit, oder?»

«Wie heißt der Literaturklub?»

«Weiß ich doch nicht.»

«Wissen Sie, ob Ihr Sohn Drogen nimmt?»

«Nicht dass ich wüsste. Aber er klaut.»

«Wie bitte?»

«Immer wieder mal. Geld. Sachen aus der Halle. Hin und wieder einen der alten Lieferwagen. Ausleihen nennt er das. Ich nicht. Wir hatten heftige Streits deswegen.»

«Wann zuletzt?»

«Ein paar Tage vor seinem Verschwinden. Aber wir hatten immer mal wieder Streit, das ist nicht ungewöhnlich. Ich glaube nicht, dass er deswegen abgehauen ist. Falls Sie darauf hinauswollen.»

«Wollte ich, respektiere aber Ihre Einschätzung.»

Er bekam die Adresse von Thorstens leiblicher Mutter und verließ das Gebäude.

Auf dem Weg zum Dienstwagen zog sich eine Schlinge um

seinen Hals zusammen, die es mit jedem Schritt schwieriger für ihn machte zu atmen. Sein Brustkorb wurde eng, sein Puls begann zu rasen, er schwitzte. Diese Symptome waren neu für Jaro, und er wusste nicht, wie er damit umgehen sollte. Würden sie in ein paar Minuten vergehen? Musste er einen Arzt aufsuchen?

Nein, wahrscheinlich nicht.

Mandy Stein und ihr ungeborenes Kind steckten ganz tief in seinem Schädel.

Oder lag es an etwas anderem?

Ein Satz aus dem Hörbuch von Reinhard Haller ging ihm nicht mehr aus dem Kopf, seitdem er ihn auf dem Weg zum Bungalow der Fleischers gehört hatte.

Was ist die größte Kränkung Ihres Lebens?

Hatte Thorstens Vater gerade die Antwort in ihm geweckt?

Jaro hatte immer um die Gunst seines Vaters gekämpft. Um Zuneigung, Liebe, Anerkennung. Doch ganz gleich, welche Leistungen und Siege er im Sport auch eingefahren hatte, sein Vater hatte es nicht bemerkt. Am Alkohol kam eben nicht viel vorbei. Jaro erinnerte sich an sein erstes Fußballspiel, da war er wohl fünf gewesen. Seine Eltern waren dabei gewesen, und die Reaktion seines Vaters nach dem Spiel, als ein stolzer kleiner Jaro auf ihn zugekommen war, hatte gelautet: «Du hast die ganze Zeit nur an deinem Trikot herumgezupft.»

Ja, hatte er, weil es viel zu groß gewesen war.

Aber er hatte als Verteidiger auch zwei Tore verhindert.

Fünf. Er war fünf gewesen.

Konnte es sein, dass eine Kränkung so lange nachhallte? Dass sie Mandy Steins Leben zerstört hatte? Und das ihres ungeborenen Kindes?

11

Die Wohnung von Claas Rehagen glich einem wahr gewordenen Albtraum. Eine Szenerie wie aus einem Horrorfilm. Sandra Meyer wich davor zurück, bis sie mit dem Rücken gegen die Wand stieß.

«Vielleicht besser, wenn Sie Unterstützung rufen», bat Simon mit heiserer Stimme.

Sie nickte. «Mein Handy liegt im Wagen ... Ich geh kurz runter ...»

Simon wartete, bis die Kollegin nicht mehr zu sehen war. Dann betrat er die Wohnung. Das war nicht richtig, und er würde sich Ärger einhandeln, er, der sich immer an die Vorschriften hielt. Aber er konnte nicht anders. Von einer Sekunde auf die andere verwandelte sich ein bizarrer Mordfall in etwas vollkommen anderes, und Simon ahnte, die nächsten Tage, Wochen, vielleicht Monate würden ihm alles abverlangen, ihn vielleicht sogar überfordern.

Die Wohnung unter dem Dach bestand aus einem einzigen lang gestreckten Raum. Links und rechts zogen sich die Schrägen bis zum Kniestock, den man nicht sehen konnte, da sich Unmengen an Büchern davor stapelten. Niemand im Alter von Claas Rehagen konnte so viele Bücher gelesen haben, da war sich Simon sicher, hier ging es wohl eher ums Sammeln. Es herrschte schummriges Licht in dem Raum, da an den Dachschrägenfenstern die Rollos zur Hälfte heruntergezogen waren. Auf den ersten Blick erfasste Simon ein Bett, einen Schreibtisch, eine abgewetzte, durchgesessene braune Ledercouch, eine winzige Küchenzeile, mehrere Regale, ein Aquarium, von dem bläuliches Licht ausging, niedrige Schränke sowie zwei Kleiderständer.

Und mittig zwischen alldem platziert ein Stuhl.

Darauf ein Körper, eingewickelt in durchsichtige Frischhaltefolie, der Kopf aufrecht erhoben mit Blickrichtung zur Tür. Dieser Anblick war es, der Sarah Meyer mit dem Rücken an die Wand getrieben hatte.

Simon blieb nach wenigen Schritten stehen und sog Informationen in sich auf.

Bei der Leiche auf dem Stuhl handelte es sich um einen Mann, sicher nicht älter als dreißig. Er hatte dunkles Haar, sein Körper wies deutliches Übergewicht auf, das konnte Simon erkennen, denn genau wie Claas Rehagen war er bis auf die Unterhose nackt. Die durchsichtige Folie war derart straff um den Körper gewickelt, dass sie die Fettpolster wie eine Wurstpelle zusammendrückte. Da der Stuhl lediglich eine niedrige Lehne besaß, hatte der Täter sich mit einem Besen beholfen, den er ebenfalls mit Folie an dem Stuhl befestigt hatte und der dem Kopf Halt gab. Es schien wichtig zu sein, dass der Kopf nicht schlaff herunterhing. Im Mund des Opfers, der weit geöffnet war, befand sich eine gräuliche Masse, wahrscheinlich dickes, festes Papier wie im Fall von Claas Rehagen.

Das zweite Opfer in wenigen Tagen.

Der Beginn einer Serie?

Aber wenn alles identisch war, warum hatte niemand ein Video von diesem jungen Mann bekommen? Warum war niemand aufgefordert worden, eine Geschichte in nur fünf Wörtern zu erzählen, um ihn zu retten?

Oder war das geschehen, und die Person, die das Video bekommen hatte, hatte nicht reagiert, weil sie es aus irgendwelchen Gründen nicht angeschaut hatte?

Diese Wohnung sieht aus wie eine Miniaturbibliothek,

schoss es Simon durch den Kopf. Es ist die Welt der Bücher, in der sich der Täter oder die Täterin auskennt, hier spielt seine oder ihre Geschichte. Und er oder sie hat gewollt, dass dieser unbekannte Tote rasch nach Rehagens Ableben gefunden wird.

Simon schaute nach der Kleidung des Opfers. Auf dem Bett im hinteren Bereich des lang gestreckten Raumes lag welche, und obwohl er wusste, er sollte nicht weitergehen, um diesen Tatort nicht mit seinen eigenen Spuren zu kontaminieren, tat er es doch. Für die KTU würde es kein Problem darstellen, die Abdrücke seiner Schuhe von den anderen hier zu unterscheiden. Je näher er der Leiche kam, desto intensiver wurde der Verwesungsgeruch. Es war warm gewesen in den letzten Tagen, besonders hier oben im Dachgeschoss, und trotz der geschlossenen Fenster hatten Fliegen den Weg zur Leiche gefunden. Aggressiv summend stoben sie auf, als sich Simon mit ordentlichem Abstand an dem Toten vorbeischob. Viele waren dreist genug zu bleiben, wo sie waren: an den wenigen Stellen, die nicht von der Folie bedeckt waren, hauptsächlich aber an den Augen. Einige hatten einen Weg unter die Folie gefunden, wo sie in den Faltenkanälen hektisch hin und her liefen auf der Suche nach einem Ausgang, der sich wahrscheinlich geschlossen hatte, als das Fleisch aufgequollen war.

Anblick und Geruch waren entsetzlich. Simon musste würgen und den Brechreiz niederringen. Egal, wie warm es gewesen war, diese Person war schon länger tot als Claas Rehagen. Sie war das erste Opfer, das aus irgendeinem Grund nicht die Reaktion hervorgerufen hatte, die der Täter oder die Täterin sich vorgestellt hatte.

Die Kleidung war achtlos aufs Bett geworfen. Hose und

Shirt, die Socken lagen auf dem Boden. Mit spitzen Fingern tastete Simon die Hosentaschen ab auf der Suche nach etwas Persönlichem, das ihm die Identität des Opfers verraten würde. Leider fand sich nichts. Also wandte er sich dem Schreibtisch zu. Zwei Holzböcke mit einer weißen Platte aus Pressholz, darauf ein aufgeklappter Laptop. Simon nahm seinen Kugelschreiber und drückte eine Taste, doch der Bildschirm blieb dunkel. Da der Laptop nicht mit dem Stromnetz verbunden war, musste wohl der Akku leer sein. Auf dem Schreibtisch lagen ein paar Bücher und, wie sollte es anders sein, auch das von David Sanford. Es anzufassen und durchzublättern verbot sich vorerst, aber Simon wusste, mit wem er in diesem Fall unbedingt reden musste. Es lag auch ein karierter Schreibblock auf dem Schreibtisch, die oberste Seite vollgeschrieben in einer Handschrift, die Simon nicht ohne Weiteres entziffern konnte. Einige Notizzettel in unterschiedlicher Farbe klebten auf der furnierten Platte, auch sie beschrieben in dieser krakeligen Handschrift. Neben dem Schreibtisch stand ein Stativ mit einem Ringlicht, in der Mitte eine Handyhalterung.

Simons Hand schwebte über dem Buch von Sanford. Er wollte es unbedingt anfassen, darin blättern, nachsehen, was es zu bedeuten hatte, dass an bestimmten Stellen farbige Zettel aus den Seiten ragten.

«Sie fassen doch nichts an, oder?»

Sandra Meyer war zurück, blieb aber auf der Türschwelle stehen. Ihr Gesicht war kreidebleich, die Lippen blutleer. Sie sah aus, als hätte sie sich draußen übergeben.

«Nein, aber ich würde gern.»

«Warten Sie. Die KTU ist bald da ...» Sie machte eine Pause und schüttelte mit Blick auf den Leichnam den Kopf. «Was ist das für ein kranker Scheiß?»

«Lesen Sie Bücher?», fragte Simon, ohne sie anzusehen. Er war zu einem der Bücherstapel vor dem Kniestock hinübergegangen, kniete sich hin und las die Titel. «Thriller? Krimis?»

«Ist nicht Ihr Ernst, oder? Ich verbringe doch nicht die Abende mit Dingen, die ich schon den ganzen Tag ertragen muss.»

«Verstehe ich», sagte Simon. «Geht mir genauso. Claas Rehagen hat offenbar nur Bücher dieses Genres gelesen. Und davon unfassbar viele. Ob das etwas mit dem Charakter macht?»

Die Frage hatte er sich selbst gestellt, bekam die Antwort jedoch von seiner Kollegin.

«Wie sollte es nicht? Aber nach dem, was Sie berichtet haben, muss er sich darüber keine Sorgen mehr machen. Würden Sie jetzt bitte den Tatort verlassen.»

Simon kam aus der Hocke hoch und ging zu ihr hinüber.

«Sie kennen den Mann nicht zufällig?», fragte er sie und deutete auf den gefesselten Körper.

Sie schüttelte den Kopf. Gemeinsam entfernten sie sich von der Tür und atmeten an der Treppe tief durch, da die Luft dort besser war.

«Geht es Ihnen gut?», fragte Simon. Er selbst spürte immer noch einen leichten Brechreiz.

«Nicht wirklich. Ich meine ... na ja, es ist ja nicht meine erste Leiche, aber dieser Anblick, die Folie, der Geruch ... und ich habe nicht damit gerechnet. Was für einen widerlichen Fall haben Sie in meine Stadt gebracht?»

«Nicht ich», sagte Simon. «Und nicht nur in Ihre Stadt. In meiner gibt es eine Leiche, die genauso aussieht. Sie hatten wohl leider recht vorhin. Es sieht so aus, als würde sich hier jemand ein Denkmal setzen wollen.»

12

Faja hatte sich entschieden, die Bücherjunkies einzuweihen. Außer Lisbeth waren noch Sascha, Susi und Norman dabei. Faja vertraute ihnen. Susi, Norman und Lissi kannte sie von Veranstaltungen wie der Buchmesse, Lesungen und anderen Events persönlich. Sascha noch nicht. Sie war erst seit ein paar Monaten dabei, hatte zwei Jobs, arbeitete als Zustellerin und abends in der Gastronomie, außerdem war ihr Freund chronisch krank. Sie konnte nicht so oft unterwegs sein. Aber die 28-Jährige war empathisch, witzig und eine echte Bereicherung für die Gruppe.

Sie trafen sich online im Chat, und zuallererst gab Faja die Anweisung des Kommissars weiter, nirgendwo im Netz über Claas' Tod zu sprechen.

Sie alle waren entsetzt darüber, was vorgefallen war, und eine Weile drehte sich das Gespräch im Kreis, bis Lissi einen Gedanken formulierte, den Faja sich bisher nicht gestattet hatte, obwohl er wie ein Damoklesschwert über allem hing.

Ey, Leute, was, wenn Claas nur der Anfang war?

Sie alle liebten Geschichten über Serientäter, kaum ein Subgenre war erfolgreicher, es lag also auf der Hand, in diese Richtung zu denken.

Shit, sagte Susi. Du hast recht. Susi arbeitete bei einem kleinen Verlag und versorgte sie immer wieder mit Hintergrundinfos, außerdem war sie die Einzige, die fast alles las, nicht nur Krimis und Thriller. Sie war zurückhaltend und verriet nur wenig von sich selbst, und Faja wusste bis heute nichts über ihren Familienstand.

Das wissen wir nicht und sollten nicht zu wild spekulieren, warf die immer vernünftige Sascha ein. Mein Freund meinte schon häufiger, dass Claas sich mit seiner krassen und unnachgiebigen Art irgendwann einen richtigen Shitstorm einhandelt.

Wäre doch auch anders gegangen, gab Susi zu bedenken. Warum Faja mit reinziehen? Ich meine ... na ja, es ist doch irgendwie klar, dass er die Schuld an Claas' Tod ihr zuschiebt, weil sie die Aufgabe mit den fünf Wörtern nicht hinbekommen hat ... sorry, Faja, das war kein Vorwurf.

Schon gut, sagte Faja, obwohl es das nicht war. Nichts war gut, denn Susi hatte recht. Sie hatte es nicht hinbekommen, weil sie es nicht wirklich versucht hatte.

Ich glaube ja, ganz gleich, was Faja geschrieben hätte, und wenn es eine noch so gute Fünf-Wort-Story gewesen wäre, Claas wäre trotzdem gestorben. Du darfst dir da keine Vorwürfe machen, Faja, hörst du.

Das war Norman, der nette, kumpelige Norman, der neben seiner eher langweiligen Arbeit beim Finanzamt einen sehr gut laufenden Buchblog und Insta-Kanal betrieb. Ihn interessierten nicht so sehr die ausgeklügelten Storys, sondern die handelnden Personen. Er konnte sich gut in Menschen hineinfühlen, was Faja erstaunlich fand, war er in seinem anderen Leben doch ein Zahlenmensch. Mit 38 war er der Älteste ihrer Gruppe.

Ich weiß nicht ..., sagte Faja. Wenn ich anders reagiert und Claas ernst genommen hätte ...

Nicht, Süße, tu das nicht, ging Lissi dazwischen. Wir alle haben Claas nur selten ernst genommen, und das hat er sich selbst zuzuschreiben. Ihr wisst doch alle, mit was für verrückten Sachen er immer wieder versucht hat, Aufmerksamkeit zu bekommen. Denkt doch nur mal an den Abend zurück, als wir uns bei Norman getroffen haben. Da stand er plötzlich im Dunkeln draußen vor dem Fenster, mit dieser scheiß Scream-Maske, und hat uns alle zu Tode erschreckt.

Na ja, bis auf dich, warf Norman ein. Du bist sofort mit der leeren Weinflasche auf ihn losgegangen.

Faja konnte sich noch sehr gut daran erinnern, die anderen auch, bis auf Sascha, die nicht dabei gewesen war. Die Sichtweise ihrer Freunde half ihr ein wenig, wenngleich die Schuldgefühle wohl noch lange Zeit anhalten würden. Vor allem der Satz aus fünf Wörtern, den sie so lapidar statt einer Geschichte geschrieben hatte, ging ihr immer wieder durch den Kopf. *Sterben muss er sowieso irgendwann.* Und dann war er gestorben. Nicht irgendwann, sondern sofort. Den anderen aus der Gruppe hatte sie nicht verraten, was sie geschrieben hatte, und würde es auch nicht tun. Sie hatte behauptet, ihr sei nichts eingefallen.

Geht das überhaupt?, fragte Lissi. Eine spannende Geschichte aus nur fünf Wörtern. Ist doch Quatsch, oder? Wie soll das gehen?

Keine Ahnung, sagte Susi. Irgendwoher kommt mir das Konzept auch bekannt vor, als hätte ich in einem Buch darüber gelesen. Aber ich denke, bevor wir uns damit beschäftigen, sollten wir uns erst einmal darauf konzentrieren, Informationen zu Claas zu sammeln. Wem ist er zuletzt heftig auf die Füße getreten zum Beispiel.

Auch, aber nicht nur, gab Norman zu bedenken. Denn wenn der Täter weitermacht, wäre es nicht verkehrt, über spannende Geschichten aus nur fünf Wörtern nachgedacht zu haben.

Mal den Teufel nicht an die Wand, warnte Sascha. Wenn ich das meinem Freund erzähle, verbietet er mir, mich weiter mit euch zu treffen. Ihr wisst ja, wie wenig er davon hält.

Dann erzähl doch mal eine Geschichte, forderte Lissi Norman auf.

Es wurde still in der Gruppe, als Norman nachdachte und alle anderen wahrscheinlich das Gleiche taten. Faja jedenfalls tat es und stellte sehr schnell fest, wie schwierig es war, aus fünf Wörtern eine Geschichte zu machen. In einer Geschichte musste es einen Plot geben, einen Anfang, einen Mittelteil, ein Ende, auch die Figuren mussten mitgedacht werden. Wie sollte das funktionieren? Was hatte der Täter sich bei dieser Aufforderung bloß gedacht?

Vielleicht so ..., sagte Norman irgendwann:

Wieder Blut. Meines. Schluss damit.

Alle schwiegen, wiederholten stumm die Worte.

Nicht schlecht, sagte Lissi als Erste. Ich denke an häusliche Gewalt, eine Frau, der es reicht, die jetzt zurückschlagen wird oder einen Mordplan austüftelt.

Ganz genau!, freute sich Norman. Das waren meine Gedanken dahinter.

Geht es deiner Frau denn gut?, fragte Lissi.

Norman war seit zehn Jahren verheiratet und hatte mit seiner Frau zwei Kinder im Alter von sechs und acht Jahren.

Sehr witzig, antwortete er.

Aber ist das schon eine Story?, fragte Faja.

Na ja, sobald du die Wörter hörst, wird daraus in deiner Fantasie eine Story, sagte Susi. Bei mir hat es ähnlich funktioniert wie bei Lissi. Dabei spielt es ja keine Rolle, was du dir selbst darunter vorstellst. Hauptsache, irgendeine Geschichte. Mir fällt spontan auch eine ein.

Lass hören!, forderte Lissi.

Jeden Abend tobt sein Wahnsinn.

Hm, ich weiß nicht, sagte Faja. Steckt da mehr drin als

diese Aussage? Ihr versteht schon, eine Geschichte, eine andere Ebene, versteckte Botschaften, Narrative.

Ist ein bisschen viel verlangt für fünf Wörter, oder?, fragte Norman.

Die anderen stimmten zu.

Jeder ist seines Glückes Schmied!, platzte es lauthals aus Lissi heraus.

Das ist keine Geschichte, sondern ein Narrativ, zudem eines der am meisten gebrauchten, sagte Susi.

Kooorekt, machte Lissi. Aber trotzdem cool, oder nicht!

Wir können nur raten, worauf der Täter hinauswill, lenkte Norman ein. Und müssen hoffen, dass wir es nicht erfahren.

Denkt ihr eigentlich, was ich denke?, fragte die schüchterne, zurückhaltende Susi mit ängstlicher Stimme. Sie war schwanger und gerade in Mutterschutz und machte sich sowieso Sorgen um alles und jeden.

Keine Ahnung. Sag uns, was du denkst, forderte Lissi sie auf.

Sollte Norman recht behalten, und der Täter schlägt ein weiteres Mal zu, dann kann es gut sein, dass es einen von uns trifft.

Claas war einer von uns, sagte Faja leise.

Genau das meine ich.

Okay, okay, keine Panik, brachte Norman sich ein. Ich glaube, jetzt geht unsere Fantasie mit uns durch. Aber wir sind gewarnt und passen alle auf uns auf, und wir suchen gemeinsam mit Hochdruck nach jemandem, den Claas gegen sich aufgebracht haben könnte. Wer auch immer das getan hat, muss ja irgendwo in der Welt der Bücher zu finden sein.

Und damit in unserer Welt, fügte Faja an, und ihre eigenen Worte jagten ihr einen Schauer über den Rücken.

13

Laut dröhnte die Musik zwischen den Wänden, immer wieder und wieder und wieder. *Hello darkness, my old friend, I've come to talk with you again.* Noten, Instrumente, Stimme, all das drang tief in ihn ein, vermischte sich mit seinen Zellen, bis es keinen Unterschied mehr gab und er vollkommen in der Musik aufging. Und er sang die Zeile mit, die er so liebte und gleichzeitig hasste.

Fools, said I, you do not now, silence like a cancer grows.

Mit jedem Wort spürte er die Emotionen, die der Text in ihm auslöste. Hass und Wut, Enttäuschung, Verlust und Trauer. Es war ein gewaltiges Ziehen und Reißen in seinem Inneren, und er spürte diesen menschengemachten Krebs seine Zellen zerstören. Note für Note löste sich sein altes Ich auf, und auf dem schwarzen Friedhof abgestorbener Zellen wuchs etwas Neues heran. Dunkel war es und still und dennoch voller Kraft. Abstoßend war es und fremdartig und doch von makelloser Schönheit. Kein Mensch hatte zuvor in diesen Abgrund geblickt, es war allein seiner, wie ein Spalt unter seinen Füßen, der den Erdkern durchdrang, den Planeten spaltete, um die Schwärze des Alls hineinzulassen.

Im Schneidersitz hockte er auf dem Boden, um ihn herum eng bedruckte Blätter. Welten, geschaffen mit purer Gedankenkraft. Jedes einzelne beschriebene Blatt war Teil einer Persönlichkeit – und die hatten sie mit Füßen getreten. Wieder und wieder und wieder. Niemand war gemacht für so etwas. Kaum jemand konnte dem standhalten. Lange hatte er geglaubt, es verhindern zu können, doch er hatte die Zeichen nicht gesehen und war gescheitert.

Dabei lagen sie vor ihm, die Zeichen. Wörter, die sich an-

einanderreihten zu Sätzen, zu Absätzen, zu Kapiteln, zu Geschichten. Seite um Seite, eine nie enden wollende Liturgie
von Empfindungen, Erfahrungen, Sichtweisen und Einsich-
ten. Geschichten, so gut, dass sie nicht verstanden wurden.
Dabei wäre es möglich, wenn sie sich nur ein bisschen Mühe
geben würden. Aber Mühe war dem ständigen Konsumhunger
zum Opfer gefallen. Da hockten sie in ihrer selbst gewählten
Einsamkeit, leer und hohl, ertrugen den Zustand aber nicht
und schrien um ihre Existenz. Verschmutzten die Stille mit
unnötigen Worten, die eine künstliche, ständig summende
Atmosphäre schufen, die bis weit hinaus ins All als Raunen
zu hören war. Hier unten aber war es Geschrei. Und niemals
schwiegen sie. Niemals reichte es ihnen.

Die Idee, wie man sie zum Schweigen bringen konnte, war
nicht seine eigene, und er hatte lange gewartet, sie umzusetzen. Aus Angst vor dem, was sein Handeln auslösen würde.
Diese Angst war nun überwunden, der erste Schritt getan, das
Chaos in Gang gesetzt. Zwischen all diesen fein austarierten
Zahnrädern in der Mechanik des Alltäglichen gab es eine
Anomalie, die er erschaffen hatte. Dabei reichte es nicht,
einen Zahn am Rad zu entfernen. Nein, er musste die Achse
verschieben, auf der sich das Rad drehte, nur um ein My, um
0,001 Millimeter. Das reichte, um ein gewaltiges Knirschen
und Knarren auszulösen, und wenn die Mechanik dann fest-
gefahren war, würde die große Stille einsetzen.

Dann endlich würden sie schweigen.

Ob es reichte, ihn zu besänftigen, den Schmerz des Ver-
lustes zu mindern, wusste er nicht. Dennoch musste er es tun.

Er erhob sich aus dem Schneidersitz und griff zu dem großen silbernen Tacker, den er zuvor mit Klammern geladen
hatte. Mit einer Hand drückte er die Folie gegen die Latte, die

er am Boden zwischen den Wänden verkeilt hatte, mit der anderen Hand tackerte er die Folie daran fest. Jeder Schuss fühlte sich wie Rache an. So als würde er auf all diese lauten Schreihälse dort draußen schießen.

Als die Folie unten befestigt war, hakte er den Tacker in seinen Gürtel, stieg mit der Folie auf die Trittleiter, drückte sie oben unter der Decke gegen eine weitere Latte und tackerte sie auch dort fest. Er geriet ins Schwitzen, denn es war warm dort oben unter dem Dach, dennoch machte er weiter, bis der erste Teil der Folienwand stand.

Er hatte noch eine Menge Arbeit vor sich, und die Zeit drängte.

Längst arbeitete der Tod gegen ihn.

WORT 3

ZWISCHEN

1

Die Welten der Fleischers könnten kaum unterschiedlicher sein. Dort ein gepflegter Bungalow mit Pool und einer prächtig florierenden Firma, hier eine Mietwohnung in einem Mehrparteienhaus, das seine besten Zeiten schon hinter sich gehabt hatte, als Jaro noch nicht geboren war.

Er parkte vor dem Gebäude, in dem Thorsten Fleischers leibliche Mutter lebte, und stellte sich die Frage, wie beschissen der Ehevertrag zwischen den Eltern gewesen sein musste, dass die Frau hier gelandet war. Das war zwar nicht sein Problem, aber Jaro fand es unfair, auch wenn er die Geschichte der Familie nicht kannte. Es war ein grundsätzliches Problem. Diese ganze Kacke mit dem Geld und wie es verteilt oder, besser, nicht verteilt war, machte die Menschen krank. Die einen körperlich, die anderen geistig, und am Ende stand eine degenerierte Gesellschaft, die nur noch Gier, Neid und Missgunst kannte.

Zwölf Namen am Klingelschild, einer passte.

Jaro klingelte.

«Was willst du hier?», sprach ihn jemand von hinten an.

Ein Junge, vielleicht zwölf Jahre alt, das dicke Haar verstrubbelt, an den Füßen blendend weiße Sneaker.

«Was geht's dich an», sagte Jaro.

«Bist ein Bulle, oder.»

Das war keine Frage, sondern eine Feststellung.

«Und du der Chef hier, oder?»

Der Junge grinste. «Kann schon sein.» Er sah auf faszinierende Weise gut aus.

«Kennst du die Frau?», fragte Jaro und deutete auf das Klingelschild.

«Ich kenn hier alle. Für die besorge ich dreimal die Woche Alk. Die Alte ist voll fertig, ich schwör.»

«Du kaufst Alkohol für sie?»

«Wodka und Bier. Und Zigaretten.»

«Wer zum Teufel verkauft das einem Knirps wie dir?»

«Geht dich einen Scheiß an.»

Der Junge spuckte ihm vor die Füße.

Jaro spuckte zurück und traf den rechten Sneaker.

«Spinnst du, Bruder! Die Dinger sind sauteuer.»

«Selbst schuld. Erzähl mal, was du von der Frau weißt.»

«Einen Scheiß tue ich.»

Jaro hielt ihm einen Zwanziger hin. «Reicht das?»

«Fünfzig, dann rede ich.»

«Okay.»

«Erst zeigen.»

Jaro zeigte ihm den Schein, und als der Junge zugreifen wollte, zog er ihn rasch weg. «Dafür musst du mir aber etwas versprechen.»

«Was?»

«Kauf der Frau keinen Alkohol mehr.»

«Wieso. Ist doch ihre Sache.»

«Ja, aber nicht deine. Oder willst du irgendwann schuld sein, wenn sie daran krepiert.»

Der Junge zuckte mit den Schultern, machte auf cool und gleichgültig, aber Jaro konnte erkennen, dass hinter der Fassade ein Denkprozess stattfand. Er gab ihm das Geld.

«Hatte sie Besuch die letzten Tage?», fragte er.

Der Junge schüttelte den Kopf. «Nicht dass ich wüsste. Die Rationen, die ich besorgt habe, waren wie immer.»

«Du wüsstest es, wenn seit Kurzem, sagen wir, seit über zehn Tagen, jemand bei ihr wohnen würde, oder?»

«Darauf kannst du wetten.»

«Geht sie irgendwohin, für längere Zeit, meine ich, Stunden, vielleicht einen ganzen Tag?»

Der Junge schüttelte den Kopf. «Die macht gar nichts. Hockt nur auf dem Balkon und guckt in den Himmel. Bist du jetzt Bulle, oder was?»

«Bin ich.»

«Bei der Mordabteilung?»

«Nein.»

«Sondern?»

«Das ist geheim. Aber wenn ich will, finde ich dich in dem dunkelsten Loch der Stadt. Vor mir kann sich niemand verstecken. Merk dir das und denk dran, wenn du in Versuchung kommen solltest, der Frau wieder Alkohol zu besorgen. Und jetzt zisch ab.»

«Du kannst mich, blöder Bulle.»

«Du mich auch, kleiner Wichser.»

Jaro klingelte noch mal.

«Die macht nicht auf, einem wie dir schon gar nicht. Gib mir den Zwanziger dazu, und ich mach den Türöffner für dich.»

«Abgemacht. Aber erst, wenn sie die Tür öffnet.»

Jaro war sich sicher, er würde auch ohne die Hilfe des

Jungen mit der Frau sprechen können, aber dessen dreiste, selbstbewusste Art erinnerte ihn an sich selbst, als er zwölf gewesen war. Damals hatte er sich von niemandem die Butter vom Brot nehmen lassen und war ein echter Draufgänger und Raufbold gewesen, größer und kräftiger als die anderen Jungs in seinem Alter, und das hatte er zu nutzen gewusst. Manchmal auf unfaire Art und Weise, was er noch heute bedauerte. Aber wer hatte sich im Überschwang männlicher Hormone schon im Griff? Wie sich herausgestellt hatte, Jaro nicht, bis heute nicht.

Sie fuhren mit dem Fahrstuhl in die vierte Etage. In der Kabine roch es säuerlich. Der Junge erzählte, letzte Woche sei darin jemand gestorben. Herzinfarkt. Hat sich dabei übergeben. Jaro wusste nicht, ob er ihm glauben konnte, unmöglich erschien es ihm aber nicht.

«Wie heißt du?», fragte er den Jungen.

«Geht dich nix an.»

«Ich bin Jaro. Na los, komm schon.»

«Duncan Idaho.»

«Sehr witzig», sagte Jaro. Er kannte die Figur aus dem Epos *Dune* von Frank Herbert, die sich im Alter des vor ihm stehenden Jungen immer wieder vor seinen Jägern verstecken musste. Benutzte der Junge den Namen als eine Anspielung auf sein eigenes Schicksal? Jaro hätte gern mehr über ihn erfahren, vielleicht brauchte er Hilfe. Andererseits machte er den Eindruck, ganz gut allein klarzukommen. Wenn auch abseits der Normen.

Der Fahrstuhl hielt, die Türen öffneten sich. Zielstrebig ging der Junge auf eine Wohnungstür zu, klingelte und klopfte zugleich, dreist, wie er nun mal war.

«Duncan hier», rief er laut. «Kannst mal kurz aufmachen?»

Es dauerte eine Minute, aber dann ging die Tür auf, und eine abgemagerte Frau in schlechtem Allgemeinzustand mit strähnigem, lange nicht gewaschenem Haar starrte Duncan und Jaro an.

«Wer ist der Mann?»

«Mein Kumpel. Der will dich was fragen.»

Jaro sah, dass die Frau die Tür sofort wieder schließen wollte.

«Es geht um Thorsten und ist wirklich wichtig», sagte er schnell und stellte einen Fuß in die Tür.

«Thorsten?» Sie schien einen Moment nachdenken zu müssen, wer das sein könnte. «Was ist mit ihm?»

«Können wir drinnen reden?»

«Ich bin nicht auf Besuch eingestellt.»

«Gegen meine eigene Wohnung ist Ihre sicher aufgeräumt, kein Problem also.»

Sie überlegte einen Moment, nickte dann und ging voran.

Duncan wollte ihr folgen, doch Jaro packte ihn an der Schulter und zog ihn zurück. Er holte einen weiteren Zwanziger aus der Tasche und drückte ihm dem Jungen in die Hand.

«Tu mir bitte den Gefallen, lauf zum Kiosk und hol uns zwei Portionen Pommes. Ich hab Hunger, und die Frau muss auch etwas essen. Mit dem Rest kannst du machen, was du willst.»

Duncan Idaho verschwand, und Jaro betrat die Wohnung.

Es standen kaum Möbel in den zwei Zimmern, Kleidung und Schuhe lagen auf dem Boden und dem Bett, der Laminatboden war lange nicht mehr gereinigt worden, Staubknäuel bevölkerten die Ecken. Die Tür zum Balkon in Südwestlage stand offen, die Frau ging hinaus, setzte sich und zündete sich eine Zigarette an. Auf einem billigen Sperrholztisch umringten Bierdosen einen überfüllten Aschenbecher.

«Wie heißt der Junge wirklich?», fragte Jaro.

«Ronny, soviel ich weiß. Ronny Bogdan.»

Jaro setzte sich auf den zweiten Stuhl.

«Was für ein Ausblick», sagte er.

«Er lässt mich mein Leben ertragen», kam es aus einer Qualmwolke zurück.

«Ich war bei Ihrem Ex-Mann», sagte Jaro.

«Ich hoffe, er hat Krebs oder so.»

«Das weiß ich nicht, aber er lässt grüßen.»

Sie lachte durch die Nase. «Ja, ganz sicher. Was ist mit Thorsten? Hat er etwas angestellt?»

Sie sah Jaro nicht an, behielt die Häuser und den Park und den Wald weiter draußen im Blick.

«Ich finde es nicht gut, dass Sie Ronny losschicken, um Alkohol zu kaufen.»

«Und ich finde es nicht gut, dass Sie sich einmischen. Was geht Sie das an?»

Ja, dachte Jaro, was geht es dich an. Halt dich raus. Du kannst die Welt nicht retten, auch wenn Erdogan das so sieht.

«Ihr Sohn wird seit gut zehn Tagen vermisst», sagte Jaro geradeheraus, weil er glaubte, mit einer Frau zu reden, die die Wahrheit zu schätzen wusste. Ihr Ex-Mann hatte etwas in der Richtung erwähnt.

«Also sind Sie von der Polizei?»

«Bin ich, ja.»

«Und warum sucht die Polizei nach Thorsten? Der kann doch verschwinden, wie und wann er will. Ach nee, lassen Sie mich raten. Weil mein Ex das so will, richtig.»

Jaro wollte widersprechen, aber Katrin Fleischer hatte ja recht. Normalerweise würde die Polizei nicht nach Thorsten suchen, denn es bestand kein hinreichender Verdacht auf ein

Verbrechen, und jeder erwachsene Mensch konnte überall hingehen, ohne sich abmelden zu müssen.

«Er hat ein bisschen Druck gemacht», gab Jaro zu.

«Was sonst», paffte die Frau mit Zigarettenqualm aus. «Aber bei mir verschwenden Sie Ihre Zeit. Ich weiß nichts von dem Jungen, hab ihn schon lange nicht mehr gesehen.»

«Darf ich fragen, warum nicht?»

Sie ließ sich Zeit mit der Antwort, rauchte, blickte in den Himmel, dachte nach.

«Weil ich trinke», sagte sie schließlich. «Und da sagt man halt so Sachen, die man besser nicht gesagt hätte ...»

Jaro hielt sich mit einer weiteren Frage zurück, weil er das Gefühl hatte, die Frau würde von sich aus weitersprechen. Er durfte nur keinen Druck aufbauen.

«Wissen Sie, wie man sein eigenes Kind zerstört?», fragte die Frau, den Blick weiterhin geradeaus gerichtet. «Braucht nicht viel. Ein paar Sätze. Er erzählt Ihnen von seinem großen Traum, und sie machen sich lustig darüber oder antworten abfällig. Mehr nicht. Das reicht.»

«Was war Thorstens großer Traum?», fragte Jaro.

«Schriftsteller wollte er werden. Wir kommen alle aus Handwerkerfamilien, aber er wollte der große Künstler sein. Was ganz Besonderes.»

So wie die Frau das sagte, klang es zugleich abwertend und liebevoll. Es klang, als wisse sie, dass sie einen großen Fehler gemacht hatte, aber irgendwie auch nicht, weil sie am Ende doch recht behalten hatte. Es klang traurig und hilflos. Hier saß ein Mensch, der alles verloren hatte, keinen Ausweg fand, keine Hilfe bekam und dessen Leben sich deshalb wie ein Karussell in immer gleichen Kreisen drehte. Jaro hatte Mitleid mit der Frau, wünschte sich, ihr helfen zu können, doch das lag außerhalb seiner Macht. Oder besser, der Alkohol war mächtiger. Er kannte das von seinem eigenen Vater.

Es klingelte an der Tür.

«Was ist denn jetzt schon wieder», sagte die Frau.

«Ist für mich.» Jaro ging an die Tür, nahm Duncan Idaho die beiden Portionen Pommes ab, dankte ihm und trug sie auf den Balkon.

«Kommen Sie, ich lade Sie auf eine Portion Fett und Glück ein. Pommes helfen gegen fast alles.»

Sie sah ihn erstaunt an. «Was stimmt denn nicht mit Ihnen?», fragte sie.

«Meine Chefin meint, ich laufe nicht ganz rund, deshalb muss ich zur Psychotherapie und bekomme nur noch Hiwi-Jobs zugeteilt, die kein anderer will.»

«Nach meinem Sohn suchen zum Beispiel?»

«Zum Beispiel.» Jaro steckte sich Pommes in den Mund. «Was meinen Sie? Hat sie recht?»

«Dass Sie nicht rundlaufen? Auf jeden Fall», antwortete Frau Fleischer und begann ebenfalls zu essen.

«Kann ich ein Bier dazu haben?», fragte Jaro.

«Küche ... Kühlschrank», antwortete sie mit vollem Mund, stopfte Pommes in sich hinein, als gäbe es kein Morgen.

Er holte zwei Dosen kühles Bier, öffnete sie und stellte sie auf den Tisch. Manch einer würde das für falsch halten, doch Jaro wusste, eine Alkoholikerin bekehrte man nicht, in dem man Alkohol verteufelte. Man musste sie verstehen lernen.

«So einen Polizisten habe ich noch nie getroffen», sagte Frau Fleischer.

«Kann sein, dass ich schon bald Wassermelonen trage, wenn Sie weitererzählen, dass ich im Dienst trinke.»

«Keine Angst, mach ich nicht.»

Für ein paar Minuten aßen und tranken sie schweigend, und Jaro fragte sich, was der Frau durch den Kopf ging, wenn sie hier stundenlang saß. Der Ausblick wohl nicht, den nahm man irgendwann nicht mehr wahr. Manchmal war Alkohol eben auch ein Segen, denn er machte die Gedanken träge, stellte denen, die sich ungefragt einschlichen, wieder und wieder und wieder ein Bein. In der Hölle ging es um Wiederholung, hatte Jaro mal irgendwo gelesen, und das stimmte wohl. Nur dass entgegen der allgemeinen Auffassung die Hölle schon zu Lebzeiten existierte. In den eigenen Gedanken. Jaro wusste, wovon er sprach. Aus seinen eigenen Wiederholungen war eine Stimme geworden.

Er horchte in sich hinein. Sie schwieg. Immer noch. Das machte ihn traurig.

«Ich muss Thorsten nicht unbedingt finden», sagte Jaro zwischen zwei Bissen. «Wenn er nicht gefunden werden will, ist das absolut in Ordnung.»

«Aber mein Ex will, dass er gefunden wird.»

«Ich will auch so vieles und bekomme es nicht.»

Die Frau lachte durch die Nase, was sich wie ein Grunzen anhörte.

«Seine Schwester», sagte Frau Fleischer. «Thorsten hat noch eine ältere Schwester aus meiner ersten Ehe. Die beiden haben sich mal gut verstanden. Vielleicht weiß sie, wo er steckt. Ich sag Ihnen das nicht, damit mein Ex seinen Willen bekommt. Aber Thorsten ... war schon immer labil ... In seiner Jugend hat er sich geritzt.»

«Sie meinen, er könnte sich etwas angetan haben?»

«Damit würde er mich zerstören. Vollkommen ...», sagte die Frau. Sie hatte gerade das Salz der Pommes von ihren Fingerkuppen lecken wollen, hielt aber inne und starrte ihre

Hände an, als gehörten sie nicht zu ihr. «... und endgültig», vollendete sie leise.

«Sie ist Ihre Tochter, nehme ich an?»

«Ja, mein erstes Kind von meinem ersten Mann. Hat nicht lang gehalten. Als Thorsten zur Welt kam, war sie zehn und ich schon zwei Jahre geschieden. Die zweite Ehe hielt sogar noch kürzer ... Noch mal mache ich den Fehler nicht.»

Jaro rechnete im Kopf nach. Thorsten Fleischer war 22, demnach war seine Halbschwester 32 Jahre alt.

«Haben Sie Kontakt zu ihr?»

Frau Fleischer schüttelte den Kopf und sagte mit bitterer Stimme: «Alkohol macht keine Gefangenen.»

«Doch. Einen. Den Trinker. Oder die Trinkerin.»

Sie hatte gerade mit Bier nachspülen wollen, hielt nun inne und sah ihn über den Rand der Dose hinweg an.

«Klingt, als wüssten sie Bescheid.»

Jaro zuckte mit den Schultern. «Ich hab meine Runden gedreht. Bin aber irgendwann von dem Karussell abgesprungen. War eine harte Landung, hat sich aber gelohnt. Kann ich echt empfehlen.»

Sie nickte. «Merk ich mir.» Dann trank sie einen langen Zug. «Ich kann Ihnen die Adresse von meiner Tochter geben, aber das ist auch schon alles. Mehr Hilfe können Sie von mir nicht erwarten. Pommes hin oder her.»

«Ist doch schon etwas.»

«Ich wusste immer, mit seinem Vater und der neuen Frau, das geht nicht gut ... aber Thorsten wollte bei denen leben, sein Vater hat Geld und einen Pool mit Gegenstromanlage. Das zieht.»

Jaro erzählte der Frau von dem Poster mit den Gitterstäben an der Tür zu Thorstens Zimmer. Er wollte, dass sie sich besser fühlte. Stattdessen begann sie plötzlich zu weinen. Stille Tränen, die ihre Wangen hinabrollten und Furchen der Verzweiflung durch ein ohnehin verhärmtes Gesicht zogen.

«Er hat mal zu mir gesagt, ich würde seinen Geist einsperren ...», sagte Frau Fleischer.

Jaro drehte sich der Magen um, Hunger und Durst verschwanden. Er war nicht in ein Fettnäpfchen, sondern in einen Krater getreten, und es gab nichts, womit er es ungeschehen machen konnte. Dies nicht, den Tod des ungeborenen Kindes von Mandy Stein nicht, rein gar nichts.

Irgendwie lief gerade alles schief in seinem Leben, und weil er es in diesem Moment genauso brauchte wie sie, stand Jaro auf, beugte sich hinunter und umarmte die Frau.

Er weinte nie. So kannte er sich.

Doch jetzt flossen auch bei ihm die Tränen.

2

Sie hatten keine Ahnung, um wen es sich bei der Leiche handelte, die Simon in der Wohnung von Claas Rehagen gefunden hatte. Es gab keine Ausweispapiere, und in der Vermisstendatei war niemand zu finden, der dem Aussehen nach passte. Auch in der Nachbarschaft hatte niemand etwas zu einem Besucher und Mitbewohner von Claas Rehagen sagen können. Rehagens Wohnung verfügte über eine nachträglich angebaute Feuertreppe, die nach hinten hinausging. Die Tür zu dieser Feuertreppe war nicht abgeschlossen gewesen, wies aber keine Einbruchsspuren auf. Die KTU stellte die Wohnung nun auf den Kopf, mit etwas Glück würden sie etwas finden, das sie auf die Spur des Täters oder des Opfers brachte.

Aber darauf wollte Simon sich nicht verlassen.

Also hatte er sich zu einem drastischen Schritt entschlossen. Drastisch nicht für ihn, sondern für die Frau, deren Welt ohnehin schon auf den Kopf gestellt war. Es bestand die Möglichkeit, dass Faja Bartels wusste, wer der Tote war, also musste er sie damit konfrontieren.

In die Pathologie hatte Simon sie nicht bestellen wollen, stattdessen trug er ein Foto von dem Toten auf dem Handy bei sich. Das eine wie das andere war schrecklich, und hinzu kam, dass er Faja an ihrem Arbeitsplatz aufsuchen musste. Simons erster Impuls war es gewesen, sie aufs Präsidium zu bestellen, aber danach wäre sie wahrscheinlich allein gewesen, bei der Arbeit hatte sie zumindest Kolleginnen, mit denen sie sprechen konnte. Darüber hinaus hatte Simon ein paar Fragen, die in einem Buchladen gut aufgehoben waren.

Schriftzeichen, hieß der Laden in der Fußgängerzone. Unter einer gestreiften Markise standen einige Verkaufsständer und boten Kalender, Post- und Grußkarten sowie Zeitschriften feil. In Körben lagen Bücher zu reduzierten Preisen. Zwischen zwei großen Schaufenstern, die mit Büchern dekoriert waren, gab es eine Eingangstür aus Holz, auf der ein 3-D-Druck aufgebracht war, der den Eindruck vermittelte, man würde einen Buchdeckel aufklappen und in die Welt der Geschichten eintauchen. Eine kleine Glocke verkündete Simons Ankunft. Der Laden war groß und unübersichtlich. Es roch darin nach diesem speziellen Mix von Papier und Druckerfarbe.

Jemand kam aus einem Büro hinter dem Verkaufstresen. Eine Frau Mitte vierzig in einem braunen Baumwollkleid, mit halblangem brünettem Haar, um den Hals eine schwere Kette mit türkisfarbenen Steinen. Sie lächelte freundlich und fragte, ob sie helfen könne. Ihre blauen Augen waren auffällig schön.

Simon stellte sich vor. Das Lächeln verschwand, die Augen verengten sich, und ihr Körper verspannte sich auf eine Art, die er häufig bemerkte, wenn Menschen es mit der Polizei zu tun bekamen.

«Sie sind wegen ... wegen dieser Sache hier», sagte Frau Eberitzsch.

«Ist Frau Bartels da?»

«Ja, sie ist hinten im Lager, packt eine Lieferung aus. Das arme Kind ist völlig durch den Wind, kann sich gar nicht richtig konzentrieren. Ich würde ihr ja freigeben, aber sie sagt, es tut ihr gut zu arbeiten.»

Simon seufzte. So ähnlich hatte er sich das vorgestellt.

«Ich fürchte, ich muss Frau Bartels ein weiteres Mal schockieren. Falls es ihr danach nicht gut geht, würden Sie sich dann ein wenig kümmern?»

«Aber sicher doch! Faja ist für mich die Tochter, die ich nie bekommen habe. Bei mir geht's ihr gut, darauf können Sie sich verlassen.»

«Es beruhigt mich sehr, das zu hören. Darf ich zu ihr ins Lager?»

«Ja ... natürlich, kommen Sie.»

Frau Eberitzsch ging voran und rief schon von Weitem nach ihrer Mitarbeiterin.

«Faja ... hier ist jemand von der Polizei für dich.»

Das Lager entpuppte sich als kleiner fensterloser Raum, vollgestellt mit Regalen, die überquollen von Büchern. Nüchtern, zweckmäßig, mausgrau.

«Den brauchen wir fast nur für die Schulbücher. Ist jedes Jahr ein Riesenaufwand, und wir fangen schon in den Ferien damit an, sonst würden wir es gar nicht schaffen», erklärte Frau Eberitzsch.

Der Laden hatte einen Hinterausgang, dessen Tür offen stand. Ein junger Mann mit zwei Kartons vor dem Bauch kam herein. Er stellte sie neben weiteren Kartons auf dem Boden ab.

«Mein Sohn, Dirk», sagte Frau Eberitzsch. «Es gibt Tage, da brauchen wir jede Hand hier. Auch die, die eigentlich nicht arbeiten will.»

Der Sohn verdrehte wortlos die Augen und verschwand dorthin, von wo er gekommen war.

Faja Bartels trat zwischen den Regalen hervor. Eine Strähne ihres langen schwarzen Haares hing auf der Seite vor ihrem Gesicht, wo sich die Brandnarben befanden. Ihr Lächeln war schüchtern und unsicher, so als ahne sie bereits, was sie erwartete.

Im Laden ertönte die Klingel, und Frau Eberitzsch eilte davon, um Kunden zu bedienen.

«Wie geht es Ihnen heute?», fragte Simon.

«Es geht schon. Wenn ich arbeite, muss ich nicht so viel daran denken. Aber vor dem Feierabend habe ich Angst ...»

«Wartet niemand auf Sie?»

Sie schüttelte den Kopf, sagte dann aber: «Ich habe ein paar Freundinnen und Freunde aus der Buchbloggerszene zusammengerufen. Wir versuchen herauszufinden, wer Claas das angetan haben könnte.»

Simon wurde hellhörig. «Wie das?»

«Na ja ... ich weiß ja nicht, wie Sie das sehen, aber wir glauben, dass er mit seinen Rezensionen Hass auf sich gezogen hat. Vielleicht hat sich jemand an ihm rächen wollen, dessen Buch er schlecht beurteilt hat.»

«Und wie versuchen Sie und Ihre Freunde, das herauszufinden?»

«Wir recherchieren auf unseren Social-Media-Plattformen. Mehr nicht.»

«So richtig gut finde ich das nicht. Rufen Sie mich an, wenn Sie einen Verdacht haben, okay? Nicht einfach auf eigene Faust loslaufen. Versprechen Sie mir das?»

Faja Bartels nickte. Simon griff in die Innentasche seiner Jacke und zog sein Handy hervor.

«Möglicherweise haben Sie mit Ihrer Vermutung recht, dass es sich um Rache handeln könnte. Aber dann nicht nur um Rache an Claas allein. Es gibt ein weiteres Opfer. Die Todesumstände sind die gleichen. Wir wissen allerdings nicht, um wen es sich dabei handelt. Ein junger Mann, den wir in Claas Rehagens Wohnung gefunden haben. Und weil wir dessen Identität bisher nicht herausfinden konnten, bin ich hier. Vielleicht wissen Sie, um wen es sich handelt.»

«Ich ... ich soll ...»

«Es tut mir leid, ich würde nicht fragen, wenn es nicht sein müsste. Ich habe ein Bild des Mannes auf meinem Handy. Es wurde in der Rechtsmedizin aufgenommen, der Mann sieht aus, als würde er schlafen. Meinen Sie, Sie könnten einen Blick darauf werfen?»

Faja presste die Lippen zusammen und ballte die Hände zu Fäusten, dann nickte sie. Dafür musste sie all ihren Mut zusammennehmen, und Simons Respekt für diese auf den ersten Blick introvertierte, schwache Frau wuchs. Wahrscheinlich trug sie mehr Kraft in sich, als ihr selbst bewusst war.

Er öffnete das Bild und zeigte es ihr. Sie sah hin, für eine, vielleicht zwei Sekunden, dann wandte sie den Blick ab und schüttelte den Kopf.

«Nein, ich kenne ihn nicht.»

«Sind Sie sich sicher?»

«Ja.»

«Könnte er vielleicht auch zu der Buchbloggerszene gehören?»

«Möglich, ich kenne da ja längst nicht alle. Die meisten sogar nur online, und nicht jeder nutzt ein echtes Profilbild. Ich kann aber sagen, dass ich ihn noch nie gesehen habe.»

«Okay», sagte Simon enttäuscht. Er hatte sich etwas anderes erhofft. «Danke, dass Sie es versucht haben. Sagen Sie, wenn plötzlich ein Buchblogger nicht mehr bloggen würde, also sozusagen online verschwindet, würden Sie das mitbekommen?»

«Wenn ich den kenne, wahrscheinlich schon. Soll meine Gruppe mal nachforschen, ob jemand verschwunden ist?»

«Schaden kann es nicht.»

Simon hatte sich längst daran gewöhnt, dass große Teile der Ermittlungen online liefen, man dort Informationen fand, die sonst nicht oder schwer zugänglich waren. Aber es fühlte sich merkwürdig an, Faja Bartels so etwas wie einen Onlinesuchauftrag zu erteilen, und Simon war bei diesen Dingen sehr skeptisch. Es brauchte Profis für solche Arbeiten, nicht Hobbydetektive, die zu viele Krimis gelesen hatten. Gegen die Dienstvorschriften war es ebenfalls, zivile Personen in die Ermittlungen einzubinden.

Andererseits: So eine Gruppe, wie Faja Bartels sie beschrieb, hatte sicher einen viel besseren Einblick als die Polizei. Zudem waren die IT-Kollegen chronisch überlastet, und es dauerte oft Wochen, bis man Ergebnisse bekam.

«Ist er … Musste jemand eine Geschichte in fünf Wörtern erzählen, um ihn zu retten?», fragte Faja.

«Wir wissen es nicht. Es sieht alles nach dem gleichen Ablauf aus wie bei Ihnen und Claas, auf dem Papierball in seinem Mund stand ebenfalls die Aufforderung, aber niemand hat sich deswegen bei der Polizei gemeldet. Aus der Gruppe, von der Sie gerade gesprochen haben, hat wahrscheinlich auch niemand über einen weiteren Fall gesprochen?»

Faja schüttelte den Kopf. «Dann wüsste ich es längst.»

Frau Eberitzsch kam zurück. Ihr skeptischer Blick ging zwischen Simon und Faja hin und her.

«Alles in Ordnung?», fragte sie.

Faja schüttelte den Kopf, aber bevor sie etwas sagen konnte, stellte Simon eine Frage.

«Sagen Sie, dieser Schriftsteller, der die Lesung hier hatte …»

«David Sanford», sagte Frau Eberitzsch.

«Ja. Ist der sehr erfolgreich?»

«Kann man sagen, ja. Mit seinem Erstlingswerk ist er so richtig durchgestartet.»

«Es ist sein erstes Buch?»

«Ja. Ein Spätberufener. Davon gibt es einige. Meiner Meinung nach hätte er es besser gelassen. Aber ich mag sowieso keine Krimis.»

«Und was für ein Mensch ist er?»

«Das kann Faja Ihnen beantworten. Ich war bei der Lesung nicht dabei.»

«Er ist schwer einzuschätzen», sagte Faja. «Ich halte ihn für arrogant, aber vielleicht versucht er auch nur, damit seine Unsicherheit zu vertuschen. Keine Ahnung. Sympathisch ist er mir jedenfalls nicht. Warum fragen Sie nach Sanford? Ich meine … na ja, er kann es nicht gewesen sein. Er war ja hier.»

«An dem Ort, an dem wir Claas Rehagen gefunden haben, lag das Buch von Sanford. Das kann Zufall sein. Aber auch beim zweiten Opfer habe ich ein Exemplar des Buches gefunden, aus dem er vorgelesen hat an dem Abend, als Sie das Video bekommen haben.»

«Dunkelheit, mein Freund.»

«Richtig. Ich kann mich täuschen, aber es scheint dem Täter wichtig zu sein, einen Bezug zu diesem Buch oder Sanford herzustellen. Ich bin noch nicht dazu gekommen hineinzuschauen. Worum geht es denn darin?»

«Ein Vorschlag», sagte Frau Eberitzsch. «Sie können Sanford kennenlernen und etwas aus dem Buch hören, wenn Sie heute Abend zu seiner Lesung gehen.»

«Ach! Wieder hier bei Ihnen?»

«Nein, nein, warten Sie kurz.»

Frau Eberitzsch verschwand.

Faja ließ sich auf einen Stuhl sinken. «Wer auch immer dahintersteckt, macht weiter, oder?», fragte sie.

«Ich hoffe nicht, aber leider sieht es danach aus.»

«Dann ging es ihm gar nicht um Claas. Es steckt etwas anderes dahinter.»

«Möglicherweise. Man kann Menschen, die so etwas tun, nur sehr schwer einschätzen.»

Frau Eberitzsch kam mit einem Flyer zurück. «Hier stehen seine Lesungstermine. Sanford hat heute Abend keine sechzig Kilometer von hier entfernt einen weiteren Auftritt.»

Simon nahm den Flyer. Darauf war das gleiche Autorenfoto zu sehen wie auf der Innenseite des Buches. Ein Mann Mitte fünfzig mit kräftigem Kinn, vollem, dunkel getöntem Haar und braunen Augen. Er lächelte nicht, blickte ernst, wenn nicht sogar ein wenig verschlagen in die Kamera.

«Tja, dann gehe ich heute Abend wohl auf meine allererste Lesung», sagte Simon.

3

Die Möhlenbeck hielt Jaro ihr Handy entgegen und startete das darauf gespeicherte Video.

Jaro sah hin und spürte ein kaltes Ziehen im Nacken. Irgendein Anwohner hatte mit seinem Handy gefilmt, wie Jorgensen am Fenster hockte, ein Bein bereits draußen, das andere noch in der Wohnung. Zunächst war nur Jorgensen allein zu sehen, es wurde aber deutlich, dass er mit jemandem in der Wohnung sprach. Mit ihm, Jaro. Dann winkelte Jorgensen das heraushängende Bein an, als wolle er es zurück in die Wohnung heben. Plötzlich tauchte Jaros Gesicht auf, und Jorgensen stürzte aus dem Fenster.

Die Möhlenbeck steckte ihr Handy ein.

«Man sieht nicht, dass er sich selbst einen Ruck gibt, sich abstößt. Man sieht aber auch nicht, dass er gestoßen wird. Aber man sieht, dass er möglicherweise zurück in die Wohnung wollte», sagte sie und sah Jaro an.

«Finden Sie?»

«Finde ich. Und die Untersuchungskommission wird zum gleichen Ergebnis kommen, denke ich.»

«Ich kann nur wiederholen, was ich bereits ausgesagt habe. Ich habe Jorgensen nicht gestoßen, weder absichtlich noch unabsichtlich.»

«Wollen Sie das Video noch einmal anschauen?»

«Ich habe keine Zeit dafür, bin auf dem Sprung zu einer Vernehmung in dem Vermisstenfall, den ich als Hiwi bearbeiten darf. Und es würde ja auch nichts ändern, selbst wenn ich es hundert Mal anschaue. Ich weiß, was passiert ist.»

Jaro hielt dem Blick seiner Chefin stand.

«Gut, dann will ich Sie nicht länger aufhalten», sagte die

Möhlenbeck nach einer gefühlten Ewigkeit, verließ grußlos sein Büro und gab die Klinke Aylin Coban in die Hand, mit der Jaro verabredet war.

«Eigentlich habe ich keine Zeit», sagte Jaroslav und schnappte sich seine Jacke.

«Das war sicher das zehnte Mal», erwiderte Aylin Coban und strahlte ihn an. Wieder trug sie diese verdammt bunte Jacke mit den Fransen, dazu heute ein buntes Tuch in den Haaren, und ihre großen dunklen Augen vibrierten vor Interesse. Wahrscheinlich spürte sie die schlechten Schwingungen in der Luft.

«Hä? Ich verstehe nicht.» Jaro klang genervt und war es auch.

«Eigentlich. Sie sagen sehr häufig eigentlich, besonders dann, wenn es nicht angebracht ist. Eigentlich haben Sie keinen Hunger. Eigentlich wollen Sie nicht reden. Eigentlich haben Sie keine Zeit. Für einen großen, starken Typ, wie Sie es sind, artikulieren Sie sehr schwach.»

«Sehen Sie, und genau das meine ich, wenn ich sage, es hat keinen Sinn, mit Ihnen zu sprechen. Weil Menschen wie Sie einem das Wort im Mund herumdrehen oder etwas darin sehen, was eigen... was nicht da ist.»

«Eigentlich lässt immer ein Hintertürchen offen, das wissen Sie, oder?», fragte Aylin Coban, ohne auf den Vorwurf einzugehen. Sie lief neben ihm her in Richtung Fahrstuhl.

«Ich brauche kein Hintertürchen, ich weiß, was ich will», stellte Jaro klar und hämmerte auf den Fahrstuhlknopf. «Eigentlich ist ein Füllwort, mehr nicht, es hat keine tiefere Bedeutung, jedenfalls nicht für mich.»

Er sprach laut und deutlich, fast schon vehement, getrieben von dem Ärger über den Auftritt der Möhlenbeck in seinem Büro. Sie war unangekündigt erschienen, hatte ihn überrascht und eiskalt erwischt mit diesem Video. Ihren letzten langen Blick hatte Jaro nicht deuten können. Vorwurf? Verständnis? Zweifel?

«Okay, okay, verstanden», sagte Aylin Coban beschwichtigend.

Die Fahrstuhltüren öffneten sich, sie stiegen ein, und wieder nahm er ihr blumiges Parfum wahr.

«Sie haben noch etwas Dienstliches vor?», fragte die Psychotherapeutin, und Jaro spürte, dass sie eigentlich gern gefragt hätte, was seinen Ärger hervorgerufen hatte.

«Richtig. Ich besuche eine Frau, die möglicherweise etwas zum Verschwinden ihres Stiefbruders sagen kann.»

«Wohin müssen Sie?»

Jaro nannte ihr die Stadt. «Ist etwas mehr als eine Stunde mit dem Auto entfernt», fügte er an. «Deshalb habe ich heute leider keine Zeit für Sie. Wir müssen den Termin verschieben.»

«Aber das ist doch prima», freute sich die Coban und klatschte in die Hände. «Auf der Fahrt dorthin können wir wunderbar miteinander reden. Wenn Sie mögen, auch auf der Rückfahrt. Dann haben wir gleich zwei Therapiestunden abgehakt. Und da Sie ja nicht auf meine Couch wollen, ist es die perfekte Lösung.»

Und wieder wusste Jaro nicht, was er sagen sollte. Er wollte allein sein während der Fahrt, wollte nachdenken, ein Hörbuch hören, entspannen. Er wollte nicht reden. Andererseits fand er die Idee gar nicht so blöd. Der Druck in seinem Inneren nahm immer mehr zu, die Magenschmerzen auch. Hatte er einen Punkt erreicht, an dem nur Reden Erleichterung bringen würde?

«Ich weiß nicht ... Kann sein, dass das Gespräch mit der Frau länger dauert.»

«Kein Problem. Ich weiß mich zu beschäftigen. Zum Beispiel gibt es für mich nichts Schöneres, als bei dem Wetter in einem Straßencafé zu sitzen und Menschen zu beobachten.»

«Ja, das kann ich mir vorstellen», erwiderte Jaro.

Ein bisschen gegen seinen Willen und ein bisschen mit seinem Einverständnis folgte Aylin Coban ihm zu dem mickrigen Dienstgolf, der auf dem Parkplatz des Präsidiums stand. Jaro öffnete zuerst die Hintertür auf der Fahrerseite und hängte seine Lederjacke über die Kopfstütze. Dann verharrte er für zwei Sekunden und wartete darauf, dass die Stimme zu ihm sprechen würde, doch sie tat es nicht. Immer noch nicht. Sie wusste, was wirklich passiert war, und blieb stumm. Mehr Bestrafung konnte Jaro sich nicht vorstellen. Er hatte die falsche Entscheidung getroffen.

Er schlug die Tür wuchtiger zu, als es nötig gewesen wäre. Als er aufsah, blickte er in Aylin Cobans Augen, die in diesem Moment besorgt wirkten. Sie analysierte ihn, sein Verhalten.

Sie stiegen ein und fuhren los.

Aylin Coban schaffte es, zwei Minuten den Mund zu halten.

«Sie bestimmen das Thema», eröffnete sie schließlich das Gespräch. «Und wenn Sie schweigen wollen, dann schweigen wir.»

Aber die Stille war gerade eine Qual für Jaro, so schmerzhaft, dass er sie gern durchbrochen hätte. Nur wie sollte er sprechen? Mit welchem Wort beginnen?

«Wissen Sie, ich würde ja den Mund halten, wenn ich spüren würde, dass Sie in ihrem Schweigen ganz bei sich selbst sind, in sich ruhen, aber ich empfinde gerade das Gegenteil davon. Was ich gerade höre, ist ein doloröses Schweigen, und das ist nicht gesund.»

«Dolorös?», quetschte Jaro hervor.

«Schmerzerfüllt», erklärte Aylin Coban.

Jaro nickte mit zusammengepressten Lippen. Sein Hals wurde eng. Es war das gleiche Gefühl, das er nach dem Gespräch mit Heinz Fleischer und bei Thorstens leiblicher Mutter gespürt hatte, kurz bevor er zusammen mit ihr geweint hatte. Auf keinen Fall wollte Jaro in Gegenwart der Psychologin heulen. Da könnte er sich gleich für den Rest des Jahres beurlauben lassen. Und so schwieg er weiter dolorös vor sich hin, bis er sicher war, mit fester Stimme sprechen zu können. Die Hürde war riesig, geradezu gigantisch, und als Jaro schon glaubte, sie nehmen zu können, bog er ab und wählte einen anderen Weg.

«Ich frage mich, ob man Entscheidungen bereuen oder einfach zu ihnen stehen soll», sagte er.

«Das eine schließt das andere nicht aus. Wichtig ist, dass man Entscheidungen trifft.»

«Ich weiß nicht … Manchmal bringen Sie nichts weiter als Schuld ein. Schuld ist immer der, der sich entschieden hat.»

«Voraussetzung dafür ist, dass er oder sie eine Wahl hatte.»

«Hat man nicht immer eine Wahl?»

«Sagen Sie es mir. Es geht um Sie. Um etwas, für das Sie sich schuldig fühlen.»

Jaro wollte seine These sofort wiederholen, dachte dann aber noch einmal darüber nach.

«Manchmal nehmen die äußeren Umstände einem die Wahl», sagte er stattdessen.

«Entweder die oder der Kontext. Ein Soldat, der im Krieg

straffrei tötet, wird in Friedenszeiten dafür schuldig gesprochen.»

«Bisschen weit hergeholt.»

«Ja? Wer legt bei Ihnen den Rahmen der Schuld fest?»

«Das Gesetz natürlich.»

«Und dagegen haben Sie verstoßen?»

Jaro schwieg, presste die Kiefer aufeinander und umfasste das Lenkrad so stark, dass seine Fingerknöchel weiß hervortraten.

«Der deutsch-amerikanische Philosoph Walter Arnold Kaufmann nannte Schuld eine ansteckende Krankheit, die die Befallenen schädigt und die in ihrer Nähe Lebenden gefährdet.»

«Solange sie nicht festgestellt und bestraft wurde?»

Aylin Coban schüttelte den Kopf. «Solange sie ausschließlich auf der Angst vor Strafe basiert. Und die Angst wird in der Kindheit verfestigt. Meistens von den Eltern.»

«Ihr Psychotherapeuten müsst immer so weit wie möglich zurückgehen, oder?»

«Nein, das müssen wir überhaupt nicht. Müssen impliziert einen Zwang. Und Zwang hat in der Therapie nichts zu suchen. Aber Sie können. Wenn Sie wollen. Ich kann mir natürlich denken, worauf Sie hinauswollen.»

«Ach ja?»

«Jorgensen und Mandy Stein.»

Darauf wollte Jaro eigentlich nicht hinaus, es war nur der Weg, den er stattdessen gewählt hatte, die Abzweigung, die um die größte Schuld seines Lebens herumführte.

«Kann schon sein», sagte er dennoch.

«Sie wissen, dass ich über alles schweigen werde, was wir besprechen.»

«Darum geht es nicht. Es geht um die Wahrheit. Sie kennen sicher den Flurfunk. Alle glauben, ich habe Jorgensen gestoßen. Wenn man es mir nicht beweisen kann, kehre ich in den Dienst als Zielfahnder zurück, und alle werden es weiterhin denken. Wenn ich es zugebe, fühlen sich alle bestätigt, denken das Gleiche, aber ich habe keinen Job mehr.»

Aylin Coban schüttelte den Kopf.

«Genau darum geht es nicht. Scheiß auf die Wahrheit. Scheiß auf die Schuld. Was empfinden Sie wirklich, wenn Sie an Jorgensens Tod denken?»

Zum ersten Mal in dem Gespräch sah Jaro sie an.

«Gerechtigkeit», sagte er.

4

«Und das ist auch wirklich in Ordnung? Ich lasse dich nach alledem ungern allein. Aber wenn ich diese Spritze nicht bekomme, falle ich morgen wieder ganz aus.»

Frau Eberitzsch stemmte sich eine Hand in den unteren Rücken und verzog das Gesicht vor Schmerzen, die sich erst noch einstellen würden. Sie war schon immer ein wenig theatralisch gewesen.

Faja nickte und versuchte sich in einem zuversichtlichen Lächeln. «Gehen Sie ruhig, ich schaffe das schon.»

«Ich kann Dirk wieder herrufen. Der lungert sowieso nur vor seiner Spielekonsole herum.»

«Das ist wirklich nicht nötig. Ich komme klar.»

«Na gut. Es dauert ja auch nicht lange. Eine Stunde, mehr nicht.»

Ihre Chefin verschwand aus dem Laden und winkte noch

einmal durchs Schaufenster. So hatte Faja sie noch nie erlebt. Nachdem Kommissar Schierling gegangen war, hatte Frau Eberitzsch sie sogar in die Arme geschlossen und getröstet. Faja hatte in diesem Laden die Ausbildung zur Buchhändlerin gemacht und arbeitete seitdem hier, so etwas war aber nie vorgekommen. Ihre Chefin schien sich wirklich Sorgen zu machen.

Trotzdem war Faja froh, endlich mal eine Weile allein im Laden zu sein. Um diese Zeit kamen ohnehin nicht viele Kunden, und sie konnte endlich dem Gedanken nachrecherchieren, der sie umtrieb, seit der Kommissar ihr das Bild des zweiten Opfers gezeigt hatte.

Hinter der Kasse wartete sie ein paar Minuten ab für den Fall, dass ihre Chefin noch einmal zurückkommen sollte, was aber nicht geschah. Dann holte Faja ihr Handy hervor und schrieb eine Nachricht in die Bücherjunkies-Gruppe.

Der Kommissar war da. Es gibt einen zweiten Toten nach dem gleichen Modus Operandi. Er hat mir ein Foto gezeigt, aber ich kenne das Opfer nicht. Leider hat er das Foto nicht dagelassen, ich kann es euch also nicht zeigen.

Alle waren noch auf der Arbeit, deshalb rechnete Faja nicht mit schnellen Antworten, doch kaum war die Nachricht raus, rief Lisbeth an.

«Scheiße. Echt jetzt!?»

«Leider ja. Und der Kommissar wirkt verzweifelt. Er hat nicht einmal wirklich etwas dagegen, dass wir ihn bei der Ermittlung unterstützen. Und ich glaube, das ist auch dringend nötig.»

«Cool! Ich meine ... nein, eigentlich nicht, wegen der Opfer, aber ... na ja, du weißt, was ich meine.»

«Ja, ich weiß. Ich bin gerade allein im Laden und werde versuchen, online etwas herauszufinden.»

«Das mach ich auch!», rief Lisbeth ins Telefon. «Ich hab Spätschicht bis einundzwanzig Uhr, und hier ist mal wieder tote Hose. Und der Typ ... ich meine, das zweite Opfer, der kam dir wirklich nicht bekannt vor?»

«Überhaupt nicht. Ich bin mir sicher, ihn noch nie gesehen zu haben. Was aber nicht heißt, dass er nicht zur Buchcommunity gehört. Wir müssen irgendwas machen.»

«Vielleicht fällt uns jemand auf, der plötzlich nichts mehr postet», schlug Lissi vor.

«Genau. Oder wir fragen einfach mal in die Runde, ob jemand vermisst wird. Aber bloß keine Details, sonst bekommen wir Ärger mit der Polizei.»

Sie verabschiedeten sich voneinander. Eine Kundin kam in den Laden, kaufte ein Kochbuch und verwickelte Faja in ein Gespräch über die Qualität von Manzanilla-Olivenöl, zu dem sie nichts beitragen konnte, weil sie nie davon gehört hatte. Danach war Faja wieder allein. Vor sich auf dem Tresen hatte sie *Dunkelheit, mein Freund* von Sanford liegen. Das Cover war komplett schwarz, der Schriftzug rot, darunter das Bild einer gegen die Dunkelheit ankämpfenden Kerzenflamme.

Auch wenn der Schriftsteller nicht der Täter sein konnte, musste es eine Verbindung geben. Dafür sprach, dass sowohl bei Claas als auch bei dem unbekannten zweiten Opfer das Buch gefunden worden war – und noch etwas anderes, auf das der Kommissar wahrscheinlich nicht gekommen war.

Was, wenn der Zeitpunkt der Lesung nicht zufällig gewählt worden war, um Claas umzubringen? Vielleicht wollte der

Täter damit auf Sanford aufmerksam machen. Oder auf das Buch? Würde ein ausgefuchster Autor nicht diesen Weg wählen, um Interesse auf den Text zu lenken? Oder dachte Faja schon zu sehr um die Ecke? Das gewöhnte man sich an, wenn man Krimis und Thriller las und den Geheimnissen eines Falles auf die Schliche kommen wollte.

Faja schlug das Buch auf und las die Widmung auf der ersten Seite.

Für alle, denen ihre innere Dunkelheit Angst macht.

Bisher hatte Faja gedacht, diese Widmung sei einfach nur ein von der Marketingabteilung des Verlages erdachter Satz, der Interesse wecken sollte. Heutzutage ließen sich die Verlage ja alles Mögliche einfallen, um Bücher zu verkaufen. Im Lichte dessen, was gerade passierte, las sich die Widmung aber ganz anders.

Stimmte etwas nicht mit Sanford? Warum schrieb er keine Widmung, um sich bei irgendjemandem zu bedanken, so wie es alle anderen Autorinnen und Autoren taten? Was bezweckte er mit diesen Worten? War es mehr als Effekthascherei?

Faja erinnerte sich an seinen Blick, nachdem sie seine Einladung auf einen Drink abgelehnt hatte. Darin war keine Enttäuschung gewesen, sondern Verärgerung und ... vielleicht Jagdinstinkt? Sie wusste es nicht und wollte sich nicht anmaßen, den Mann zu verurteilen. Warum hatte er nach ihren Narben gefragt? War das rein berufliches Interesse gewesen, um ihre Lebensgeschichte zu erfahren? Ein Schriftsteller suchte sicher nach derartigen persönlichen Geschichten, wo er konnte.

Faja ging online und rief Instagram auf. Bisher hatte sie keinerlei privates Interesse an Sanford gehabt und war nie auf seinem Insta-Account gewesen. Er hatte fast zehntausend Follower und mehr als fünfhundert Beiträge in seinem Feed. Faja begann oben und arbeitete sich in die Vergangenheit zurück. Die Beiträge waren nicht privat oder persönlich, sondern werblicher Art, und Faja erkannte schnell, dass Sanford sich wohl nicht selbst um seinen Kanal kümmerte. Wahrscheinlich war es die Aufgabe seiner Assistentin Nora Goldmann. Immer wenn es um sein Buch ging, gab es eine Menge Kommentare, aber keine Form der Interaktion, die doch so wichtig war. Auf keinen einzigen Kommentar war eingegangen worden. Weder auf Komplimente noch auf Verrisse – und davon gab es einige. Wie man es kannte, waren auch unhöfliche, mitunter beleidigende Stimmen dabei. Jemand schrieb, Sanford solle sich zurückscheren in den Wald, wo er doch wohl herkommen müsse, so hölzern, wie er schreibe. So etwas mochte Faja nicht. Sie war empathisch genug, um sich in Menschen hineinversetzen zu können, die über Monate, vielleicht Jahre hinweg an einem Buch schrieben und dann solche Meinungen lesen mussten. Brach es einem nicht das Herz? Oder nahm zumindest die Motivation weiterzumachen?

Es dauerte eine Weile, sich durch die vielen Beiträge zu arbeiten, einige Male wurde Faja von Kunden unterbrochen, und als sie das Handy schon wegstecken wollte, weil sie die baldige Rückkehr ihrer Chefin erwartete, stieß sie auf ein Bild, das sie augenblicklich in Schockstarre verfallen ließ.

Weil sie es kannte.

Allzu gut kannte.

Faja wurde heiß und kalt zugleich, und sie wusste, sie war auf eine wichtige Spur gestoßen.

In diesem Moment klingelte die kleine Glocke an der Ladentür, eine Kundin kam herein und gleich darauf ihre Chefin,

und obwohl sie sich nicht konzentrieren konnte, musste Faja
erst einmal ihren Job machen.

5

Als sie bei der Adresse ankamen, die Jaro von Thorsten Fleischers Mutter bekommen hatte, fühlte er sich einerseits innerlich erschöpft, gleichzeitig aber auch so wenig angespannt
wie lange nicht mehr. Aylin Coban hatte nichts getan, um
noch tiefer in ihn zu dringen. Sie hatte nur bekommen, was
er freiwillig zu geben bereit gewesen war. Das rechnete er ihr
hoch an.

Sie stiegen aus dem Wagen und standen sich auf dem Bürgersteig gegenüber. Jaro, sonst nie um einen lockeren Spruch
verlegen, fehlten die Worte. Also wich er aufs Dienstliche aus.

«Ich rufe Sie an, wenn ich fertig bin», sagte er.

Aylin Coban schlug mit der flachen Hand aufs Autodach.

«Alles klar. Lassen Sie sich Zeit, ich bin hungrig.»

«Essen spielt eine große Rolle in Ihrem Leben, oder?»

Sie strahlte übers ganze Gesicht. «Und wie. Essen und
Liebe.»

Damit wandte sie sich ab, die Schöße ihrer bunten Jacke
flatterten, und Jaro bildete sich ein, sie sei sogar von einer
bunten Aura umgeben. Er fragte sich, ob sie wohl schon
vergeben war. Schnell schob er den Gedanken beiseite und
machte sich auf den Weg.

Die Adresse lag in einem Wohngebiet, in dem man nicht
mit dem Wagen bis direkt vor die Haustür fahren konnte.
Von den Durchgangsstraßen führten lediglich Fußwege zu
den Häusern, durchweg zweigeschossige, lang gestreckte Ge-

bäude aus den Siebzigerjahren, die alle gleich aussahen. Jaro hangelte sich an den Hausnummern entlang. Nummer 37b lag wohl irgendwo in der Mitte. Es war ruhig und schattig auf den Straßen, von irgendwoher drangen dünne Kinderstimmen mit dem leichten Wind herüber. Die Kastanien waren noch dicht belaubt und filterten das Sonnenlicht, dann und wann fand ein Sonnenstrahl den Weg hindurch. Jaro war in Gedanken noch bei dem Gespräch im Wagen. Er wunderte sich über sich selbst. Aylin Coban hatte eine Wirkung auf ihn, die er bisher nicht gekannt hatte. Vielleicht würde er mit ihr sogar über sein größtes Geheimnis sprechen.

Jaros Blick war zwar auf den Gehweg und die Straße gerichtet, was er sah, kam aber zeitverzögert in seinem Hirn an, da das gerade intensiv mit Erinnerungen beschäftigt war.

Da stand ein weißer Kastenwagen am Straßenrand, die seitliche Schiebetür war geöffnet, ein Mann in einem blauen Overall lehnte lässig am Wagen und schien mit seinem Handy beschäftigt zu sein. Eine Frau mit langem, dunklem Haar kam den Gehweg hinunter. Als sie auf der Höhe des Kastenwagens war, sprach der Mann sie an, deutete dabei auf sein Handy. Die Frau stoppte, trat näher an ihn heran, um einen Blick auf das zu werfen, was er ihr zeigen wollte. Plötzlich packte er sie und warf sie mit einer kraftvollen Bewegung in den Kastenwagen.

Jaro, dessen Reflexe eigentlich ziemlich gut trainiert waren, blieb stehen. Nur für zwei Sekunden, bis sein Hirn die Information verarbeitet hatte, dann spurtete er los. In diesen zwei Sekunden war der Mann in den Kastenwagen gesprungen und hatte die Tür zugezogen. Als Jaro dort ankam, hörte er von drinnen Kampfgeräusche und unterdrückte Schreie.

Er riss die Schiebetür auf.

Es war dunkel im Inneren des Wagens. Er sah zwei ineinander verschlungene Körper, der des Mannes war oben, und er holte gerade zum Schlag aus. Jaro fiel ihm in den Arm, packte zu, ließ nicht wieder los und zerrte den Mann aus dem Wagen. Durch die Wucht seiner Bewegung ging Jaro selbst zu Boden, und der Mann landete auf ihm, drückte ihm die Knie in Bauch und Weichteile und die Luft aus dem Brustkorb.

Der Mann hatte dadurch Zeit genug, sich abzustoßen und davonzuspurten. Jaro brauchte einen Moment, um auf die Beine zu kommen. Er hockte auf ein Bein gestützt da und wartete, bis die Schmerzen in seinen Weichteilen nachließen. Im Inneren des Kastenwagens rappelte sich die Frau auf.

«Rufen Sie die Polizei», sagte Jaro mit gepresster Stimme, dann drückte er sich hoch und lief los. Zunächst nur schleppend, wie ein großer, satt gefressener Bär.

Obwohl der Flüchtende nicht besonders schnell lief, hatte er bereits fünfzig Meter Vorsprung. Jaro sah, wie er nach links ausbrach, über eine niedrige Buchsbaumhecke sprang und durch die Vorgärten der Häuser rannte. Jaro hetzte ihm nach, ungeachtet der Schmerzen in seinem Unterleib. Der Flüchtende umkurvte eine alte Dame, die mit einem Rollator Richtung Hauseingang unterwegs war. Sie stoppte erschrocken und schrie sogar auf, als einen Moment später Jaro an ihr vorbeischoss. Da war der Flüchtende schon hinter der nächsten Hausecke verschwunden, aber Jaro entdeckte ihn, wie er versuchte, über einen zwei Meter hohen Sichtschutzzaun aus Holz zu klettern. Dabei stellte er sich ungeschickt an, kratzte mit den Füßen am Holz herum, suchte nach einem Halt, weil seine Armkraft nicht ausreichte, sich hochzuziehen. Jaro glaubte schon, ihn zu haben, da fanden die Füße des

Mannes Halt an einer Querstrebe, und es gelang ihm, über den Zaun zu klettern. Der schwankte dabei bedenklich. Kurz darauf erreichte Jaro den Zaun und sprang aus vollem Lauf hoch in der Absicht, mit einem Satz die Krone zu erreichen. Doch das morsche Gebälk hielt seinen beschleunigten einhundertundzwei Kilogramm nicht stand und kippte mit ihm zusammen in den Nachbarsgarten. Der Aufprall war hart und schüttelte ihn durch. Auf den Knien hockend, beobachtete Jaro, wie der Mann durch eine Hecke brach und dabei einen Anwohner beiseitestieß, der gerade damit beschäftigt war, die Hecke zu schneiden. Jaro kam auf die Füße und nahm die Verfolgung wieder auf. Obwohl der Flüchtende langsamer wurde, konnte er seinen Vorsprung halten. Jaro war sich aber sicher, ihn einholen zu können, wenn ihm nicht noch ein Zaun dazwischenkam. Die Schmerzen in seinem Unterleib hielten an, zudem hatte er sich beim Sturz mit dem Zaun das rechte Fußgelenk verletzt, sodass nicht daran zu denken war, das Tempo anzuziehen. Aufgeben kam für ihn aber nicht infrage. Also weiter, gegen die Schmerzen kämpfen, alles aus sich herausholen, den Typen einholen, der gerade versucht hatte, eine Frau zu entführen, und es sicher wieder versuchen würde, wenn Jaro ihn nicht zu fassen bekam.

Seine Motivation kam jedoch nicht gegen die Physiologie seines Körpers an – und die entschied, dass jetzt bald mal Schluss war damit, über hundert Kilo in dieser höllischen Geschwindigkeit vorwärtszubewegen. Jaro spürte, er konnte das Tempo nicht länger aufrechterhalten, sein Fußgelenk schwoll an und schmerzte immer stärker, er wurde langsamer.

Am nächsten Sichtschutzzaun war Schluss. Der war neu und stabil und würde nicht unter Jaros Ansturm umkippen. Der Flüchtende war längst drübergeklettert, hatte dazu ein

Trampolin als Steighilfe benutzt, doch Jaro musste klein beigeben, da er seinen rechten Fuß nicht wirklich belasten konnte. Er stützte sich auf den Oberschenkeln ab und rang nach Luft, stieß ein wütendes «Scheiße» aus und schlug gegen die stabile Sichtschutzwand, die zwar vibrierte, aber standhielt.

Dann machte er sich humpelnd auf den Rückweg zu dem Kastenwagen und der Frau, deutlich langsamer als zuvor. Bei jedem tiefen Atemzug brannte seine Lunge, und sein rechter Fuß schmerzte bei jedem Schritt. Er nahm einen Umweg in Kauf, um nicht wieder über den umgestürzten Zaun steigen zu müssen, an dem sich bereits ein paar Anwohner versammelt hatten, die sicher auf der Suche nach dem Schuldigen waren. Als er auf die Straße einbog, sah er schon von Weitem eine bunte Gestalt, die sich um eine andere kümmerte, die am Boden saß. Was er nicht sah, war der Kastenwagen.

Aylin Coban winkte, so als würde er sie nicht sehen können.

«Die Kollegen sind gleich hier!», rief sie aufgeregt.

«Wo ist der Kastenwagen?», fragte Jaro.

«Der Mann kam angerannt, ist hineingesprungen und weggefahren. Ich konnte überhaupt nichts machen, weil ich mich gerade um Faja gekümmert habe.»

«Haben Sie sich das Kennzeichen gemerkt?»

«Äh ... nein.»

«Ach, verdammt noch ... Moment. Um wen haben Sie sich gekümmert?»

«Die Frau, sie heißt Faja. Faja Bartels.»

6

Wegen des großen Andrangs hatte die Buchhandlung die Lesung in eine nahe gelegene Kirche verlegt. Als Simon Schierling darauf zuging, wartete bereits eine Schlange aus etwa zwei Dutzend Menschen auf Einlass. In einer halben Stunde, um zwanzig Uhr, sollte die Lesung aus *Dunkelheit, mein Freund* losgehen. Simon hatte sich nicht angemeldet und auch nicht vor, sich als Polizist zu erkennen zu geben, zumindest so lange nicht, bis er mit David Sanford sprechen konnte.

Simon war gespannt auf den Mann. Er wusste noch nicht, wie er das Gespräch angehen sollte, ob er mit der Tür ins Haus fallen und ihn mit der Tatsache konfrontieren sollte, dass sein Buch in einem zweifachen Mordfall offensichtlich eine Rolle spielte. Wenn Sanford kein so hieb- und stichfestes Alibi hätte, stünde er bei Simon auf der Verdächtigenliste ganz weit oben. Manch einer hielt es für klug, durch ein Detail den Verdacht auf sich zu lenken, damit die Ermittler dachten, so dumm ist doch niemand. Es gab keine Strategie, mit der Simon in seiner Laufbahn noch nicht konfrontiert worden war.

Sein Telefon vibrierte. Marie rief an. Ihm wurde warm ums Herz beim Anblick des Fotos, das immer dann auf dem Display erschien, wenn sie anrief. Seine drei Mädels strahlten in die Kamera, eine hübscher als die andere. Blond, fröhlich, süß, verschmitzt, mit Zahnlücke und Schramme über dem Auge. Simon fragte sich, warum es nicht das hehre Ziel aller Menschen sein konnte, eine Familie zu gründen, statt Morde zu begehen. Andererseits wurden die meisten Morde innerhalb der Familie begangen. Die Medaille hatte immer zwei Seiten.

«Wie geht's den Mädels?», fragte er.

«Die bringen ihre Mum vorzeitig ins Grab.»

«Das ist ein Mordversuch. Ich könnte sie verhaften lassen.»

«Halte ich für eine super Idee. Sag du ihnen das bitte selbst, das macht mehr Eindruck. Aber mit deiner strengen Stimme, nicht mit der albernen.»

«Ich habe gar keine ...»

Weiter kam Simon nicht. Seine Töchter übernahmen die Telefonherrschaft, riefen ein glockenhelles «Gute Nacht, Papa» ins Telefon und wollten wissen, ob er den Gangster noch heute Abend verhaften würde.

«Mama sagt, ich soll besser euch verhaften, weil ihr nicht ins Bett gehen wollt. Ich habe schon eine Zelle für euch im Knast reserviert.»

«O ja, bitte! Verhaften! Wir wollen im Knast schlafen.»

Nach ein paar Minuten versprachen sie ihm, ohne weiteren Aufstand ins Bett zu gehen, und gaben das Telefon an ihre Mutter zurück.

«Hat ja gut geklappt, Herr Kommissar», sagte seine Frau.

«Ich habe alles versucht.»

«Ja, aber mit deiner albernen Stimme.»

«Stimmt gar nicht!»

«Du bekommst eine zweite Chance. Komm nicht zu spät ... bitte. Ich müsste mal wieder auf den Arm.»

«Alles klar. Ich bin spätestens um zehn zu Hause.»

Schweren Herzens legte Simon auf und schaltete das Handy stumm, damit es während der Lesung nicht klingelte. Jede Nuance in der Stimme seiner Frau kannte er in- und auswendig. Sie musste es nicht aussprechen, wenn ihre Batterie leer war und neu aufgeladen werden musste. Aber es war nicht einfach. Sie sahen sich zu selten, die Zeit war immer zu knapp, vieles blieb ungesagt, ungetan, ungenutzt, und Simon wusste nicht, wie er es ändern konnte. Die Verbrechen würden nicht weniger werden, ganz im Gegenteil. Die Welt erlebte gerade den schleichenden Niedergang der Zivilisation – zumindest empfand Simon es so.

Simon kam an die Abendkasse. Ein junges Mädchen im Alter einer Auszubildenden fragte nach seiner Karte. Als er sagte, er würde gerne eine erwerben, erntete er einen erstaunten Blick.

«Aber ... das ist David Sanford. Wir sind ausverkauft.»

«Ich nehme auch einen Stehplatz.»

«Für eine Stunde oder mehr?»

«Ich stehe sehr gern.»

«Äh ... einen Moment bitte.»

Sie ging zu einem Mann, der den Büchertisch bediente, der kam schließlich auf Simon zu.

«Es tut mir leid, aber ...»

Simon ließ ihn nicht zu Ende sprechen, legte eine Hand an den Ellenbogen, zog ihn auf die Seite und zeigte seinen Dienstausweis.

«Ich möchte hier keine Aufmerksamkeit erregen. Lassen Sie mich einfach irgendwo in der Ecke stehen, ich werde auch niemanden stören.»

«Ist denn alles in Ordnung?»

«Ja ja, natürlich, es handelt sich um reine Routine.»

Und so kam er ohne Karte ins Kirchenschiff, hatte aber doch seine Identität offenbaren müssen. Sei's drum.

Es handelte sich um eine kleine Kirche. Die Bankreihen waren mit vielleicht zweihundert Menschen bereits gut gefüllt. Simon sah sich um und stieg schließlich die schmale Wendeltreppe zur Orgel empor. Dort hielt sich niemand auf. Er nahm den Drehhocker des Organisten, zog ihn an die Balustrade und setzte sich. Einen besseren Platz gab es nicht. Aus dem Dunkel der Empore heraus hatte er einen fantastischen Blick auf den Altar, vor dem ein Stuhl und ein Tisch mit einer kleinen Lampe mit grünem Schirm aufgebaut war.

Plötzlich eilte aus dem Mittelgang der Kirche der Mann auf den Altar zu, bei dem Simon sich ausgewiesen hatte. Er stieg die beiden Stufen empor, drehte sich zum Publikum um, verschränkte nervös die Hände ineinander, beugte sich zu dem bereits aufgebauten Mikrofon hinunter und räusperte sich, bis es still wurde.

«Meine sehr geehrten Damen und Herren, es tut mir wirklich sehr leid, Sie enttäuschen zu müssen. Aber vor zwei Minuten bekamen wir einen Anruf vom Management des Künstlers. Es gab wohl einen kleinen Unfall, nichts Schlimmes, aber David Sanford kann heute Abend leider keine Lesung halten ...»

Unruhe brandete auf im Kirchenschiff, die Menschen redeten durcheinander. Der Veranstalter hob die Arme, wie es ein Pastor tun würde, um das Gebet einzuleiten.

«Ich verstehe Ihren Unmut, aber leider kann ich nichts daran ändern. Die Karten behalten natürlich ihre Gültigkeit. Das Management von Herrn Sanford hat versprochen, dass die Lesung so schnell wie möglich nachgeholt wird. Bitte schauen Sie auf unserer Homepage nach, dort werden wir den neuen Termin einstellen, sobald er uns bekannt ist. Ich danke Ihnen für Ihr Verständnis, kommen Sie gut nach Hause.»

Simon blieb sitzen und wartete, bis sich die Kirche geleert hatte, dann suchte er den Veranstalter auf, der damit beschäftigt war, die Bücher von Sanford zurück in Kisten zu stapeln. Die Auszubildende half ihm dabei.

«Was ist denn passiert?», fragte Simon.

Der Buchhändler schüttelte verzweifelt den Kopf.

«Wir wissen es auch nicht. Angeblich ein Unfall. Das ist wirklich sehr, sehr ärgerlich.»

«Angeblich? Haben Sie Zweifel daran?»

«Na ja, Herr Sanford gilt schon als schwierig, und es ist nicht das erste Mal, dass er eine Lesung platzen lässt. Kollegen erzählten mir von ähnlichen Vorfällen. Da muss man sich schon fragen, ob man diesen Mann überhaupt noch einlädt. Die ganze Organisation, unsere Kundschaft ist enttäuscht ... sehr, sehr ärgerlich», wiederholte er.

Simon bedankte sich und verließ die Kirche. Nun hatte er anderthalb Stunden Zeit gewonnen und fragte sich, ob er sie zu Hause verbringen sollte. Die Mädchen schliefen sicher noch nicht. Allerdings hatte Simon eine Stunde Fahrt vor sich und würde sowieso zu spät kommen, um ihnen noch einmal Gute Nacht zu sagen.

Der Abend war lau, die Geräusche gedämpft, die Luft roch nach Sommer. Simon entschied sich dafür, sich in eines der Straßenrestaurants zu setzen, um etwas zu essen. Eine halbe Stunde Ruhe, bevor er die Heimfahrt antreten und sich um seine Frau kümmern würde.

Er fand einen freien Tisch beim Italiener, bestellte einen Salat mit Brot und eine Apfelschorle. Während er auf das Essen wartete, checkte er sein Diensthandy.

Im Laufe des Nachmittags waren mehrere Nachrichten eingegangen, die er noch nicht gelesen hatte. Eine davon kam vom Mitarbeiter der digitalen Forensik. Darauf hatte Simon gewartet. Meist dauerte es ewig, bis man aus der Forensik ein Ergebnis bekam, denn die wenigen Mitarbeiter waren vollkommen überlastet. Bei seinem letzten Besuch dort war Simon erstaunt gewesen über die Menge an Festplatten, Laptops, Speichermedien und Handys, die sich auf den engen Fluren auf Rollwagen stapelten. Dieser Bereich der Ermittlungen war im letzten Jahrzehnt immer wichtiger und umfangreicher geworden, ohne dass gleichzeitig genug Personal dafür ausgebildet und eingestellt worden war. Simon war kein Fall bekannt, in dem digitale Beweise nicht in irgendeiner Form eine Rolle spielten.

Simon öffnete die Mail. Sie enthielt die Auswertung der beiden Videos, die Faja Bartels zugeschickt bekommen hatte. Darin steckte eine erstaunliche Nachricht.

Das erste Video, in dem Claas Rehagen mit der Aufforderung um den Hals dasaß, war drei Tage vor dem zweiten Video aufgenommen worden, in dem er gestorben war. Das zweite Video war in der Nacht nach der Lesung von Sanford aufgenommen worden.

Und schon rückte der unzuverlässige Schriftsteller in der Liste der Verdächtigen auf den vordersten Platz. Denn er hätte sehr wohl Zeit gehabt, die Videos zu drehen.

Simon spürte, wie sich sein Puls beschleunigte.

Dann klingelte sein Handy.

Die Nachricht aus der Zentrale ließ ihn aufspringen, und ihm war klar, wieder einmal musste er seine Frau enttäuschen.

7

Aylin Coban und Faja Bartels hielten sich in der Wohnung der jungen Frau auf, vor der Tür wachten zwei uniformierte Polizisten, damit niemand hineinkam – oder hinaus. Soweit Jaroslav Schrader es mitbekommen hatte, war diese Anweisung telefonisch von einem Kommissar Schierling erteilt worden, der auf dem Weg hierher war.

Aylin kümmerte sich um Faja Bartels, die immer noch unter Schock stand. Von dem Angriff hatte sie ein Veilchen auf dem rechten Jochbein und mehrere Blutergüsse an den Armen davongetragen, war ansonsten aber unverletzt geblieben und hatte auf ambulante Versorgung verzichtet. Auf Jaros Frage, ob sie wisse, wer sie angegriffen habe, hatte sie mit Nein geantwortet, aber gesagt, sie könne sich den Grund dafür vorstellen.

Jaro selbst hatte auch etwas abbekommen, sich aber nicht behandeln lassen. Das Fußgelenk schmerzte noch, aber mehr als eine Überdehnung war es wohl nicht.

Er wartete unten vor dem Haus auf den Kollegen Schierling und brannte darauf, seine Fragen beantwortet zu bekommen. Was ging hier vor sich? Warum sollte die Stiefschwester von Thorsten Fleischer entführt werden? Und warum kümmerte sich bereits ein Kollege um die junge Frau? Einen Moment lang hatte Jaro daran gedacht, seine temporäre Vorgesetzte über die Ereignisse zu informieren, es dann aber auf später verschoben. Schließlich kannte er die Hintergründe noch nicht und war kein Freund von Mutmaßungen. Wissen fütterte die Wahrheit, nicht Glauben.

Innerlich kochte Jaro noch immer, seine Kerntemperatur sank nur langsam. Schlimm genug, dass er den Flüchtenden nicht hatte einholen können. Wofür all der Sport und die Fitness, wenn es nicht einmal dafür reichte? Aber darüber hinaus hatte der Typ ihn auch noch grandios verarscht, indem er einfach im Kreis gelaufen und mit seinem Wagen abgehauen war. Über den Wagen hätten sie ihn identifizieren können. Oder wenn sich jemand das Kennzeichen gemerkt hätte. Jaro gab

Aylin Coban keine Schuld. Sie war Psychotherapeutin, keine Polizistin, und natürlich war sie außer sich gewesen, als sie beobachtet hatte, was passierte.

Jaro tigerte vor dem Haus auf und ab und verzehrte sich nach einer Zigarette. Sein rechtes Fußgelenk schmerzte, sodass er leicht humpelte, und er fragte sich, warum gerade alles so grandios schieflief. Womit hatte er sein Karma versaut?

Mit Jorgensen?

Nein, wahrscheinlich lag es an Mandy Stein und ihrem ungeborenen Kind. Beide hatten einzig und allein deshalb sterben müssen, weil Jaro Jorgensen in Unterhose verhaften wollte. Weil er sich profilieren wollte?

Jaro presste sich eine Hand auf den Bauch und verzog das Gesicht. Immer wenn er an diese Sache dachte, sendete sein Magen auf der linken Körperseite Stiche aus. Noch nie zuvor hatte er derartige stressbedingte körperliche Reaktionen gezeigt.

Ein schlanker Mann kam schnellen Schrittes auf dem Fußweg zwischen den Häusern auf ihn zu. Er trug einen dunkelblauen Anzug zu einem schwarzen T-Shirt und Lederschuhe. Der Mann stellte sich als Simon Schierling vor. Er war mehr als einen Kopf kleiner als Jaro und wog sicher dreißig Kilo weniger.

«Wie geht es Frau Bartels?», fragte er.

«Den Umständen entsprechend gut. Eine Psychotherapeutin der Polizei kümmert sich um sie.»

«Wo kommt die so schnell her?»

«Sie ist mit mir zusammen hier.»

Schierling fixierte Jaro interessiert. «Gehen wir ein Stück und unterhalten uns», schlug er vor und ging voran. Jaro blieb nichts anderes übrig, als ihm zu folgen. Die kleinen, hektischen Schritte fand er nervig, weil er sich mit seinen langen Beinen und weiten Schritten nicht anpassen konnte. Außerdem behinderte ihn sein schmerzendes Fußgelenk.

«Warum sind Sie hier?», fragte Schierling. «Und warum haben Sie nicht vorher eine offizielle Anfrage gestellt? Immerhin ist das nicht Ihr Zuständigkeitsbereich.»

Er klang oberlehrerhaft und vorwurfsvoll, aber Jaro war gewillt, es zu schlucken.

«Ich verfolge die Spur eines vermissten jungen Mannes, Thorsten Fleischer. Er ist seit etwa zwei Wochen verschwunden, und von seiner Mutter habe ich die Adresse von Frau Bartels erhalten. Sie ist die Halbschwester des Vermissten, und die Mutter meint, sie wisse eventuell, wo ihr Bruder sich aufhält.»

«Moment mal», sagte Simon Schierling, blieb stehen, holte sein Handy hervor, suchte etwas darin und hielt Jaro das Display mit einem Foto hin. Darauf war das Gesicht eines offensichtlich toten jungen Mannes zu sehen.

«Ist das Thorsten Fleischer?»

Jaro schüttelte den Kopf.

«Sicher?»

«Keinerlei Ähnlichkeit, also ja, ich bin mir sicher. Was ist mit dem Typen?»

«Er ist tot.»

«Das kann ich sehen. Warum ist er tot?»

«Jemand hat ihn ermordet. Wir wissen nicht, wer das getan hat, und wir wissen nicht, wer der Tote ist. Einen Moment lang hatte ich gehofft ... Na ja, wäre wohl zu einfach gewesen.»

«Was geht hier eigentlich vor?», fragte Jaro und zuckte innerlich bei dem Wort *eigentlich* zusammen.

«Sagen Sie, Herr Schrader, dieser Thorsten Fleischer, der hat nicht zufällig irgendwas mit Büchern zu tun?»

Jaro sah seinen Kollegen erstaunt an. «Das Zimmer im Haus seiner Eltern, in dem er lebt, ist eine Bibliothek, und seine Mutter erzählte mir, er wollte immer Schriftsteller werden. Hat aber bisher wohl nicht geklappt.»

Wieder blieb Schierling stehen. Seine Augen verengten sich zu engen Schlitzen.

«Gibt es einen Hinweis darauf, dass er entführt wurde?»

Jaro schüttelte den Kopf. «Ehrlich gesagt, glaube ich, er ist einfach abgehauen. Komplizierte familiäre Verhältnisse, eine Stiefmutter wie ein Hausdrachen, ein gescheitertes Studium und Rückfall in die finanzielle Abhängigkeit vom Vater.»

«Vielleicht aber auch nicht», entgegnete Schierling nachdenklich. «Kann sein, dass mehr dahintersteckt.»

«Aha. Dann klären Sie mich mal auf. Warum versucht jemand, vor meinen Augen die Person zu entführen, die ich befragen will? Und warum ...»

«Sagen Sie, können Sie den Mann beschreiben?», unterbrach Schierling ihn.

Solche Unterbrechungen empfand Jaro als unhöflich. Der kleine Mann ging ihm auf die Nerven.

«Nur ganz grob. Normale Größe, normale Figur, Vollbart, trug einen blauen, weit geschnittenen Arbeitsoverall und eine Baseballkappe.»

«Könnte es dieser Thorsten Fleischer gewesen sein?»

«Was? Wieso das denn?»

«Ja oder nein?»

«Keine Ahnung, ich denke eher nicht, allerdings habe ich bisher nur ein Porträtfoto von Fleischer zu sehen bekommen. Und hätte Frau Bartels ihren Stiefbruder nicht erkannt? Sie gab an, den Täter nicht zu kennen. Was soll diese Frage? Rücken Sie endlich raus mit der Sprache.»

«Wir müssen mit Frau Bartels reden», sagte Schierling und machte auf dem Hacken kehrt.

Schon wieder musste Jaro dem kleinen hektischen Männchen hinterherlaufen wie ein Hund seinem Herrn, und das ging ihm mächtig auf die Nerven. Auf der Treppe nahm Schierling zwei Stufen auf einmal und bewegte sich federleicht, während Jaro ein bisschen zu kämpfen hatte, weil sein Fußgelenk bei dieser Belastung schmerzte.

Schierling nickte den beiden Beamten zu und betrat die Wohnung. Jaro folgte ihm. Faja Bartels saß auf der Couch neben Aylin Coban und wärmte ihre Hände an einer Tasse Tee. *Wenn eine Welt zerbricht, verändern die Trümmer das Gesicht.* An diesen Spruch seiner Mutter musste Jaro bei ihrem Anblick denken. Faja Bartels sah entsetzlich aus, aber nicht wegen der Brandnarben. Angst und Verständnislosigkeit entstellten ihr hübsches Gesicht, dazu das Veilchen.

Schierling stellte sich Aylin Coban vor und erkundigte sich bei Faja Bartels nach ihrem Befinden. Sie sagte, es würde schon gehen.

«War er das? Der Mann, der Claas … der ihm das angetan hat?», fragte Faja Bartels.

Claas?, dachte Jaro. *Wer zum Teufel ist Claas, und was wurde ihm angetan?*

«Das weiß ich nicht», antwortete Schierling und ließ sich auf der Tischkante nieder. «Aber es ist sehr wahrscheinlich. Ich habe vom Kollegen Schrader bereits erfahren, dass Sie den Mann nicht beschreiben können. Ist das korrekt? Manchmal setzt die Erinnerung auch erst später ein, gerade bei traumatischen Erfahrungen.»

Faja Bartels schüttelte den Kopf. «Es ging alles so schnell, und im Wagen war es dunkel. Ich weiß nur noch, dass es irgendwie komisch gerochen hat darin ...»

«Können Sie das Alter eingrenzen?»

Faja schüttelte abermals den Kopf.

«Und Sie?», fragte er, an Jaro gewandt.

Jaro zuckte mit den Schultern. Er wollte erklären, dass der Typ nicht älter als dreißig gewesen sein konnte, aber diese Annahme beruhte einzig und allein darauf, dass Jaro ihn nicht hatte einholen können. Der Grund dafür war aber nicht die Fitness des Mannes, so schnell war er auch gar nicht gewesen, sondern der Zusammenprall mit der Holzwand und die anfänglichen Schmerzen in seinen Weichteilen – das konnte er aber vor den Frauen nicht zugeben.

«Schwer zu sagen», sagte er deshalb vage.

Aylin Coban deutete mit einem Nicken auf den leeren Sessel. Jaro verstand und setzte sich.

«Danke für Ihre Hilfe», sagte Faja Bartels und sah ihn an. «Wenn Sie nicht zufällig vorbeigekommen wären ...»

«Das war nicht zufällig. Ich war auf dem Weg zu Ihnen.»

Aylin Coban schloss kurz die Augen und schüttelte den Kopf, und Jaro verstand, dass sie noch nichts gesagt hatte.

«Ich denke, wir müssen erst mal klar Schiff machen», mischte sich Schierling ein. «Berichten Sie bitte», wandte er sich an Jaro.

«Ich bin hier wegen Ihres Stiefbruders Thorsten.»

«Thorsten? Ich verstehe nicht ...»

«Ich habe mit Ihrer Mutter gesprochen, sie gab mir Ihre Adresse. Thorsten ist seit fast zwei Wochen verschwunden, und Ihre Mutter meinte, Sie könnten wissen, wo er sich aufhält.»

«Nein, das weiß ich nicht ... Ich habe Thorsten schon lange nicht mehr gesehen. Aber was hat denn Thorsten jetzt damit zu tun? Ich verstehe überhaupt nichts mehr.»

Sie klang ein wenig panisch, und Aylin Coban legte ihr beschwichtigend die Hand auf die Schulter.

«Ich weiß nicht, ob Ihr Stiefbruder etwas mit dem zu tun hat, was Ihnen heute zugestoßen ist», erklärte Jaro und ärgerte sich, dass er immer noch nicht wusste, in was für einen Fall er hineingeraten war. «Können Sie sich eventuell vorstellen, wo Thorsten sich aufhält?»

«Nein. Ich ... Thorsten und ich, wir haben uns mal gut verstanden, aber in den letzten Jahren ist er immer seltsamer und verschlossener geworden. Jedes Wort hat er auf die Goldwaage gelegt und immer nur gejammert, dass er nie eine Chance bekommen würde und alle gegen ihn seien. Es war schwer auszuhalten mit ihm, und dann sucht man natürlich nicht gerade den Kontakt.»

«Sagen Sie, kann es Ihr Stiefbruder gewesen sein, der Sie angegriffen hat?», fragte Schierling.

Faja Bartels schüttelte den Kopf.

«Dann hätte ich ihn doch erkannt. Aber da ist etwas anderes, das mir heute aufgefallen ist. Schauen Sie mal hier. Dieses Foto stammt aus dem Insta-Account von David Sanford.»

Sie hielt Simon und Jaro ihr Handy entgegen.

Jaro verstand nicht, was er auf dem Display sah, aber sein Kollege stieß einen Laut der Überraschung aus.

«Das darf doch nicht wahr sein!», sagte er.

«Was darf nicht wahr sein? Vielleicht klärt mich endlich mal jemand auf!», verlangte Jaro.

8

Lisbeth Heiland wusste, dass ihre Tage gezählt waren. Schon vor einigen Monaten hatte ihr Chef verlautbaren lassen, dass er den Laden dichtmachen könne, wenn sich der Konkurrent von der großen Autovermietungskette hier niederließ. Gerüchte dazu gab es schon länger, nun waren sie Realität geworden. Seit einem Monat war der Konkurrent da, und die Umsätze waren sofort um zwanzig Prozent eingebrochen.

Lisbeth hatte seitdem Zeit, während der Arbeit Bücher zu lesen, zu chatten und Rezensionen zu schreiben. Ihr Account bei Insta lebte davon, dass sie sich immer wieder mit einem Buch in der Hand vor oder auf verschiedenen Autos präsentierte, oft lasziv und mit viel nackter Haut. Ihr Chef hatte nichts dagegen, solange sie seinen Betrieb markierte und Werbung für ihn machte.

Auch das würde zu Ende gehen, und Lisbeth war schon jetzt traurig, wenn sie daran dachte. Nicht nur wegen Insta, sondern weil sie den Job mochte. Zugegeben, von außen sah es merkwürdig, vielleicht sogar trist aus, in einem Metallcontainer auf einem einen Hektar großen Schotterplatz zu sitzen, Autoschlüssel auszugeben und in Empfang zu nehmen. Aber es war viel mehr als das. Sie lernte immer wieder neue Menschen kennen, musste mitunter Autos von Kunden abholen oder zu ihnen bringen, ihr Chef war super, er nervte nicht und war meistens unterwegs, das Gehalt war in Ordnung, und sie konnte zwischendurch lesen. Was konnte man sich mehr wünschen?

Lisbeth hatte sich gerade die Nägel lackiert, jeden in einer anderen Farbe, als Statement für Diversität. Damit würde sie am Wochenende auf eine weitere LGBTQ-Demo gehen.

Man konnte gar nicht oft genug demonstrieren, um verkrustete Strukturen und zementierte Denkweisen aufzubrechen. Veränderungen brauchten Zeit, das wusste Lisbeth, und sie hatte sich vorgenommen, ein wenig von ihrer Lebenszeit dafür zu opfern. Während der Lack trocknete, scrollte sie zum wiederholten Mal durch den Feedverlauf von Claas Rehagen und anderen Leuten, die sich bei Insta mit Büchern beschäftigten. Seit Fajas Anruf waren sie und die anderen Bücherjunkies alarmiert und taten ihr Bestes, um zu helfen. Lisbeth war auf der Suche nach einem Hinweis, nach einem Kommentar, nach irgendwas, dass sie auf die Spur des Täters bringen würde, der Claas und das zweite, noch unbekannte Opfer getötet hatte. Noch immer konnte sie nicht fassen, dass das wirklich passierte. All die Krimis und Thriller, die sie gelesen hatte, das war zum Spaß, zur Unterhaltung gewesen, und sie hatte sich nie großartig Gedanken darüber gemacht, dass dergleichen da draußen wirklich passierte. Dass Menschen ermordet, vergewaltigt, missbraucht, entführt und terrorisiert wurden. Mit der Nase in der fiktionalen Welt zwischen den Buchdeckeln war die Realität zur Utopie geworden.

Wie krank war das eigentlich?

Lisbeth stoppte, ihr Finger verharrte über einem Kommentarverlauf, der allerdings schon ein paar Jahre zurücklag. Darin ging es um ein Buch mit dem Titel *Mordmal* von Frank Krieger, einem eher unbekannten Autor, von dem Lisbeth noch nie etwas gelesen hatte. Claas aber schon, und er hatte das Buch verrissen. Daraufhin war eine lebhafte Diskussion entstanden, in der jemand Claas Gewalt androhte.

«Vielleicht besuche ich dich eines Tages und weide dich aus, hänge deine Innereien zum Trocknen in die Bäume.»

Das war schon ein krasser Satz von jemandem, der sich «Korrektor» nannte.

Lisbeth machte einen Screenshot und schickte ihn in die Gruppe. Dann ging ihr Blick durch das einzige Fenster des Containers auf den großen Platz hinaus, auf dem zwanzig Fahrzeuge darauf warteten, gefahren zu werden. Lisbeth fand, Autos sahen traurig aus, wenn sie nicht fuhren. Es war ja auch nicht ihre Bestimmung herumzustehen. Eine Bewegung hatte sie aufmerksam werden lassen. Auf der Landstraße, die durch das Gewerbegebiet führte, blinkte ein Wagen und bog auf den Parkplatz ab. Da es schummrig geworden war, hatte er die Scheinwerfer an und blendete sie. Lisbeth stöhnte auf. Ausgerechnet jetzt, wo der Nagellack noch nicht trocken war.

Bei dem Wagen, der auf das Grundstück einbog, handelte es sich um einen Ford Tourneo Kastenwagen älteren Datums, wahrscheinlich Baujahr 2012. 1,2 Liter Benziner, 96 PS. Lisbeth kannte sich aus mit Autos. Sie gewann jede Wette, wenn es um Modellreihen, Baujahr und Ausstattung ging. Der Wagen stoppte. Das Licht der Parkplatzbeleuchtung spiegelte sich auf der Windschutzscheibe, deshalb konnte sie die Person hinter dem Steuer nicht erkennen.

So kurz vor Feierabend kam nur noch selten ein Kunde, ihr Chef hielt es aber für ein Alleinstellungsmerkmal, länger als die Konkurrenz aufzuhaben. Viel mehr als der Griff nach dem letzten Strohhalm war es wohl nicht.

Der Wagen setzte sich erneut in Bewegung und fuhr bis direkt vor den Container, in dem Lisbeth saß. Jetzt konnte sie einen bärtigen Mann mit Baseballkappe hinter dem Steuer ausmachen. Er winkte ihr kurz zu, sie winkte zurück, dann wendete er den Tourneo und stellte ihn so ab, dass Heckklappe und Eingangstür des Containers nicht weit voneinander entfernt waren.

Alles klar, dachte Lisbeth. Ein Lieferant. Das war um diese Zeit zwar ungewöhnlich, und sie erwartete keine Lieferung, aber wahrscheinlich hatte ihr Chef nur vergessen, sie darüber zu informieren.

Wegen der noch nicht getrockneten Nägel blieb sie hinter dem Tresen sitzen. Der Mann würde die Lieferung sicher selbst hereintragen können. Er stieg aus und öffnete die Hecktür. Dann sah er sich auffallend lange auf dem großen Schotterplatz um, bevor er sich dem Container zuwandte und die Tür aufzog.

«Hey!», rief Lisbeth. «Was bringen Sie mir Schönes zum Feierabend?»

«Nichts. Ich will etwas abholen.» Er wirkte gehetzt und irgendwie abgekämpft. Seine Kleidung war schmutzig. Er trug einen schlecht sitzenden, blauen Arbeitsoverall.

«Abholen? Ich wüsste nicht …»

Der Mann blieb nicht vor dem Tresen stehen, wie es sich gehörte. Er hob die Klappe, die den Kunden- vom Bürobereich trennte, und betrat forsch Lisbeths Reich.

«Das geht aber nicht, dass Sie …»

Mit zwei schnellen Schritten war er bei ihr, packte sie bei den Haaren und zog sie mit unerwartet großer Kraft aus dem Drehstuhl und über den Schreibtisch. Lisbeth schrie vor Schreck und Schmerz auf und klammerte sich mit beiden Händen an das Handgelenk des Mannes, um den Zug auf ihr Haar abzumildern. Er schleuderte sie in die Ecke, in der die Regale mit den Aktenordnern standen. Hart stießen ihr die Kanten der Möbel in den Rücken.

Der Mann blickte auf sie herab.

«Du hättest besser schweigen sollen», sagte er.

Lisbeth sagte nichts, sie jammerte wegen der Schmerzen im Rücken und am Kopf.

«Ihr alle hättet besser schweigen sollen.»

Er holte zu einem Tritt aus. Lisbeth, die seit Jahren zum Aikido ging, weil sie genau wusste, was Männer Frauen antaten, packte seinen Fuß und riss mit aller Kraft daran. Und tatsächlich holte sie ihn von den Beinen, denn mit diesem Gegenangriff hatte er nicht gerechnet. Er fiel auf seinen Hintern, und Lisbeth konnte sehen, wie die Erschütterung durch seinen Körper lief und seine Kiefer aufeinanderschlugen.

Jetzt nur nicht nachlassen, schoss es Lisbeth durch den Kopf, und sie musste an die Worte ihres Trainers denken, der immer sagte, ein Kampf müsse in den ersten zwei Sekunden gewonnen werden. Wer zu Beginn die größte Vehemenz aufbrachte, hatte alle Vorteile auf seiner Seite. Der Mann hatte sie überrascht, und er war vehement gewesen, aber jetzt übernahm Lisbeth, und der Typ würde es noch bereuen, sie angegriffen zu haben.

Während er noch auf dem Hintern saß, beide Hände hinter dem Rücken auf den Boden gepresst, um sich abzustützen, holte Lisbeth mit dem rechten Bein aus und trat ihm zwischen die Oberschenkel. Da sie saß, war es nicht die richtige Position, um wirklich Kraft aufzubringen, aber die männlichen Weichteile reagierten ja zum Glück sehr empfindlich.

Doch irgendwie schaffte es der Mann, im letzten Moment die Oberschenkel zusammenzupressen und ihren Tritt damit abzufangen. Zusätzlich presste er so stark, dass Lisbeth ihr Bein nicht mehr freibekam. Mit den Knöcheln seiner rechten Hand schlug er ihr wuchtig von außen gegen den Oberschenkel. Es fühlte sich an wie ein Pferdekuss und lähmte ihr Bein sofort. Lisbeth schrie vor Schmerzen. Und der Mann kam über sie. Drückte sie mit seinem Gewicht zu Boden, sodass sie kaum noch Luft bekam. Ein Knie in ihrem Nacken, das andere im unteren Rücken. Lisbeth hatte das Gefühl, jeden Augenblick in der Mitte durchzubrechen.

Noch bevor sie dazu kam, sich aus dieser Lage zu befreien, schlug er auf sie ein, traf sie an der Schläfe, und ihr schwanden die Sinne. Lisbeth verlor nicht völlig das Bewusstsein, aber der Schlag schien Körper und Kopf voneinander zu trennen. Wie aus einer nebelhaften Landschaft heraus sah sie den Mann aufstehen. Schwer atmend stand er über sie gebeugt da und schien seinen Vollbart richten zu müssen. Dann ging er zum Fenster, sah hinaus. Lisbeth feuerte sich an aufzustehen, den Kampf erneut aufzunehmen, sich nicht unterkriegen zu lassen, doch ihr Körper reagierte nicht. Gerade so war er noch in der Lage, Atmung und Herzschlag aufrechtzuerhalten.

Der Mann kam zurück, packte Lisbeth an den Beinen und zog sie hinter sich her zur Tür des Containers. Er stieß die Tür mit dem Rücken auf, zog sie hinaus, ihr Körper schlug auf den beiden Holzstufen auf, ohne das Lisbeth Schmerz registrierte. Dann lag sie auf dem Schotter, über ihr der langsam dunkel werdende Abendhimmel, rechts abgeschnitten von der geöffneten Ladeklappe des Tourneo. Von der Landstraße wehten Geräusche vorbeifahrender Lkws herüber. *Das alles sehe und höre ich jetzt zum letzten Mal*, dachte Lisbeth.

Der Mann bückte sich und verlud sie mit Leichtigkeit auf die Ladefläche des Lieferwagens. Kurz darauf presste er ihr einen Lappen auf Mund und Nase, und der chemikalische Geruch löschte ihr Bewusstsein aus.

9

Simon Schierling hatte Jaro aus der Wohnung auf den Flur geführt.

«Wie viel Zeit haben Sie?», fragte Schierling.

«So viel ich brauche, um zu verstehen, was hier los ist», antwortete Jaro. «Was hat es mit diesem Foto auf sich?»

Schierling warf einen Blick auf seine Armbanduhr. Seine angespannten Schultern fielen hinab, er seufzte.

«Ich habe meiner Frau versprochen, um zehn Uhr zu Hause zu sein. Jetzt ist es elf vorbei. Wie sieht es aus? Kommen Sie mit zu mir? Da können wir reden. Ich habe ein Gartenhaus mit Gästezimmer und Doppelbett für Sie und Ihre Freundin. Die Beamten bleiben hier und passen auf.»

«Frau Coban ist nicht meine Freundin. Sie ist eine Kollegin», stellte Jaro klar.

«Wir haben aber nur ein Gästezimmer.»

«Ich kläre das», sagte Jaro und ging zurück in die Wohnung. Er hatte nicht vor, die Nacht mit der Psychotherapeutin in einem Bett zu verbringen, und machte ihr einen anderen Vorschlag. Sie war einverstanden. Faja Bartels auch. Jaro verabschiedete sich von den beiden und ging hinaus zu Schierling.

«Frau Coban bleibt die Nacht über hier, das ist für Frau Bartels sicher auch gut. Ich nehme Ihr Angebot gern an, aber Sie müssen mir alles erzählen, was mit diesem Fall zu tun hat.»

«Werde ich. Dann los!»

Wieder lief der kleine dünne Mann hektisch los, und Jaro musste ihm hinterherhumpeln. Jetzt tat er es gern, brannte er doch darauf zu erfahren, was hier vor sich ging.

Jaro folgte Schierling mit dem Dienstwagen bis in ein Neubaugebiet. Hinter wenigen Fenstern brannte noch Licht, und friedliche nächtliche Stille lag über den modernen Häusern, die auf kleinen Grundstücken nah beieinanderstanden. Schierling bat Jaro, einen Moment vor dem Haus zu warten. Jaro ging auf der Straße auf und ab und dachte schon wieder ans Rauchen. Vielleicht würden davon die Magenschmerzen weggehen. Das Gespräch mit Aylin war gut gewesen, aber eben nicht so ehrlich und offen, wie es hätte sein müssen, um wenigstens eine Last von ihm zu nehmen. Schweigen, das wusste Jaro, war oft nicht die Abwesenheit von Sprache, sondern die Anwesenheit von Abgründen. Aylin Coban würde das sicher nicht unterstreichen, aber vielleicht gab es gute Gründe dafür, warum Menschen über bestimmte Themen lieber schwiegen.

Die Stimme schwieg auch. Nicht einmal vorhin, in der Stresssituation mit der verhinderten Entführung, hatte sie zu ihm gesprochen.

Nach fünf Minuten kehrte Schierling zurück. Er wirkte frustriert.

«Kommen Sie, wir gehen in den Garten», sagte er und ging voran.

«Ich hoffe, ich mache keine Probleme.»

Schierling schüttelte den Kopf. «Nicht Sie, der Job. Zu wenig Zeit für alles.»

Das Gartenhaus mit dem Gästezimmer stand an der hinteren Grundstücksgrenze und verfügte über eine kleine Holzterrasse mit einem Tisch und zwei Stühlen.

«Whisky?», fragte Schierling und hielt eine Flasche hoch, die er offenbar aus dem Haus mitgebracht hatte.

«Gern.»

Aus einem Schränkchen im Gartenhaus holte der Kommissar noch zwei Gläser und stellte sie auf den Tisch. Bis auf das kleine Licht im Wohnzimmer des Hauses war es dunkel um sie herum und still. An einem wolkenfreien Himmel glitzerten Sterne.

Schierling schenkte zwei Fingerbreit ein, prostete Jaro zu und bot ihm das Du an. Der Whisky war mild und rauchig und legte sich wie Medizin in Kehle und Magen. Die beruhigende Wirkung trat beinahe sofort ein.

«Okay, Simon, dann leg mal los. In was bin ich hier reingeraten?», fragte Jaro.

«Vor vier Tagen erhielt die Polizei einen Notruf von Faja Bartels. Sie hatte am frühen Vormittag ein Video auf ihr Handy bekommen, das angeblich den Mord an einem Freund zeigt. Ich wurde hinzugezogen. Das Video wirkte real, aber wir mussten natürlich überprüfen, ob es kein Fake war. Faja Bartels arbeitet in einer Buchhandlung und hatte am Abend zuvor bereits ein Video bekommen. An dem Abend veranstaltete sie eine Lesung. In dem ersten Video wird Faja Bartels aufgefordert, ihren Freund, Claas Rehagen, zu retten, indem sie eine spannende Geschichte mit nur fünf Wörtern erzählt. Sie hält das Ganze für einen schlechten Scherz von Rehagen und reagiert nicht so, wie es verlangt wurde. Am nächsten Morgen findet sie ein zweites Video auf ihrem Handy. Es zeigt den Tod von Claas Rehagen. Das erste Video wurde allerdings drei Tage zuvor aufgezeichnet. Noch am selben Vormittag findet man in der zurzeit leer stehenden Stadtbibliothek eine Leiche. Claas Rehagen. Genau wie in dem Video ist er mit Klarsichtfolie an einen Stuhl gefesselt. Die Todesursache ist Ersticken. In seinem Mund steckt ein großer Ball aus Papier. Dieser Ball war vorher ein Blatt Papier, sehr dick und fest, wahrscheinlich handgeschöpft, das in dem Video um seinen Hals hing. Darauf stand die Aufforderung, ihn mit einer Fünf-Wort-Geschichte zu retten.»

«Hemingway», sagte Jaro.

«Wer?»

«Hemingway. Da gibt's diese Geschichte einer Kneipenwette zwischen Hemingway und seinen Kumpels. Hemingway behauptete, er könne eine Geschichte mit nur sechs Wörtern erzählen.»

«Hat er gewonnen?»

«Hat er.»

«Mit welcher Geschichte?»

«For sale: baby shoes, never worn.»

Simon starrte Jaro in der Dunkelheit an. Einen Moment zu lange und zu intensiv, als dass es Jaro hätte entgehen können, wie sehr ihn Hemingways Story traf. Seine Mimik veränderte sich. Eben schien er sich noch ein wenig entspannt zu haben, wozu sicher der Alkohol beitrug, jetzt kehrte die Härte zurück, die er zuvor gezeigt hatte. Die schmalen Lippen tief eingegraben, die Augen verengt, die Wangenknochen traten hervor.

«Alles in Ordnung?», fragte Jaro. Eine überflüssige Frage, sah er doch, dass etwas nicht in Ordnung war.

Simon stellte das Whiskyglas ab, fuhr sich mit beiden Händen übers Gesicht und schüttelte den Kopf. Als er Jaro wieder ansah, wirkten seine Augen gerötet.

«Ich habe da im Haus zwei wunderbare Zwillingsmädchen, sechs Jahre alt, und sie hatten für eine kurze Weile, zwei Jahre, einen süßen kleinen Bruder. Angeborener Herzfehler.»

«Scheiße, das tut mir leid», sagte Jaro und spürte seinen Hals eng werden.

Simon schüttelte den Kopf, trank seinen Whisky aus, goss sich und Jaro nach.

«Was für eine beschissen gute Sechs-Wort-Geschichte», sagte Simon mit rauer Stimme. Jetzt waren seine Augen feucht.

«Ja, aber wahrscheinlich stimmt es nicht, dass sie von Hemingway stammt. Aber darum geht es ja nicht.»

«Sondern?»

«Um eine klare, reduzierte Sprache. Um die Kunst, mit wenigen Worten viel auszudrücken. Das können nur die Wenigsten.»

«Aha. Na ja, unser Täter verlangt sogar noch weniger Worte. Nur fünf. Er kennt wahrscheinlich diese Anekdote von Hemingway, warum weicht er dann davon ab?»

«Vielleicht, weil Hemingways Geschichte ins Deutsche übersetzt nur fünf Wörter hat. Zu verkaufen: Babyschuhe, nie getragen», mutmaßte Jaro. «Ich denke auch, der Täter kennt die Story, wahrscheinlich ist er belesen, kennt sich mit Literatur aus ... und hält sich für überlegen intelligent.»

«Kennst du dich mit Literatur aus?», fragte Simon. «Oder woher weißt du von dieser Hemingway-Sache?»

«Ich würde nicht behaupten, dass ich mich wirklich mit Literatur auskenne, aber ich lese viel und gern, schon immer. Bücher entspannen mich.»

Das war nicht übertrieben. Mit einem Buch in der Hand fühlte Jaro sich oft wie in einer anderen Sphäre, in der die Minuten langsamer verliefen.

«Sollte ich vielleicht auch mal versuchen. Keine Ahnung, wann ich zuletzt entspannt war.»

«Ja, mach mal. Ich versprech dir, es hilft. Ein gutes Buch, zwei Stunden Zeit und Ruhe ... nichts kann das ersetzen.»

Simon schwenkte den Whisky in seinem Glas und schien in der öligen Flüssigkeit nach der Wahrheit zu suchen.

«Alles in diesem Fall dreht sich um Literatur», sagte er. «Oder besser, um Unterhaltungsliteratur. Wir reden von Krimis und Thrillern. Mir war nicht klar, was es darum für einen Hype gibt.»

Jaro nickte. «Schon seit Jahren. Deutschland ist Krimiland, und damit sind wir ein Volk von Ermittlungsexperten. Mehr noch als Fußballtrainer. Tatort sei Dank.»

«Ich kann damit nichts anfangen. Das alles ist so weit von der Realität entfernt.»

«Findest du? Ist dieser Fall nicht so, als hätte ihn sich ein besonders krasser Autor oder eine Autorin ausgedacht?»

«Dabei kennst du noch nicht einmal den ganzen Fall», sagte Simon. «Nachdem Claas Rehagen gefunden wurde, bin ich zu seiner Wohnung gefahren. Dort fand ich eine zweite Leiche, männlich, zwischen fünfundzwanzig und dreißig Jahre alt. Mit Klarsichtfolie an einen Stuhl gefesselt, erstickt an einem Papierball im Mund und Folie über dem Gesicht. Alles genauso wie bei Rehagen. Aber bisher kennen wir nicht die Identität dieses Opfers. Und offenbar gibt es auch keinen zweiten Aufruf, eine Fünf-Wort-Geschichte zu erzählen. Obwohl dieser Papierball die gleiche Botschaft enthielt.»

«Wie merkwürdig», sagte Jaro.

«Es kommt noch besser. Sowohl in der Stadtbibliothek, in der ich Claas Rehagen fand, als auch in Rehagens Wohnung lag das aktuelle Buch des Schriftstellers, der an jenem Abend bei Faja Bartels in der Buchhandlung eine Lesung hielt. David Sanford. Und im Instagram-Feed des Schriftstellers findet sich das Foto, das Faja Bartels vorhin gezeigt hat. Sandfarbene Wände mit den Worten *burn, burn, burn* darauf.

In einer solchen Kulisse wurde das Video von Claas Rehagen gedreht.»

Jetzt war es an Jaro, einen großen Schluck Whisky zu trinken. Die Details dieses Falles bargen eine Überraschung nach der anderen, und sie schrien nach einer Zusammenarbeit mit Simon Schierling.

«Ich bin, wie gesagt, auf der Suche nach einem jungen Mann namens Thorsten Fleischer. Der ist nach dem Besuch einer kleinen Drogenparty nicht mehr gesehen worden, das liegt fast zwei Wochen zurück. Ich habe mir das Zimmer von Fleischer in dessen Elternhaus angeschaut. Es ist eine Bibliothek, hauptsächlich aus Spannungsliteratur. Auf dem Schreibtisch lag dieses Buch von Sanford. *Dunkelheit, mein Freund.*»

«Was für ein Zufall!», stieß Simon aus. Mit Blick ins Whiskyglas dachte er einen Moment nach.

Jaro beobachtete ihn. Simons rechter Zeigefinger klopfte gegen das Glas, zwischen seinen Brauen grub sich eine Denkfalte ein. Trotz des Alkohols war er alles andere als entspannt.

«Zwei Möglichkeiten», sagte Simon schließlich. «Entweder ist Fleischer unser Täter oder ein weiteres Opfer.»

«Auf jeden Fall ist Fleischer der Stiefbruder von Faja Bartels, und hier schließt sich ein Kreis. Ich glaube ihr, wenn sie sagt, es war nicht ihr Stiefbruder, der sie entführen wollte, auch wenn die Möglichkeit besteht, dass der Mann sein Äußeres mit dem Vollbart verändert hat und sie sich täuscht. Wenn nicht, kann er nicht der Täter sein. Bisher bin ich davon ausgegangen, dass Fleischer einfach nur abgehauen ist. Sein Elternhaus ist ganz offensichtlich ein Gefängnis für ihn.»

«Warum suchst du dann nach ihm? Habt ihr auf eurem Revier Langeweile?»

Jaro schüttelte den Kopf. «Eigentlich bin ich Zielfahnder.

Leider vorläufig der Kripo zugeteilt, weil es in meiner Einheit eine Untersuchung gegen mich gibt. Würde ich nicht in diesem Fall ermitteln, müsste ich zu Hause meine Briefmarkensammlung sortieren.»

Die Abneigung gegen den Fall war bei Jaro allerdings verschwunden, insofern hatte sich die Strafe der Möhlenbeck zum Positiven hin entwickelt – genau wie ihre Anweisung, sich mit der Therapeutin zu unterhalten. Jaro mochte Aylin Coban, sie übte einen Einfluss auf ihn aus, den er sich noch nicht erklären konnte.

«Aha. Muss ich mehr darüber wissen?», fragte Simon.

«Nein, ist nicht so wichtig, es geht um einen kleinkriminellen Drogendealer, der aus dem Fenster im dritten Stock gefallen ist», kürzte Jaro die Geschichte ab.

Simon nickte und trank ebenfalls einen Schluck.

«Zielfahnder», wiederholte er. «Ein Job für die Unkonventionellen, oder?»

«Wenn ich auf ein Ziel fokussiert bin, kann es nicht schaden, Nebenschauplätze ignorieren zu können», bestätigte Jaro.

Genau das hatte ihm an dieser Tätigkeit immer gefallen. Das eigenständige Arbeiten und Denken, mitunter an Vorschriften vorbei, aber stets am Ziel orientiert. Im Unterschied zu anderen Abteilungen machte bei seiner Arbeit die Bürokratie nicht mehr als zwanzig Prozent aus.

«Solange du dich an Recht und Gesetz hältst», sagte Simon.

«Auch da mache ich hin und wieder kleine Abstriche, wenn ich dadurch mein Ziel erreiche.»

«Du weißt aber schon, dass das Einhalten bestimmter Regeln und Gesetze genau den Unterschied ausmacht, den es benötigt, oder? Wir dürfen nicht wie die sein, die wir verfolgen.»

«Ist das so? Müssen wir nicht ein Stück weit so sein wie sie, um Erfolg zu haben?»

«Nein. Das sehe ich ganz anders.»

Sie schwiegen. Manchmal war es besser zu schweigen, denn ein erzwungener Konsens war keiner. Mit diesen Fragen hatte Jaro sich schon früher beschäftigt. In Situationen, wo er das eine Verbrechen übersehen musste, um ein anderes zu verhindern oder aufzuklären. Er war mit sich im Reinen, was das betraf.

«Hast du Familie?», fragte Simon schließlich.

«Nein, hat bisher nicht geklappt. Aber ich kann warten. Weißt du ja, wie wichtig das für unseren Job ist.»

«Warten liegt mir nicht gerade im Blut», entgegnete Simon. «Übrigens habe ich am frühen Abend auf diesen Schriftsteller warten müssen.»

«Sanford?»

«Genau. David Sanford. Dreh- und Angelpunkt in diesem Fall, erst recht durch das Foto in seinem Insta-Feed. Ich wollte eine Lesung von ihm besuchen, in der Nachbarstadt. Ich saß schon im Publikum, als die Ansage kam, dass die Veranstaltung ausfallen müsse, weil Sanford einen kleinen Unfall hatte. Bin quasi von dort zu Faja Bartels gerufen worden.»

«Also hat Sanford kein Alibi für die versuchte Entführung?»

«Und auch nicht für den Mord an Rehagen, denn das erste Video wurde Tage früher aufgezeichnet, und das zweite könnte er nach der Lesung angefertigt haben.»

«Bin ich dann vorhin einem Krimiautor nachgelaufen?», fragte Jaro. Nur ungern hätte er sich eingestanden, gegen einen Schreibtischarbeiter verloren zu haben.

«Ich weiß es nicht. Vielleicht sollten wir beide ihm gleich morgen ...», Simon warf einen Blick auf seine Uhr, «... gleich heute nach dem Frühstück einen Überraschungsbesuch abstatten. Wäre ja toll, wenn du ihn wiedererkennen würdest.»

«Dann lass uns das machen. Aber wäre Sanford wirklich so dumm, das Foto als Vorlage für den Tatort zu nutzen?»

«Vielleicht denkt der, er könne gerade damit den Verdacht von sich ablenken.»

«Für mich sieht es eher so aus, als wolle jemand Sanford ins Zentrum der Ermittlungen rücken. Vielleicht stehen die Opfer irgendwie mit ihm in Verbindung. Hast du das überprüft?»

«Nicht ich, aber mein Team, und bisher gibt es keine Verbindung außer der, dass Claas Rehagen ganz sicher die Bücher von Sanford gelesen und rezensiert hat. Beim zweiten Opfer wissen wir das natürlich nicht.»

«Und Faja Bartels, die das dritte Opfer hätte werden sollen, arbeitet in einer Buchhandlung, die Sanford zu einer Lesung einlädt. Soweit ich weiß, geht die Initiative zu einer solchen Veranstaltung immer von der Buchhandlung aus, nicht vom Autor.»

«Wenn du nicht gerade in der Minute dort aufgetaucht wärst, säße Faja Bartels jetzt wahrscheinlich mit Plastikfolie gefesselt auf einem Stuhl», sagte Simon.

«Es sieht alles danach aus. Was bedeutet, dass der Täter ungewöhnlich schnell hintereinander zuschlägt. Der gönnt sich und uns keine Atempause. Faja Bartels ist erst einmal außer Gefahr, aber wen gibt es noch? Wen greift er sich stattdessen?»

Simon zuckte mit den Schultern. «Wer kann das sagen? Irgendjemanden, der oder die mit Büchern zu tun hat.»

10

Es war Ruhe eingekehrt in der Wohnung von Faja Bartels, in ihrem Inneren aber nicht. Wie konnte man abschalten, wenn vor der Tür Polizeibeamte auf das eigene Leben aufpassten? Faja stand nicht mehr auf dem sicheren Sockel ihres Alltags, ihr Fundament war pulverisiert, schlimmer noch war aber das Gefühl der Machtlosigkeit. Jemand, den sie nicht kannte, der sich in der Dunkelheit verschanzte, entschied über ihr Leben, und es schien so, als könne er jederzeit und überall zuschlagen.

Faja war froh, in dieser Nacht nicht allein sein zu müssen, jemanden zu haben, mit dem sie sprechen konnte, und dafür gab es sicher niemand Besseres als Aylin Coban. Faja mochte die selbstbewusste, empathische und auf bezaubernde Weise unkonventionelle Frau.

Aylin war gerade unter der Dusche, und als sie aus dem Bad kam, trug sie einen alten Pyjama von Faja, der schon seit Langem in die Altkleidersammlung sollte. Er war mit großen halbierten Avocados bedruckt, deren Kerne Herzform hatten. Aylin drehte auf dem Gang eine Pirouette und rief: «Avocado!»

Ihr dunkles Haar war noch feucht und eine Schattierung dunkler als zuvor, was sie jünger wirken ließ. Zusammen mit dem Pyjama verwandelte es sie für den Moment in ein junges Mädchen.

«Genau mein Stil», sagte sie. «Den kauf ich dir ab.»

«Ich schenke ihn dir gern.»

Aylin gesellte sich zu Faja auf die Couch, zog die Beine an und schob ihre nackten Füße unter ein Kissen. Sie duftete nach Fajas Lavendelduschöl. Auf dem Tisch lag eine Tüte Kartoffelchips, daneben standen zwei Weingläser und ein günstiger Rotwein aus dem Discounter, der bereits eingeschenkt war. Fajas Notfallreserve für Depri-Abende. Die hatte sie nicht mehr so häufig, aber wenn sie kamen, halfen Wein und Chips zuverlässig.

«Richtig gemütlich haben wir es», sagte Aylin. «Meinst du, wir sollten uns die beiden feschen Polizisten in Uniform dazuholen?»

«Ich glaube, dann bekommen die Ärger.»

«Könnte sein. Und außerdem reichen die Chips gerade mal so für uns. Ich weiß gar nicht, wann ich zuletzt Chips gegessen habe. Darf ich?»

«Nur zu.»

Aylin riss die Tüte auf, steckte sich einen besonders großen Chip in den Mund und kaute genüsslich darauf herum.

«Herrlich. Bin schon süchtig.»

Faja griff auch zu. Zwar hatte sie keinen Appetit, aber ihr Magen knurrte, und sie wusste, irgendwas musste sie essen, sonst würde der Wein sie aus den Latschen hauen.

Sie stießen an.

«Auf Jaro und Simon», sagte Aylin. «Damit sie so schnell wie möglich herausfinden, wer dahintersteckt.»

Sie tranken, und Aylin verzog das Gesicht. «Trocken wie die Wüste Gobi.»

«Ist Jaro dein Freund?», fragte Faja.

«Er ist mein Patient. Eigentlich.»

Das letzte Wort betonte sie so, dass Faja nicht mehr nachfragen musste.

«Und was ist mit dir? Hast du einen Freund?», fragte Aylin.

Faja schüttelte den Kopf. «Nein, im Moment nicht … schon länger nicht mehr. Ist nicht so einfach mit … na ja, diesem Gesicht.»

«Du bist wunderschön. Daran können auch die Narben nichts ändern. Und wenn sich ein Mann daran stört, ist er deiner ohnehin nicht wert. Der Richtige wird schon kommen, wart's nur ab.»

«Das hoffe ich.»

«Magst du über die Narben sprechen?»

Faja hielt inne. Wollte sie? Sie hatte schon sehr lange nicht mehr darüber gesprochen, war Nachfragen immer aus dem Weg gegangen, um der Erinnerung keine Chance zu geben, sich ins Rampenlicht zu drängen. Vielleicht würde es ihr aber guttun, und Aylin war sicher die beste Wahl, um über solche Dinge zu sprechen. Trotzdem zögerte sie.

Aylin legte ihre Hand auf Fajas Oberschenkel.

«Was passiert ist, gehört zu dir und muss nicht versteckt werden. Weißt du, wir Menschen sind schon merkwürdig. Wir wissen, wie bei Ebbe und Flut folgt Pech auf Glück, beides wechselt einander ab. Auf Leben folgt Tod und auf Tod Leben wie auf einen Sonnenuntergang der Sonnenaufgang. Aber wir versuchen ständig, das, was wir nicht mögen in unserem Leben, zu bekämpfen. Wir kämpfen es nieder, wollen es nicht zulassen, es soll bitte schön unsichtbar sein. Aber wirklich gelassen und frei können wir nur werden, wenn wir anerkennen, dass es kein Entweder-oder ist, nichts ist nur gut oder nur böse, nichts nur schlecht oder nur schön. Das ist alles eins. Und deswegen können wir aufhören zu kämpfen, weil wir sonst gegen uns selbst kämpfen.»

Faja spürte ihre Augen feucht werden. Sie wusste, sie empfand genauso, wie Aylin es eben geschildert hatte, aber noch nie hatte es ihr jemand gesagt, es in Worte gefasst, es greif- und begreifbar gemacht.

Jetzt wollte sie reden.

«Ich war acht», begann Faja und strich sich mit den Fingerkuppen über die verhärtete rechte Seite ihres Gesichts. «Und ich kann mich immer noch daran erinnern, wie sich mein Gesicht davor angefühlt hat ... wie weich es war, bis zu dem Tag.

Ein Samstag, es war ein Samstag. Die waren immer am schlimmsten, weil mein Vater da zu Hause war, aber nicht wusste, was er mit sich anfangen soll. Also hat er getrunken. Damals wusste ich das nicht, dafür war ich zu jung, aber ich glaube, es war meine Mutter, die ihn dazu gebracht hat. Nicht nur weil sie selbst getrunken hat, sondern weil er ihr nichts recht machen konnte. Die beiden stritten sogar darüber, wie man meinen Namen schreibt. Mein Vater schrieb ihn ständig mit H, meine Mutter ohne. Sie hatte auch immer etwas auszusetzen, an mir, an ihm, an der ganzen Welt. Alle anderen waren schuld an ihren Problemen, nur sie selbst nicht.

Mein Vater hat sie geschlagen. Schon länger, aber es wurde immer schlimmer, und irgendwann machte es ihm auch nichts mehr aus, es vor mir zu tun, vor dem kleinen Mädchen, das seine Mama natürlich beschützen wollte.

Die Pfanne mit dem heißen Fett stand auf dem Herd, Mama briet Frikadellen. Ich kann mich nicht erinnern, was genau passierte, aber ich stieß ihn weg, als er meine Mutter schlug, und im nächsten Moment brannte mein Gesicht ...»

Jetzt rannen Tränen über ihre Wangen. Nicht weil es wehtat, sich zu erinnern, sondern weil es guttat, es nicht im Stillen tun zu müssen, mit jemandem darüber reden zu können. Sich anvertrauen zu können.

Aylin streichelte ihr das Knie, sagte aber nichts.

«Danach habe ich ihn bis auf wenige Momente aus der Distanz nicht wiedergesehen. Meine Mutter hat sich sofort von ihm getrennt und die Scheidung eingereicht. Er durfte sich uns nicht nähern, wurde verurteilt, ging ins Gefängnis, verschwand aus meinem Leben. Anfangs hat er wohl noch versucht, um mich zu kämpfen, aber das Gericht war nicht gewillt, ihm auch nur einen kleinen Teil des Sorgerechts zuzugestehen. Man hat mich gefragt, aber ich verband meinen Vater nur noch mit Schmerzen, und das habe ich genauso auch gesagt. Mein Vater ist Schmerz. Das war's dann für ihn. Und ich hatte noch Glück. Als ich zehn war, lernte meine Mutter einen Mann kennen und heiratete ihn sehr schnell. Er sorgte dafür, dass sie ihren Alkoholkonsum in den Griff bekam, sonst wäre ich wohl ins Heim gekommen. Im Jahr der Hochzeit war sie schon schwanger mit Thorsten. Er war vielleicht drei Jahre alt, da fing sie wieder an zu trinken. Als ich sechzehn wurde, hat mein Stiefvater die Scheidung eingereicht. Da hatte ich gerade damit begonnen, meinem kleinen Bruder Geschichten vorzulesen, meistens dann, wenn unsere Eltern sich stritten. Bücher waren unsere Flucht. Damit war Schluss, als Mama und ich auszogen und Thorsten dortblieb. Zwei Jahre später, mit achtzehn, bin ich dann von meiner Mutter weggezogen. Es ging nicht mehr.»

«Vermisst du deinen Vater?»

Die Frage überraschte Faja. Sie tat, als müsste sie darüber nachdenken, aber das musste sie nicht. Die Antwort war präsent.

«Ich würde ihn gern noch einmal wiedersehen», sagte sie.

«Warum?»

«Weil ... na ja, ich denke, er leidet darunter.»

«Das sollte nicht dein Beweggrund sein. Wenn du darunter leidest, solltest du es tun, nicht aber aus einem schlechten Gewissen heraus. Sein Schicksal ist nicht deine Schuld.»

«Ja ... ich weiß. Aber was soll ich tun, ich empfinde eben so.»

«Und das kannst du auch ruhig, aber lass dich davon nicht treiben. Nicht jede Empfindung hat das Recht auf eine Reaktion.»

Faja nickte und trank einen langen Schluck Rotwein. Er schmeckte sogar noch bitterer als zuvor.

«Hat dein Vater irgendwann den Kontakt zu dir gesucht?»

Faja schüttelte den Kopf. Er wusste sicher nicht einmal, wo sie lebte, wie er sie erreichen konnte, umgekehrt galt das Gleiche.

«Ich habe meine Mutter mal gefragt, was aus ihm geworden ist. Sie sagte, seine Gefängnisstrafe sei verlängert worden und sie wisse nicht, ob sie ihn überhaupt jemals wieder rauslassen. Besser wäre, er stürbe darin ... Das waren ihre Worte.»

«Und wie ist der Kontakt zu deiner Mutter?»

«Nicht gut. Sie ist Alkoholikerin. Mit ihr ist kein vernünftiges Gespräch möglich. Zu Thorsten hatte ich für zwei oder drei Jahre einen ganz guten Draht, nachdem er achtzehn geworden war und ich zu seiner Party eingeladen war. Aber irgendwie drehte sich dann alles um meine Mutter, wie schlecht sie ihn behandelt hat, dass sie seine Träume zerstört hat und seine Stiefmutter es genauso mache. Er erzählte mir damals, dass er unbedingt Schriftsteller werden wollte, und hat sich sogar bei mir bedankt dafür, dass ich durchs Vorlesen bei ihm die Leidenschaft für Bücher geweckt habe. Ich kann mich erinnern, wie unsere gemeinsame Mutter damals zu ihm sagte, aus einer Handwerkerfamilie kommt kein Schriftsteller. Manchmal reicht ein einziger Satz, um eine Persönlichkeit zu zerstören, oder?»

«Ja, manchmal schon. Aber genauso kann ein einziger Satz sie auch wieder zusammensetzen.»

«Aber so einen Satz gab es nicht für ihn. Unsere Mutter hat sich über seine Schreibversuche lustig gemacht, und sein Vater und seine Stiefmutter auch, soweit ich gehört habe. Wenn ich das jetzt so Revue passieren lasse, tut mir der arme Kerl schon wieder leid. Er war so ein süßer kleiner Junge, aber auch so empfindlich und leicht zu verletzen.»

Sie schwiegen einen Moment, bis Aylin das Wort ergriff.

«Weißt du eigentlich, was für ein starker Mensch du bist, Faja? Was du alles erdulden musstest, und nun schau dich an. Ich finde dich toll.»

«Danke», sagte Faja und spürte ihre Wangen warm werden. So hatte noch nie jemand mit ihr gesprochen.

«Sehr gerne. Es ist nur die Wahrheit. Aber sag mal, du weißt wirklich nicht, wo dein Bruder sein könnte? Ich denke, es würde helfen, wenn wir ausschließen könnten, dass er in diese Sache verstrickt ist. Hat er eine Freundin, von der du weißt?»

«Thorsten ist schwul, und ich glaube, er schämt sich dafür. Jedenfalls hat er nie mit mir über seine Freunde gesprochen, und seitdem er angefangen hat zu studieren, haben wir keinen Kontakt mehr. Ich war ehrlich gesagt sehr überrascht, von Kommissar Schrader zu hören, dass er sein Studium geschmissen hat und für seinen Vater arbeitet. Nein, ich weiß es wirklich nicht. Thorsten war immer ein Eigenbrötler ... und er ist schon immer weggelaufen, wenn es schwierig wurde.»

«Das klingt nicht gut.»

«Glaubst du, er hat sich etwas angetan?»

«Ich kenne ihn nicht, aber so wie du ihn schilderst, halte ich es für möglich. Aber wenn nicht, sehe ich auch keinen Grund, warum er hinter alledem stecken sollte. Du hast ihm die Welt der Bücher eröffnet, er war dir dankbar dafür, warum sollte er dir jetzt etwas antun wollen?»

«Das kann ich mir auch nicht vorstellen. Und es war ja auch nicht Thorsten, der mich entführen wollte. Klar, der Mann trug eine Kapuze und einen Vollbart, der vielleicht nicht echt war, aber ich brauche doch meine Augen nicht, um meinen Bruder zu erkennen, oder? Ich hätte es gespürt, wenn es Thorsten gewesen wäre.»

Faja wollte daran glauben, und sie wunderte sich darüber, woher das kleine bisschen Unsicherheit kam, das sie tief in sich spürte.

Sie wischte sie hinweg wie ein lästiges Insekt.

11

Lisbeth Heiland glitt langsam aus dem Dämmerzustand in die Realität hinüber, und das Erste, was sie wahrnahm, war ein merkwürdiger Geruch. Sie wusste, sie kannte diesen Geruch, konnte ihn aber nicht zuordnen. Vielleicht hatte er aber auch etwas mit dem bitteren Geschmack in ihrem Mund zu tun.

Sie schlug die Augen auf und wusste sofort, was passiert war.

Ein Mann war in ihr Büro eingedrungen, hatte sie niedergeschlagen und ihr einen Lappen auf Mund und Nase gepresst, getränkt mit irgendeiner Chemikalie, vielleicht Chloroform, daraufhin hatte sie das Bewusstsein verloren.

Lisbeth wollte sich bewegen, doch es gelang nicht. Sie war an einen Stuhl gefesselt. Mit durchsichtiger Plastikfolie. Darunter war sie bis auf Slip und BH nackt, sie konnte die vielen

Tattoos auf ihren Oberschenkeln sehen. Die Folie war derart straff um Körper und Stuhl gewickelt, dass sie Probleme mit der Atmung hatte. Füße, Hände und Kopf ließen sich bewegen, und das war es auch schon.

Lisbeth schrie um Hilfe. So laut sie nur konnte. Je länger sie schrie, umso stärker musste sie gegen ihre Tränen ankämpfen, und irgendwann verlor sie diesen Kampf. Todesangst zerstörte ihren Kampfeswillen, und ihre Schreie verkamen zu Schluchzen und Jammern.

Plastikfolie.

Faja hatte ihnen das Video von Claas nicht zeigen können, aber sie hatte erzählt, dass er mit durchsichtiger Plastikfolie an einen Stuhl gefesselt gewesen war. Ein Detail, das sie nicht hätte weitergeben dürfen, und in diesem Moment wünschte sich Lisbeth, Faja hätte sich an das Verbot der Polizei gehalten. Dann könnte sie sich Hoffnungen machen. So aber wusste sie, ihr Schicksal war besiegelt. Wer auch immer Claas getötet hatte, hatte nun sie in seine Gewalt gebracht.

Lisbeth versuchte, sich zu beruhigen, Panik und Tränen zurückzudrängen. Sie sah sich in dem Raum um, in dem sie gefangen war. Ein Loch, in das sie nicht hineinsehen konnte, klaffte im Boden, die Ränder zersplittert wie von einer Explosion. Vor ihr in der Leichtbauwand klaffte ebenfalls ein Loch, das hineingesägt worden war. Lisbeth sah blanke Stromkabel darin.

Außerdem eine Kamera auf einem Stativ, die auf sie ausgerichtet war.

Das Video!

Der Mann würde das gleiche Video von ihr drehen, wie er es schon mit Claas gemacht hatte. Er würde es vielleicht Faja schicken, vielleicht jemand anderem, und verlangen, man solle ihm eine spannende Geschichte aus nur fünf Wörtern erzählen.

In Lisbeth keimte ein Fünkchen Hoffnung auf. Als Faja das Video von Claas bekommen hatte, war ihr nichts eingefallen, und sie hatte das auch nicht ganz ernst genommen. Aber Claas war ermordet und die Polizei eingeschaltet worden. Alle würden das Video nun ernst nehmen und sich auf die Suche nach ihr machen, vielleicht sogar eine Geschichte aus fünf Wörtern ersinnen, die ihr das Leben rettete.

Nein, dachte Lisbeth, selbst wenn, würde eine solche Geschichte ihr wahrscheinlich nicht das Leben retten. Weil der Täter es nicht wollte.

Sie hörte ein Geräusch. Irgendwo hinter sich. Konnte aber den Kopf nicht weit genug drehen, um dorthin zu schauen. Eine Tür ging auf, ein leichter Luftzug strich um ihren Körper, einige der Staubflusen am Boden bewegten sich. Angst schlug ihre Reißzähne in Lisbeths Nacken. Sie schrie erneut, kämpfte gegen die Folie an, zappelte, warf den Kopf hin und her, doch es brachte nichts.

«Bitte nicht, bitte nicht!», flehte sie. «Ich habe Ihnen doch nichts getan.»

Sie spürte eine Person hinter sich atmen. Dann senkte sich ein dickes, schweres Blatt Papier vor ihrem Gesicht hinab, und eine kühle Metallkette legte sich in ihren Nacken. Fingerspitzen berührten ihre Haut.

«Du hättest schweigen sollen. Ihr alle hättet schweigen sollen», flüsterte eine Stimme, von der Lisbeth nicht sagen konnte, ob sie männlich oder weiblich war. Es war jedoch ein Mann gewesen, der sie in ihrem Büro angegriffen hatte, da war Lisbeth sicher.

«Aber was habe ich denn gesagt? Wenn ich Sie beleidigt

haben sollte, dann tut es mir leid, wirklich, das war nicht meine Absicht. Bitte, lassen Sie uns darüber reden. Sie müssen das doch nicht tun.»

«Menschen sind keine Geschichten, weißt du das? Geschichten erklären uns die Welt und die Menschen darin. Hast du begriffen, warum Menschen sich Geschichten erzählen? Und dass jede Geschichte ihren Sinn erfüllt, ob er sich dir erschließt oder nicht? Hast du je darüber nachgedacht? Nein, das hast du nicht. Weil Menschen wie du nicht denken, sondern reden. Aber wie dem auch sei, dein Schicksal ist nicht besiegelt. Wir werden sehen, ob es eine Geschichte gibt, deren Sinn dein Leben rettet. Ansonsten wirst du an deinen Worten ersticken. Ich bin sehr gespannt.»

Lisbeth sah, wie eine kleine weiße Fernbedienung in Richtung Kamera gehalten wurde. Das rote Aufnahmelämpchen an der Kamera ging an.

«Das ist der wichtigste Auftritt in deinem Leben. Versau ihn nicht», sagte die Stimme hinter ihr.

Dann ging die Tür zu, und die Person war fort.

Lisbeth starrte ins Objektiv der Kamera.

«Bitte, helft mir», rief sie, als könne sie jemand hören. «Erzählt diese scheiß Geschichte aus fünf Wörtern! Ich will nicht sterben. Hört ihr! Ich will verdammt noch mal nicht sterben!»

12

Einmal gehört, für immer zerstört.

Dieser Satz stammte von einem ganz besonderen Menschen, der sich der Wirkung von Worten bewusst gewesen war und darunter gelitten hatte.

Ja, Worte waren mächtig, und wer sie beherrschte, konnte mit ihnen ganze Welten erschaffen oder vernichten. Aber was war mit all denen, die sie nicht beherrschten, sie aber trotzdem wahllos als Waffe einsetzten?

Keiner von denen war sich der immensen Zerstörungskraft bewusst. Sie warfen mit Worten nur so um sich, nutzten jede Gelegenheit, jeden Kanal, jedes Medium, um sich zu äußern, eine Meinung kundzutun, ihr Gift zu verspritzen. Am schlimmsten waren die, die auch noch glaubten, damit etwas Gutes zu tun, recht zu haben, im Recht zu sein.

Es war ein guter, ein perfekter Plan, sie an ihren eigenen Worten ersticken zu lassen.

Und das bezog sich nicht nur auf die, die tatsächlich erstickten, sondern auch auf alle anderen da draußen. Die Zeit der Zurückhaltung war jetzt vorbei, der Plan musste eine Änderung erfahren, musste ausgeweitet und in die ganze Welt hinausgetragen werden. Sie mit ihren eigenen Waffen zu schlagen bedeutete, ihre Technik zu nutzen.

Lisbeth Heiland war dafür das perfekte Opfer.

Eine Lautschreierin, wie sie im Buche stand, nicht in der Lage, auch nur ein einziges Mal ihre Meinung für sich zu behalten. Sie glaubte, der Welt damit einen Gefallen zu tun, war sogar so vermessen, die Welt verbessern zu wollen. Doch der wahre Grund hinter ihrem Geschrei war ein anderer. Sie war gewöhnlich. Da machten die bunten Fingernägel keinen Unterschied. Gewöhnlichkeit drang ihr aus jeder Pore, und weil sie es insgeheim wusste, suchte sie nach Wegen, besonders zu sein. Hier endete ihr Intellekt. Sie würde niemals verstehen, was es bedeutete, besonders zu sein, worin es gründete. Nämlich genau nicht im Ansehen anderer, in dem Bild, das wir nach außen zeigen, den Worten, die wir hinausbrüllen, sondern im Kern unseres Wesens. Dem Teil, der tief in uns schlummert und keine Lautmalerei benötigt.

Er war wie ein gutes Buch.

Bücher brauchten keinen Krawall, keine Marktschreierei, auch wenn sie beides oft bekamen, sie wirkten anders. Ihr Inhalt schlich sich auf leisen Sohlen in die Gedanken der Menschen, formten sie heimlich, hinterließen Spuren, die niemals verwischten. Mit Büchern war man allein, eine Liebesbeziehung im Zwiespalt, eine Auseinandersetzung auf geistiger Ebene, die keine Gewinner und keine Verlierer kannte, nur Entwicklung.

Lisbeth Heiland wusste nichts von alledem.

Aber sie war perfekt geeignet, großes Entsetzen zu entfachen. Sie hatte Reichweite, viel mehr als dieser Rehagen, das lag an ihrem Aussehen und ihrer Art, sich mit viel nackter Haut in Szene zu setzen.

Reichweite gleich Angsttiefe.

Tief hinein in die Köpfe der Menschen, so lange, bis sie sich nicht mehr trauten, mit ihren unbedachten Worten Leben zu vernichten.

WORT 4
FALLENDEN

1

Simon Schierling und Jaroslav Schrader waren gemeinsam auf dem Weg zu David Sanford. Faja Bartels befand sich unter Polizeischutz in ihrer Wohnung.

Früh am Morgen hatte Jaro seine Interimschefin angerufen, um sich die Erlaubnis einzuholen, einstweilen mit dem Kollegen Schierling ermitteln zu dürfen. Jaro hatte die Verbindung zu Thorsten Fleischer klar herausgestellt und sich dennoch eine Abfuhr eingefangen. Er solle zurückkommen, jemand anders würde sich darum kümmern. Jaro war laut geworden und hatte sich durchgesetzt, doch wie lange die Erlaubnis Bestand haben würde, blieb abzuwarten.

Beim Frühstück im Hause Schierling hatte Jaro Simons Frau und die Kinder kennengelernt. Die Zwillinge waren fröhliche Wirbelwinde, die jeden düsteren Gedanken sofort vertrieben, was aber nicht darüber hinwegtäuschen konnte, dass Simons Frau litt. Maries Augen, ihre Bewegungen, ihre ganze Aura drückte dieses Leiden um den Verlust ihres Kindes aus. Jaro, der genau wusste, wie es sich anfühlte, einen geliebten Menschen zu verlieren, hatte sich gefragt, ob Simons Frau sich schuldig fühlte. Das wäre natürlich Quatsch, aber seit wann hielten Emotionen sich an Logik?

«Kommt Marie damit zurecht?», fragte Jaro während der Fahrt zur Adresse von Sanford. Er wusste, es ging ihn nichts an, konnte aber nicht anders.

Simon schüttelte den Kopf.

«Nicht besonders gut. Aber sie macht eine Therapie, und es wird von Tag zu Tag besser ... denke ich.»

«Ich drück euch die Daumen», sagte Jaro und musste an Aylin Coban denken. Mit ihrer bunten, positiven Art wäre sie für einen solchen Fall sicher die Richtige.

«Warum bist du mit einer Psychotherapeutin unterwegs?», fragte Simon in diese Gedanken hinein.

«Na ja ... nach dieser Sache mit dem Junkie wurde sie mir von meiner Chefin aufgedrängt. Eigentlich will ich nicht mit ihr darüber reden, ist nicht so mein Ding, und es gibt auch nichts dazu zu sagen. Manchmal laufen die Dinge eben scheiße.»

«Was ist denn genau passiert?», fragte Simon nach.

Jaro klärte ihn über den Jorgensen-Fall auf.

«Klingt, als hätte deine Chefin eine kluge Entscheidung getroffen», sagte Simon und verzichtete darauf, Jaro zu fragen, ob er Jorgensen gestoßen hatte oder nicht. Das rechnete Jaro ihm hoch an.

«Du hast zwar recht, wenn du sagst, dass die Dinge manchmal eben scheiße laufen, aber das bedeutet ja nicht, dass sie es in dir drinnen auch bleiben müssen. Und mal ganz ehrlich: Mit der Frau zu reden muss doch Spaß machen. Die ist so ganz anders.»

«Ja, das ist sie», bestätigte Jaro.

«Dann sprich doch mit ihr.»

«Ich fürchte, mir bleibt nichts anderes übrig.» Jaro grinste, um Humor die Regie übernehmen zu lassen, aber das Drehbuch in seinem Kopf hatte längst eine andere Konnotation. Eine positive, deren Sinn sich ihm nach und nach erschloss, ohne dass er den Schlüssel besaß. Den hatte Aylin Coban.

«Diese Geschichte von Hemingway geht mir nicht mehr aus dem Kopf», kam Simon auf ihren Fall zurück. «Die Babyschuhe unseres Sohnes stehen auf seinem Grab. Ich kann mir nicht vorstellen, sie zu verkaufen. Ich meine ... wer würde so etwas überhaupt tun?»

«Es ist nur eine Geschichte», sagte Jaro.

Simon nickte, dann fuhren sie schweigend weiter, jeder mit seinen eigenen Gedanken beschäftigt.

Der Schriftsteller Sanford lebte laut Melderegister in einem ehemaligen Försterhaus in Alleinlage am Waldrand. Angemeldet hatten Simon und Jaro sich nicht, sie wollten den Künstler überraschen. Da er seine Lesung abgesagt hatte, würden sie ihn vermutlich zu Hause antreffen.

Die einzige Zufahrtsstraße endete an dem Forsthaus. Es war ein weiß verputztes Fachwerkhaus mit einigen Anbauten, die bis in den dichten Laub- und Nadelwald hineinragten. Ein schmiedeeisernes Tor riegelte das Grundstück ab. Durch die dicht belaubten Eichen, die rings um das weitläufige Anwesen standen, wirkte der Landsitz dunkel und abgeschirmt.

«Wie einladend», sagte Jaro, stieß die Tür auf und stieg aus.

Es war still. Beinahe schon beängstigend still. Da kein Wind ging, schwiegen auch die Bäume. Die Luft war drückend, im Wetterdienst hatten sie Gewitter angekündigt. Aus großer Entfernung drang das leise Geräusch eines Mähdreschers herüber. Auf dem Hof vor dem Wohngebäude parkten zwei Fahrzeuge. Ein dunkler Volvo-Kombi und ein silbernes Mustang-Cabrio älteren Baujahrs. Nebeneinander traten Jaro und Simon auf das Tor zu und suchten nach einer Klingel, um sich bemerkbar zu machen. Es gab keine, aber das war auch nicht nötig.

Aus dem hinteren, nicht einsehbaren Bereich des Grundstücks kam ein Hund angelaufen. Ein Bernhardiner. Groß und schwer, mit einem mächtigen Schädel. Nach einem beachtlichen Grollen aus den Tiefen seines Brustkorbs begann er dunkel und kräftig zu bellen. Er machte keinen Aufstand, stand einfach nur mit breiter Brust da, bellte in angemessenen Abständen, sodass ihn niemand für einen Kläffer halten konnte, und von seinen Lefzen tropfte Schleim zu Boden und auf seine breiten Vorderläufe.

«Cujo», sagte Jaro.

«Was?»

«Es gibt ein bekanntes Buch, in dem ein solcher Hund eine eher unsympathische Rolle spielt, und der Hund heißt Cujo», erklärte Jaro, trat ans Tor und steckte seine Hand zwischen die Streben. «Nichts als Vorurteile. Jede Wette, der ist total relaxt.»

Der Hund stellte das Bellen ein, senkte den Kopf und grollte nur noch, kam aber nicht näher. Jaro musste zugeben, dass er sich nicht so sicher war, ob Cujo wirklich ungefährlich war. Er zog seine Hand zurück. In dem Moment kam jemand aus dem Haus. Jaro erkannte den Schriftsteller vom Porträtfoto aus dem Buch.

«Und? Ist er es?», fragte Simon leise, während Sanford auf sie zukam.

Die Frage bezog sich auf den Vorfall vor Faja Bartels Haus. Schließlich hatte Jaro den Täter verfolgt. Hatte zwar dessen Gesicht nicht gesehen, kannte aber Körperbau und Bewegungsmuster. Sanford bewegte sich geschmeidig, wie jemand, dem Sport nicht fremd war.

«Ich bin nicht sicher. Die Größe passt, allerdings trug der Typ von gestern einen Vollbart.»

Sie wussten beide, dass ein Vollbart eine Maskierung sein konnte.

«Kann ich helfen?», fragte Sanford und legte Cujo eine Hand auf den Schädel. Sofort stellte der das Grollen ein, blieb aber weiterhin wachsam.

Simon übernahm es, sie beide vorzustellen.

«Kriminalpolizei? Aus welchem Grund?»

Besonders überrascht wirkte der Mann nicht.

«Können wir uns drinnen unterhalten?», fragte Simon.

«Ich habe nicht viel Zeit.»

«Es wird nicht lange dauern.»

Sanford überlegte kurz. «Gut, warten Sie einen Augenblick. Ramses, komm.»

Er ging voran, Ramses, der Bernhardiner, folgte und wurde auf dem hinteren Teil des Grundstückes in einen Zwinger gesperrt. Sanford schloss die Gittertür, kam zurück und ließ Jaro und Simon aufs Grundstück.

«Das wäre kein Problem gewesen, ich mag Hunde», sagte Jaro.

«Ramses aber keine Menschen. Glauben Sie mir, es wäre ein Problem gewesen – für Sie.»

An der geöffneten Haustür stand jetzt eine schlanke, hochgewachsene Frau mit vor der Brust verschränkten Armen. Ihr langes Haar war zu einem Dutt geflochten, sie trug trotz des warmen Wetters einen Rollkragenpullover, eine beige Stoffhose und schwarze Sportschuhe. Sanford stellte sie als Nora Goldmann vor, seine Assistentin.

«Polizei?», fragte Frau Goldmann und zog die Augenbrauen hoch. «Dann bleibe ich besser noch, oder?»

Sanford schüttelte den Kopf. «Nein, das ist kein Problem, fahr ruhig. Die Herren wollen sich nur kurz mit mir unterhalten.»

Nora Goldmann zögerte einen Moment, dann gab sie sich einen Ruck, griff nach einer Handtasche, die im Flur stand, verabschiedete sich und stieg in den Mustang. Der Motor grollte ähnlich tief wie der Hund. Während sie vom Hof rollte, ließ sie das Verdeck einfahren.

Sanford führte die beiden Polizisten ins Haus. Jaro spürte sofort, wie kühl es darin dank der hohen Bäume war, die das Haus beschatteten. An den Wänden der großzügigen Diele hingen alte Landschaftsgemälde in schweren Goldrahmen, dazwischen antike Lüster.

Sanford ging voran in ein düsteres Zimmer, dessen Sprossenfenster auf den Wald hinausging. Die Wände waren mit Bücherregalen zugestellt, Bücher, Zeitschriften, gebundene und lose Papierstapel lagen auch auf dem Boden, den Ablagen, der Fensterbank, dem Schreibtisch. Im Falle eines Feuers wäre dieser Raum ein veritabler Brandbeschleuniger, schoss es Jaro durch den Kopf.

Sanford bot ihnen Platz an. Sie ließen sich in einer weinroten Ledersitzgruppe nieder, die schon bessere Zeiten gesehen hatte. Das Leder war rissig, die Polsterung durchgesessen.

«Schön haben Sie es hier», begann Simon, und Jaro sah seinen neuen Partner erstaunt an. Dieses staubige Gruselkabinett als schön zu bezeichnen, wäre ihm nicht eingefallen.

«Es ist alles noch so, wie mein Vater es hinterlassen hat», antwortete Sanford. «Er war der Revierförster und ist vor acht Jahren verstorben.»

«Das tut mir leid zu hören», sagte Simon.

«Was kann ich für Sie tun?» Sanford hatte eindeutig kein

Interesse an Small Talk. Er schlug die Beine übereinander, stellte die Ellenbogen auf die Lehnen des Sessels, in dem er saß, legte die Hände flach gegeneinander und sein Kinn auf die Fingerspitzen.

Eine angeberische Denkerpose, dachte Jaro.

«Wir haben ein paar Fragen, die sich aus einem aktuellen Fall ergeben.»

«Was für ein Fall?»

«Ich bitte um Verständnis dafür, dass ich darüber nicht sprechen darf. Es ist aber so, dass in diesem Fall Ihr Buch eine Rolle zu spielen scheint, deshalb sind wir hier.»

«Inwiefern spielt mein Buch eine Rolle?»

«Es taucht an Tatorten auf, wird so platziert, dass es entdeckt werden muss.»

«Und jetzt verdächtigen Sie mich?»

Sanford stellte seine Fragen in gleichmäßigem, nicht besonders interessiert wirkendem Ton. Nach außen hin war er die Ruhe selbst, hatte Mimik und Stimme unter Kontrolle. Seine Augen bewegten sich normal, Hände und Füße hielt er ruhig. Jaro fragte sich wieder, ob das der Typ war, dem er hinterhergelaufen war. Ehrlicherweise musste er sich eingestehen, es nicht zu wissen.

«Nein, niemand verdächtigt Sie», sagte Simon. «Aber uns stellt sich die Frage, ob es jemanden gibt, der ein Interesse daran haben könnte, Sie mit einem Mord in Verbindung zu bringen.»

«Mord? Bisher sagten Sie nicht, dass es sich um Mord handelt.»

«Leider ist es aber so.»

«Sie nehmen also an, jemand versucht, mir die Schuld in die Schuhe zu schieben?»

«Nicht unbedingt. Vielleicht sollen Sie diskreditiert, Ihr künstlerisches Schaffen in den Schmutz gezogen werden. Es muss ja einen Grund geben dafür, dass Ihr Buch an den Tatorten zweier Morde auftaucht.»

«Jetzt sind es sogar schon zwei?»

Sanfords zur Schau gestellte Ahnungslosigkeit störte Jaro, sie wirkte aufgesetzt.

«Bedroht Sie jemand?», fragte Simon. «Haben Sie sich Feinde gemacht?»

«Ganz sicher habe ich das. Heutzutage macht sich jeder Feinde, der sich in die Öffentlichkeit wagt. Man muss nicht einmal vorsätzlich jemanden angreifen oder beleidigen, es reicht, wenn die Person es so auffasst.»

«Aber Sie können das nicht konkretisieren? Haben keinen Namen für mich?»

Sanford schüttelte den Kopf.

«Ich wäre längst zur Polizei gegangen, wenn dem so wäre. Aber sagen Sie, diesen Morden liegt doch hoffentlich nicht mein Buch als Anleitung zugrunde, oder?»

«Nach dem, was wir bisher wissen, nicht. Aber ich habe den kompletten Text noch nicht gelesen.»

«Wie ist denn der Modus Operandi der beiden Morde?»

Erst bei dieser Frage zeigte Sanford ein gewisses Interesse. Seine Brauen schoben sich in die Höhe.

«Das kann ich Ihnen nicht sagen, da es sich um Täterwissen handelt.»

«In meinem Buch blendet der Täter seine Opfer mit einem heißen Eisen, stößt sie damit in die Dunkelheit. Aus der Dunkelheit heraus terrorisiert er sie, macht ihnen Angst und tötet sie schließlich.»

«Wieso denkt man sich so etwas aus?», entfuhr es Simon.

«Weil es mein Beruf ist», sagte Sanford ungerührt.

«Sie könnten auch Liebesromane schreiben», meinte Simon.

«Das ist ja die Krux: Ich kann es nicht. Meine Welt ist die der Verbrechen. Dort bin ich zu Hause.»

«Sehr pathetisch», erwiderte Jaro.

«Falsche Wortwahl. Pathos meint: leidenschaftlich, gefühlvoll, mitunter beides übertrieben. Ich schildere lediglich die Realität.»

«Werden Sie eventuell bedroht?», fuhr Simon dazwischen, bevor Jaro dem neunmalklugen Schriftsteller parieren konnte. Sie hatten abgesprochen, dass Simon die Vernehmung führte und Jaro sich zurückhielt, um beobachten zu können. Was nicht hieß, dass er gar nichts sagen durfte.

«Bedroht?», fragte Sanford nach. «Was meinen Sie damit genau?»

«Drohschreiben. Drohanrufe. Kontakte über Social Media, die über das Normale hinausgehen. Sie wissen schon, Shitstorm und so weiter.»

«Meine Assistentin erledigt die allermeiste Social-Media-Arbeit für mich. Wenn es so etwas dort geben würde, wüsste ich aber davon. Und nein, anderweitig werde ich auch nicht bedroht. Es ist alles normal. Na ja, was man in diesen Zeiten normal nennt.»

«Ihre Bücher werden doch sicher auch im Internet und auf Social Media besprochen und bewertet, nicht wahr?»

«Natürlich werden sie das. Leider.»

«Wie gehen Sie damit um, wenn jemand beleidigend wird oder über die Stränge schlägt? Wie gehen Sie überhaupt mit dieser Fülle an Feedback um?»

«Um die Wahrheit zu sagen, mache ich es wie der Wolf.»

«Der Wolf? Was heißt das?»

«Glauben Sie, der interessiert sich auch nur im Entferntesten für das Blöken der Schafe?»

«Soll heißen, Sie ignorieren es?»

«Natürlich ignoriere ich es. Würde ich mich damit beschäftigen, käme ich nicht mehr dazu, Bücher zu schreiben. Würde der Wolf sich mit dem Geplapper der Schafe beschäftigen, käme er nicht mehr zum Jagen. Das Ergebnis ist dasselbe. Wir würden verhungern. Am Ende ist es also eine reine Überlebensstrategie.»

«Das war jetzt aber pathetisch», sagte Jaro.

Sanford reagierte mit einem herablassenden Blick.

«Kennen Sie einen Claas Rehagen?», fragte Simon.

«Nein, den Namen habe ich nie gehört.»

«Das wissen Sie genau? So aus dem Bauch heraus?»

«Dazu benötige ich meinen Bauch nicht. Ich habe ein vorzügliches Namensgedächtnis. Warum fragen Sie? Ist dieser Mann getötet worden?»

«Nicht nur das. Er wurde zudem in einem Raum getötet, der Sie offenbar inspiriert.»

Jetzt endlich ließ Sanford die Hände sinken und richtete sich ein wenig auf. «Ich verstehe nicht.»

Simon zeigte ihm das Bild, das Faja Bartels entdeckt hatte.

«Das habe ich aus Ihrem Instagram-Account. Sie kennen diesen Raum?»

«Ja, sicher. Das Foto habe ich selbst geschossen. Nora hat einen Post daraus gemacht, weil es thematisch passte.»

«Ich zitiere aus der Bildunterschrift», sagte Simon und las vor. «Wann immer ich kann, suche ich nach leeren Häusern, nach Lost Places, in denen das Böse ein Zuhause gefunden hat. Dort lasse ich mich inspirieren.»

«Der Text ist von Nora», erklärte Sanford.

«Das Bild aber von Ihnen. Woher stammt es?»

«Ich habe es bei einer Reise durch Schweden in einem leer stehenden Haus aufgenommen.»

«Wann?»

«Letzten Sommer.»

«In einer Kulisse, die diesem Raum gleicht, wurde Claas Rehagen getötet. Ihr Buch taucht in diesem und einem weiteren Mordfall auf. Können Sie sich vorstellen, dass uns das Kopfzerbrechen bereitet?»

Sanford rutschte auf dem Sessel nach vorn.

«Verstehe ich das richtig? Jemand ist in einem Raum getötet worden, der aussieht wie dieses Foto aus meinem Account?»

«Richtig. Können Sie sich das erklären?»

«Oder uns», fügte Jaro an.

Sanford schüttelte den Kopf. «Nein, kann ich nicht. Allerdings kann es sich ja jeder aus dem Account herauskopieren.»

«Darum geht es aber nicht. Es geht darum, warum jemand das getan hat. Sie, Herr Sanford, scheinen eine Bezugsperson für den Täter zu sein. Ihr Buch findet sich an Tatorten, ihr Foto dient als Vorlage für einen Raum. Jemand bezieht Sie in seine Taten ein.»

«Ich wüsste nicht, warum.»

«Sagt Ihnen der Name Frank Krieger etwas?», fragte Simon weiter.

Im Auto hatten sie abgesprochen, den Schriftsteller mit der Frage zu überrumpeln, und Jaro achtete sehr genau auf die Reaktion des Mannes.

Sanford zögerte einen Moment, erstarrte geradezu, und zum ersten Mal zuckte sein rechter Fuß zweimal hoch. Für seine Reaktion benötigte er einen Moment zu lange, um seine Coolness aufrechterhalten zu können. Sie hatten ihn auf dem falschen Fuß erwischt.

«Sie wissen, dass dieser Name mir etwas sagt», antwortete er umständlich.

«Ja, aber wir möchten es von Ihnen hören.»

«Mein richtiger Name ist Frank Krieger. David Sanford ist lediglich ein Künstlername. Allerdings im Melderegister und Personalausweis eingetragen seit 2020.»

«Warum?»

«Ganz einfach. Als Frank Krieger hatte ich keinen Erfolg. Erst mit dem neuen Namen kam der Durchbruch.»

«Das haben wir uns schon gedacht. Sind Sie als Frank Krieger bedroht worden?»

«Nein. Unter dem Namen veröffentliche ich seit 2018 nicht mehr.»

«Aber die Bücher, die Sie als Frank Krieger geschrieben haben, sind noch erhältlich.»

«Ja, natürlich.»

Simon öffnete das nächste Foto auf seinem Handy. Faja hatte es aus ihrer Gruppe bekommen. Es zeigte einen Chatverlauf aus Claas Rehagens Instagram-Account.

«Claas Rehagen hat ein Buch, das Sie als Frank Krieger veröffentlicht haben, schlecht bewertet. Daraufhin kam es zu einer lebhaften Diskussion bei Instagram, in deren Verlauf Herr Rehagen mit folgenden Worten bedroht wurde. Ich zitiere: ‹Vielleicht besuche ich dich eines Tages und weide dich aus, hänge deine Innereien zum Trocknen in die Bäume.› Diese Drohung stammt von jemandem, der sich auf Instagram ‹Korrektor› nennt. Sagt Ihnen das etwas?»

Sanford schüttelte den Kopf.

«Wurde Herr Rehagen denn ausgeweidet?»

Darauf erwiderte Simon nichts, hielt aber dem Blick Sanfords stand.

«Wurde in Ihren Büchern mal jemand ausgeweidet?», fragte Jaro. Der Schriftsteller ging ihm mit seiner unhöflichen, unzugänglichen Art mächtig auf die Nerven.

«Nein. So trivial schreibe ich nicht.»

«Jemandem mit einem heißen Eisen das Augenlicht zu nehmen ist nicht trivial?»

2

Fajas Handy explodierte geradezu.

Im Sekundentakt gingen Nachrichten ein – drei, vier, fünf Stück, und jede einzelne meldete sich mit einem deutlich vernehmbaren Pling.

«Was ist denn jetzt los?», stieß Faja aus und drehte sich Richtung Wohnzimmer, wo ihr Handy auf dem Tisch lag.

Sie stand im Flur, um Aylin Coban zu verabschieden. Nach dem gemeinsamen Frühstück hatte die Therapeutin angeboten, noch zu bleiben, aber Faja war sich sicher, allein zurechtzukommen. Zwar saß ihr der Schock von gestern noch in den Knochen, und sie hatte Angst, dass der Mann es noch einmal versuchen könnte, aber vor der Tür standen Polizeibeamte, um auf sie aufzupassen. So verrückt das auch war, beruhigte es Faja ein wenig. Zudem brauchte sie Zeit für sich, auch wenn die Gespräche mit Aylin ihr gutgetan hatten. Aber Faja bezog ihre Energie nicht aus Gesprächen, sondern aus der Einsamkeit.

«Schau ruhig nach, ich warte noch», sagte die Therapeutin.

Faja eilte ins Wohnzimmer, griff nach dem Telefon und öffnete die Messenger-App.

Die Nachrichten kamen von den Mitgliedern der Bücherjunkies – und sie glichen einander. Norman, Susi und Sascha schrieben, sie solle sich sofort den Insta-Account von Lisbeth anschauen. In der Sekunde, die es dauerte, dorthin zu wechseln, schoss eine heiße Welle der Angst durch Fajas Körper.

Sie schrie auf, erstickte ihren Schrei aber, indem sie sich eine Hand vor den Mund presste. Sofort war Aylin Coban bei ihr und fragte, was passiert sei. Faja ließ sie mit auf das Handydisplay schauen.

Dort war Lissi zu sehen, aber nicht nur für Faja und die anderen aus der Gruppe, sondern für alle ihre Insta-Follower. Diesmal war das Video nicht an eine Person verschickt, sondern als Reel öffentlich in den Feed gestellt worden.

Lissi war mit durchsichtiger Folie an einen Stuhl gefesselt. Genau wie bei Claas stand dieser Stuhl vor der Ecke eines Zimmers, die Wände sandfarben gestrichen und mit den roten Worten *burn, burn, burn* beschmiert. Lisbeth trug Unterwäsche, ihr Körper war ein Tattoo-Kunstwerk, und um ihren Hals hing ein großes Blatt Papier mit der Aufforderung, die Faja bereits kannte.

Erzähl mir eine spannende Geschichte.
Sie darf fünf Wörter haben.
Nicht ein Wort zu viel.
Sonst muss deine Freundin sterben.
Ihre Zeit läuft bald ab.

«Um Gottes willen!», stieß Aylin Coban heiser aus, griff zu ihrem eigenen Handy und wählte eine Nummer.

Faja konnte ihren Blick nicht von Lissi nehmen. Sie hatte das Gefühl, ihre Freundin schaue sie direkt und nur sie an. In ihren Augen lag blanke Angst, Schweiß lief ihr von der Stirn, die Haare klebten nass an ihrem Kopf. *Hilf mir!*, schrien ihre Augen. *Hilf mir, rette mich, ich will nicht sterben.*

Weil ihre Beine nachgaben, ließ Faja sich auf die Kante der Couch sinken, klammerte sich aber weiterhin an ihrem Handy fest. Das Video endete nach einer Minute, bevor es erneut startete und in Dauerschleife lief, und wenn man nicht allzu genau hinsah, hätte man es für ein Foto halten können. Doch Lissi blinzelte, ihr Bauch bewegte sich mit jedem Atemzug, Schweiß tropfte ihr von der Stirn und sammelte sich auch unter der Folie, die sie am Stuhl festhielt.

Am Rande ihrer Aufmerksamkeit hörte Faja die Therapeutin mit Kommissar Jaroslav Schrader telefonieren, ohne den genauen Wortlaut mitzubekommen. Nachdem sie sich das Video von Lissi zweimal angeschaut hatte, konnte sie den Anblick nicht mehr ertragen und wechselte zurück in den Messenger zu ihren Freunden aus der Gruppe.

Susi, Norman und Sascha schrieben wild durcheinander, abgehackte Sätze voller Tippfehler, von hysterischer Panik durchsetzt. Mehrfach tauchte der Satz auf, sie müssten unbedingt sofort eine spannende Geschichte aus fünf Worten schreiben, um Lissi zu retten. Susi schlug vor, die Story zu nehmen, die Norman zuletzt spontan getextet hatte und die sie alle für gut befunden hatten, doch das wollte Norman nicht.

Das war doch aus dem Bauch heraus, schrieb er. Die können wir doch nicht einfach nehmen, wo es hier jetzt wirklich um Leben und Tod geht.

Warum nicht, sie ist doch gut, schrieb Susi.

Wir müssen sofort handeln, schrieb Sascha. Wir können Lissi doch nicht einfach ihrem Schicksal überlassen. Schaut euch nur mal an, wie viele Leute das Video ansehen. So was geht natürlich gleich viral. Kann man das nicht löschen?

Fajas Hände zitterten, es fiel ihr schwer, die kleine Handytastatur zu bedienen, sie musste sich konzentrieren, um die richtigen Buchstaben zu treffen.

Wir müssen vor allem erst mal Ruhe bewahren, schrieb sie. Wenn wir in Panik geraten, können wir Lissi nicht helfen. Claas wurde erst Stunden später getötet, wir haben noch etwas Zeit.

Was Faja schrieb, stand in krassem Gegensatz zu dem, was sie fühlte. Auch sie hätte gern sofort Normans Geschichte gepostet, um zu sehen, wie Lissi freigelassen wurde. Aber sie konnte verstehen, dass Norman dagegen war. Denn wenn der Person, die Lissi gefangen hielt, die Geschichte nicht gefiel, würde Norman mit der vermeintlichen Schuld an Lissis Tod zurechtkommen müssen. So wie sie selbst mit der Schuld an Claas' Tod. Darüber hatte Faja sich die halbe Nacht mit Aylin unterhalten, und der Therapeutin war es auch gelungen, ihr die Last der Schuld zu nehmen und in ihr das Verständnis zu wecken, dass einzig und allein der Täter an allem die Schuld trug. Aber jetzt, da Lissi das nächste Opfer war, bröckelte das mühsam aufgebaute Verständnis schon wieder.

Wie viel Zeit haben wir?, fragte Norman. Wie lange hat es bei Claas gedauert?

Wir müssen sofort die Polizei informieren, schrieb Susi.

Was, wenn irgendjemand hier in die Kommentare eine Geschichte aus fünf Wörtern schreibt?, gab Sascha zu bedenken.

Diese Angst konnte Norman zerstreuen.

Das geht nicht, die Kommentarfunktion ist deaktiviert, schrieb er.

Aber wer soll die Geschichte schreiben? Wen meint der Täter? Aus den fünf Sätzen, die Lissi um den Hals trägt, geht doch deutlich hervor, dass er nur eine bestimmte Person auffordert.

Wahrscheinlich mich, schrieb Faja und musste an ihren Bruder Thorsten denken. Sie war sich sicher, dass er es nicht gewesen war, der sie in den Van gezerrt hatte. Aber wer dann? Und was hatte Thorsten damit zu tun? Sein Verschwinden musste doch irgendwie mit dieser Sache zusammenhängen. Das konnte kein Zufall sein. Genauso wie es kein Zufall war, dass sie selbst in diese Sache hineingerissen worden war. Wer immer dahintersteckte, hatte es genauso auf sie abgesehen wie auf Claas und Lissi. Wenn Kommissar Schrader sie nicht gerettet hätte, säße jetzt sie in Klarsichtfolie gehüllt auf diesem Stuhl. Dass es stattdessen ihre Freundin getroffen hatte, war wie ein Dolchstoß ins Herz. Dennoch war Faja froh, nicht auf dem Stuhl gefesselt zu sein, und für diesen Gedanken schämte sie sich.

«Jaro und Kommissar Schierling sind auf dem Weg hierher,

wir sollen nichts unternehmen», sagte Aylin Coban. Faja gab das so an ihre Gruppe weiter.

Alle waren damit einverstanden und heilfroh, dass ihnen die Polizei vorerst eine Entscheidung abnahm. Aber natürlich wussten sie, ohne eine Geschichte, eine richtig gute Geschichte, würde Lissi sterben. Sie einigten sich darauf, sich bis zum Eintreffen der Polizei den Kopf darüber zu zerbrechen. Bei all der Angst um Lissi spürte Faja ein klein wenig Erleichterung. Es tat gut, solche Freunde zu haben, auch wenn sie die meiste Zeit nur digital miteinander verbrachten.

Und dann kam Norman auf ein Thema zurück, über das sie schon beim letzten Mal gesprochen hatten.

Hat er es auf unsere Gruppe abgesehen? Was, wenn er sich als Nächsten wieder einen von uns holt?

In diesem Moment konnte Faja nicht anders. Sie musste ihnen berichten, was gestern Abend vorgefallen war, als sie von der Arbeit nach Hause gegangen war. Damit machte sie den anderen noch mehr Angst, aber es musste einfach heraus.

Ich kann das alles nicht glauben, schrieb Susi. So etwas passiert doch nicht in der Wirklichkeit.
Schei0e, meine Häbde zitten vor Anst, schrieb Sascha einen Satz voller Fehler.
Wir müssen uns verstecken, schrieb Norman.

«Schreib ihnen, die Polizei ist dabei, Personenschutz für euch alle zu organisieren», sagte Aylin Coban. «Das kann eine Weile dauern, und wir brauchen von allen die Adressen. Deine Freunde sollen zu Hause oder an ihrem Arbeitsplatz bleiben, damit die Polizei weiß, wo sie sie finden kann. Sie sollen sich einschließen oder jemanden zu Hilfe holen, aber sie sollen sich nicht irgendwo verstecken. Und sie sollen am Handy bleiben.»

Das alles gab Faja an die Gruppe weiter, dann beendete sie den Chat fürs Erste.

Mit dem Telefon in der Hand starrte sie Aylin Coban an. Tränen traten ihr in die Augen.

«Warum passiert das? Was habe ich denn getan, dass mir solche Dinge zustoßen?»

Aylin schloss sie in ihre Arme und strich ihr besänftigend über den Rücken.

«Nichts. Du hast gar nichts getan. Es ist nicht deine Schuld. Wir werden deine Freundin retten und denjenigen, der dafür verantwortlich ist, aus dem Verkehr ziehen.»

Ihr letzter Satz klang eher nach einem Wunsch denn nach einer Gewissheit.

3

Die anderthalb Stunden Fahrt bei Höchstgeschwindigkeit hatten Simon Schierling Kraft gekostet. Während er sich auf den Verkehr konzentrierte, hatte er von unterwegs jede Menge Telefonate geführt. Unter anderem hatte er Polizeischutz für die anderen Mitglieder der Bücherjunkies organisiert, allerdings ohne die Gewissheit, dass es auch funktionieren würde. Die Mitglieder waren über mehrere Bundesländer verteilt, was die Sache nicht leichter machte.

Ebenfalls von unterwegs hatten Simon und Jaro per Telefon darüber gesprochen, Faja von Aylin Coban ins Präsidium bringen zu lassen, den Gedanken aber verworfen. Durch die Beamten vor dem Haus war Faja sicher, und wahrscheinlich würde es ihr in den eigenen vier Wänden leichterfallen, die gestellte Aufgabe zu erfüllen.

Denn das würde sie müssen, darüber waren sich Simon und Jaro einig. Die Chance, das Versteck des Täters rechtzeitig zu finden – es überhaupt zu finden –, war verschwindend gering. Der Täter baute durch die rasche Abfolge seiner Taten immensen Druck auf und zwang sie, zu reagieren statt zu agieren. Deshalb war Simon heilfroh, Jaroslav Schrader mit im Boot zu haben. Er mochte den großen Kerl, der eine unglaubliche Ruhe und Kraft ausstrahlte, kluge Sachen von sich gab und zu ungewöhnlichen Methoden bereit war. Was Jaro gerade in diesem Moment tat, konnte ihn in Teufels Küche bringen, doch er hatte nicht gezögert, es zu tun. Ungewöhnliche Fälle erfordern ungewöhnliche Maßnahmen, hatte Jaro gesagt. Und das sei er als Zielfahnder gewohnt.

Auf der Rückfahrt hatte Simon sich dann Vorwürfe gemacht. Hatte er leichtfertig sein Okay gegeben? Was wusste er schließlich von Jaroslav Schrader? Zum Beispiel, dass der im Verdacht stand, einen Drogendealer aus dem Fenster gestoßen zu haben. Was, wenn es stimmte? Würde Jaro erneut überreagieren bei dem, was er vorhatte? Das würde Auswirkungen auf sie beide haben.

Simon stoppte das Auto hinter einem Streifenwagen in der Nähe des Hauses, in dem Faja Bartels wohnte. Er war zusätzlich dorthin beordert worden, sodass Faja nun von vier Beamten geschützt wurde. Lange würden sie diese Manpower nicht aufbringen können, das wusste Simon. In zwei, drei Tagen würde er sich etwas anderes einfallen lassen müssen – wenn sie den Täter bis dahin nicht gefasst hatten.

Simon sprach kurz mit der Beamtin und ihrem Kollegen und hastete dann hoch in die Wohnung. Oben angekommen, erschrak er. Faja Bartels sah aus wie ein Gespenst. Das war kein Wunder, und Simon wunderte sich, woher die junge Frau noch Kraft nahm. Wahrscheinlich würde sie so lange kämpfen, bis ihre Freundin Lisbeth Heiland gerettet war – oder tot. Gott bewahre, dass das passierte.

Das Video, um das es ging, hatten Simon und Jaro sich noch vor dem Haus von David Sanford, oder besser, Frank Krieger, angeschaut. Sie waren also im Bilde. Dort hatten sie auch eine Strategie entwickelt, die Simon nun mit Faja und den Mitgliedern ihrer Gruppe besprechen wollte. Auch wenn Simon sie lieber aus den Ermittlungen herausgehalten hätte, brauchte er diese Leute, denn ohne ihre Hilfe würde Lisbeth Heiland vermutlich sterben.

Zuerst aber sprach er mit der Psychotherapeutin Aylin Coban. Die schien sicher zu sein, dass Faja so weit stabil war, teilte aber Simons Besorgnis, was passieren würde, wenn es wieder zum Äußersten kam. Aylin fragte, ob sie noch gebraucht würde. Sie hatte einige dringende Termine, würde sie aber absagen, wenn es sein müsste.

«Das ist nicht nötig, denke ich», sagte Simon. «Ich kann hier vor Ort psychologische Betreuung organisieren. Sie haben schon viel mehr getan, als man erwarten kann. Vielen Dank dafür.»

«Das war selbstverständlich. Und wenn Sie meine Hilfe brauchen, rufen Sie an.»

Sie verabschiedete sich von Faja. Simon begleitete sie noch bis an die Tür.

«Wo ist eigentlich Jaro?», fragte sie.

Simon weihte sie ein.

«Ich bin mir nicht sicher, ob das eine gute Idee ist», sagte sie. «Aber ich verstehe, warum es sein muss.»

Nachdem sie fort war, kehrte Simon ins Wohnzimmer zurück und ließ sich auf den Sessel fallen. Er spürte die Anspannung in jeder Faser seines Körpers und hätte gern eine kurze Pause gemacht, um runterzukommen.

«Was tun wir jetzt?», fragte Faja Bartels und sah ihn aus ihren großen braunen Augen hilflos an.

«Eine Geschichte erzählen», sagte Simon. «Natürlich laufen die Ermittlungen in alle Richtungen. Lisbeth wurde von ihrem Arbeitsplatz entführt, wir befragen dort die Menschen, werten Videoaufnahmen aus, tun alles, was uns möglich ist, aber ich fürchte, die Zeit reicht nicht, sie zu finden.»

«Wir haben vielleicht schon eine Geschichte», sagte Faja. «Sie stammt von Norman, aber er will eigentlich nicht, dass wir sie nutzen.»

«Wie lautet sie?»

«Wieder Blut. Meines. Schluss damit.»

Simon schüttelte den Kopf. «Ich kann nicht sagen, ob sie gut oder schlecht, spannend oder langweilig ist, aber ich weiß, dass wir sie nicht nehmen können.»

«Aber irgendeine müssen wir doch nehmen!», versetzte Faja mit flehender Stimme. «Susi hat *Jeden Abend tobt sein Wahnsinn* vorgeschlagen. Und Lissi *Jeder ist seines Glückes Schmied.*»

«Kommissar Schrader hat eine ganz andere Idee», sagte Simon. «Er weiß nämlich, woher diese Sache mit der Fünf-Wort-Geschichte stammt.»

Simon erzählte von der Legende um Hemingway.

«Das habe ich nicht gewusst», sagte Faja. «Dabei bin ich doch diejenige, die im Buchladen arbeitet.»

«Wir gehen davon aus, dass der Täter sich auf diese Legende bezieht, den Grund dafür kennen wir aber nicht. Und auch wenn wir im Dunkeln tappen, könnte es sein, dass er genau diese Worte hören will. *Zu verkaufen: Babyschuhe. Nie getragen.*»

«Wir sollen ihm diese Geschichte schicken?»

Simon nickte. Die Worte machten ihm das Herz schwer, und er musste an die kleinen Schuhe denken, die auf der Grabplatte seines Sohnes standen. Angesprüht mit wasserfester silberner Farbe, festgeklebt mit Sekundenkleber. In regelmäßigen Abständen steckten sie Blumen hinein, dabei spielte es keine Rolle, ob seine Frau oder er es allein tat oder sie alle zusammen als Familie. Wichtig war, dass die Schuhe nicht ohne Blumen waren.

Plötzlich schoss Simon ein Gedanke durch den Kopf, der neu war. Neu und so erschreckend, dass er nicht in der Lage war, ihn in diesem Augenblick in allen Konsequenzen zu Ende zu denken. Er musste es auf einen Zeitpunkt verschieben, da er allein sein würde. Und er musste mit Jaro darüber sprechen.

«Und wenn es nicht das ist, was der Täter will?», fragte Faja.

«Wir können unmöglich wissen, was er wirklich will. Wir wissen ja nicht einmal, wie viel Zeit uns bleibt. Wir wissen aber, dass er reagiert, wenn er es nicht bekommt. Was bleibt uns also für eine Wahl? Die Geschichten ihrer Gruppe können wir schon deshalb nicht nehmen, weil es eine irrsinnige Belastung für jeden Einzelnen wäre, wenn sie nicht ausreicht.»

Faja nickte und senkte den Blick. «Ja, ich weiß.»

«Mach dir bitte keine Vorwürfe», sagte er und ging dabei

zum Du über. Das tat er nie leichtfertig, aber es schien ihm der richtige Zeitpunkt zu sein.

Faja brauchte einen Moment, um sich zu sortieren.

«Okay», sagte sie schließlich. «Dann machen wir es so. Aber wer schickt die Geschichte? Die Aufforderung richtet sich an eine Person, aber nicht an eine bestimmte.»

«Ich denke doch», sagte Simon, der sich damit bereits befasst hatte. «Die erste Aufforderung ging an dich. Die zweite ist zwar öffentlich, aber gilt wahrscheinlich auch dir.»

«Das habe ich mir schon gedacht.»

«Und du weißt auch, was das bedeutet?»

Faja sah ihn an, blieb die Antwort schuldig, sodass Simon sie aussprechen musste.

«All das muss mit dir zu tun haben. Du bist nicht zufällig ins Visier des Täters gelangt. Wenn es einen Ansatz gibt, den wir vorrangig und intensiv behandeln müssen, dann diesen. Aber bevor wir uns darum kümmern, schicken wir die Hemingway-Story raus.»

Simon tat, was er sonst nie tat: Er nahm die Hand der jungen Frau.

«Ich bin bei dir. Wir alle sind es. Und wir schaffen das.»

Faja nickte. «Bei Lisbeth ist die Kommentarfunktion deaktiviert, ich kann also nicht in ihrem Feed auf das Video antworten.»

«War das schon immer so? Ich meine, wollte Lisbeth keine Kommentare?»

«Nein, das ist neu.»

«Dann hat der Täter es bewusst so eingerichtet, und wir können davon ausgehen, dass er deinen Account beobachtet. Schreib die Story dort hinein.»

«Einfach so? Ohne jeden Kommentar?»

Simon nickte.

Also öffnete Faja ihren Account und schrieb die fünf Worte hinein.

Zu verkaufen: Babyschuhe. Nie getragen.

4

Zehn Minuten Autofahrt vom Anwesen Sanfords entfernt war Jaro ausgestiegen und hatte Simon Schierling allein zurückfahren lassen. Es gab keinen hinreichenden Tatverdacht, sie würden also weder einen Durchsuchungsbeschluss bekommen, noch durften sie dem Mann weiter auf die Nerven gehen, aber Jaro war unter den sich plötzlich geänderten Umständen nicht bereit, den Rückzug anzutreten.

Sanford war unsympathisch. Das hieß nicht, dass er ein Mörder war, und bei vielen Menschen, die auf den ersten Blick unsympathisch waren, lohnte sich ein zweiter. Den wollte Jaro sich unbedingt genehmigen. Hier und heute bot sich ihm die Chance, den Schriftsteller als Täter auszuschließen oder festzusetzen.

Lisbeth Heiland befand sich in der Gewalt dieses Verrückten, der sich gern eine Fünf-Wort-Geschichte erzählen ließ. In seiner Gewalt bedeutete, er hielt sie irgendwo fest. An einem Ort, wie Sanford ihn angeblich in Schweden fotografiert hatte. Schweden konnten sie ausschließen, nicht aber, dass sich dieser Raum auf dem unübersichtlichen Anwesen Sanfords befand. Wenn er der Täter war, würde Jaro es herausfinden. Darum war er geblieben. Und darum schlug er sich durch den dichten, weglosen Wald zurück zu dem Forsthaus.

Er erreichte es nach einer Dreiviertelstunde, war verschwitzt, Mücken klebten in seinem Schweiß, außerdem hatte er Durst, aber das konnte warten. Sein Fußgelenk schmerzte wieder stärker. Jaro wusste, es war nur eine Mischung aus Zerrung und Kontusion, nichts, was behandelt werden musste, aber es nervte.

Aus dem dichten Unterholz heraus beobachtete Jaro das rückwärtige Grundstück. Er durfte nicht zu nah heran, denn dann würde Ramses ihn bemerken. Immer wieder sah er den riesigen Bernhardiner gemächlich über das Grundstück wandern. Nach vielleicht zehn Minuten kam Sanford aus dem Haus, rief den Hund zu sich, aber Jaro konnte nicht sehen, was danach passierte. Erst einmal wurde es wieder still, bevor weitere zehn Minuten später ein Motorengeräusch zu hören war. Durch die Büsche sah Jaro einen gelben Wagen von der Post vor dem Grundstück wenden. Der Postbote stieg aus, und Sanford kam ans Tor. Man wechselte ein paar Worte miteinander, dann fuhr der gelbe Wagen fort, und die Stille kehrte zurück.

Jaro nutzte die Zeit, in der Sanford sich mit Ramses an seiner Seite mit dem Postboten unterhielt, und wechselte seinen Standort. Er schlich näher ans Haus heran und stieg auf einen Baum. Mit dem nicht belastbaren Fußgelenk war das nicht ganz einfach, lohnte sich aber. Von seiner erhöhten Position aus sah er Sanford im Haus an den Fenstern vorbeigehen. Er hielt ein Handy ans Ohr gepresst, das Gespräch schien hitzig zu verlaufen. Schließlich nahm er es herunter und fegte mit einer schnellen Bewegung irgendeinen Gegenstand vom Tisch. Es klirrte laut. Ramses, der vorn an der Pforte lag, hob den Kopf, lauschte, entschied aber, dass keine Gefahr drohte.

Keine fünf Minuten später verließ Sanford das Haus. Zusammen mit Ramses ging er in den hinteren Bereich des Grundstückes, das in den dichten Wald überging und lediglich durch einen Maschendrahtzaun von ihm abgetrennt war. Dort stand ein niedriges Gebäude, das Jaro vorher nicht aufgefallen war, da es mit dem Gelände verschmolz.

Es war eingeschossig, nahezu quadratisch und bestand aus dicken Betonwänden und einem massiven Flachdach, ebenfalls aus Beton, auf dem Büsche und kleine Bäume wuchsen. Die wenigen Fenster waren klein und mit Eisenstäben gesichert.

Ein Bunker, schoss es Jaro durch den Kopf. *Mit Wänden, durch die keine Geräusche dringen.*

Von seiner hohen Warte aus beobachtete er, wie Sanford mit dem Hund auf die Tür an der Vorderseite des Bunkers zuging. Sie bestand aus verzinktem Stahl und schien verdammt schwer zu sein. Der Schriftsteller benutzte zwei Schlüssel, um sie zu öffnen. Wortlos fluchte Jaro in sich hinein; diese Tür würde er niemals aufbrechen können.

Der Bernhardiner hielt vor der Tür Wache, während Sanford im Gebäude verschwand. Nach einer Weile wurde es dem Hund zu langweilig, und er stromerte übers Grundstück. Nicht weit von Jaros Baum entfernt blieb er stehen, hielt die Nase in die Luft und witterte.

Hatte er ihn entdeckt?

Jaro machte sich bereit für die Flucht. Doch der Hund entspannte sich und suchte sich im Schatten ein nettes Plätzchen für ein Schläfchen. Leider würde Ramses es von dort aus bemerken, wenn Jaro vom Baum kletterte. Also blieb er, wo er war. Die Zeit verging und stand zugleich still. Jaro schliefen die Füße ein, weil er so verkrümmt dasaß. Ameisen nutzten seinen Körper als Autobahn, ohne dass er etwas dagegen tun konnte. Der Wind frischte auf, nahm wieder ab, und nach etwa einer Stunde Warterei verfluchte Jaro sich für die Idee, auf den Baum geklettert zu sein.

Er entschied sich zum Rückzug, auch wenn der Hund ihn bemerken würde. Als er seine Füße bewegte, um sie wieder gebrauchen zu können, öffnete sich die Bunkertür, und Sanford trat heraus. Jaro erstarrte. Sanford sah verändert aus. Irgendwie abgekämpft und schmutzig, das Haar stand ihm wirr vom Kopf ab. Ramses kam herbei, seinen Herrn zu begrüßen, fing sich aber nur einen Tritt ein, dem er geschickt auswich. Sanford packte den Hund am Halsband, führte ihn in den Zwinger und schloss ihn dort ein. Dann ging er zu einem aus Natursteinen gemauerten Brunnenring, aus dem ein Holzpfahl mit einem daran befestigten Duschkopf emporragte. Sanford zog sich nackt aus, warf seine Kleidung dabei achtlos auf den Boden, stellte das Wasser an und duschte. Das Wasser schien kalt zu sein, denn er bewegte sich hektisch und stieß merkwürdige Geräusche aus.

Das Vergnügen dauerte nicht lange. Nackt und tropfnass eilte der Schriftsteller ins Haus, seine Kleidung blieb auf dem Rasen liegen. Erstaunt über dieses Verhalten blieb Jaro im Baum hocken, weil er damit rechnete, dass Sanford zurückkam, doch das geschah nicht. Ramses ergab sich seiner Zwingerhaft und zog sich in die Hundehütte zurück, von wo aus er Jaro nicht mehr sehen und wohl auch nicht wittern konnte.

Schließlich stieg Jaro von seinem Wachtposten herunter, zog sich in den tiefen Wald zurück, schlug einen weiten Bogen und näherte sich dem Bunker von hinten. Der Maschendrahtzaun war an den Wänden des Gebäudes befestigt, die Fenster, die zum Wald gingen, waren von innen mit Holzplatten vernagelt, sodass Jaro nicht hineinschauen konnte. Mit dem Rücken an die massive, nackte Wand gepresst, blieb er stehen und lauschte. Sehnte einen Schrei der eingesperrten Lisbeth Heiland herbei, um sein Handeln mit Gefahr im Verzug begründen zu können. Doch es blieb still. Nur der Wind rauschte in den Bäumen. Jaro war hin- und hergerissen. Er wusste, er durfte sich keinen weiteren Verstoß gegen Gesetze erlauben, jetzt, da ohnehin eine interne Ermittlung gegen ihn lief. Genauso gut wusste er aber auch, er konnte nicht einfach weggehen, ohne überprüft zu haben, ob nicht Lisbeth Heiland in diesem Bunker gefangen gehalten wurde.

Er dachte daran, Simon anzurufen, sein Vorgehen mit ihm abzusprechen, doch sein Handy hatte hier im Wald keinen Empfang.

Jaro schlich zur Ecke des Bunkers, spähte um sie herum, nahm keinerlei Bewegung auf dem Grundstück und hinter den Fenstern des Hauses wahr. Also drückte er den laschen Maschendrahtzaun hinunter und stieg mit seinen langen Beinen darüber hinweg. Damit handelte er gegen Dienstvorschriften, aber für sein Gewissen. Für den Blick in den Spiegel, ruhigen Schlaf und hoffentlich die Stimme, die sich irgendwann wieder bei ihm meldete, wenn er das Richtige tat.

Auf dieser Seite des Gebäudes gab es nur ein Fenster, auch dieses gesichert mit massiven verrosteten Eisenstäben, eingelassen in Beton. Jaro packte die Stäbe mit beiden Händen, zog sich daran hoch und warf einen Blick durchs Fenster.

Es war nicht vernagelt, bot aber keine Überraschung. Der Raum war dunkel und voller Schutt. Paletten, Altholz, Kunststofffenster, mehr konnte Jaro auf die Schnelle nicht erkennen, bevor er sich sacken lassen musste. Das gedrehte Eisen hatte sich tief in seine Handflächen gedrückt und rostige Spuren hinterlassen.

Blieb noch die Vorderseite des Bunkers. Die man vom Haus aus sehen konnte, nicht aber von der Hundehütte im Zwinger.

Jaro zögerte, gab sich dann einen Ruck und schlich um die Ecke. Wenn er jetzt einen Rückzieher machte, hätte er gar nicht hierbleiben müssen. Sollte Sanford ihn erwischen, würde er die Konsequenzen tragen, bereuen würde er sein Verhalten jedoch nicht.

Die schwere Stahltür war verschlossen. So eilig Sanford es auch gehabt hatte, als er den Bunker verließ, hatte er sich doch die Zeit genommen, beide Schlösser abzuschließen. In diesem Bunker gab es etwas, das niemand außer Sanford selbst sehen sollte.

Oder jemanden.

Jaro schlich zum nächsten Fenster. Leider war auch das von innen mit Holz versperrt, aber nicht mit einer Platte, sondern mit mehreren schmalen Brettern, und zwischen zwei Brettern gab es einen schmalen Spalt, nicht breiter als fünf Millimeter. Jaro warf einen Blick hinüber zum Haus – nichts regte sich dort. Also presste er sein Gesicht gegen die Gitterstäbe und brachte sein rechtes Auge so nah wie möglich an die Scheibe, um durch den schmalen Spalt zu schauen.

Von der Straße her drang Motorenlärm herüber. Jaro zog sich hastig in den Schutz des Waldes zurück und beobachtete die Rückkehr von Sanfords Assistentin.

Sanford kam auf den Hof hinaus, er trug einen weißen Bademantel.

«Und?», fragte er laut.

«Nichts. Nicht zu finden. Wie vom Erdboden verschluckt.»

«Nein!!!», brüllte Sanford. «Nein, nein, nein!!!»

5

Simon konnte und wollte die Wartezeit nicht bei Faja Bartels verbringen, dafür gab es zu viel zu tun. Eine Viertelstunde nachdem sie die Hemingway-Story online gestellt hatten, verließ er sie mit dem Versprechen, in spätestens vier Stunden zurück zu sein. Er hatte ihr als Ersatz für Aylin Coban psychologische Unterstützung aus seinem Präsidium angeboten, doch das hatte sie abgelehnt. Faja und ihre Gruppe behielten Instagram im Auge, zusätzlich kümmerten sich im Präsidium zwei IT-Spezialisten um den Fall. Bislang war es nicht gelungen, die Herkunft des Videos herauszufinden. Alles, was sie wussten, war, dass es über Tor gegangen war, jenen Browser, der Zugang zum Darknet gewährte. Praktisch jeder konnte Tor nutzen, dazu waren keine Kenntnisse nötig. Tor stand für The Onion Router, was bedeutete, dass er wie eine Zwiebel viele Schichten hatte, die das ursprüngliche Signal verbargen.

Simon hatte sowohl die IT-Spezialisten im Präsidium als auch Faja Bartels gebeten herauszufinden, um wen es sich bei dem Instagrammer *Korrektor* handeln könnte. Möglicherweise steckte Sanford dahinter. Es war allerdings langwierige Fleißarbeit, weitere seiner Kommentare zu finden, die Rückschlüsse auf seine Identität zuließen. Bei Instagram lief diesbezüglich eine Anfrage, aber die Bearbeitung dauerte in der Regel zwei bis drei Wochen.

Eines hatten sie allerdings bereits herausgefunden, weil Simon Druck gemacht hatte. Die sandfarbene Wand in dem Video war auf keinen Fall ein kopiertes und eingefügtes Bild. Sie existierte. Der Täter hatte sich folglich die Mühe gemacht, nach dem Foto aus Sanfords Insta-Feed einen Raum zu gestalten.

Auf seinem Weg ins Präsidium fuhr Simon zu Hause vorbei. Dieser eine entsetzliche Gedanke, der ihm vorhin durch den Kopf geschossen war, entwickelte sich zu einem Kraken, der sein ganzes Denken zu verschlingen drohte. Es durfte einfach nicht sein, und es gab auch keinen Grund dafür, aber was konnte, was durfte man in diesem Fall ausschließen?

Nichts. Sie mussten in jede Richtung denken, auch wenn es noch so unwahrscheinlich war.

Simon parkte nicht vor seinem Haus. Er stellte den Wagen in der Nebenstraße ab und ging zu Fuß weiter. Dabei suchte er die Gegend und die geparkten Fahrzeuge nach einer verdächtigen Person ab, die nicht hergehörte. Das war der Vorteil eines in sich geschlossenen Wohngebietes ohne Durchgangsstraße: Fremde fielen sofort auf.

Simon entdeckte niemanden. Als er bei seinem direkten Nachbarn vorbeikam, der gerade im Garten arbeitete, fragte er den Mann, der schon in Rente war und die allermeiste Zeit im Garten verbrachte, ob ihm in der letzten Zeit etwas Ungewöhnliches aufgefallen sei. War es nicht. Aber natürlich war der Mann sofort besorgt und nahm Simon seine Beschwichtigungen nicht so recht ab.

Simon klingelte bei sich, seine Frau öffnete. Mit einem schwarzen Tuch hatte Marie ihr Haar zurückgebunden, an den Händen trug sie gelbe Gummihandschuhe. Sie war gerade mit dem Hausputz beschäftigt und wunderte sich über Simons ungeplanten, nicht angekündigten Besuch.

Er roch Putzmittel, als er sie umarmte.

«Denkst du, ich habe gerade meinen heimlichen Lover da?», fragte Marie.

«Dann hätte ich nicht geklingelt. Nein, es geht mir um etwas anderes, und ich würde es nicht ansprechen, wenn es nicht wichtig wäre, weil ich weiß, dass du dir Sorgen machen wirst.»

Das tat Marie von dieser Sekunde an, er konnte es in ihren Augen sehen.

«Was ist passiert?»

«Wie lange sind die Kinder noch in der Schule?»

«Der Bus kommt in einer halben Stunde.»

Simon führte seine Frau in die Küche und setzte einen Kaffee auf. Den brauchte er jetzt. Während die Maschine arbeitete, fragte er, ob ihr in der letzten Zeit etwas Ungewöhnliches aufgefallen war. Menschen, die hier nicht hergehörten. Autos, in denen jemand saß und die Gegend beobachtete. Anrufe, bei denen aufgelegt wurde.

Marie schüttelte den Kopf. Nichts davon hatte sie bemerkt.

«Simon ... was ist los?»

Er berichtete seiner Frau von dem aktuellen Fall und der Geschichte aus sechs Worten, die angeblich von Hemingway stammen sollte. *For Sale: baby shoes. Never worn.*

Maries Gesichtszüge verhärteten sich. Der Schmerz war da, unabänderlich und für immer. Da half auch die Zeit nicht.

«Und du denkst, es hat mit uns zu tun», sagte sie schließlich.

«Ich weiß nicht, was ich denken soll. Dieser Fall ist anders als alles, was ich bisher erlebt habe. Aber ich muss einfach sicher sein, dass ihr nicht in Gefahr seid.»

«Scheiße», sagte Marie leise, zog die Gummihandschuhe aus und rieb sich die Augen.

«Ich wusste, irgendwann passiert so etwas, aber in dieser Kombination habe ich nicht damit gerechnet. Was sollen wir tun?»

«Es kann ein Zufall sein, und ich denke, es ist auch einer,

aber ich werde eine Zivilstreife das Haus überwachen lassen, zumindest ein paar Tage lang. Und du sei bitte besonders aufmerksam. Jede Kleinigkeit, und wenn sie dir noch so unwichtig vorkommen sollte, gib bitte an mich weiter.»

Marie nickte. Sie schwiegen einen Moment, tranken Kaffee.

«Was ist gesünder?», fragte sie schließlich. «Die Babyschuhe zu verkaufen oder sie aufzubewahren ... und dann auch noch auf dem Grab?»

Simon nahm ihre Hand. «Es muss sich für uns richtig anfühlen, alles andere spielt keine Rolle. Und jetzt hole ich die Mädchen vom Bus ab und fahre dann ins Präsidium.»

«Sei vorsichtig», bat sie ihn.

Simon küsste seine Frau zum Abschied und lief die fünfzig Meter bis zur Bushaltestelle. Seine Zwillinge waren außer sich vor Freude, ihn so unerwartet zu sehen, und er spürte schon die Rückenschmerzen, die er am Abend haben würde, weil sie an ihm hochsprangen. Er begleitete sie nach Hause, übergab sie an der Gartenpforte an seine Frau und machte sich auf den Weg. Die wenigen Minuten mit seiner Familie hatten seine Kraftreserven aufgefüllt.

Kaum saß er im Wagen, klingelte sein Handy. Da Simon die Hiobsbotschaft von Lisbeths Tod erwartete, zuckte er dabei zusammen. Doch es war Jaro, der ihn anrief.

«Ich bin sicher, Sanford hält jemanden in einem Bunker auf seinem Grundstück gefangen», sagte er.

«Lisbeth?»

«Ich weiß es nicht, aber irgendwas stimmt hier nicht.»

«Also hast du die Person nicht gesehen, die er angeblich gefangen hält?»

«Nein, habe ich nicht, muss ich auch nicht. Ich kann es aus seinem Verhalten ableiten.»

Jaro schilderte Simon, was er beobachtet und belauscht hatte.

«Die beiden suchen nach jemandem?», fragte Simon.

«Es klang so, ja.»

«Das wird ja immer merkwürdiger.»

«Deshalb müssen wir diesen Bunker durchsuchen», forderte Jaro.

«Dafür bekommen wir keinen Beschluss.»

«Dann mache ich es allein. Auf keinen Fall lasse ich das Mädchen dadrinnen sterben.»

«Wenn es in dem Bunker ist. Das wissen wir aber nicht. Wir haben die Geschichte von Hemingway, die du vorgeschlagen hast, vor etwas mehr als einer Stunde gepostet, wir haben also noch Zeit …»

«Wie viel?»

«Beim letzten Mal, im Fall von Claas Rehagen, vergingen vom ersten bis zum zweiten Video sechs Stunden. Demnach haben wir noch fünf Stunden, wenn der Täter sich an seinen Ablauf hält.»

«Aber er schreibt ja nicht einmal eine konkrete Zeit, sondern sagt nur, dass die des Opfers bald abläuft. Das können wir einfach nicht riskieren.»

«Okay, ich weiß.» Simons Gedanken rasten. «Dann lass es uns so machen. Du bleibst vor Ort bei Sanford und beobachtest, was vor sich geht. Sollte er in vier, vielleicht fünf Stunden diesen Bunker wieder betreten, dann tu, was du tun musst, möglicherweise kannst du dich dann auf Gefahr im Verzug berufen. Ich halte hier die Maschinerie in Gang und versuche, einen Durchsuchungsbeschluss für Sanford zu bekommen.»

Jaro stimmte zu. Sie beendeten das Gespräch, und Simon fuhr zum Präsidium. Bei seinem Chef machte er sich für den

Durchsuchungsbeschluss stark. Der verstand die Dringlichkeit und wollte sofort den Richter kontaktieren und ihm die Lage vortragen. Derweil stattete Simon den IT-Spezialisten einen Besuch ab, die immer noch damit beschäftigt waren, das Video von Lisbeth Heiland zu sichten. Leider gab es dort nichts Neues zu erfahren. Dafür meldete sich ein anderer Kollege, der sich mit dem Tatort von Lisbeths Entführung befasste. Er berichtete, gleich mehrere Zeugen wollten um den Tatzeitpunkt herum einen weißen Kastenwagen gesehen haben. Einer der Zeugen grenzte das Modell auf einen Ford Tourneo ein. Ein Kennzeichen konnte leider keiner von ihnen nennen. Neue Informationen gab es von der Bibliothek, in der die Leiche von Claas Rehagen gefunden worden war. Die Mitarbeiterin, die ebenfalls einen Schlüssel hatte, war vernommen worden. Sie sagte aus, dass ihr einige Tage zuvor im Bus die Handtasche gestohlen worden war, ohne dass sie es zunächst bemerkt hatte. Eben stand sie noch auf dem Sitz neben ihr, dann war sie fort. Darin war ihr privater Schlüsselbund mit dem Schlüssel für die Bibliothek gewesen. Die Handtasche war zwei Tage später auf der Fundstelle abgegeben worden. Bis auf ein wenig Bargeld und die bereits gesperrten Kreditkarten war alles noch vorhanden gewesen. Auch der Schlüssel.

Simon war enttäuscht. Über die Spur des Schlüssels hatte er sich mehr erhofft. Immerhin zeigte dieser Vorfall aber, dass der Täter im Voraus plante und sehr klug vorging. Simon ging davon aus, dass der Täter den Schlüssel kopiert hatte, das war in den zwei Tagen, in denen die Handtasche fort gewesen war, durchaus machbar. Er ordnete an, die Bibliotheksmitarbeiterin aufs Präsidium zu bringen, um sie selbst zu vernehmen. Der Täter kannte sie. Vielleicht kannte sie auch den Täter.

Kaum hatte er dieses Gespräch beendet, kam ein Anruf von einer Nummer, die er nicht kannte. Er nahm ab. Es war Aylin Coban, die Psychotherapeutin.

«Ich muss natürlich die ganze Zeit über diesen Fall nachdenken», sagte sie. «Und eine Sache geht mir nicht aus dem Kopf. Zwar muss ich für mich behalten, was Faja mir anvertraut hat, aber sie hat mir erlaubt, über diese Sache zu sprechen. Ihre Narben ... sie hat mir erzählt, wie es dazu gekommen ist.»

Aylin Coban erzählte Simon die Geschichte, die sie von Faja gehört hatte, und machte ihn auf ein besonderes Detail aufmerksam, das Faja nebenbei erwähnt hatte. Während er zuhörte, fragte Simon sich, ob er selbst sie auf die Narben hätte ansprechen müssen? Er hatte sich nicht allzu viele Gedanken darüber gemacht. Das war es doch, was Menschen mit solchen Besonderheiten erwarteten, oder? Dass man kein großes Aufheben darum machte.

«Okay», sagte Simon, als Aylin Coban fertig war. «Ich kann mir im Moment zwar keinen Reim darauf machen, ob und wie das mit dem Fall zusammenhängt, aber wir greifen mittlerweile nach jedem Strohhalm.»

«Ich weiß, auf den ersten Blick ergibt es keinen Sinn. Viel zu lange her, psychologisch längst abgeschlossen und so weiter. Aber es gibt Menschen, die kultivieren ihren Hass sehr, sehr lange, und dann passiert etwas, was ihn ausbrechen lässt. Faja Bartels steht ja offenbar im Mittelpunkt dieses Falles, und da gibt es irgendwo diesen Vater, der einen Grund für Rache hat. Das ist es, was mich beschäftigt.»

«Ich gehe der Sache sofort nach. Versprochen. Vielen Dank für den Hinweis, ich weiß das wirklich zu schätzen.»

Sie beendeten das Gespräch, und Simon kam ins Grübeln.

War da etwas dran? Erst einmal klang es weit hergeholt, dann aber nicht mehr. Es konnte nicht schaden, den Mann sofort aufzusuchen oder, wenn nötig, observieren zu lassen. Blieb nur die Frage, ob dafür überhaupt noch Personal zur Verfügung stand. Dieser Fall band schon viel zu viel Manpower ein.

6

Das Gewitter war da!

Den ganzen Tag über hatte es sich mit drückender Luft und bedrohlichen Wolkentürmen angekündigt, sich aber Zeit gelassen, so als müsse es den richtigen Moment abwarten. Nämlich den Moment, da Jaro ungeschützt im Wald herumsaß und darauf wartete, dass der Schriftsteller noch einmal seinen Bunker betrat.

Das vor einer halben Stunde noch weit entfernte Grummeln hatte sich zu nahem Donner gesteigert, dessen Schallwellen durch den Boden in Jaros Körper flossen. Es war dunkel geworden im Wald, eine ideale Bühne für die Blitze, deren grelles Licht Bäume und Büsche auf eine beängstigende Weise lebendig werden ließ.

Wie war das noch? Buchen sollst du suchen, vor Eichen sollst du weichen?

Wahrscheinlich war das Quatsch, und man sollte bei einem heftigen Gewitter besser unter keinem Baum hocken, egal welcher Art. Aber Jaro befand sich im Wald, er hatte keine Chance, den Bäumen auszuweichen. Seit jeher fühlte er sich bei Gewitter unwohl. Angst war ein zu großes Wort dafür, aber sein inneres Kind schien sich lieber in einer Höhle zu verkriechen, als sich dieser Gefahr zu stellen, gegen die man nicht kämpfen konnte.

Jaro zuckte zusammen, als ein besonders heftiger Donnerschlag durch den Wald vibrierte.

In Sanfords Haus brannte Licht. Durch die Butzenfenster wirkte es heimelig einladend. Jaro wäre gern dorthin geflüchtet. So wie Ramses, den Sanfords Assistentin schon vor einer halben Stunde ins Haus geholt hatte. Obwohl der Hund nicht sein Freund war, fühlte Jaro sich von ihm verraten und allein gelassen. Überhaupt fühlte er sich gerade einsam und musste sich vor Augen halten, warum er hier war. Weil mit großer Wahrscheinlichkeit Lisbeth Heiland in diesem Bunker gefangen gehalten wurde, und wenn Sanford sich entschloss, das zweite Video zu drehen, in dem er sie tötete, wäre Jaro zur Stelle.

In seiner Fantasie sah er den Schriftsteller sich verteidigen. Sah ihn zu einer Eisenstange greifen, die Jaro ihm entwendete und gegen ihn einsetzte. Notwehr, ganz klar. Keine Ahnung, wie das ausgehen würde. Manchmal, das hatte der Fall Jorgensen gezeigt, entwickelten die Vorgänge eine Dynamik, die sich nicht stoppen ließ. Jaro sah Mandy Stein auf dem Asphalt liegen, der Blick gebrochen oder aber gespiegelt, weil zwei Leben darin lagen.

Regen setzte ein. Nicht sacht, sondern mit der Vehemenz einer Sturzflut. Dicke warme Tropfen, die ihn im Nu durchnässten. Aus dem Haar lief ihm das Wasser übers Gesicht und in den Ausschnitt seines Shirts. Keiner der Bäume wirkte wie ein Regenschirm, sie alle beugten sich der Gewalt der Natur.

Bewegung am Haus.

Na endlich!

Es war schwierig, durch den Regenvorhang etwas zu erkennen, aber da kam jemand aus dem Haus auf die überdachte Veranda. Eine dunkle Gestalt in der nassen Dunkelheit, die einfach nur dastand und in Richtung des Bunkers starrte. Jaro warf einen Blick auf seine Uhr. Fast fünf Stunden waren seit dem ersten Video vergangen. Die Zeit passte also.

Die Gestalt spannte einen Regenschirm auf und kam von der Veranda in den Garten, ging zügig Richtung Bunker. Jaro bewegte sich ebenfalls in die Richtung. Als ein Blitz den Wald erhellte, blieb er sofort stehen, Sanford mit seinem Schirm ebenso. Der Schriftsteller blickte in Jaros Richtung, und Jaro versuchte sich vorzustellen, was er sah. Dunkelheit, Wald, Regen. Jeder Baum und Busch eine Gestalt oder auch nicht. Sanford lebte hier, der Wald ängstigte ihn nicht, zudem würde er jede Veränderung bemerken.

Schließlich ging er weiter, geduckt unter seinem Schirm.

Jaro auch.

Wie ein positiv geladenes und ein negativ geladenes Teilchen näherten sie sich einander an, die Anziehungskraft ließ nichts anderes zu, auch wenn es in einer Katastrophe enden würde.

Ein paar Schritte von der Tür entfernt blieb Sanford stehen, wühlte mit der freien Hand in seiner Tasche und förderte den Schlüsselbund zutage. In der Geräuschkulisse des Gewitters näherte Jaro sich ihm schräg von hinten. Sanford trat an die Tür und öffnete das erste Schloss. Dafür musste er den Regenschirm ablegen. Mit seiner Dienstwaffe in der Hand verharrte Jaro zwei Meter hinter dem Mann, eingehüllt von unvermindert heftigem Regen.

Das zweite Schloss fiel.

Jaros letzte Hemmung ebenso. Und plötzlich die Idee. Sie löste eine Menge Probleme.

Er schnellte vor und schlug Sanford den Griff der Pistole mit Schwung gegen den Hinterkopf. Als würden die Fäden einer Marionette gekappt, sackte der Mann augenblicklich zu Boden und blieb reglos liegen.

Jaro konnte kaum glauben, was er getan hatte, aber in der Sekunde davor war es ihm wie die beste Lösung erschienen. Sollte er Lisbeth Heiland nicht in dem Bunker finden, könnte er sich ungesehen und unerkannt aus dem Staub machen. Sollte er sie darin finden, wovon er ausging, würde er Notwehr geltend machen und behaupten, Sanford habe ihn angegriffen.

Und dennoch ...

Aber jetzt war es passiert, und er hatte keine Zeit zu verlieren. Jaro nahm den Schlüsselbund an sich, stieg über den bewusstlosen Schriftsteller hinweg, zog die schwere, feuerfeste Tür auf und betrat den Bunker. Ein Schritt, und der Regen war abgeschnitten, ein weiterer, und das Donnern verlor an Intensität. Die Betonwände waren unfassbar dick.

Jaro befand sich in einem Vorraum. An den Wänden hingen Gartengeräte, in der Ecke standen zwei Rasenmäher, Schubkarren und andere Gerätschaften. Es roch nach Benzin und Motoröl. Gegenüber eine Tür, ebenfalls aus Metall und verschlossen. An dem Schlüsselbund befanden sich mehrere Schlüssel von ähnlichem Format; er probierte sie durch, erst beim vierten öffnete sich das Schloss. Bevor Jaro die Tür aufstieß, warf er einen Blick zurück: Sanford lag noch bewusstlos am Boden.

Also weiter.

Der Raum hinter der zweiten Tür lag im Dunkeln. Jaro tastete nach einem Schalter, fand und betätigte ihn. Unter der Decke flammten Röhren auf, kaltes, abweisendes Licht. Der

Raum war riesig, aber niedrig, die Deckenhöhe kaum zwei Meter. Die Wände waren mit Holz verkleidet, der Boden bestand aus nacktem Estrich. Es war kühl darin und roch nach Beton, Holz und Asche.

In der Mitte ein monströser Schreibtisch aus irgendeinem tropischen Holz, überladen mit Büchern und Manuskripten und einer alten Schreibmaschine, die wie ein Relikt aus Hemingways Zeiten alles überragte. An den Wänden Regale. Im Hintergrund ein Kaminofen mit großer Glasscheibe, davor ein Weidenkorb, angefüllt nicht mit Holzscheiten, sondern mit zu Bällen geknüllten Manuskriptseiten, die wohl darauf warteten, zu Asche zu werden.

Keine Lisbeth, es sei denn, es gab noch einen weiteren Raum.

Von der Zeit getrieben, die er nicht hatte, ging Jaro zum Schreibtisch hinüber. Die Bücher waren alle gleich. *Dunkelheit, mein Freund*. Kein anderes. Aber in all dem Durcheinander auf dem Schreibtisch lag ein dicker Stapel Papier, fein säuberlich ausgerichtet und unbedrängt von allem anderen. Obenauf eine Titelseite mit weiteren Informationen. Der Titel lautete *Out of the Dark*, der Schriftsteller hieß Hardy Herrmann.

Wo war Lisbeth?

Jaro drehte sich im Kreis, lief umher, fand aber keine weitere Tür. In einer Ecke entdeckte er eine Fitnessstation. Ein Stahlturm mit Gewichten, Seilzügen, Kurzhantel sowie einen Stairmaster. Sanford schien sich fit zu halten.

Lisbeth war nicht hier.

Die Enttäuschung drehte ihm den Magen um, hatte Jaro doch gehofft, ihren Tod verhindern zu können. Sie fachte auch die Wut in ihm an, weil er es nicht konnte, weil er alles auf diese Karte gesetzt und versagt hatte.

«Scheiße!», brüllte Jaro in den Bunker hinein, der sein Wort nicht schluckte, sondern auf eine Reise schickte, die erst nach und nach in den Poren von Holz und Beton zu enden schien.

Nichts, aber auch gar nichts in diesem Bunker ließ auf ein Verbrechen schließen. Jaro hatte nichts weiter als einen Namen auf dem Deckblatt eines Manuskriptes. Sein Blick fiel auf die Schreibmaschine, in der ein Blatt Papier eingespannt war. Ein paar Wörter waren darauf geschrieben worden.

`Er hatte immer gewusst, dass sie ihn`
`finden würden ...`

Jaro ging zu dem Weidenkorb hinüber, faltete zwei der Papierbälle auseinander und fand darauf ebenfalls nur zwei, drei Sätze, die keinen rechten Sinn ergaben. Es sah so aus, als habe der Schriftsteller nach dem Anfang eines neuen Buches gesucht.

Aus einem Impuls heraus, den er nicht erklären konnte, nahm Jaro das Manuskript vom Schreibtisch mit. Es wurde Zeit zu verschwinden, bevor Sanford erwachte und er auffliegen würde. Jaro hätte den Mann gern befragt, auf die robuste Art, aber damit hätte er seine Karriere bei der Polizei beendet und dem ganzen Fall einen Bärendienst erwiesen.

Draußen hatte der Regen etwas nachgelassen. Immer noch zuckten die Blitze, aber der Donner verzog sich in die Ferne. Jaro tastete nach dem Puls des Schriftstellers, fand ihn kräftig und gleichmäßig vor, nahm dessen Regenschirm auf, um sich und das Manuskript zu schützen, und wollte im Wald verschwinden.

Aber da stand er und starrte ihn an. Ein Monument der Macht und Überlegenheit. Ramses.

7

Wie alle Spielhallen, die Simon von innen gesehen hatte, glich auch diese einer dunklen Höhle. Das wenige Licht schien ausschließlich von den Dutzenden Spielgeräten zu kommen. Buntes, mitunter flackerndes Licht, untermalt von nervigen künstlichen Klingel- und Piepslauten. Der niedrige Raum war unübersichtlich, die Geräte verstellten den Blick. In den schmutzigen, rotbraunen Teppichboden war eine Spur hineingelaufen, die von der Eingangstür zum Tresen führte. Der Tresen selbst schien auf kaltblauem Licht zu schweben wie ein soeben gelandetes Ufo, dahinter saß ein Mann auf einem Barhocker. Er schien intensiv mit etwas beschäftigt zu sein und bemerkte Simon erst, als der beide Hände flach auf den Tresen schlug. Der Mann bewegte sich nicht, hob nur den Blick. Simon sah, dass er Sudokus ausfüllte.

«Ja?»

«Ich suche nach Marco Pohl.»

«Ich nicht.»

Eine gute Antwort, wie Simon fand, nur war ihm gerade nicht nach Witzen zumute. Lisbeth Heilands Zeit lief ab, und er selbst befürchtete, der Fall könnte aufgrund dieses ominösen Hemingway-Satzes etwas mit ihm und seinem verstorbenen Sohn zu tun haben. In einer solch angespannten Situation kam ihm besser niemand blöd.

«Dann frage ich anders», sagte er. «Sind Sie Marco Pohl?»

Der Mann rutschte vom Barhocker, nahm ein Handy vom Tresen und steckte es in die hintere Tasche seiner Jeans. Simon folgte der Bewegung. Er hätte zu gern einen Blick auf dieses Telefon geworfen. Wer konnte schon sagen, ob der Täter die beiden Videos mit Lisbeth nicht längst abgedreht hatte, beide in einem Aufwasch sozusagen, und das zweite, das Todesvideo, nur noch online stellen musste. Das ging auch vom Handy aus. Damit wäre allerdings ausgeschlossen, dass es irgendeine noch so gute Fünf-Wort-Geschichte gab, die ihn vom Töten abhalten würde.

Der Mann maß eins neunzig, war drahtig, hatte hohe Geheimratsecken in kurz geschorenem Haar und bewegte sich wie ein Panther auf der Jagd. Simon konnte ihm ansehen, wo er die meiste Zeit seines Lebens verbracht hatte. Die nach vorn gezogenen Schultern, der vorgereckte Kopf, alles an diesem Mann war auf Kampf ausgerichtet.

«Darf ich Ihren Dienstausweis sehen?», fragte der Mann, der ziemlich genau dem Foto entsprach, das Simon in den Dateien der Polizei gefunden hatte.

Simon wies sich aus.

«Muss ich meine Frage wiederholen?», schob er nach.

«Sie wissen doch, wer ich bin. Die Frage ist überflüssig.»

Mit hochgezogenen Brauen sah Simon ihn auffordernd an. Der Mann seufzte genervt.

«Ja, ich bin Marco Pohl. Womit kann ich helfen?»

Die Intonation der Frage bewies, dass er es nicht ernst meinte damit.

«Können wir uns irgendwo ungestört unterhalten?»

«Ja, genau hier. Ich habe Dienst und bin der einzige Mitarbeiter.»

Simon ließ seinen Blick durch die Spielhalle wandern, in der Marco Pohl arbeitete. Zwei gekrümmte, ins Spiel vertiefte Gestalten konnte er entdecken, gut möglich, dass es noch mehr davon gab, versteckt hinter den Automaten.

«Gut, wie Sie wollen. Mich interessiert, wo Sie gestern Abend waren. In der Zeit zwischen 16 und 23 Uhr.»

«Was soll die Scheiße? Muss ich mich für immer und ewig von euch belästigen lassen? Ich hab meine Strafe abgesessen und bin ein freier Mann. Ich kann meine Zeit verbringen, wo ich will.»

«So ganz stimmt das nicht, da Sie auf Bewährung draußen sind und sich regelmäßig bei den Behörden melden müssen.»

Es war leicht gewesen für Simon, alles Wissenswerte über den Vater von Faja Bartels herauszufinden. Seine Haftstrafe für die schwere Brandverletzung, die er seiner Tochter zugefügt hatte, war um zehn Jahre verlängert worden, da er im Gefängnis einen Mitinsassen getötet hatte. Angeblich aus Notwehr, was der Richter ihm nicht geglaubt hatte. Pohl war erst vor sieben Monaten entlassen worden und hatte sofort diesen Job in der Spielhalle angetreten. Simon hatte es nicht glauben können. Vor sieben Monaten. Es passte viel zu gut, um wahr zu sein. Aber traute er dem Mann diese perfide Planung und den literarischen Hintergrund überhaupt zu? Auf den ersten Blick nicht, aber was wusste Simon schon über ihn? Nicht genug. Auf jeden Fall löste er Sudokus, und dafür musste man strategisch und logisch begabt sein,

«Also, wo waren Sie?»

«Zu Hause. Oder sagen wir besser, in der Bruchbude, die ich mein Zuhause nenne. Und um diese nächste Frage vorwegzunehmen: Ich war allein, niemand kann es bezeugen.»

«Kein so tolles Alibi, oder?»

«Brauche ich denn ein tolles Alibi? Was glauben Sie denn, habe ich getan?»

«Ich glaube nicht, ich führe Routineermittlungen durch.»

«Ja, natürlich.»

«Ey, Marco, brauchste Hilfe?»

Unbemerkt von Simon hatte sich aus dem schummrigen

hinteren Bereich der Spielhalle ein Mann angeschlichen. Klein und so breit wie ein Schrank, mit der überdeutlich ausgebildeten Muskulatur eines Bodybuilders.

«Braucht er nicht. Sieh zu, dass du weiterkommst», fuhr Simon ihn an.

«Was bist du denn für einer?», fragte der Bodybuilder.

«Ein Bulle», übernahm Marco Pohl die Antwort. «Aber wo du gerade fragst, ich war doch gestern den ganzen Abend mit dir zusammen, oder? Wir haben in meiner Bude gesoffen und Call of Duty gespielt. Stimmt doch, oder?»

Der Bodybuilder grinste. «Klar stimmt das. Hab gewonnen, wie immer.»

«Gerade sagten Sie noch, Sie wären allein gewesen und es gäbe keinen Zeugen», warf Simon dem Mann vor.

«Ja, sorry, hatte ich vergessen.»

«Und jetzt verpiss dich in dein Beamtenbüro», sagte Stiernacken und machte einen Schritt auf Simon zu. Simon wertete das als Angriff. An jedem anderen Tag wäre er ruhig und besonnen geblieben, aber nicht heute, nicht unter dem Druck, der auf ihm lastete. Er handelte sofort. Die Abfolge der Griffe und Hebel war ihm durch jahrelanges Wing-Tsun-Training in Fleisch und Blut übergegangen, und es war eine Sache von weniger als zehn Sekunden, bis der Bodybuilder mit dem Gesicht auf dem dreckigen Teppich lag, Simons Knie im unteren Rücken, die Handschellen an den Handgelenken.

«Warum glaubt ihr Anabolikafresser eigentlich, die kleinen schmalen Typen sind wehrlose Opfer? Lernt ihr nichts dazu? Oder reicht euer Minihirn dafür nicht aus? Wie auch immer, du bist festgenommen wegen Angriff auf einen Polizeibeamten.»

Wehren konnte der Mann sich nicht mehr, aber er fluchte laut in seiner Landessprache. Es klang slawisch. Simon richtete sich auf, um die Vernehmung von Marco Pohl fortzusetzen. Der stand immer noch hinter seinem Tresen und wirkte nun verschreckt.

«Wird dein Freund bei seiner Version bleiben, wenn ich ihn aufs Präsidium bringen lasse?»

«Ich war allein», gab Pohl zu. «Das war doch nur ein Scherz.»

«Ein Scherz? Ich bin aber nicht zum Scherzen aufgelegt, und wenn Sie jetzt nicht kooperieren, landen Sie wieder im Knast. Das garantiere ich Ihnen.»

«Aber ich kooperiere doch.»

Simon fragte den Mann nach der Nacht der Lesung, in der Faja die ersten beiden Videos zugeschickt bekommen hatte. Pohl brauchte einen Moment, um sich daran zu erinnern, dass er da auch allein in seiner Wohnung gewesen war.

«Haben Sie Zettel und Stift?», fragte Simon ihn.

«Ja, warum?»

«Nehmen Sie beides und schreiben Sie einen Namen auf für mich.»

«Ich verpfeife niemanden.»

«Mach schon, Mann, bevor ich ungemütlich werde.» Simons Geduld war mehr als überstrapaziert.

Pohl gehorchte. Mit dem Kugelschreiber in der Hand wartete er.

«Schreib den Namen Faja auf.»

Pohls Augen wurden groß.

«Mach schon», schrie Simon ihn an, bevor der Mann etwas sagen konnte.

Also schrieb er.

Simon langte über den Tresen und entriss ihm den kleinen Notizblock.

«Was soll das?», fragte Pohl, und seine Stimme klang längst nicht mehr so selbstsicher wie zuvor.

«Kann dir egal sein.»

«Was soll das?», schrie Pohl jetzt und schlug mit der Faust auf den Tresen. «Warum muss ich den Namen meiner Tochter schreiben? Ich will sofort wissen, was los ist. Ist ihr etwas zugestoßen?»

«Ich kann zu den laufenden Ermittlungen keine Auskünfte geben.»

Simon warf einen Blick auf den Block.

Pohl hatte den Namen genauso geschrieben, wie Aylin Coban es angekündigt hatte.

Fahja statt Faja.

Mit fünf statt mit vier Buchstaben.

Hier tauchte die Zahl Fünf auf, die in dem ganzen Fall eine tragende Rolle spielte. Aber war das auch eine Verbindung? Eine Spur?

8

Simon war wieder auf der Straße in Richtung Präsidium unterwegs. Den Bodybuilder hatte er laufen lassen, weil er schlicht und einfach keine Zeit hatte, sich um so einen Idioten zu kümmern. Auf dem Handy verfolgte er, was sich bei Instagram tat, zusätzlich hielt Faja ihn auf dem Laufenden. Noch gab es kein weiteres Video. Er hatte mit Faja nicht über ihren Vater gesprochen, würde das aber früher oder später tun müssen. Zu diesem Zeitpunkt gab es keine Möglichkeit, ihn in Untersuchungshaft zu nehmen, aber eine Streife, die Simon zu dem Gespräch gefolgt war, observierte den Mann jetzt. Sollte er sich auf den Weg zu Lisbeth machen, um die Sache zu Ende zu bringen, würde er auffliegen. Simon bezweifelte aber, dass der Mann so dumm war.

Er löste Sudokus. Was auch immer das zu bedeuten hatte.

Viel mehr konnte Simon im Moment nicht tun – und das machte ihn fertig. Die Uhr tickte. Sollte Lisbeth überhaupt noch leben, lief ihre Zeit ab. Auf Instagram hatte der Täter nicht zu erkennen gegeben, ob ihm die fünf Worte von Hemingway ausreichten. Dieses Schweigen und die Unsicherheit waren entsetzlich, auch für Faja, deshalb wollte Simon so schnell wie möglich zu ihr. Aber im Präsidium wartete jemand auf ihn.

Marlen Kampnagel. Die junge Frau, die in der Bibliothek arbeitete, in der die Leiche von Claas Rehagen gefunden worden war. Simon hoffte, dass sie ihn in diesem Fall weiterbringen würde. Es konnte schließlich kein Zufall sein, dass ihr die Handtasche gestohlen worden war.

Die junge Frau wartete bereits seit einer Stunde, als Simon in dem Vernehmungszimmer eintraf. Sie war klein, wirkte eingeschüchtert und hielt sich krampfhaft an ihrer Handtasche fest. Ihre Pupillen zuckten ständig hin und her. Simon stellte sich vor und fragte die junge Frau nach ihrem Befinden.

«Es geht schon. Ich habe ein bisschen Angst. Meine Chefin, Frau Baumann, hat mir gesagt, was in der Bibliothek passiert ist. Aber ich weiß nicht ... Ich habe doch nichts damit zu tun, oder?»

Simon schüttelte den Kopf. Er ärgerte sich darüber, dass die Baumann über den Fall gesprochen hatte, obwohl etwas anderes vereinbart gewesen war. Aber so waren die Menschen nun einmal. Solche Informationen konnte kaum jemand für sich behalten.

«Nein, haben Sie nicht, aber ich habe ein paar Fragen an Sie bezüglich des Diebstahls Ihrer Handtasche. Es könnte sein, dass auf diesem Weg der Schlüssel für die Hintertür der Bibliothek dem Täter in die Hände gefallen ist.»

«Um Gottes willen», entfuhr es Marlen Kampnagel, und sie wurde noch blasser, als sie es ohnehin schon war.

«Können Sie sich erinnern, wie Ihnen die Tasche abhandengekommen ist?», fragte Simon.

«Ich ... ich saß im Bus, wie immer. Auf meinem Lieblingsplatz, über dem Reifen, weil ich gelesen habe, dass man dort am sichersten sitzt, wenn mal ein Unfall passiert. Und ich habe Musik gehört und aus dem Fenster geschaut und ... ich weiß es nicht, als ich aussteigen wollte, war die Tasche weg. Aber ich bin mir sicher, dass ich sie mit in den Bus genommen habe ...»

Aus großen Augen sah sie ihn verzweifelt an, und Simon erkannte, dass sie sich schuldig fühlte. An einem anderen Tag hätte er versucht, einfühlsam zu sein, sie zu beruhigen, aber heute fehlte ihm dafür die Zeit.

«Sie könnten sie nicht in der Bibliothek vergessen haben?»

«Nein, ich hatte doch meine Dauerkarte für den Bus dadrin und habe sie dem Fahrer gezeigt.»

«Okay, sie stand also neben Ihnen auf dem Sitz?»

Sie nickte.

«Und ist Ihnen an dem Tag jemand aufgefallen? Jemand, den Sie aus der Bibliothek kennen, ein Kunde vielleicht. Wer hat in Ihrer Nähe gesessen? Können Sie sich erinnern? Es würde uns sehr helfen.»

Marlen Kampnagel dachte nach. Eine Furche teilte ihre

Stirn in zwei Hälften, ihre Finger knibbelten am Griff der Handtasche herum. Simon machte sich Hoffnung, denn es sah für einen Moment so aus, als erinnere sie sich an etwas, aber dann schüttelte sie den Kopf.

«Ich glaube nicht ... Alles war wie immer, und ich habe auch nicht wirklich aufgepasst.»

«Darf ich fragen, warum Sie bereits längere Zeit krankgeschrieben sind?» Eigentlich ging Simon das nichts an, und er würde die Frau auch nicht bedrängen, falls sie die Frage nicht beantworten wollte, aber er hatte gerade einen Verdacht, den er gern bestätigt hätte.

«Ich ... aus psychischen Gründen.»

Bei den letzten drei Worten entwich die Luft aus dem Körper der Frau, und sie fiel in sich zusammen. So ähnlich hatte Simon es sich gedacht.

«Okay. Dann hoffe ich, dass es Ihnen bald wieder besser geht. Sagen Sie, an welcher Haltestelle sind Sie an jenem Tag ausgestiegen?»

Sie nannte ihm die Haltestelle, und Simon schrieb mit.

«Und das ist die Haltestelle, an der Sie immer aussteigen?»

«Nein, dort steige ich einmal die Woche aus, wenn ich nach der Arbeit zur Therapie gehe.»

Simon fragte nach der Station, an der sie zugestiegen war, und notierte auch das. Er würde versuchen, Videoaufnahmen davon zu bekommen. Vielleicht hatten sie Glück, und wer auch immer die Handtasche genommen hatte, war darauf zu sehen.

«Mir fällt gerade ein, ich bin an dem Tag zwischendrin einmal ausgestiegen», schob Marlen Kampnagel nach.

«Und wo?»

«Bei der Haltestelle am Ende der Fußgängerzone. Ich

wollte meine Buchbestellung aus der Buchhandlung abholen. Sie dürfen das meiner Chefin Frau Baumann nicht erzählen, aber ... na ja, ich lese für mein Leben gern Krimis und Thriller, und Frau Baumann hasst sie, und sie macht immer so spitze Bemerkungen, wenn ich sie mir ausleihe, deswegen kaufe ich sie lieber. Wenn es nach meiner Chefin ginge, würden diese Bücher in der alten Bibliothek bleiben, aber unsere Kunden lieben sie genauso wie ich und würden sie vermissen.»

«Ich werde nichts verraten», versprach Simon und wunderte sich ein wenig über das kindliche Gemüt der jungen Frau. «Sagen Sie, in welcher Buchhandlung waren Sie?»

«Schriftzeichen. Dorthin gehe ich immer. Die sind alle so nett dort ... bis auf den Sohn von Frau Meyer, den mag ich nicht. Der hat mich mal angebaggert und guckt seitdem immer so komisch.»

«Schriftzeichen», wiederholte Simon und fragte sich, wie das jetzt wieder zusammenhing. «Darf ich fragen, welches Buch Sie abgeholt haben?»

Marlen Kampnagel kicherte schüchtern.

«*Dunkelheit, mein Freund* von David Sanford. Aber sagen Sie das bitte nicht meiner Chefin. Den hasst sie besonders.»

9

Als der große Mann mit dem dunkelblonden Kurzhaarschnitt auf dem Beifahrersitz plötzlich laut «Du verdammtes krankes Schwein!» brüllte, verriss der Taxifahrer vor Schreck das Lenkrad, der Wagen holperte über das Bankett der Landstraße, und nur um Haaresbreite gelang es dem Fahrer, einen Zusammenstoß mit einer mächtigen Eiche zu verhindern.

«Herrschaftszeiten», stieß der Taxifahrer aus, als der Wagen endlich stand. «Was soll denn das?»

Der große Mann stieß die Beifahrertür auf, sprang aus dem Wagen, lief ein Stück zwischen die Bäume in Richtung der Wiese und warf sein Handy in hohem Bogen ins Gras. Dann stieß er einen weiteren, markerschütternden Schrei aus und schlug um sich, als kämpfe er gegen einen unsichtbaren Gegner.

Der Taxifahrer hatte Angst vor dem Mann, der sich als Kommissar Schrader ausgegeben hatte und total nassgeregnet in sein Taxi gestiegen war. Er hatte von einem Notfall gesprochen und dass er dringend und so schnell wie möglich in die Stadt müsse. Man konnte ihm ansehen, dass er durch Wald und Wiesen gelaufen war, Kleidung und Schuhe waren schmutzig und nass. Für einen Augenblick dachte der Taxifahrer darüber nach wegzufahren, aber irgendwas hielt ihn davon ab. Stattdessen stieg er aus und rief mit dem Wagen als Barriere zwischen sich und dem großen Mann, ob er irgendwie helfen könne.

Es dauerte noch einige Augenblicke, bis Kommissar Schrader sich auf die Suche nach seinem Handy machte. Er fand es und kehrte zum Taxi zurück. Es sah so aus, als wischte er sich Tränen aus dem Gesicht.

10

Der Beamte der KTU hatte sich persönlich auf den Weg gemacht zu Kommissar Schierling, um ihm einige Ergebnisse im Zusammenhang mit dem krassen Fall um Claas Rehagen und dem unbekannten Toten zu überbringen.

«Die Folie ist nicht handels- oder haushaltsüblich», sagte er, während er dem aufgebracht und nervös wirkenden Kommissar über den Flur des Präsidiums folgte. Schierling ging schnell, zu schnell für den KTU-Beamten mit seinen dreißig Kilo zu viel auf den Rippen.

«Es handelt sich dabei um besonders reißfeste Folie, wie sie im Gewerbe und in der Industrie eingesetzt wird.»

Bevor Kommissar Schierling antworten konnte, vibrierte sein Handy, und er zog es sofort aus der Hosentasche. Als sei er gegen eine Wand gelaufen, blieb er abrupt stehen und starrte mit versteinertem Gesicht auf das Display. Der KTU-Beamte traute sich nicht, weiterzusprechen.

Schierling lehnte sich mit dem Rücken gegen die weiß verputzte Wand des Ganges und glitt daran herunter, bis er auf dem Boden saß. Sein Blick ging auf die gegenüberliegende Wand. Was er dort sah, blieb sein Geheimnis.

«Was ist denn passiert? Kann ich Ihnen helfen?», fragte der KTU-Beamte.

11

Die uniformierte Polizeibeamtin, die mit ihrem Kollegen vor der Wohnung von Faja Bartels Wache hielt, hatte gerade die Toilette der Wohnung benutzt. Das Wasser der Spülung lief noch nach, und die Beamtin überprüfte im Spiegel über dem Waschbecken ihr Aussehen, als sie aus der Wohnung ein merkwürdiges Geräusch vernahm. Es klang, als hätte ein Hund einen Tritt bekommen und heulte vor Schmerzen kurz auf.

Die Beamtin verließ das Bad und ging die drei Schritte über

den Flur ins Wohnzimmer, wo sie Faja Bartels zuletzt gesehen hatte.

«Alles in Ordnung?», fragte sie, noch bevor sie das Wohnzimmer betrat.

Faja Bartels stand zitternd im Raum, das lange Haar fiel ihr vors Gesicht, sie war barfuß, trug eine bequeme Jogginghose, und der rechte Träger des blauen Tanktops war ihr von der Schulter gerutscht. Mit beiden Händen hielt sie ihr Handy umklammert, das Licht des Displays ließ ihr Gesicht unnatürlich blass erscheinen – oder war sämtliches Blut daraus gewichen? Dann rutschte der jungen Frau das Handy aus der Hand und fiel zu Boden. Nur eine Sekunde später gaben ihre Beine unter ihr nach, und sie wäre gestürzt, hätte die Beamtin nicht geistesgegenwärtig reagiert und sie aufgefangen. So konnte sie sie stützen und ging behutsam mit ihr zu Boden.

«Hey, was ist denn? Was ist passiert?»

Faja Bartels war nicht in der Lage zu sprechen. Wie bei einem Fisch, der auf dem Trockenen qualvoll starb, öffneten und schlossen sich wortlos ihre Lippen.

12

Hemingways Worte hatten den Täter nicht aufhalten können.

Lisbeth Heiland war gestorben. Auf die gleiche entsetzliche Art wie Claas Rehagen und der nach wie vor unbekannte Tote aus Rehagens Wohnung.

Ungeachtet dessen lebten die Menschen, jubelten ihrer Fußballmannschaft zu, wurden Kinder geboren, Hochzeiten begangen, Geburtstage gefeiert. Die Welt drehte sich unablässig weiter. Nur nicht für drei Personen in dem schlichten

Raum eines Polizeipräsidiums. Dort standen Zeit und Rotation still, und das Leben schwieg. So wie man es sich nach einem Verlust wünschte.

Der Tod war schon immer ein Freund der Menschen gewesen. Wäre es nicht so, würde er alle zu jeder Zeit an seinem Wirken teilhaben lassen. Aber er war freundlich und ließ diejenigen, denen noch Zeit blieb, unbehelligt, gaukelte ihnen vor, noch lange nicht an der Reihe zu sein.

Diese Gedanken gingen Jaro durch den Kopf, während er aus dem Fenster auf den Parkplatz eines Supermarktes schaute, dem Inbegriff des Lebens sozusagen, das Jagdrevier der modernen Gesellschaft, in dem Einkaufswagen und Kreditkarte die Waffen waren.

Jaro hatte einiges von Hemingway gelesen. Er liebte dessen Klarheit, die kurzen, aussagekräftigen Sätze, die direkte Schnörkellosigkeit. Man nannte ihn den Meister des Weglassens, er beherrschte den Eisbergstil wie kaum ein anderer.

Aber Jaro befürchtete, nach diesem Tag würde er Hemingways Texte meiden. Denn ab heute würde immer Lisbeths Tod darin mitschwingen. Das war sicher nicht die Intention des Täters, aber das hatte er erreicht. Das und noch viel mehr. Drei Menschen waren tot, drei weitere haderten mit dem Leben. Faja Bartels war am Boden zerstört, so sehr, dass Jaro sich fragte, ob sie sich jemals davon erholen würde. Simon Schierling gab sich die Schuld, weil er nicht schnell genug, nicht gründlich genug, nicht erfolgreich genug ermittelt hatte. Das war Quatsch, wie Jaro fand. Schuld war allein der Täter. All diese Emotionen lähmten ihr rationelles Denken, und im Moment war das auch in Ordnung und notwendig, aber der Moment durfte nicht zu lange andauern. Denn da draußen, vielleicht auf dem beschissenen Supermarktparkplatz, lief ein

267

Mensch herum, der wahrscheinlich schon seine nächste Tat plante. Niemand von ihnen trug Schuld, und das wussten sie auch, aber sich schuldig zu fühlen, verringerte den Schrecken des Todes. In der Schuld konnte man sich mit sich selbst beschäftigen, auf Mitleid und Absolution hoffen, sie war also nie uneigennützig, diente vielmehr dem eigenen Schutz.

«Macht er wirklich so lange weiter, bis er eine Geschichte bekommt, die ihm gefällt?», fragte Jaro immer noch zum Fenster gewandt.

Hinter sich wusste er Simon und Faja. Sicher grübelten sie über die gleiche Frage nach, dennoch musste sie laut gestellt werden. Und wenn nur, um die lähmende Stille zu durchbrechen, die das Büro in einen Kokon verwandelte, dessen Inneres mit der Welt dort draußen nichts mehr zu tun hatte. Aber genau dorthin mussten sie zurück. Schock hin oder her.

«Er macht weiter, bis wir ihn stoppen», antwortete Simon mit harter Stimme, aus der alle Emotion gewichen war.

«Lissi ... sie war ein so guter Mensch.»

Fajas Stimme war leise und kraftlos und spiegelte ihre Verfassung wider. Sie war am Ende, konnte nicht mal mehr weinen. «Sie hat immer wieder versucht, mich zu verkuppeln ... einmal sogar mit einem Mädchen, weil sie glaubte ... Sie hatte keinerlei Berührungsängste, liebte alle Menschen ...»

Da war noch so viel mehr, was Faja über ihre Freundin hätte erzählen können, und vielleicht würde sie bald auf Lisbeths Beerdigung eine Rede halten, die genau so begann, aber jetzt stockte ihr die Stimme. Das Grauen war zu frisch. Und es war noch nicht vorbei.

Bevor sie sich hier im Büro getroffen hatten, hatte Simon dafür gesorgt, dass die Mitglieder der Bücherjunkies in Sicherheit gebracht wurden. Sie mussten unter Polizeischutz, jeder für sich, anders war es nicht möglich, da sie in verschiedenen Bundesländern lebten. Simon hatte noch keine Rückmeldung erhalten, hoffte aber, dass das bereits geschehen war. Zudem wurde Fajas Vater überwacht, wovon Faja nichts wusste, auch nicht, dass Simon ihn überhaupt vernommen hatte. Wie sie weiter mit Sanford, oder besser, Frank Krieger, umgehen sollten, hatten sie noch nicht besprochen.

In Ramses hatte Jaro jedenfalls einen Freund gefunden. Der riesige Bernhardiner hatte ihn unbehelligt vom Grundstück des Schriftstellers verschwinden lassen und sich sogar die Ohren kraulen lassen. Es hatte Jaro ein wenig leidgetan, ihn dort zurückzulassen.

«Um wen geht es ihm überhaupt?», fragte Jaro und wandte sich den beiden zu.

«Was meinst du?», entgegnete Simon.

«Sind ihm seine Opfer wichtig, oder geht es ihm um die Menschen, die er mit ihrem Tod trifft?»

«Also um mich», sagte Faja.

«Nein, so meine ich es nicht. Da draußen sind doch noch so viele andere, die sich mit Büchern beschäftigen, die sich Meinungen über Bücher bilden und diese Meinungen veröffentlichen, sich darüber austauschen. Will er diese Menschen in Panik versetzen? Hat er Lisbeths Video deshalb öffentlich gemacht? Sind die Opfer nur sein Mittel zu diesem Zweck?»

«Du setzt also voraus, dass das seine Intention ist? Er rächt sich dafür, dass diese Menschen schlecht über das schreiben und sprechen, was er verfasst hat? Du meinst, Sanford steckt dahinter? Ein gekränkter Schriftsteller voll tödlichem Hass?», fragte Simon.

«Wenn ihr gesehen hättet, was ich gesehen habe, wie er sich da draußen auf seinem Hof aufgeführt hat, dann würdet ihr genauso denken. Klar, er hat gerade Erfolg mit seinem Buch, aber davor hat er als Frank Krieger Bücher geschrieben, die wie Blei in den Verkaufsregalen lagen. Das muss doch Spuren hinterlassen haben. Frag mich nicht, warum er gerade jetzt, wo er erfolgreich ist, seinen Rachefeldzug beginnt, ich habe darauf keine Antwort. Aber dieser Bunker ... sicher, Lisbeth war nicht dort, er hat sie nicht dort getötet, kann es aber irgendwo anders getan haben. Oder er macht gemeinsame Sache mit Nora Goldmann, seiner Assistentin, die war schließlich einige Stunden unterwegs, während ich das Anwesen beobachtet habe. Dieser Bunker ... irgendwie kam es mir so vor, als geißle Sanford sich dort selbst. All die beschriebenen Blätter, die er dort verbrennt, ich meine, was soll das? Der Typ ist doch eindeutig krank. Und dann das hier.»

Jaro nahm das Manuskript aus der Plastiktasche, die er von dem Taxifahrer auf der Rückfahrt in die Stadt geschenkt bekommen hatte. Er hatte dem Mann ein ordentliches Trinkgeld gegeben, um sich für den Schreck während der Fahrt zu entschuldigen.

Jaro ließ den vierhundert Seiten starken Stapel auf den Tisch fallen.

«Das lag auf seinem Schreibtisch wie ein heiliges Relikt.»

«Und du hast es geklaut?», fragte Simon.

«Klar. Er weiß ja nicht, dass ich es war.»

«*Out of the Dark*, von Hardy Herrmann», las Faja vor, was auf dem Deckblatt stand. «Darf ich?» Sie schaute Jaro aus ihren großen traurigen Augen fragend an.

«Sicher.»

Sie legte das Deckblatt beiseite und blätterte durch den Text, las mal hier, mal dort.

«Moment mal», sagte sie schließlich, und plötzlich kehrte

Leben in ihren Körper und Geist zurück. «Das klingt doch ...
das ist doch das Buch von David Sanford. *Dunkelheit, mein
Freund.*»

«Was!?», stießen Jaro und Simon gleichzeitig aus und rück-
ten näher an Faja heran. Die blätterte immer schneller durch
die bedruckten Seiten, las sich immer tiefer in den Text und
bestätigte schließlich ihren Eindruck.

«Ganz eindeutig. Ich musste das Buch von Sanford vor der
Veranstaltung ja selbst lesen und habe es noch gut in Erinnerung. Das ist *Dunkelheit, mein Freund*, wenn auch die Text-
zeilen aus dem Lied von Simon and Garfunkel fehlen.»

«Und wer bitte ist dann dieser Hardy Herrmann?», fragte
Simon. «Ein weiteres Pseudonym von Sanford?»

«Das lässt sich ja herausfinden», meinte Faja und googelte
den Namen schneller, als Jaro und Simon an ihre Handys kamen.

«Das ist er», sagte sie und zeigte ihnen auf dem Display ein
Foto. «Kommt mir irgendwie bekannt vor.»

Simon sprang auf.

«Das darf doch nicht wahr sein!», rief er. «Natürlich kommt
er dir bekannt vor. Ich habe dir ein Foto von ihm gezeigt.»

Simon fummelte sein Handy hervor, rief die Fotodatei auf
und zeigte das betreffende Foto.

«Allerdings ist er hier mausetot», sagte er. «Das ist der
unbekannte Tote, den ich in der Wohnung von Claas Rehagen gefunden habe. Jetzt hat er einen Namen. Hardy Herrmann!»

Simons Stimme zitterte vor Aufregung. Hier tat sich gerade
eine neue Spur auf, von der sie noch nicht wussten, wohin sie
führte, aber alles war besser als Stillstand und lähmende Le-
thargie.

«Dieser Hardy Herrmann hat zwei Bücher als Selfpublisher herausgebracht», sagte Faja und scrollte durch die Infos im Netz. «Beide sehr gut bewertet, aber kommerziell nicht erfolgreich.»

«Jetzt wird ein Schuh daraus», sagte Jaro. «Jahrelang schreibt Frank Krieger erfolglos Krimis, dann sucht er sich einen Ghostwriter, Hardy Herrmann, gibt sich einen englisch klingenden Namen, David Sanford, und prompt schafft er den Sprung auf die Bestsellerliste.»

«Ja, aber Herrmann ist tot. Auf die gleiche Art gestorben wie Claas Rehagen», sagte Simon. «Warum sollte Sanford das tun?»

«Vielleicht wollte Herrmann öffentlich machen, dass Sanford das Buch nicht geschrieben hat, sondern er», meinte Faja.

«Und dieser ganze Zirkus mit den Fünf-Wort-Geschichten ist nur ein Ablenkungsmanöver, um die Aufmerksamkeit von diesem banalen Grund abzulenken», schob Jaro nach.

«Das ergibt Sinn», sagte Simon. «Aber Jaro, du hast doch gehört, dass Sanford und seine Assistentin auf der Suche nach jemandem sind. Ich dachte gerade, dass sie nach Herrmann suchen, ihrem Ghostwriter, aber das kann nicht sein, wenn sie ihn getötet haben.»

Jaro zuckte mit den Schultern. «Wer weiß. Vielleicht weiß die Goldmann doch nichts davon, weil Sanford es allein getan hat. Vielleicht haben die beiden aber auch beobachtet, wie ich aus dem Wagen gestiegen bin, und Sanfords Assistentin hat sich auf die Suche nach mir gemacht.»

«Hm … ja, klingt logisch», überlegte Simon laut. «Wir brauchen jetzt sofort einen Durchsuchungsbeschluss und einen Haftbefehl für Sanford und seine Assistentin. Das kann uns der Richter nicht länger verwehren. Wir haben das Bild aus dem Insta-Feed von Sanford, vor dem zwei Opfer gestorben sind. Wir haben dieses vermeintliche Ghostwriter-Manuskript. Und wir wissen, dass sowohl Sanford als auch Nora Goldmann Gelegenheit gehabt hätten, die Taten zu begehen und die Videos zu posten.»

«Das Letzte wissen wir, alles andere sind nur Vermutungen», gab Jaro zu bedenken. «Und über das Manuskript sprichst du mit dem Richter besser nicht, denn das habe ich geklaut, nachdem ich Sanford ins Reich der Träume geschickt habe.»

«Ja, du hast recht. Ich behaupte einfach, wir sind zufällig auf die Identität von Hardy Herrmann gestoßen. Vielleicht klappt es trotzdem.»

«Okay», Jaro klatschte in die Hände. «Du gehst zum Richter, ich finde heraus, wo dieser Hardy Herrmann gelebt hat. Mal sehen, was seine Wohnung uns bietet.»

13

Zwei Stunden später, es ging auf 18 Uhr zu, erreichten Jaro und Simon die Meldeadresse von Hardy Herrmann. Zu ihrer Überraschung hatten sie zuvor festgestellt, dass sie im Dienstbereich von Jaro lag und zudem nicht weit von dem Ort entfernt, an dem Jorgensen die schwangere Mandy Stein aus dem Fenster gestoßen hatte.

«Das Viertel ist bekannt als sozial schwierig, hier gibt es die meisten Polizeieinsätze wegen Drogendelikten, Hehlerei, Bandenkriminalität und so weiter», sagte Jaro bei der Ankunft. «Und ich fress einen Besen, wenn es Zufall ist, dass

Thorsten Fleischer und Hardy Herrmann nur eine halbe Autostunde Fahrt voneinander entfernt gelebt haben.»

«Du meinst, die beiden kannten sich?»

«Meine ich», bestätigte Jaro.

«Dann müssen wir aber ein Trio daraus machen. Hardys Leiche befand sich in Claas Rehagens Wohnung.»

«Zwei Leichen», sagte Jaro und hielt drei Finger hoch. «Aber drei Namen. Einer fehlt. Warum? Weil er noch lebt. Vielleicht ist Fleischer unser Mann, nicht Sanford.»

«Wir haben keinen Beweis dafür, dass Thorsten Fleischer die beiden getötet hat. Nicht einmal ein Indiz.»

«Man wird ja noch mal Vermutungen anstellen dürfen», verteidigte sich Jaro. «Außerdem ist er verschwunden. Spurlos. Hält sich wahrscheinlich irgendwo versteckt. Und er hat eine Motivation. Wahrscheinlich denkt er, die ganze Welt hat sich gegen seinen großen Traum verschworen, Schriftsteller zu werden.»

«Wahrscheinlich. Aber er war nicht der Mann, der Faja Bartels entführen wollte. Sie hätte ihren Bruder doch erkannt.»

«Ja, richtig ... andererseits, der Mann trug einen Overall, eine Baseballkappe, vielleicht eine Perücke und einen angeklebten Bart. Wie sicher kann Faja sich da sein, zumal sie ihren Stiefbruder schon lange nicht mehr gesehen hat?»

Simons Handy vibrierte.

«Das ist Faja», sagte er, ging sofort ran und hörte zu.

Sie waren übereingekommen, dass Faja in der Obhut der Polizei blieb. Nicht in einer Zelle im Präsidium, das wollten Simon und Jaro ihr nicht zumuten, aber in einer sicheren Wohnung zusammen mit einer Beamtin, die für solche Einsätze auch psychologisch geschult war.

«Nein», sagte Simon schließlich. «Kein Kontakt im Moment. Und du hast ihm nicht gesagt, wo du bist? ... Gut, in Ordnung.» Simon hörte wieder zu. «Das ist ja sehr interessant. Ich danke dir und ...», wieder hörte Simon zu. «Ja, okay, ich kümmere mich darum. Bis später.»

«Was ist los?»

«Jemand hat Faja über WhatsApp kontaktiert. Der Sohn der Buchhändlerin, bei der sie angestellt ist. Wollte wissen, ob es ihr gut geht oder ob sie etwas braucht.»

«Einfach nur nett? Oder verdächtig?»

Simon zuckte mit den Schultern. «Ich habe den Sohn einmal kurz gesehen. Wortkarg, verhuscht, steht unter der Fuchtel seiner Mutter. Da fällt mir gerade ein, Marlen Kampnagel, die Mitarbeiterin aus der Bibliothek, der die Handtasche gestohlen wurde, hat beiläufig erwähnt, dass sie den Sohn, Dirk Eberitzsch, kennt und ihn unsympathisch findet. Er hat sie wohl mal angebaggert. Und Faja sagte gerade, bei ihr hat er das auch mal versucht.»

«Hm», machte Jaro und kam ins Grübeln. «In einem Krimi wäre das jetzt der entscheidende Hinweis auf den Täter.»

«Ja, in einem Krimi, aber nicht in der Realität.»

«Wir sollten uns den Burschen trotzdem anschauen.»

«Machen wir auch, aber nicht mehr heute. Außerdem war Faja schneller als unsere IT-Kollegen, kein Wunder, sie hat ja auch den ganzen Tag Zeit und nur diesen Fall, während unsere Kollegen Hunderte Fälle gleichzeitig jonglieren müssen. Faja hat herausgefunden, dass der Instagrammer *Korrektor*, der gegen Rehagen eine Drohung ausgestoßen hat, immer wieder ähnlich auf schlechte Rezensionen über die Bücher von Frank Krieger reagiert hat.»

«Entweder Sanford selbst oder seine Assistentin», vermutete Jaro. «Da kann einer nicht mit der Öffentlichkeit umgehen, die er für seinen Erfolg braucht. Beweisen lässt es sich aber nicht, oder?»

«Nein, bisher nicht. Du weißt ja, wie aufwändig es ist, IP-Adressen herauszufinden, vor allem, wenn sie verschleiert werden. Aber unsere Kollegen sind dran. Ach ja: Faja hat gefragt, ob sie morgen mit deiner Therapeutin sprechen kann. Klappt wohl nicht so richtig mit der Kollegin vom Präsidium.»

«Sie ist nicht meine Therapeutin», stellte Jaro fest.

«Aha. Klang für mich aber so. Wie auch immer, Faja fragt nach ihr. Funk sie doch mal an.»

Seufzend holte Jaro sein Handy hervor und rief Aylin an. Sie ging nicht ans Telefon, wahrscheinlich steckte sie in einem Klientengespräch, sie hatte ja gesagt, dass sie einige Termine nachzuholen hatte. Jaro schrieb ihr über den Messenger eine Nachricht und bat um Rückruf. Dann steckte er das Handy weg und konzentrierte sich auf die vor ihnen liegende Aufgabe. Aus dem Wagen heraus starrte er das viergeschossige Gebäude an und bekam ein flaues Gefühl im Magen. Sie wussten, Hardy Herrmanns Wohnung war ganz oben im vierten Stock. Die Erinnerungen an Jorgensen und Mandy Stein lauerten dicht unter der Oberfläche und waren sofort präsent, wenn sie eine Chance dazu bekamen. Da konnte Jaro noch so sehr versuchen, sie beiseitezudrängen.

«Wollen wir?», fragte Simon.

«Von mir aus kann's losgehen.»

Sie verließen den Wagen. Auf den Straßen des Viertels war ohnehin immer viel los, das warme Wetter lockte zusätzlich Menschen auf die Straße. Auch hier war ein Gewitter durchgezogen, hatte den Staub in die Gossen gespült und die Luft gereinigt. Es duftete herrlich nach Döner, und Jaro bemerkte, dass er zu lange nichts Ordentliches mehr gegessen hatte.

Erneut war Simon viel schneller als Jaro. Er bewegte sich zielorientiert, hatte nur die Haustür im Auge, während Jaro erst einmal die Umgebung checkte. Auf Dauer wäre eine Zusammenarbeit mit Schierling zu anstrengend für Jaro, das spürte er schon jetzt. Immer unter Spannung und in Höchstgeschwindigkeit zu agieren widersprach seiner eigenen Energie, die mehr wie ein großer, ruhiger Strom war und nicht wie ein wilder Gebirgsbach.

Aber er ließ sich anstecken davon. Denn sie hatten keine Zeit, keine Ruhe, folgten noch immer nicht ihrer eigenen Route, sondern rannten auf einem Weg, den der Täter ihnen vorgab. Zumindest kam es Jaro so vor. Er hatte das Simon gegenüber noch nicht thematisiert, da es ein Bauchgefühl war und Simon eher ein Mensch, der Fakten folgte und nicht Gefühlen. Was, wenn sie immer genau das taten, was der Täter von ihnen erwartete? Plante er dann nicht in diesem Moment schon die nächste Entführung oder war sogar bereits aktiv?

Sie betraten das Haus und wandten sich der Treppe zu. Einen Aufzug gab es nicht. Federleicht überwand Simon vor Jaro die Stufen und schien überhaupt nicht aus der Puste zu kommen. Jaro fragte sich, woher in diesem kleinen schmalen Körper ohne nennenswerte Muskelmasse die Energie kam. Es schien, als brannte ein kleines Kernkraftwerk in dem Mann.

Auf dem Treppenabsatz in der vierten Etage angekommen, waren sie dann aber doch beide außer Atem. Jaro wollte die Wohnungstür mit der Schulter auframmen, doch Simon gebot ihm Einhalt. Er brauchte nicht einmal eine Minute, um sie mit einem kleinen Werkzeug zu öffnen.

Der Gestank in der Wohnung war entsetzlich.

Wie der einer Biotonne voller verdorbener Lebensmittel, die drei Tage in praller Sonne gestanden hatte.

Die Wohnung war klein, die Möbel aus billigem Kiefernholz, der Fußboden ebenso. In der winzigen Küche stapelte sich schmutziges Geschirr in der Spüle, auf den Tellern wuchs Schimmel. Wohn- und Schlafzimmer war eins, der Fernseher hing in Blickrichtung des Bettes an der Wand, die Stand-by-Lampe leuchtete rot. Es gab mehrere Ikea-Regale voller Bücher. Zudem einen Schreibtisch, auf dem Kaffeetassen, eine angefangene Rolle Schokoladenkekse und ein voller Aschenbecher standen.

Jaro betrat das kleine Badezimmer. Die Emaille der Wanne war gräulich verfärbt und voller Flecken. Darin befanden sich Utensilien, die man nicht zum Baden brauchte. Mehrere Holzrahmen in unterschiedlicher Größe, ein Nudelholz, Pürierstab, Geschirrtücher in großer Menge, Schwämme, verschiedene Eimer, Suppenkelle, Schneebesen und Sieb. Unter dem Fenster, gleich neben der Toilette, standen mehrere Plastikboxen übereinandergestapelt. Jaro zog die Deckel der beiden obersten ab und warf einen Blick hinein. Darin lagen Dutzende Papierblätter unterschiedlicher Farbe und Stärke. Sie wirkten grob und an den Kanten abgerissen.

Simon trat in die geöffnete Tür. Für zwei Personen war das Bad zu klein.

«Sieht so aus, als würde der Laptop fehlen», sagte er. «Es gibt ein Ladekabel dafür am Schreibtisch. Handy finde ich auch nicht. In einem der Regale liegen mehrere Manuskripte mit dem Namen Hardy Herrmann auf dem Deckblatt, aber keines mit dem Titel *Out of the Dark*. Was ist das?» Simon deutete auf die Utensilien. «Sieht so aus, als hätte hier jemand Papier geschöpft. Ich habe mich wegen des Papiers im Mund der Opfer damit befasst. Genau diese Dinge braucht man dafür.»

Jaro nickte. «Schau mal.» Er reichte ihm eine der Boxen.

Simon staunte ungläubig. «Wenn das mal nicht das gleiche Papier ist wie in den Mündern der Opfer», sagte er.

«Dann aber auch in Hardys eigenem Mund», gab Jaro zu bedenken. «Und das wird er nicht selbst getan haben.»

Simon und Jaro sahen sich an. Weitere Worte waren nicht notwendig.

Sie suchten weiter, schauten in alle Schubladen, unter die Matratze, überall, und Simon fand schließlich im Küchenschrank in einer leeren Cornflakespackung einen großen braunen Umschlag. Darin steckten Geldscheine. Insgesamt mehr als zweitausend Euro.

«Viel Geld für jemanden, der so lebt», sagte Simon.

«Lass uns mal rumspinnen», schlug er vor. «Hardy ist einer der vielen Schriftsteller, die auf ihren großen Durchbruch warten. Einer regulären Beschäftigung geht er nicht nach und lebt, wie man sieht, sehr bescheiden. Seine große Leidenschaft ist die Schreiberei. Auf der anderen Seite haben wir Sanford, der ebenfalls schreibt, keinen besonders großen Erfolg hat, aber Geld, um etwas daran zu ändern. Er sucht nach einem Ghostwriter, wahrscheinlich übers Internet. Hardy und Sanford werden sich einig, und Hardy schreibt ein Buch für ihn, vielleicht war es auch schon fertig, und er verkauft es ihm. Daher das Geld im Umschlag. Große Überraschung, es wird auf Anhieb ein Riesenerfolg. Hardy wird eifersüchtig. Entweder will er mehr Geld oder es an die große Glocke hängen. Beides kann Sanford nicht zulassen. Er bringt ihn um, nutzt dafür perverserweise dessen handgeschöpftes Papier, versteckt diese Tat aber hinter den Machenschaften eines Psychopathen, den es gar nicht gibt, indem er diese Farce mit der Fünf-Wort-Geschichte erfindet.»

Jaro hatte schweigend zugehört und nickte jetzt.

«In sich schlüssig. Aber etwas passt nicht ganz. Dieser Bunker. Sanfords Verhalten. Ich hatte das Gefühl, er verzweifelt dort an einem Folgebuch für *Dunkelheit, mein Freund*. Zugleich suchen Sanford und Nora Goldmann nach jemandem. Wenn du einen großen Bucherfolg hast, will der Verlag einen Nachfolger, aber Sanford ist nicht in der Lage, ihn zu verfassen, weil er schon den ersten nicht selbst geschrieben hat. Also muss der Ghostwriter wieder ran. Den können er und seine Assistentin aber nicht finden, weil er tot in Plastikfolie gehüllt auf einem Stuhl in der Wohnung von Claas Rehagen sitzt.»

«In dem Fall ist Sanford nicht der Täter», sagte Simon.

«Richtig, und dennoch steht er mit alldem in Verbindung und ist die beste Spur, die wir haben. Wir müssen ihn aufs Revier bringen lassen, vernehmen und gleichzeitig sein Haus und den Bunker offiziell durchsuchen lassen. Dann können wir auch das Manuskript ins Spiel bringen, das ich geklaut habe. Wir kommen nicht weiter, wenn das nicht gelingt.»

«Da stimme ich dir zu», sagte Simon. «Und ich bin sicher, der Richter sieht das auch so. Leider wird er jetzt wohl schon im Feierabend sein.»

«Fuck!», sagte Jaro laut und trat gegen die Plastikboxen. «Wie wäre es mal mit ein bisschen Glück in diesem scheiß Fall. Wir können doch jetzt nicht einfach Feierabend machen.»

«Nein, können wir nicht, aber was bleibt uns anderes übrig?»

«Aber das ist doch eine verdammt heiße Spur!»

«Ist sie morgen auch noch. Wir können Sanford nicht einfach verhaften, das weißt du so gut wie ich. Lass uns diese Kisten mitnehmen und in der KTU abgeben. Wenn unser Verdacht stimmt, dass es sich um dasselbe Papier handelt wie in den Mündern der Opfer, haben wir zumindest einen Hinweis, dass Sanford und Hardy Herrmann sich kannten.»

«Es sei denn, er streitet Hardys Rolle als Ghostwriter ab.»

«Das warten wir erst einmal ab. Wäre natürlich schön, wenn jemand die beiden zusammen gesehen hat.»

Jaro dachte nach.

«Ich habe einen Informanten in diesem Viertel. Der sieht und hört hier alles. Den könnte ich morgen fragen. Wäre sowieso interessant zu wissen, ob Hardy was mit Drogen am Laufen hatte.»

«Okay, klingt sinnvoll. Mach das. Wenn du damit durch bist, kannst du deine Therapeutin ...»

«Sie ist nicht meine Therapeutin.»

«Ja, ja, schon recht. Dann kannst du Frau Coban mitbringen und sie bei Faja absetzen. Mit etwas Glück haben wir bis dahin den Haftbefehl und Durchsuchungsbeschluss für Sanford. Dann lasse ich Sanford und seine Assistentin aufs Präsidium bringen und vernehme beide. Du fährst raus zu ihrem Haus und leitest die Durchsuchung. Und versuch bloß, das geklaute Manuskript da wieder reinzuschmuggeln. Sonst können wir es nicht verwenden, und Sanford könnte wirklich abstreiten, Hardy Herrmann gekannt zu haben.»

14

Weil kaum etwas mehr Einfluss auf das Denken, Handeln und Fühlen hatte als die Zeit, ließ sie sich hervorragend als Waffe einsetzen. Niemand stand gern unter Zeitdruck, denn damit verlor man die Kontrolle über sein Leben.

Also musste er sie unter Druck setzen. Damit sie keinen Gedanken zu Ende bringen, keine Handlung planen, keine Strategie entwerfen konnten.

Die Sonne war gerade untergegangen, als er aus dem Bahnhofsgebäude, in dem er den Nachmittag verbracht hatte, in den Abend hinaustrat. Herrje, was für eine wunderschöne Stimmung, selbst hier in der Stadt. Das Licht, die Luft, die Geräusche trafen sich zu einem atmosphärischen Gleichklang, in dem nichts störte, nichts haderte, nichts schmerzte. Er liebte diese wenigen Minuten am Abend, verbrachte sie am liebsten unter freiem Himmel, und wer sich auch nur ein einziges Mal darauf eingelassen hatte, mit allen Sinnen, konnte nicht anders, als genauso zu empfinden.

Indes stand sein Plan fest. Während die anderen noch im Schock des Vergangenen verharrten, schritt er schon tatkräftig auf das nächste Ziel zu. Sie rechneten mit allem und bekamen dennoch das Unberechenbare.

Er wunderte sich über das, was er dabei empfand. So war es also, das Leben auf der anderen Seite, von dem man in Krimis lesen konnte. So schlecht fühlte es sich gar nicht an. Im Gegenteil, es war spannend und aufregend, und er spürte das Leben intensiver als je zuvor. Wenn der Auslöser für sein Handeln doch nur ein anderer gewesen wäre, ein weniger entsetzlicher. So aber trug er den Schmerz mit sich herum wie eine Weste aus Sprengstoff, die jeden Moment hochgehen konnte. Wie lange würde er diesen Zustand noch aushalten? Er wusste es nicht, aber fest stand, das Leben auf dieser Seite verschlang mehr Energie, als er dauerhaft aufbringen konnte.

Das Licht schwand mehr und mehr, während er sich seinem Ziel näherte. Den Wagen hatte er schon früher am Tag ganz in der Nähe abgestellt. Jeder erinnerte sich an ein Fahrzeug, das kurz vor einem Verbrechen nach einem Parkplatz suchend umherfuhr. Niemand an eines, das stundenlang zwischen anderen herumgestanden hatte.

Die Person, zu der er unterwegs war, war ungewöhnlich, deshalb wagte er sich ein zweites Mal in ihre Nähe. Sie war besonders. Einzigartig. Nicht eine von vielen. Sie würde sich anders verhalten als die anderen.

Schon stellte er sich vor, wie es sein würde, die Folie um ihren nackten Körper zu wickeln. Bahn um Bahn. In seinen Planungen hatte er nicht bedacht, was für ein intimer, beinahe liebevoller Akt das werden würde, und er bereute es ein wenig, diesen Akt nicht gleichermaßen mit ihr teilen zu können. Dafür hätte sie wach sein müssen, und das konnte er leider nicht zulassen. Nur die durchsichtige Folie sollte sie fesseln, nichts anderes. Man musste hindurchschauen können, um zu erkennen, was die Menschen in ihrem Innersten wirklich fesselte. Dass sie es selbst waren. Ihre Gedanken. Missgunst. Neid. Verurteilung. Beurteilung. Sie glaubten, über andere richten zu können, dabei war es doch nur der armselige Versuch, die eigene Unzulänglichkeit auf das Außen zu übertragen. Sie glaubten, sie damit loswerden zu können. Aber manche Dinge potenzierten sich, wenn man sie verteilte. Wie ein Virus wurden sie mehr und mehr, bis sie schließlich alles und jeden vergifteten.

Ob sie das je begreifen würde?

Schon von Weitem sah er, dass bei ihr noch Licht brannte.

Gegenüber dem Gebäude gab es mehr als genug Möglichkeiten, eine Weile aus dem Verborgenen zu beobachten. Soweit er wusste, lebte sie allein, was spontanen Besuch natürlich nicht ausschloss. Erst wenn er sich sicher war, dass sie auch tatsächlich allein war, würde er hinübergehen und sich als der zu erkennen geben, der er nicht war.

Fraglos würde sie darauf hereinfallen.

In Extremsituationen sehnten die Menschen die Polizei geradezu herbei und hinterfragten nicht. Kleider machten Leute, auch wenn sie aus dem Kostümhandel stammten.

Uniformen erst recht.

15

Nun war ihr Handy endgültig zu ihrem einzigen Verbündeten geworden, zu einer letzten Verbindung in die Welt da draußen, die gefährlich geworden war für Faja, vor der sie beschützt werden musste. Schon bevor das alles begonnen hatte, hatte sie viel zu viel Zeit in den sozialen Netzwerken verbracht, sich damit beschäftigt, was andere taten, dachten, fühlten, hatte versucht, all das mit sich selbst in Einklang zu bringen, und war oft genug daran verzweifelt.

Eingesperrt in die sichere Wohnung der Polizei, sinnigerweise über einer Sparkassenfiliale, schaffte Faja es nicht, das Handy länger als zwei Minuten aus der Hand zu legen. Vielleicht hätte sie es geschafft, wenn Aylin bei ihr gewesen wäre, nicht aber mit der Polizistin, die bei ihr in der Wohnung war. Sie war nett und fürsorglich, aber auf eine sehr mütterliche und aufdringliche Art, die Faja nicht mochte. Immer wieder hatte sie deshalb das Gespräch einschlafen lassen oder um ein paar Minuten Ruhe gebeten, bis die Polizistin von sich aus gesagt hatte, sie würde sich ein wenig hinlegen. Faja sollte sich nicht scheuen, nach ihr zu rufen. Mittlerweile hörte sie aber immer wieder leise Schnarchgeräusche aus dem Nebenzimmer.

Sie selbst konnte nicht einschlafen. Manchmal fielen ihr die Augen zu, aber immer wieder schreckte sie sofort auf und erweckte das Handy zum Leben, um nachzuschauen, ob es etwas Neues gab. Zum Glück konnte sie mit Susi, Norman und Sascha in Kontakt bleiben. Sie waren sich gegenseitig eine Stütze, trösteten sich, was den Schock und die Trauer über den Verlust von Lisbeth und Claas nicht leichter machte, aber immerhin fühlten sie sich nicht so furchtbar allein. Auch das Internet konnte verbinden. Wer das nicht glaubte, kannte die Einsamkeit nicht.

Das Video von Lisbeths Tod war längst verschwunden, von der Plattform gelöscht, aber es hatte einen Nachhall hinterlassen, der noch immer anhielt. Es schien niemanden in der Buchszene zu geben, der nicht davon gehört hatte, einige hatten das Video, wie auch immer, heruntergeladen, sodass es immer wieder in bestimmten Foren auftauchte, bevor es wieder verschwand.

Viele hielten es für einen gut gemachten Scherz, ein Fake, und wahrscheinlich war das auch das Beste. Leider gab es auch die Trolle, die niemals verstummten, die kein Gewissen hatten, keine Moral kannten, kein Mitleid empfanden. Sie ergötzten sich am Tod von Lisbeth, fanden das Video krass, cool, authentisch, wollten mehr davon sehen, hinterließen Likes, feierten es ab. Es war einfach nur widerlich, das zu sehen.

Und dann gab es die anderen, die die Challenge annahmen, die der Täter eröffnet hatte. Plötzlich tauchten auf vielen Accounts Fünf-Wort-Storys auf. Viele waren total unsinnig.

Harald68 schrieb: Fick dich doch ins Knie.

Eselsohr schrieb: Damit kommst du nicht durch.

Von PoetderSterne stammte: Dein Karma wird dich richten.

Aber es gab auch gute, ernst gemeinte Vorschläge.

BookstaloverIn schrieb: Am Anfang war das Licht.

Freigeister schlug vor: Er. Sie. Hass statt Liebe.

Oder jemand, der sich sogar HemingwaysErbe nannte, schrieb: Mein Wort für dich. Stirb.

Überhaupt kam Hemingway groß raus, es entbrannte ein Streit darüber, ob die Story über diese Wette stimmte oder nur Legende war, man stritt sich darüber, ob seine sechs Wörter überhaupt eine Geschichte waren oder nur ein Gedankenanstoß. Alles in allem gab es mehr Streit und Voyeurismus als Mitleid und Entsetzen. Die sozialen Netzwerke waren wie immer. Kurzfristig wurde ein Thema hochgepusht, bevor es am nächsten Tag niemanden mehr interessierte. Aber all die Aufmerksamkeit würde Lisbeths Tod bald in die Nachrichten bringen, zunächst online, dann sicher auch in die Printblätter. Schließlich hatte die ganze Welt Interesse an perfiden Morden. Faja hatte Angst davor, was in den nächsten Tagen passieren würde.

Sie selbst surfte nicht sinnlos, sondern suchte.

Nach Brotkrumen. Nach Mustern. Nach Sätzen, Worten, Bildern, Meinungen, die einen wie auch immer gearteten Schluss auf den Täter zuließen. In den ersten Stunden nach Lisbeths Tod war Faja zu gar nichts in der Lage gewesen, und sie hatte auch geglaubt, sich aus diesem Loch der Trauer und Panik nicht selbst wieder befreien zu können, aber sie konnte es doch. Es waren keine Rachegedanken, die ihr Antrieb und Kraft verliehen. Es war der unbedingte Wunsch, den Menschen, der Lisbeth und Claas das angetan hatte, hinter Gittern zu sehen.

Oder war das schon Rache?

Nein. Gerechtigkeit. Es war Gerechtigkeit.

Irgendwo zwischen all diesen Meinungen und Kommentaren hielt er sich versteckt. War er einer der Hater? Oder gab er sich empathisch, bekundete Mitleid, versuchte, mit einer Fünf-Wort-Geschichte zu helfen?

Faja hatte die Hoffnung noch nicht aufgegeben, etwas zu entdecken, aber sie begriff, dass es ähnlich schwierig war, den Täter online zu finden, wie es das für Simon und Jaro sein musste, ihn da draußen zu finden. Vielleicht brachte nur die Kombination aus beiden Welten den Erfolg.

Ein Geräusch ließ sie vom Handy aufschauen.

War das die Polizistin gewesen?

Faja lauschte.

Nein, die schnarchte weiter leise vor sich hin. Sonst war niemand in der Vierzimmerwohnung, die über zwei gut ausgestattete Schlafzimmer, das Wohnzimmer, ein Bad und eine Küche verfügte. Die Wohnung war frisch renoviert, nichts darin ließ auf persönlichen Geschmack schließen, es gab keine Bilder an den Wänden, keine Fotos, keine Pflanzen. Das Geschirr war von Ikea, nur der Kaffeevollautomat hatte wohl richtig Geld gekostet.

Hatte der das Geräusch von sich gegeben?

Die Dinger reinigten sich ja immer mal wieder selbst.

Faja wusste, hier konnte niemand einfach so einbrechen. Die Tür war brand- und explosionsgeschützt, verfügte über mehrere Sicherheitsschlösser und zwei massive Stahlriegel auf der Innenseite. Beide hatte die Polizistin vorgelegt. Hier drinnen war sie sicher. Dennoch spürte sie Furcht ihre Wirbelsäule hinaufklettern.

Faja stand auf, um sich die Beine zu vertreten und nach der Kaffeemaschine zu sehen. Sie hatte eine Stunde im Schneidersitz auf der Couch verbracht, ihre Bänder und Sehnen schmerzten bereits. Sie schlich barfuß in die Küche und fand die Kaffeemaschine dunkel vor. Keine Anzeige auf dem Display ließ darauf schließen, dass sie sich gerade gerührt hatte.

Faja ging zum Fenster. Schussfestes Glas, wie die Polizistin ihr erklärt hatte. Von innen hing eine blickdichte Gardine davor, und Faja hatte den Hinweis bekommen, sie nicht beiseitezuschieben. Das hatte sie auch nicht vor, aber wenn sie dicht genug davorstand, konnte sie durch die feinen Maschen hinausschauen. Zwar gestattete die weiße Gardine ihr nur einen leicht vernebelten Blick, der reichte aber aus.

Reichte aus, um den Mann erkennen zu können, der drüben unter dem Dach der Bushaltestelle stand. Die Hände in den Taschen seines Hoodies versenkt, die Kapuze über den Kopf gezogen, obwohl doch sommerliche Temperaturen herrschten. Das war zwar nicht ungewöhnlich, viele Jungs machten das unabhängig vom Wetter so, aber in dieser speziellen Situation kam es Faja verdächtig vor.

Und dann schaute er auch noch hoch zu ihr.

Sein Gesicht war verschattet, sie konnte nichts erkennen, weder Augen noch Nase oder Mund, nur das Kinn fing ein wenig vom Licht der Straßenlaterne ein. Aber seine Blickrichtung war klar. Er schaute schräg nach oben. Zu ihr in die erste Etage über der kleinen Sparkassenfiliale, in der Faja selbst schon oft genug Geld aus dem Automaten gezogen hatte.

Fuhr um diese Zeit noch ein Bus?

Sollte sie rübergehen, die Polizistin wecken und sie auf den Mann aufmerksam machen?

Warum schlief die überhaupt tief und fest, wenn sie doch auf Faja aufpassen und ihr eine Stütze sein sollte?

Wieder kam sie sich entsetzlich allein vor und klammerte sich fest an ihr Handy. Sie musste jemanden anrufen, sonst würde sie noch verrückt werden. Telefonieren durfte sie, darüber hatte sie mit der Polizistin gesprochen. Selbst wenn der Täter die Möglichkeit haben sollte, ihr Handy zu orten, würde er dennoch nicht in die Wohnung kommen. Faja durfte nur nicht ihre Freunde anrufen, die Kommunikation mit ihnen fand ausschließlich über den verschlüsselten Messengerdienst statt. Aber schreiben war nicht sprechen, und Faja sehnte sich nach einer menschlichen Stimme.

Nach einer ganz bestimmten menschlichen Stimme.

Bisher hatte sie sich nicht getraut, Aylin Coban anzurufen. Obwohl Simon am Telefon versprochen hatte, Aylin Bescheid zu geben, hatte die Therapeutin bislang nicht zurückgerufen. Gut, es war spät am Abend, sie hatte sicher längst Feierabend, war zu Hause, bei ihrer Familie oder bei ihrem Freund. Komisch, dachte Faja, wir haben überhaupt nicht über sie gesprochen, nur über mich. Faja wusste nichts über Aylin, und im Nachhinein kam ihr das unfair und selbstbezogen vor.

Draußen hielt ein Bus an der Haltestelle, und als er weiterfuhr, war der Typ verschwunden.

Faja starrte ihr Handy an. Dann fasste sie sich ein Herz und wählte Aylins Nummer.

Es klingelte und klingelte und klingelte.

Dann nahm sie ab.

«Hi, ich bin's, Faja», sagte Faja voller Erleichterung. «Ich weiß, es ist spät, aber ich …»

Plötzlich klingelte es an der Tür, und Faja erschrak.

«Ich rufe später noch mal an», sagte sie hastig, legte auf und eilte in den Flur.

16

Der Anruf, auf den sie gewartet hatten, erreichte Simon um wenige Minuten nach sieben in der Frühe. Er verabschiedete sich eilig von seiner Familie und fuhr sofort los. Seine Stimmung war eine von Wut getragene Bedrücktheit.

Simon konnte nicht glauben, was er am Telefon gehört hatte. Wie konnte der Täter so dreist sein, die Leiche dort zu platzieren? Dafür konnte es nur einen Grund geben: Er brauchte maximale Aufmerksamkeit. Und zwar nicht von der gesamten Öffentlichkeit, sondern von einem ganz bestimmten Personenkreis.

Simon fuhr mit Einsatzlicht und erreichte schon um halb acht das Ziel in der Fußgängerzone. Zwei Polizeifahrzeuge waren bereits vor Ort, der Bereich vor dem Geschäft mit Flatterband großräumig abgesperrt. Trotz der frühen Zeit hatten sich einige Schaulustige eingefunden. Die Luft war nach dem reinigenden Gewitter des Vortages kühl und klar, der Himmel wolkenfrei. Der Beginn eines schönen Sommertages – und zugleich auch der eines weiteren Horrortages.

Bevor Simon ausstieg, verharrte er einen Moment mit der Hand am Zündschlüssel. Schon wieder fühlte er sich gehetzt und getrieben, nicht Herr seiner Taten und Gedanken. Die Nacht war furchtbar gewesen, er hatte kaum geschlafen. Wieder und wieder den gleichen Gedanken nachzujagen ließ ihn noch ruheloser werden, als er es ohnehin schon war. Der Tag hatte keinen vernünftigen Abschluss gefunden, da Durchsuchungsbeschluss und Haftbefehl für Sanford auf sich warten ließen. Jetzt fühlte Simon sich zerschlagen und überhaupt nicht fit für den Anblick, der ihn erwartete. Manchmal blieb einem nichts anderes übrig, als zu funktionieren.

Simon riss sich zusammen und stieg aus. Er musste sich nicht ausweisen, man kannte ihn hier und ließ ihn passieren. In der Buchhandlung kümmerten sich zwei Sanitäter um eine Frau, die auf zwei übereinandergestapelten grauen Bücherkisten saß.

Frau Eberitzsch war sichtlich schockiert. Simon begrüßte sie und ging vor ihr in die Hocke, um Augenhöhe herzustellen. Er fragte sie, ob sie in der Lage sei, gleich ein paar Fragen zu beantworten, woraufhin sie nickte. Simon bedankte sich, drückte sich aus den Knien hoch und ging in den hinteren Bereich der Buchhandlung.

Die Tür zum Lagerraum stand offen, das Licht brannte. Gleich vorn stand ein Stuhl. Darauf war mit durchsichtiger Plastikfolie Lisbeth Heiland gefesselt. Bis auf ihre Unterwäsche war sie nackt. Ihre Arme lagen an ihrem Körper an, unten ragten die Hände aus der Folie heraus, und Simon bemerkte die in unterschiedlichen Farben lackierten Nägel. Ihr Kopf war gerade, der leere Blick zur Tür gerichtet. Simon versuchte, sich vorzustellen, wie es für die Inhaberin der Buchhandlung gewesen sein musste, als sie in der Früh nichts ahnend die Tür geöffnet hatte. Wie verarbeitete man einen solchen Anblick? Auch ihm setzte dieses Bild zu. Gerade weil er die junge Frau in dem Video zuvor lebend gesehen hatte.

Es war nicht viel Platz in dem Lagerraum. Simon musste sich mehrmals zwischen den Regalen und dem Stuhl hindurchschieben, damit er sich alles genau ansehen konnte.

Ihm bot sich ein bekanntes Bild. Folie hüllte den Körper ein und hielt den Kopf aufrecht. Keine weiteren Verletzungen. Soweit Simon sehen konnte, steckte ein Papierball in Lisbeth Heilands Mund. Daran und an der Folie über Mund und Nase war sie wohl erstickt.

Der Papierball!

Gestern hatten sie die Kisten aus Hardy Herrmanns Wohnung mitgenommen, und nachdem Simon Jaro zu Hause abgesetzt hatte, hatte er die Kisten anschließend bei der KTU seines Präsidiums vorbeigebracht. Es war wichtig herauszufinden, ob es genau dieses Papier war, an dem die Opfer erstickt waren. Hardy Herrmann konnte nicht der Täter sein, so viel stand fest, aber wenn der Täter das Papier von ihm bezogen hatte, war das ein wichtiges Indiz.

Sanford und Hardy kannten sich. Das von Jaro gestohlene Manuskript ließ keinen anderen Schluss zu.

Simons Wut begann wieder zu köcheln, und er fragte sich, ob es nicht doch eine gute Idee gewesen wäre, gestern Abend, nachdem sie Hardy Herrmanns Wohnung versiegelt hatten, wieder raus zu Sanfords Haus zu fahren und sich die Nacht über auf die Lauer zu legen. Jaro hatte diese Idee ins Spiel gebracht, letztlich war der Weg aber zu weit und sie beide zu müde gewesen. Dass Simon dann doch nicht hatte schlafen können, machte es jetzt nur noch schlimmer.

Er verließ den Lagerraum und ging den schmalen Gang hinunter bis zum Hinterausgang. Mit der Handkante drückte er die Klinke nieder. Die Tür ließ sich öffnen.

«Nicht abgeschlossen», sagte er leise zu sich selbst.

Rasch kehrte er in den Laden zurück. Zeitgleich kam ein junger Mann durch die vordere Tür herein. Simon erkannte ihn als den Sohn der Buchhändlerin, Dirk Eberitzsch. Der junge Mann wirkte verschreckt, als er seine Mutter von Sanitätern umringt dasitzen sah.

«Mama, was ist denn passiert?» Er eilte zu ihr, nahm sie aber nicht in die Arme und berührte sie auch nicht, wie man es von einem Sohn hätte erwarten können, der sich um seine

Mutter sorgte. Er druckste auf merkwürdige Art verschämt herum, trat von einem Fuß auf den anderen.

«Die Hintertür ist nicht abgeschlossen», schaltete Simon sich ein. «Haben Sie sie heute früh schon geöffnet?»

Frau Eberitzsch sah zu Simon auf.

«Nein, so weit bin ich nicht gekommen.»

«Wer hat einen Schlüssel für die Tür?»

«Ich, Faja … und mein Sohn.»

Alle Blicke richteten sich auf Dirk Eberitzsch. Der wich einen Schritt von seiner Mutter zurück und schien sich mit so viel Aufmerksamkeit unwohl zu fühlen.

«Wo ist Ihr Schlüssel?», fragte Simon.

Eberitzsch zog einen Bund aus seiner vorderen Jeanstasche. «Hier, am Schlüsselbund, wie immer.»

«Und Sie haben den Schlüssel oder das Bund in den letzten Tagen nicht vermisst?»

Eberitzsch schüttelte den Kopf.

«Die Tür ist nicht abgeschlossen», wiederholte Simon. «Ich nehme an, das ist nicht normal, oder?»

Frau Eberitzsch nahm ihren Sohn ins Visier.

«Dirk, ich habe dich gestern Abend gebeten abzuschließen», sagte sie in einem für eine schockierte Frau erstaunlich scharfen Tonfall. Ein Tonfall, der bei ihrem Sohn eine ganz andere Reaktion hervorrief, als es die Anwesenheit und Fragen der Polizisten getan hatten. Simon beobachtete Dirk genau und sah, wie die Worte seiner Mutter Blut in seine Ohren schießen ließen, er zog die Schultern zusammen, als müsse er sich schützen. Dirk Eberitzsch hatte mindestens großen Respekt, wenn nicht sogar Angst vor seiner Mutter.

«Ich … ich … ich», stotterte er und fummelte an dem Schlüsselbund herum.

«Haben Sie die Tür abgeschlossen?», fragte Simon.

«Ja, ich ... denke schon.»

«Du denkst!» Frau Eberitzsch schüttelte den Kopf. «Es ist nicht das erste Mal, dass er es vergessen hat», sagte sie resigniert.

«Haben Sie vergessen, die Tür abzuschließen?», fasste Simon nach. «Das ist wirklich wichtig. Versuchen Sie sich zu erinnern.»

Eberitzsch dachte nach. Schließlich sackte er vollkommen in sich zusammen.

«Ja ... wahrscheinlich», gab er zu.

«Wo waren Sie in der vergangenen Nacht?», fuhr Simon ihn an.

«Ich? Wieso? Was soll die Frage? Zu Hause natürlich.»

«Wohnt Ihr Sohn bei Ihnen?», fragte Simon, an Frau Eberitzsch gewandt.

«Nein, er hat eine eigene Wohnung. Warum fragen Sie das?»

«Kennen Sie Frau Marlen Kampnagel?», schoss Simon die nächste Frage auf den jungen Mann ab.

Der schüttelte den Kopf, schien etwas sagen zu wollen, doch seine Mutter kam ihm zuvor, brachte ihn mit einer Kopfbewegung zum Schweigen. Dann drückte sie sich von den Buchkisten hoch.

«Ich kenne sie. Frau Kampnagel ist Kundin bei uns», sagte sie. «Und jetzt würde ich gern wissen, warum Sie meinem Sohn diese Fragen stellen.»

Der Schock schien mittlerweile verarbeitet zu sein. Der Blick der Buchhändlerin war fest, sie stützte ihre Fäuste in die Hüften.

«Ermittlungsroutine», antwortete Simon, ohne den Blick von Dirk Eberitzsch zu nehmen.

Der junge Mann wurde kleiner und kleiner, ein Mauseloch hätte gereicht, und er wäre verschwunden.

17

Jaro hatte eine unruhige Nacht in seiner Wohnung hinter sich. Obwohl er gestern Abend nach der Durchsuchung von Hardy Herrmanns Wohnung todmüde gewesen war, hatte er nicht einschlafen können, als er erst einmal im Bett lag. Entsprechend schwerfällig kämpfte er sich in den Tag und benötigte eine lange heiß-kalte Wechseldusche, um überhaupt richtig wach zu werden. Sein rechtes Fußgelenk schmerzte noch ein wenig, das ließ sich aber ignorieren.

Jaro überlegte, ob er sich selbst einen starken Kaffee aufbrühen oder besser bei Erdogan vorbeischauen sollte. Dabei ging sein Blick in sein Wohnzimmer, in dem es nicht ein einziges Buch gab. Es war der krasse Gegensatz zu Thorsten Fleischers Zimmer. Jaro las viel, aber er sammelte nicht. Wem nützte ein Buch in einem Regal? Bücher waren dazu da, gelesen zu werden, und das nicht nur einmal. Also gab er seine gelesenen Bücher an einer Sammelstelle des Landkreises, von dort wurden sie an verschiedene Stellen verteilt und für wenig Geld weiterverkauft an Menschen, die sich sonst keine Bücher leisten würden.

Sein Handy riss ihn aus den Gedanken.

«Ich stehe vor der Leiche von Lisbeth Heiland», sagte Simon.

Was die Dusche nicht geschafft hatte, erreichte diese Nachricht. Jaro war sofort hellwach. Simon setzte ihn über die Details in Kenntnis, und Jaro konnte kaum glauben, dass der

Täter die Leiche ausgerechnet in der Buchhandlung abgesetzt hatte, in der Faja Bartels arbeitete.

«Er scheint sich seiner sehr sicher zu sein», sagte Simon. «Die Leiche hier zu platzieren, ist unfassbar dreist. Immerhin liegt es nur ein paar Tage zurück, dass ich hier gewesen bin.»

«Meinst du, er hat dich beobachtet?», fragte Jaro.

«Möglich, glaube ich aber nicht. Nein, es hängt wohl doch alles mit Faja Bartels zusammen, schließlich arbeitet sie hier. Ich glaube, wir müssen noch viel tiefer hinschauen bei ihr.»

«Ihr Vater?»

«Scheiße, ich weiß es nicht. Mein erster Eindruck war nein. Trotz des falsch geschriebenen Namens. Ich traue dem Mann diese Finesse einfach nicht zu. Er hat im Knast einen Häftling mit bloßen Händen totgeprügelt. Was weiß so einer über Hemingway?»

«Hemingway hat geboxt», erwiderte Jaro.

«Was du nicht sagst.»

«Ja, aber es gibt nur einen belegten Kampf. Gegen Morley Callaghan, einen kanadischen Schriftsteller. Ringrichter war F. Scott Fitzgerald.»

«Was willst du mir damit sagen?»

Jaro bemerkte, dass diese Namen Simon nichts sagten.

«Dass wir nicht in Schablonen denken dürfen. Vielleicht hat unser Täter ja überhaupt nichts mit der Buchszene zu tun und nutzt sie nur als Deckung. Diese Legende von Hemingway lässt sich recherchieren, keine große Sache.»

«Ja, vielleicht, und Marco Pohl löst Sudokus, was mich stutzig macht, kann aber auch eine Knastsache sein. Langeweile und so. Aber trotzdem brenne ich mehr darauf, diesen Sanford in den Ring zu holen.»

Simon klang wütend und verzweifelt, und Jaro konnte

seine Gefühlslage gut nachvollziehen. Dieser Fall hinterließ tiefe Spuren bei allen, die damit in Berührung kamen, und bei ihm ging es weit hinein ins Persönliche. Seit der Nacht, als sie zusammen Whisky getrunken hatten, hatte Simon seinen verstorbenen Sohn nicht wieder erwähnt. Aber natürlich nagte diese Kinderschuhsache an ihm und warf Fragen auf, das war Jaro bewusst.

«Der hat definitiv Dreck am Stecken. Aber was ist mit Thorsten Fleischer», sagte Jaro und merkte, wie sehr er eben doch in diesen Schablonen festhing.

«Nach meiner Einschätzung lebt der nicht mehr. Vielleicht wusste er etwas, was er nicht hätte wissen dürfen, und Sanford hat ihn erledigt.»

«Klappt das mit dem Haftbefehl für Sanford?», fragte Jaro.

«Ich denke schon. Sobald ich hier fertig bin, kümmere ich mich darum.»

«Ich wäre wirklich gern beim Verhör dabei», sagte Jaro.

«Kann ich verstehen», erwiderte Simon. «Aber wir hatten ja darüber gesprochen. Wenn wir uns nicht aufteilen, laufen wir dem Täter immer weiter nur hinterher.»

«Ja, ich weiß. Bin gleich auf dem Weg zu meinem Informanten. Danach hole ich Aylin Coban ab, falls sie Zeit hat, und setze sie bei Faja ab. Wie geht es Faja eigentlich?»

«Gut, nehme ich an. Ich habe sie in der Nacht nicht mehr stören wollen. Sie ist ja in guten Händen.»

«Sie weiß nichts von der Leiche in ihrer Buchhandlung, oder?»

«Nein, und dabei würde ich es auch gern noch eine Weile belassen. Mindestens, bis deine Therapeutin an ihrer Seite ist.»

«Sie ist nicht meine ...»

«Ja, ja, ich weiß. Ich muss weiter, wir halten uns auf dem Laufenden.»

Simon legte auf, ehe Jaro sich verabschieden konnte. Und wieder starrte er gedankenverloren seine Kaffeemaschine an. Sie hatten damit gerechnet, dass Lisbeth Heiland nicht überleben würde, jetzt die Gewissheit zu haben, war trotz allem niederschmetternd. Der Täter ließ ihnen keine Chance, und wahrscheinlich war er längst auf der Suche nach einem neuen Opfer.

Jaro riss sich aus seinen Gedanken. Es brachte nichts, jetzt in Schockstarre zu verfallen. Sie hatten einige Hinweise und Spuren, denen sie nachgehen mussten, auch wenn sie vielleicht wenig Erfolg versprechend aussahen. Hinter einer dieser Spuren verbarg sich der Täter, das war letztlich immer so. Polizeiarbeit war Fleißarbeit, die manchmal unerträglich viel Zeit in Anspruch nahm. Einen anderen Weg gab es aber nicht.

Jaro machte sich ohne Kaffee auf den Weg und ging bei Erdogan vorbei. Dieser kleine Abstecher in die Normalität erschien ihm in Anbetracht der Umstände gerade richtig.

Erdogan legte gerade eine neue Papierrolle in die Kasse ein, als Jaro den Laden betrat. Der Geruch nach frischem Kaffee lag in der Luft. Jaro hatte seinen Becher nicht dabei, bekam aber einen von Erdogan.

«Sag mal, mein Freund, bist du schon mal gekränkt worden?», fragte Jaro.

«Klar. Wer nicht? Menschen kränken einander dauernd. Mal mehr, mal weniger schlimm.»

«Und was war dein schlimmstes Mal?», fragte Jaro.

Darüber musste Erdogan nicht nachdenken. Er antwortete, als sei die Kränkung noch so präsent wie an dem Tag, als sie passiert war.

«Den Laden hier habe ich mit meinem besten Freund auf-gebaut. Vor fünfzehn Jahren. Ich habe ihn geliebt wie einen Bruder, glaub mir. Aber dann kam eine andere Liebe dazu bei ihm. Eine Frau, die in Spanien lebte. Er ging zu ihr und wollte Geld von mir für seinen Anteil. Mehr, als ihm zustand. Und ich habe Nein gesagt. Also zerrte er mich vor Gericht und behauptete, ich hätte ihn betrogen. Wenn Gefühle im Spiel sind – und wann sind sie das nicht –, verletzt eine Kränkung am tiefsten.»

«Wie bist du damit umgegangen?», fragte Jaro.

Erdogan grinste breit.

«Ich hab ein Kind gemacht mit meiner Frau. Und dem brin-gen wir bei, möglichst niemanden zu kränken. Denn was du deine Kinder lehrst, lebst du auch selbst.»

«Nicht andersherum?»

«Nein, das ist Quatsch. Erst im Gespräch mit deinen Kin-dern – oder anderen Menschen – entwickelst du eine Haltung. Glaub mir, ich kenn mich aus.»

«Ich wäre gern wie du», sagte Jaro.

«Kannst du bald üben. Als Pate meines Kindes erwarte ich nichts Geringeres von dir.»

Sie verabschiedeten sich voneinander, und Jaro holte den Dienstgolf vom Parkplatz des Präsidiums. Damit fuhr er in das Viertel, in dem sie gestern Abend Hardy Herrmanns Woh-nung durchsucht hatten, und dachte dabei über Erdogan nach. Über die Patenschaft und darüber, dass er dem noch ungeborenen Kind ein Beispiel sein würde. Was für eines lag in seiner Hand.

Jaro kannte die Ecken, in denen er Holunder finden konnte. Sollte das nicht klappen, würde er ihm eine Nachricht über Social Media schreiben. Für solche Zwecke hatten sie ein

Codewort vereinbart. Das war ein wenig umständlich, und Holunder musste auch erst mal dort reinschauen, aber telefonieren kam nicht infrage. Holunder brächte sich in Lebensgefahr, wenn Jaros Nummer in seinen Kontakten oder auf der Anrufliste seines Handys auftauchte.

Holunder hatte ein Lieblings-Frühstückscafé. Das Tassenhaus. Es lag in einer der schöneren Ecken des Viertels, hatte eine großzügige Außenterrasse unter einem Kastanienbaum und war selten überlaufen, weil der Barista-Kaffee aus der teuren Siebträgermaschine teurer war als woanders. Besser als bei Erdogan schmeckte aber auch der nicht.

Und tatsächlich sah Jaro Holunder schon von Weitem vor dem Café. Er saß mit dem Rücken zu ihm und wippte mit den Füßen zu einer Musik, die nur er über die weißen In-Ear-Pods hören konnte. Jaro begrüßte Holunder nicht und setzte sich auch nicht zu ihm, sondern betrat das Café und suchte sich einen Platz in der hintersten Ecke. Natürlich hatte Holunder ihn bemerkt und folgte ihm wenige Minuten später. In der Zwischenzeit hatte Jaro schon seinen Kaffee bekommen.

«Was brennt?», fragte Holunder und ließ sich an seinem Tisch nieder.

Erst jetzt zog er sich die Pods aus den Ohren. Jaro fiel auf, dass sie gelb waren von seinem Ohrenschmalz.

«Ich war gestern bei jemandem, der hier im Viertel lebt, und brauche ein paar zusätzliche Informationen», sagte Jaro und zeigte Holunder das Foto vom toten Hardy Herrmann aus der Pathologie. «Kennst du den?»

«Scheiße! Ist der etwa tot?»

«Ist er. Also, kennst du ihn?»

Holunder schüttelte den Kopf.

«Hey, du weißt, ich war immer für dich da, aber so geht

300

das nicht. Man hört, du schmeißt die Typen aus dem Fenster, wenn sie nicht reden wollen. Wenn das so läuft, kann ich dir keine Infos mehr geben.»

«Du solltest nicht alles glauben, was erzählt wird. Ist jetzt aber auch egal. Kennst du ihn oder nicht? Oder wollen wir auf dem Revier darüber sprechen.»

«Schon gut, schon gut …» Holunder hob abwehrend die Hände. «Ich kenn den. Ist so ein verhuschter Möchtegern-Intellektueller, hat hier einen kleinen Literaturklub. Nur um zu kiffen, nehme ich an. Macht aber echt gute Papes für Joints, Blants und Spliffs. Ich steh drauf und viele meiner Kunden auch. Ich vertick ein bisschen was für ihn.»

«Du verkaufst Papier für ihn?»

«Na ja, du weißt schon, nicht einfach Papier. Exclusive Papes, das ist was anderes. Der hat alle Materialien drauf. Hanf, Holzmasse, Flachs, Reis, Pflanzenfaser, und da er auch ganz gern raucht, haben wir einen Deal am Laufen.»

«Verstehe. Wann hast du ihn zuletzt gesehen?»

«Ist schon eine Weile her. Zwei Wochen vielleicht. Keine Ahnung.»

«Und wie ist er so?»

«Jaro, echt, wir quatschen hier schon viel zu lange, und ich muss auch weiter.»

«Ist meine letzte Frage.»

«Na ja, wie schon gesagt, macht einen auf intellektuell, liest Bücher und so, schreibt selbst welche, hält sich für einen Künstler. Und er ist gern high, wenn er ein neues Werk erschafft.»

Den letzten Halbsatz betonte Holunder, sodass unmissverständlich klar wurde, diese Worte stammten von Herrmann selbst.

«Meinen Saft mag er auch ganz gern.» Holunder grinste. Seine Zähne schimmerten bläulich.

«Was kannst du mir sonst noch über ihn sagen? Verbindungen. Kontakte. Irgendwas. Ich muss seinen Mörder finden. Unbedingt.»

«Ich weiß wirklich nicht viel über den. Ist ein Einzelgänger. Mann, ich habe vielleicht ein Dutzend Mal mit ihm gequatscht, und da ging es hauptsächlich ums Geschäft. Hab ihn aber nie zusammen mit jemand anderem gesehen, und in diesem Literaturklub war ich nie, ist nicht so meine Welt.»

«Ach, nicht?», wollte Jaro spöttisch bemerken, tat es aber nicht, weil er merkte, dass er sich damit überhöhen wollte, weil er selbst las.

«Doch, warte, einmal schon», hob Holunder plötzlich an. «Einmal habe ich den mit jemand anderem zusammen gesehen. Aber nur kurz. Die beiden haben beim Berlin-Döner zusammen gegessen.»

«Kanntest du den anderen?»

«Nee, nie gesehen. Junger Typ. War auch nicht von hier. Sah irgendwie nach Geld aus. Schicke Sneaker, wenn du verstehst, was ich meine.»

Jaro folgte einer spontanen Eingebung, öffnete noch einmal die Fotodatei seines Handys und zeigte das Foto von Thorsten Fleischer.

«War er das?»

Holunder sah hin und nickte.

«Ja, genau der. Ist der etwa auch tot?»

Jaro schüttelte den Kopf, obwohl er es nicht wusste. Nach wie vor, und auch wenn einige Dinge nicht ins Bild passten, hielt er den immer noch verschwundenen Thorsten Fleischer für dringend verdächtig, und nun kannte der auch noch Hardy

Herrmann. Jaro war sich sicher, dass Holunder ihm nicht einfach etwas erzählte, was er gern hören wollte. Würde er ihm nicht vertrauen, wäre Holunder nicht sein Informant.

Sie verabschiedeten sich voneinander. Holunder steckte sich seine Pods wieder in die Ohren und verschwand. Jaro blieb sitzen. Er würde fünf Minuten warten, ehe er sich ebenfalls auf den Weg machte.

In seinem Kopf kreisten die Gedanken. Es fühlte sich so an, als sei er auf dem richtigen Weg. Als würde er den Täter an der nächsten Ecke treffen.

18

Simon tigerte im Präsidium vor dem Verhörzimmer auf und ab.

Sie hatten den Durchsuchungsbeschluss und den Haftbefehl für David Sanford und seine Assistentin bekommen – auf der Grundlage des Verdachts, dass Hardy Herrmann der Ghostwriter von Sanford gewesen war. Was das anging, hatten sie ein wenig geschummelt und behauptet, Hinweise dafür in Herrmanns Wohnung gefunden zu haben.

Simon wäre gern längst zu Sanford hineingegangen, zögerte es aber noch hinaus und steigerte damit seine Unruhe. In seinem Inneren ging es mittlerweile wie in einem Tollhaus zu. Immer wieder kehrte die Sorge um seine Familie zurück, obwohl bisher nichts darauf schließen ließ, dass er selbst oder seine Frau in den Fall involviert sein könnten. Aber auf dem Grab seines Sohnes standen dessen Kinderschuhe, und Hemingway hatte aus ebensolchen eine Geschichte aus sechs Worten gestrickt.

Claas Rehagen – tot.

Lisbeth Heiland – tot.

Hardy Herrmann – tot.

Alle drei auf die gleiche Art umgebracht.

Und im Verhörzimmer saß der Schriftsteller, der irgendwas damit zu tun haben musste. Simon brannte darauf, ihm seine Fragen zu stellen, während zugleich auf dessen Anwesen Jaro die Durchsuchung leitete – und da lag der Hase im Pfeffer. Jaro hatte sich noch nicht gemeldet. Nur wenn es ihm gelang, das zuvor geklaute Manuskript von Hardy Herrmann unbemerkt wieder in den Bunker zu legen, konnten sie es als Beweismittel verwenden. Sie hatten darüber nachgedacht, das Manuskript in Hardy Herrmanns Wohnung zu platzieren, aber dann gäbe es keinen schlagkräftigen Beweis mehr in Sanfords Bunker, und Sanford könnte behaupten, er wisse nichts von einem solchen Manuskript. Theoretisch könnte Hardy Herrmann es anhand des Buches von Sanford verfasst haben, um den Schriftsteller zu erpressen. Nicht eben glaubwürdig, aber auch nicht vollkommen ausgeschlossen.

Nein, das Manuskript musste zurück an den ursprünglichen Fundort.

Was für eine verfahrene Situation. Simon gab Jaro nicht die Schuld daran. Ohne dessen Einbruch in den Bunker wüssten sie ja nichts von der Verbindung zwischen Sanford und Herrmann und würden immer noch nach der Identität eines unbekannten Opfers suchen.

Allzu lange konnte Simon den Autor allerdings nicht mehr warten lassen. Bisher verzichtete Sanford auf anwaltlichen Beistand, aber mit jeder Minute, die verstrich, könnte sich das ändern. Warum Sanford keinen Anwalt wollte, konnte Simon sich denken: Er hatte Dreck am Stecken und wusste nicht, wie er es erklären sollte. Gab es für einen Künstler etwas Schlimmeres, als dabei erwischt zu werden, die Kunst, für die er gefeiert wurde, nicht selbst erschaffen zu haben? War das Grund genug für einen Mord? Simon meinte, ja. Aber auch Grund genug für gleich mehrere Morde, um den einen, um den es ging, zu verdecken?

Wäre nicht das erste Mal. Und wie sagte man? Wer einmal getötet hatte, besaß keine Hemmschwelle mehr.

Bevor Simon zu Sanford hineinging, holte er sich einen Automatenkaffee und aß ein mit Käse belegtes Brötchen, das er sich von unterwegs mitgebracht hatte. Es schmeckte pappig, und er hatte keinen Appetit, aber mit leerem Magen würde er den Fall gewiss nicht lösen.

Ein letzter Blick aufs Handy.

Keine Nachrichten von Jaro.

Simon überlegte, Faja Bartels anzurufen, um sie zu Dirk Eberitzsch zu befragen, verwarf den Gedanken aus Zeitgründen aber. Sobald er mit Sanford fertig war, würde er das nachholen – falls es dann überhaupt noch nötig sein sollte. Wenn Eberitzsch wirklich ein notorisch unzuverlässiger Kerl war, war es durchaus glaubwürdig, dass er einfach vergessen hatte, die Hintertür abzuschließen. Blieb offen, warum er sich nach Faja erkundigt hatte und ob es etwas bedeutete, dass er die Bibliotheksmitarbeiterin Kampnagel kannte.

Der Kaffee pushte seinen Puls, und Simon lief nervös auf dem Gang auf und ab. Etwas Beruhigung verschaffte ihm der Gedanke, dass es kein weiteres Opfer geben würde, solange Sanford und seine Assistentin hier waren. Damit klammerte er sich verzweifelt an eine Hoffnung, aber an irgendwas musste er sich klammern.

Als er den Kaffee getrunken hatte, entsorgte er den leeren

Becher, wischte sich die Brötchenkrümel vom Shirt, warf noch einen Blick aufs Handy, auf dem immer noch keine Nachricht von Jaro eingegangen war, klemmte sich schließlich den Ordner unter den Arm und betrat den Vernehmungsraum. Darin saß Sanford, oder besser, Frank Krieger. Seine Assistentin Nora Goldmann wartete in einem anderen Raum.

Sanford hockte mit verschränkten Armen da. Sein Blick war düster, die Mundwinkel hingen herab. Seiner Frisur nach zu urteilen, war er von der Polizei aus dem Bett geklingelt worden.

«Entschuldigen Sie die Verzögerung», begrüßte Simon ihn.

«Verzögerung!», blaffte Sanford. «Sie lassen mich verhaften und entschuldigen sich für die Verzögerung? Ihr Humor gefällt mir.»

«Das freut mich. Damit das vom Tisch ist: Wie darf ich Sie ansprechen. Herr Sanford oder Herr Krieger?»

«Sanford ist mir lieber.»

«Schön, Herr Sanford, dann lassen Sie uns beginnen ...»

Ein schneller Blick aufs Handy. Keine Nachricht von Jaro. Simon würde pokern müssen, und wenn sie Pech hatten, verlor er das Spiel.

«Auf anwaltlichen Beistand verzichten Sie?»

«Ich denke nicht, dass ich den benötige. Sollte sich das ändern, erfahren Sie es.»

«Ist bei Ihnen so weit alles in Ordnung?», fragte Simon. Er wunderte sich, dass Sanford bisher mit keinem Wort erwähnt hatte, am gestrigen Abend niedergeschlagen und beraubt worden zu sein. Der einzige Grund, den Simon sich dafür vorstellen konnte, war, dass Sanford davon ausging, Hardy Herrmann habe sich sein Manuskript zurückgeholt. Das würde aber heißen, Sanford hatte Herrmann nicht getötet – und die

306

anderen beiden auch nicht. Oder es gab in Herrmanns Umfeld jemanden, den sie noch nicht kannten? Jemanden, der sich das Manuskript geholt haben könnte?

Immer noch viel zu viele Wenns und Abers.

«Ja, natürlich, alles ist in bester Ordnung», sagte Sanford. «Ich werde am frühen Morgen aus dem Bett geklingelt und verhaftet, ebenso meine Assistentin, unter Mordverdacht aufs Präsidium gebracht, meine Ehre und mein Ruf werden ruiniert, aber ja, vielen Dank, es ist alles in bester Ordnung.»

«Schön, das freut mich», überging Simon den Sarkasmus. «Ich hätte Ihnen und Ihrer Assistentin das gern erspart, aber Sie waren gestern nicht sehr hilfsbereit, und mittlerweile haben sich Sachverhalte ergeben, die einen dringenden Tatverdacht nahelegen.»

Sanford saß einfach nur da und starrte Simon an, das Gesicht versteinert. Was auch immer im Kopf des Mannes vorging, er hielt es gut versteckt.

«Und was für Sachverhalte sollen das sein?», fragte er schließlich.

«Dazu kommen wir gleich. Sagen Sie, Herr Sanford, wie ist Ihr Verhältnis zu Frau Goldmann?»

«Rein geschäftlich. Sie organisiert meine Termine und Auftritte, erledigt die Büroarbeit und das Marketing. Darin ist sie wirklich sehr gut, ich wüsste nicht, wie ich ohne sie auskommen sollte.»

«Seit wann arbeitet Frau Goldmann für Sie?»

«Seit 2020. Und falls das Ihre Gedanken sind, wie ich annehme, wir haben kein privates oder sexuelles Verhältnis.»

«Ich danke Ihnen für Ihre Offenheit.»

«Respektvoll wäre, diese zu erwidern», sagte Sanford in giftigem Tonfall.

«Das will ich gern tun. Ihnen ist ja bereits bekannt, dass Herr Claas Rehagen vor einer Kulisse getötet wurde, die einem Foto nachgebildet wurde, dass Sie bei Instagram gepostet haben.»

«Ich sagte Ihnen bereits ...»

«Ja, das sagten Sie bereits. Nun kommt erschwerend hinzu, dass eine zweite Person unter ähnlichen Umständen getötet wurde. Einen Mann namens Hardy Herrmann kennen Sie, nehme ich an?»

Sanford zögerte. Er wusste und erwartete nicht, dass ein Polizist ihn niedergeschlagen und das Manuskript aus dem Bunker geklaut hatte. Sollte er Hardy Herrmann nicht getötet haben, musste er davon ausgehen, dass der es selbst gewesen war. Gab er zu, Herrmann zu kennen, flog womöglich auf, dass er sein erfolgreiches Buch nicht selbst geschrieben hatte.

Sanford saß in der Zwickmühle.

«Nein, sagt mir nichts», antwortete er.

Noch wollte Simon ihm das Foto von Herrmann nicht zeigen. Damit würde er warten, bis Jaro das Manuskript in Sanfords Bunker zurückgelegt hatte.

«Wer von Ihnen beiden betreibt den Fake-Account *Korrektor*», versuchte Simon es mit einem Bluff. «Sie oder Frau Goldmann? Die IP-Adresse lässt sich nur auf Ihren Standort zurückverfolgen, sagt uns aber nicht, wer die Kommentare verfasst hat.»

Es war nicht schwierig, Instagram oder Facebook zur Herausgabe von Nutzerdaten zu bewegen, dauerte aber ein paar Wochen. Simon hatte bisher keine Antwort erhalten, kannte die IP-Adresse also nicht. Aber Sanford fiel darauf herein.

«Das ist doch Kinderkram!», regte sich der Autor auf. «Und es macht keinen Mörder aus mir, wenn ich verdeckt gegen diese Leute vorgehe, die nichts Besseres zu tun haben, als meine Bücher schlechtzureden.»

Aha, dachte Simon. Wir kommen der Sache näher.

«Also haben Sie Herrn Rehagen damit gedroht, ihn auszuweiden?»

«Das war doch nicht ernst gemeint, um Gottes willen! Ich wollte ihn lediglich genauso scharf angehen wie er mich. Wissen Sie, es ist eine Sache, wenn Menschen sich eine Meinung bilden und ein Urteil erlauben. Sobald sie dabei persönlich werden, ist es etwas ganz anderes. Und sie werden persönlich, dauernd. Da muss man doch irgendwann seinem Frust freien Lauf lassen.»

Simon wunderte sich über die plötzliche Offenherzigkeit Sanfords. Tat es ihm gut, frei von der Leber weg zu reden, oder ging er gerade nach einem Plan vor? Gib dem Bullen ein bisschen was, damit er zufrieden ist, aber die entscheidende Wahrheit behältst du für dich? So etwas in der Art?

«Sie sagten doch, Sie halten es wie der Wolf, der sich nicht um das Geplärre der Schafe kümmert?»

Sanford schüttelte den Kopf.

«In der Regel ist das auch so. Aber auch ich habe meine Grenzen.»

«Kannten Sie Claas Rehagen persönlich?», fragte Simon.

«Nein, ich bin ihm nie begegnet. Aber er ist mir natürlich online aufgefallen. Immer wieder diese sogenannten Rezensionen, die nichts anderes als Selbstdarstellungen waren.»

«Hat er Sie damit verletzt?»

«Kann man sagen, ja. Und ich gebe ehrlich zu, ich war darauf nicht vorbereitet. Auf diesen aggressiven Ton, der im Internet salonfähig ist. Solche Menschen wie Rehagen machen sich offenbar keine Gedanken darüber, was sie mit ihren

Worten anrichten. Wenn jemand Monate, vielleicht Jahre an einem Text arbeitet, kann man so nicht damit umgehen. Ich erwarte nicht mehr und nicht weniger als Respekt.»

Simons Handy vibrierte, und er schaute nach. Eine Nachricht von Jaro. Das verabredete Emoji. Daumen hoch. Simon musste sich zusammenreißen, um nicht vor Freude zu grinsen.

«Und bei dem Namen Hardy Herrmann klingelt wirklich nichts bei Ihnen?»

«Sollte es?»

«Ich denke schon. Herr Sanford, hören wir auf mit der Spielerei. Wir denken, dass Sie ihr Buch *Dunkelheit, mein Freund* nicht selbst geschrieben, sondern dafür einen Ghostwriter engagiert haben. Nämlich besagten Hardy Herrmann.»

«So ein Quatsch! Wie kommen Sie darauf?»

«Sie streiten das ab?»

«Natürlich streite ich das ab. Als ob ich das nötig hätte!»

«Dann erklären Sie mir bitte, wie kann es sein, dass wir in dem bunkerähnlichen Gebäude auf Ihrem Grundstück ein Manuskript gefunden haben, das man als Vorstufe zu Ihrem Buch bezeichnen kann, auf dessen Deckblatt aber der Name Hardy Herrmann steht?»

Damit hatte Sanford nicht gerechnet, und diesmal hatte er sich nicht gut genug unter Kontrolle. Simon konnte förmlich sehen, wie sich im Kopf des Schriftstellers die Zahnräder verkeilten, wie es knirschte und knarrte und der Apparat zum Stillstand kam.

Die Fragen, die er sich stellte, standen auf seiner Stirn.

Wie kommt das Manuskript wieder dorthin?

Wer hat es genommen?

Wer hat mich niedergeschlagen?

Dann dämmerte ihm wohl plötzlich, was passiert sein könnte, doch er musste sich fragen, ob ein Polizist so etwas tun würde. Normalerweise nicht, beantwortete Simon die Frage für sich. Er selbst hätte es auch nicht getan, aber Jaro war von einem anderen Schlag. Einer, der die Regeln änderte, wenn er meinte, damit auf der richtigen Seite zu stehen. Diese Freiheit ließen die Regeln und Gesetze aber nicht zu. Sich an sie zu halten war die Grundbedingung der Polizeiarbeit. Simon musste an den Vorwurf denken, dem Jaro sich ausgesetzt sah. Hatte er den Junkie vom Balkon gestoßen? Ging seine Impulsivität wirklich so weit?

«Ich will jetzt einen Anwalt hinzuziehen», presste Sanford mühsam hervor. «Ohne Anwalt sage ich kein Wort mehr.»

«Schön», sagte Simon und klappte die Akte zu. «Alles andere hätte mich auch gewundert. Bis dahin wünsche ich Ihnen einen schönen Aufenthalt hier bei uns. Wir schauen mal, was Ihr schönes Forsthaus noch so alles hergibt.»

Als Simon den Raum verlassen wollte, meldete sich sein Handy.

19

Das war interessant.

Höchst interessant!

Es war hauptsächlich die Schlaflosigkeit, die Faja Bartels in der Nacht dazu veranlasst hatte, noch einmal durch das Buch *Dunkelheit, mein Freund* zu blättern.

Schlaflosigkeit aufgrund des Schrecks, als es am späten Abend an der Tür geklingelt hatte. Mit wild pochendem Herzen und einer Angst, wie Faja sie zuvor nicht erlebt hatte, auch nicht, als sie von dem Unbekannten in den Van gezerrt worden war, hatte sie der Polizistin beim Telefonieren zugehört. Sie war nicht an die Tür gegangen, und das Klingeln hatte sich nicht wiederholt. Kurz darauf hatten zwei Streifenwagen in der Nähe der sicheren Wohnung eine Gruppe betrunkener Jugendlicher erwischt, die wahllos an Haustüren klingelten. Ein falscher Alarm, der Faja dennoch den Schlaf geraubt hatte. Der Polizistin nicht. Die hatte bald wieder zu schnarchen begonnen.

Faja hatte das Buch von David Sanford genommen und sich auf die Suche nach irgendwelchen versteckten Hinweisen gemacht, um auf die Spur des Mörders zu kommen. Gefunden hatte sie nichts. Sinnlos war es aber dennoch nicht gewesen. Denn als sie am Morgen gegen zehn Uhr mit Kopf- und Nackenschmerzen aus einem diffusen Halbschlaf erwacht war, hatte sich die Frage in ihrem Kopf festgesetzt, warum Sanford in seinem Buch so oft die Liedzeile aus dem bekannten Lied von Simon and Garfunkel benutzte.

Mochte er das Lied einfach gern? Hatte er es beim Schreiben gehört? Oder gab es einen anderen, ganz speziellen Grund dafür?

Da die Frage sie nicht losließ, hatte sie zu recherchieren begonnen und etwas herausgefunden, das ihr bis dato nicht bekannt gewesen war.

Beinahe jeder kannte das Lied *Sound of silence* von Paul Simon und Art Garfunkel, aber kaum jemand den Hintergrund der Liedzeile *Hello darkness, my old friend*.

Im Internet gab es dazu Informationen, auch wenn sie nicht leicht zu finden waren. Man musste schon gezielt suchen. Angeblich hatte Art Garfunkel an der Columbia University einen Freund, der zu erblinden drohte und sich deshalb vom Studium zurückzog. Garfunkel aber holte ihn zurück an die Uni, kümmerte sich um ihn und half ihm durchs Studium. In ihren Unterhaltungen soll der Satz «Hello Darkness, my old friend» eine Rolle gespielt und später Eingang in das weltbekannte Lied gehalten haben.

Dieser erblindete Freund, der nach dem Studium ein erfolgreicher Unternehmer wurde, hieß Sanford David Greenberg, genannt Sandy.

David Sanford!?

Faja war überrascht.

War der Name des Autors von *Dunkelheit, mein Freund* ein Pseudonym? Es sah ganz danach aus. In dem Buch blendete der Täter seine Opfer mit einem heißen Eisen, um sie in ihrer Dunkelheit in Angst und Schrecken zu versetzen, bevor er sie tötete. Er machte sie blind, so wie auch Garfunkels Freund erblindete.

Was hatte das zu bedeuten?

In der Geschichte von Art Garfunkel und Sandy Greenberg ging es um Freundschaft und was sie bewirken konnte. Ohne Art Garfunkels Hilfe hätte Greenberg sein Studium geschmissen und nicht die Karriere machen können, die er später gemacht hatte. Das war eine Geschichte, die zu Tränen rührte, gleichzeitig aber auch Mut machte. Faja konnte das sehr gut nachvollziehen. Wegen ihrer Narben hatte sie immer unter Minderwertigkeitskomplexen gelitten und Schwierigkeiten gehabt, Freundschaften zu schließen. Nur im Internet war ihr das gelungen. Bei Menschen wie Claas, Susi, Norman, Sascha und Lisbeth. Menschen, die ihre Interessen teilten. Die sich als Kinder in Bücher vergraben, vielleicht sogar geflüchtet hatten, ganz so wie Faja selbst, wenn auch aus anderen Gründen. Eine verschworene Gemeinschaft, die sich unterstützte und füreinander da war, auch wenn man sich nur selten wirklich sah.

Zwei waren tot.

Claas und Lisbeth.

Faja selbst wäre es, wenn Kommissar Schrader ihr nicht das Leben gerettet hätte.

Der Täter hatte es auf ihre Gruppe abgesehen. Eine Gruppe von Freunden.

Freundschaft schien für ihn eine große Rolle zu spielen. Und wenn auch nur, um sie zu zerstören.

Faja griff zum Handy und rief Simon Schierling an.

Er musste unbedingt davon erfahren.

STERNEN

1

Acht Beamte waren damit beschäftigt, das Haus, den Bunker und die Nebengebäude auf dem Grundstück von Frank Krieger zu durchsuchen. Es war nicht leicht gewesen, an ihnen vorbei das Manuskript unbemerkt wieder an Ort und Stelle auf den Schreibtisch im Bunker zu legen, doch es war Jaro gelungen. Eigentlich hatte er vor den Beamten dort sein wollen, hatte dafür seinen ursprünglichen Plan geändert und Aylin Coban noch nicht abgeholt, es stattdessen auf später verschoben. Sie war sowieso nicht ans Handy gegangen. Aber die Fahrt hinaus zu Kriegers Anwesen hatte länger gedauert als gedacht, und als Jaro eingetroffen war, standen die Beamten schon vor dem Haus und warteten auf ihn.

Die Sache mit dem Manuskript war geglückt, die Durchsuchung bislang aber kein Erfolg. Es gab keinen Hinweis darauf, dass Sanford die Opfer hier gefangen gehalten oder getötet hatte. Jaro war überzeugt gewesen, hier jenen Raum aus den Videos zu finden, der aus Sanfords Insta-Feed stammte – aber nichts dergleichen.

Was er aber in einem Aktenordner im Büro des Schriftstellers gefunden hatte, war ein Verlagsvertrag mit einer Vorauszahlung von 20 000 Euro für ein Buch mit dem Arbeitstitel *Out of the Dark*. Einen Hinweis auf eine geschäftliche Verbindung zwischen Sanford und Herrmann gab es dagegen leider nicht. Sollte Herrmann ihm das Buch freiwillig verkauft haben, dann hatten sie das Geschäft wahrscheinlich per Handschlag besiegelt.

Irgendwie ergab das alles immer noch keinen Sinn.

Wenn sie nicht noch einen geheimen Keller entdeckten oder Hinweise auf andere Liegenschaften von Sanford, dann wären sie hier bald durch und mussten ohne großen Durchbruch abziehen. Klar, das Manuskript bewies, dass Sanford Hardy Herrmann kannte, aber zu dessen Mörder, oder gar zum Mörder von Claas Rehagen und Lisbeth Heiland, machte ihn das nicht.

Jaro wühlte sich noch eine Weile durch Aktenordner, ohne etwas Erhellendes zu finden. Dann durchsuchte er die kleine Bibliothek im hinteren Teil des Hauses. In den Regalen standen hauptsächlich ältere Bücher, möglicherweise von Sanfords Vater, dem das Haus bis zu dessen Tod gehört hatte. Die Wände waren aufwändig mit dunklem Holz vertäfelt, es gab einen gemütlichen Lesesessel und einen großen Schreibtisch, an dem Sanford aber nicht zu arbeiten schien. Warum auch? Er hatte ja seinen gruseligen Bunker. Schrieb er deshalb dort, weil in der Bibliothek der Geist seines Vaters zu präsent war?

Irgendwann kam der Leiter des Suchtrupps und verkündete, seine Leute hätten alles auf den Kopf gestellt, aber keine Hinweise auf das beschriebene Verbrechen gefunden.

Jaro schickte sie nach Hause.

Kaum waren sie abgefahren, zückte er sein Handy und rief Simon an. Der war ebenso enttäuscht, erzählte Jaro aber von den Rechercheergebnissen, die Faja zusammengetragen hatte. Die Information über den Hintergrund der Liedzeile aus «The Sound of Silence» war auch Jaro neu.

«Aber was fangen wir damit an?», fragte er ins Telefon.

«Ich habe keine Ahnung. Sanford schweigt jetzt, ebenso Nora Goldmann. Wir stecken wieder fest. Ich fahre gleich los und nehme mir Dirk Eberitzsch zur Brust. Keine Ahnung, ob das etwas bringt, aber wir dürfen nichts unversucht lassen.»

Sie verabschiedeten sich, und Jaro rief noch einmal bei Aylin Coban an.

Sie ging wieder nicht ran.

Jaro starrte das Telefon an, als könnte es ihm Antworten auf alle drängenden Fragen geben.

Warum ging sie nicht ran? Gestern Abend nicht, heute am Vormittag nicht, jetzt nicht? Das passte nicht zu ihr. Sie war involviert in den Fall und machte sich Sorgen um Faja Bartels. Warum sollte sie sich plötzlich zurückziehen?

Jaro verbot sich einen ganz bestimmten Gedanken, dessen alleinige Ahnung ihm schon die Klinge der Panik in die Knochen trieb. Stattdessen rief er seine Chefin an, die Möhlenbeck.

Wenigstens die nahm ab.

«Man hört ja wilde Dinge», sagte sie. «War der Hiwijob also doch nicht so langweilig wie befürchtet.»

Jaro setzte sie kurz darüber ins Bild, wo er war und wie sich der Fall entwickelte, der mittlerweile Beamte mehrerer Zuständigkeitsbereiche in Atem hielt. Dann fragte er, ob sie wisse, wo Aylin Coban ist.

«Das freut mich jetzt aber», sagte die Möhlenbeck. «Ich hatte wirklich gehofft, dass Sie den Wert dieser Gespräche mit unserer Therapeutin schätzen lernen. Aber nein, ich weiß es nicht.»

«Ich muss Frau Coban dringend sprechen, aber sie geht nicht ans Telefon. Ich weiß, das ist nicht Ihre Aufgabe, aber könnten Sie bitte bei ihr im Büro nachschauen? Und, wenn sie dort ist, sie bitten, mich anzurufen?»

«Sie schicken mich auf Botengänge?», echauffierte sich die Möhlenbeck.

Jaro machte ihr die Dringlichkeit klar. Fünf Minuten später rief seine Chefin ihn zurück.

«Sie ist nicht in ihrem Büro, und es hat sie heute noch niemand im Präsidium gesehen. Muss ich mir Sorgen machen?»

«Keine Ahnung», sagte Jaro. Er bat seine Chefin, Aylin Coban um einen Rückruf zu bitten, falls sie ihr über den Weg laufen sollte. Dann machte er sich auf den Weg und besorgte sich während der Fahrt Aylins Privatadresse. Jaro holte alles aus dem beschissenen Dienstwagen heraus, der ihn einzwängte wie nie zuvor.

Vor dem Wohnhaus von Aylin Coban angekommen, unterließ Jaro es, sie noch einmal anzurufen.

Er stieg aus und ging auf das Haus zu. Es handelte sich um einen Neubau mit vier Wohneinheiten und vier Carports. Lediglich unter einem davon stand ein Wagen, ein knallgelber Mini. Alles wirkte aufgeräumt und gepflegt, und auf dem Weg zur Haustür sah Jaro einen älteren Mann, der mit einem Elektromäher den Rasen mähte. Er trug eine grüne Arbeitshose und ein blau kariertes, kurzärmeliges Hemd.

Jaro sprach ihn an und wies sich aus. Der Mann sagte, er sei der Hauswart für dieses und die drei anderen Gebäude nebenan. Jaro fragte ihn nach Aylin Coban.

«Die Aylin ... nein, die habe ich heute noch nicht gesehen, die wird wohl auf der Arbeit sein.»

«Hat sie ein Auto?»

«Ja, die gelbe Hummel, die da vorn steht. Aber sie fährt ja immer mit den Öffis zur Arbeit. Ist denn etwas nicht in Ordnung?»

«Das weiß ich nicht», sagte Jaro. «Ich kann Frau Coban nicht erreichen und mache mir Sorgen. Sie haben nicht zufällig einen Universalschlüssel?»

«Doch, natürlich, aber ich kann nicht einfach …»

«Welche Wohnung ist es denn?»

«Obergeschoss, rechts.»

«Können Sie mir erst einmal die Eingangstür öffnen?»

Der Hauswart kam mit und schloss auf. Jaro bat ihn, unten zu warten, und lief die Stufen hinauf. Oben klingelte er Sturm bei Aylin und konnte die melodische Klingel auch hören, eine Reaktion bekam er allerdings nicht. Er rief den Hauswart zu sich.

«Ich befürchte, ihr ist etwas zugestoßen. Öffnen Sie bitte die Tür. Ich übernehme die Verantwortung.»

Der Hauswart wirkte skeptisch, tat aber, worum Jaro ihn bat. Mit zittrigen Fingern – nikotingelb, wie Jaro bemerkte – schob er den Schlüssel ins moderne Sicherheitsschloss. Noch in der geöffneten Tür stehend, rief Jaro laut Aylins Namen. Keine Reaktion.

«Bitte warten Sie hier», sagte er zu dem Hauswart und trat ein.

Sein erster Blick ging zur Garderobe. Die auffällig bunte Jacke, die sie bisher stets getragen hatte, hing nicht am Haken. In einer handgetöpferten Schale auf der Kommode, die sich als Ablage für Schlüssel anbot, lag ein Schlüsselbund mit dem Funkschlüssel für den Mini. Die Wohnung war kühl und still und aufgeräumt. Die Wände in verschiedenen Pastellfarben gestrichen, bunte Drucke hingen daran. In der schmalen Küche stand benutztes Geschirr herum, im Wohnzimmer ein Glas, halb gefüllt mit Rotwein, daneben eine kleine Schale mit schwarzen Oliven, die auszutrocknen begannen. Das Bett im Schlafzimmer war gemacht, und es sah nicht so aus, als hätte darin letzte Nacht jemand geschlafen. Warum das Bett machen, aber den Rotwein vom Vorabend stehen lassen? Es wirkte, als hätte Aylin allein einen gemütlichen Abend in ihrer Wohnung verbracht, war dann aber nicht hier schlafen gegangen. Hatte sie noch einen späten Spaziergang gemacht? Das würde das Fehlen der bunten Jacke erklären.

Jaro zog sein Handy hervor und rief Aylin ein weiteres Mal an. Natürlich hoffte er, dass sie abnahm, aber hauptsächlich tat er es, um zu überprüfen, ob ihr Telefon irgendwo in der Wohnung herumlag. Tat es nicht.

«Kann ich etwas tun?», kam es von der Tür. Der Hauswart streckte den Kopf herein.

«Sie ist nicht hier», sagte Jaro. «Wann haben Sie Frau Coban zuletzt gesehen?»

«Vorgestern. Sie bleibt ja immer für einen kurzen Schnack stehen. Die netteste Mieterin hier. So ein herzlicher Mensch.»

«Wissen Sie, ob sie einen Partner oder eine Partnerin hat?»

«Nee, das weiß ich nicht. Abends bin ich ja nicht mehr hier, und tagsüber ist sie auf der Arbeit. Und von einem Mann hat sie nie erzählt.»

«Und Ihnen ist gestern hier nichts Verdächtiges aufgefallen?»

«Was meinen Sie mit verdächtig?»

Bevor Jaro sich erklären konnte, ging gegenüber die Wohnungstür auf, und eine weißhaarige Frau erschien.

«Wolfgang, ist etwas passiert?», fragte sie den Hauswart.

Die Frau war im Rentenalter, hielt sich leicht vornübergebeugt, trug eine Brille mit dicken Gläsern und war schick gekleidet.

«Der Herr ist von der Polizei. Er sucht nach Frau Coban.»

«Aber Frau Coban ist doch bei der Polizei», sagte die Frau.

«Ja, ja, das wissen wir, der Herr ist ja ein Kollege aus dem Präsidium.»

«Na, dann müsste er ja wissen, dass Frau Coban gestern Abend von einem Polizisten abgeholt wurde.»

«Wie bitte? Von einem Polizisten?», mischte Jaro sich ein.

«Das sag ich doch. Ein Beamter in Uniform.»

«Und Sie haben das beobachtet?»

«Na ja, ich hörte ein Gespräch auf dem Flur und habe aus dem Fenster geschaut. Da habe ich Frau Coban mit dem Polizisten weggehen sehen.»

«Wohin sind die beiden gegangen?»

«Das weiß ich nicht. Meine Fenster gehen ja nicht nach vorn zur Straße raus.»

Jaro bedankte sich bei den beiden und eilte davon. Noch auf dem Weg zum Wagen rief er in der Einsatzzentrale des Präsidiums an und fragte, ob es gestern Abend einen Einsatz gegeben hatte, bei dem Aylin Coban gefragt gewesen war. So etwas kam häufig genug vor. Ein Unfall, ein Mordfall, Angehörige, die informiert werden mussten und eventuell Betreuung brauchten. Die Zentrale wollte das überprüfen und umgehend zurückrufen.

2

Nur wenn du die Ruhe bewahrst, wirst du überleben.

Aylin hatte sich diesen Satz dutzendfach im Stillen gesagt, und er entfaltete auch eine gewisse Wirkung, die aber dennoch nicht reichte, um die wuchernde Angst in Schach zu halten.

Aylin hatte furchtbare Angst. Mehr als je zuvor in ihrem Leben.

Denn sie wusste, was ihr drohte und dass sie selbst keine Möglichkeit hatte, es abzuwenden. Ihr Leben lag in der Hand anderer. Jaroslav Schrader, Simon Schierling, Faja Bartels und ihren Bücherjunkies. Nur wenn es ihnen gelang, eine Fünf-Wort-Geschichte zu erfinden, die den Täter zufriedenstellte, hatte sie eine Chance – oder wenn sie sie rechtzeitig fanden.

Neben der Angst war noch ein wenig Platz für Ärger und Scham.

Aylin schämte sich, weil sie auf einen derart billigen Trick hereingefallen war. Ein Polizist an ihrer Haustür, der angeblich im Auftrag von Jaro kam, um sie auf dem schnellsten Weg ins Präsidium zu bringen, wo angeblich bereits Faja Bartels auf sie wartete, und Aylin hatte nicht für eine Sekunde daran gedacht, zuerst Jaro anzurufen und dann mitzugehen. Sie hatte sich auch keine Gedanken darüber gemacht, dass sie den vermeintlichen Kollegen nicht kannte. In dem großen Präsidium des ZKD kannte sie kaum die Hälfte der Beamten. Erst als der Mann sie auf einen weißen Transporter zugeführt hatte, war bei Aylin der Groschen gefallen. Den Transporter kannte sie. Der Mann, der Faja hatte entführen wollen, war damit geflüchtet.

Aber der Groschen war zu spät und zu langsam gefallen.

Sie hatte keine Chance gehabt, hatte nicht einmal mehr schreien können, so schnell hatte der Mann ihr einen nach einer Chemikalie schmeckenden und ätzend riechenden Lappen über Mund und Nase gepresst.

Aufgewacht war sie vor vielleicht einer halben Stunde hier. Davor hatte es wohl Phasen gegeben, in denen sie in einem Delirium zwischen Wachen und Schlafen hin und her mäandert war. Da war eine Kamera gewesen, oder nicht? Hatte sie das nur geträumt, war es Realität gewesen? Hatte der Täter das erste Video mit ihr bereits abgedreht? Aylin glaubte sich erinnern zu können, nicht allein gewesen zu sein. Da war jemand mit ihr in diesem Raum gewesen, in dem schon Lisbeth Heiland gestorben war. Eine sandfarbene Wand vor ihr, darauf Blutspritzer, im Fußboden ein großes Loch, das so aussah, als habe jemand mit grobem Werkzeug die Holzdielen herausgerissen. Überall lagen Splitter herum.

Aylin war mit durchsichtiger Folie an einen Stuhl gefesselt. Da keine Kamera vor ihr stand, ging sie davon aus, dass der Täter bald zu ihr kommen würde, um das zweite und letzte Video zu drehen. Die Welt sollte schließlich wissen, was er tat.

Nur wenn du die Ruhe bewahrst, wirst du überleben.

Denn der Verstand arbeitete nicht gut unter Panik und Angst. Alles Rationale wurde dann abgeschaltet, um die alten Reaktionsmuster zu aktivieren, die seit Urzeiten das Überleben sicherten. Flucht oder Kampf. Beides unmöglich, wenn man gefesselt war.

Aylin wusste, was passieren würde, musste nicht mutmaßen. Immerhin das. Und sie wusste, es würde bald passieren. Wenn sie es also nicht darauf ankommen lassen wollte, dass jemand eine tolle Geschichte erfand, die sie rettete, musste sie handeln.

Jetzt sofort!

Aylin begann, auf dem Stuhl hin und her zu schaukeln. Das ging auch gefesselt. Von rechts nach links und wieder zurück. Immer wieder. Vor und zurück zu kippeln, wie damals in der Schule, erschien ihr zu riskant, weil die Gefahr bestand, auf den Hinterkopf zu fallen und das Bewusstsein zu verlieren.

Rechts und links, immer stärker. Bis der Stuhl zur linken Seite hin den Kipppunkt überwand und umfiel. Mit ihr darauf. Der Aufprall war längst nicht so hart, wie sie erwartet hatte, aber er war laut. Aylin verharrte still und lauschte. Hatte er gehört, was sie hier tat? Nein, offenbar nicht. Also weiter.

Sie lag kaum einen Meter von dem Loch im Fußboden entfernt. Da ihre nackten Füße unten aus der Folie heraus- schauten, gelang es ihr, sich damit auf dem Holzfußboden abzustoßen. Zentimeter für Zentimeter arbeitete sie sich auf das zersplitterte Loch zu, bis sie mit der linken Körperhälfte auf dem Rand lag.

Von dort aus gelang ihr ein Blick in den Krater.

Das Loch war nicht tief, vielleicht fünfzig Zentimeter. Es entblößte den unter den Balken liegenden Sandboden. Das herausgehackte Holz war dort hineingefallen. Vielleicht täuschte sich Aylin, aber es sah so aus, als sei es von getrock- netem Blut getränkt. Auch an den zerfransten Kanten des Loches fanden sich Spuren von getrocknetem Blut, außer- dem einige blonde Haare. Große Mengen Blut mussten das gewesen sein, die über einen längeren Zeitraum in das Holz eingesickert waren.

Eine Axt lag ebenfalls da unten. Wahrscheinlich war damit der Fußboden aufgerissen worden. Aber warum?

Egal, das durfte sie jetzt nicht interessieren.

Aylin bewegte sich auf den scharfen Holzsplittern hin und

her. In kleinen Schüben rutschte sie vor und zurück, hoch und runter, immer mit der Folie, die ihre Arme an den Stuhl fesselten, über die scharfen Kanten der Holzsplitter. Es dauerte nicht lange, bis sie den ersten scharfen Schmerz im Oberarm spürte, gefolgt von einem warmen Gefühl. Blut. Aylin biss die Zähne zusammen und sah nicht hin. Machte weiter, auch als weitere Splitter ihr die Haut aufrissen und in ihr Fleisch stachen.

Denn dasselbe taten sie auch mit der Folie.

Und die riss irgendwann.

Aylin spürte, wie der Druck auf ihren Körper nachließ, als sich die Folie lockerte. Jetzt begann der richtige Kampf. Sie wusste, sie würde den Stuhl nicht auf die rechte Seite herumwuchten können. Also begann sie mit den wildesten Bewegungen, zu denen sie imstande war, warf sich hin und her, presste Luft in ihre Lungen, pumpte sich auf, spannte ihre Muskeln an, lockerte sie, spannte sie erneut an. Sie stöhnte und keuchte, Holz schabte über Holz, aber die Geräusche waren ihr jetzt egal. Sie durfte nicht für eine Sekunde nachlassen. So wild war ihr Kampf, dass sie nicht einmal bemerkte, wie sie immer näher an den Rand des Lochs geriet und schließlich mitsamt Stuhl hineinfiel. Der Stuhl blieb allerdings zwischen zwei Balken stecken, womit ihre linke Körperseite frei in der Luft hing. Die bereits stark beschädigte Folie hielt dem Druck nicht stand und riss. Ihr befreiter Oberkörper fiel in das Loch. Mit dem Kopf voran schlug sie in den Sand. Doch ihre Beine waren noch immer an den Stuhl gefesselt.

Also begann der Kampf aufs Neue.

Zuerst versuchte Aylin mit ihren nun befreiten Händen die Folie zu zerreißen, doch das war nicht möglich. Sie war unfassbar zäh. Also suchte sie sich einen der größeren Holzsplitter und hackte und stach damit auf die Folie ein. Rücksichtslos gegen sich selbst fügte sie sich Wunden zu, die schmerzhaft waren und bluteten, sie aber nicht umbrachten.

Ein Papierball im Mund und Folie darüber würden sie auf jeden Fall umbringen.

Diese Vorstellung ließ sie unermüdlich weitermachen. Bis auch ihre Beine endlich frei waren und sie komplett in das Loch fiel. Reglos lag sie da, konnte im ersten Moment nicht glauben, es tatsächlich geschafft zu haben. Zudem war sie erschöpft und musste erst wieder zu einer normalen Atmung zurückfinden.

Sie lag auf der Axt, spürte Kopf und Griff in ihrem Rücken. Aylin drehte sich in dem kleinen Loch herum, packte den Schaft, nutzte ihn als Stütze und kam auf die Beine. Als sie stand, ragte sie oberhalb der Knie aus dem Loch hervor. Halb nackt, blutig, die Axt in der Hand. Erst jetzt konnte sie den ganzen Raum überblicken. Die Wand, die sich zuvor in ihrem Rücken befunden hatte, sah tatsächlich so aus wie die Wand in dem Video. Sandfarben, mit den roten Worten *burn, burn, burn* darauf.

Hier waren Claas und Lisbeth gestorben.

Aber sie würde nicht hier sterben.

Mit der Axt in der Hand kletterte Aylin aus dem Loch hervor.

3

«Geben Sie mir bitte Ihr Handy!»

Der große Mann stand vor ihr und streckte die Hand aus.

Am Vormittag hatte es einen Schichtwechsel bei Fajas Bewachung gegeben, und da sie sich im Grunde kaum mit der speziell ausgebildeten Polizistin ausgetauscht hatte, war man wohl zu der Meinung gekommen, es sei egal, wer auf sie aufpasste. Dieser mundfaule Typ, der seitdem in der Wohnung war und auf seinem Handy ein Spiel zockte, zeigte keinerlei Interesse an Fajas Befinden.

«Mein Handy? Warum denn das?», fragte Faja.

«Ich muss kurz was überprüfen.»

«Das kann ich doch auch selbst, wenn Sie mir sagen, was.»

«Geben Sie es mir einfach.»

Faja ließ sich von seiner autoritären Stimme einschüchtern, die sie an ihren Vater erinnerte, und gab es ihm.

«Vermuten Sie eine Ortungs-App oder so was?»

Der Polizist warf nicht einmal einen Blick auf das Telefon, er steckte es einfach in die vordere Tasche seiner Jeans.

«Kommissar Schierling hat angerufen und mich gebeten, Ihnen Ihr Handy für eine Weile abzunehmen. Fragen Sie mich bitte nicht, warum, ich weiß es nicht.»

Er wandte sich ab und ging zurück in die Küche, wo er die vergangenen Stunden verbracht hatte.

«Aber ... wann bekomme ich es wieder?»

Faja spürte Panik in sich aufsteigen. Ohne Handy war sie nicht mehr mit der Welt da draußen verbunden. Schlimm genug, dass sie in dieser sicheren Wohnung eingesperrt war, aber ohne Kontakt in die digitale Welt, in der ihr halbes Leben stattfand, nein, das würde sie nicht aushalten.

«Kommissar Schierling ist auf dem Weg hierher», sagte der Polizist.

Bis er eine Dreiviertelstunde später eintraf, hatte Faja förmlich eine Furche in den Fußboden gelaufen. Nicht eine Sekunde hatte sie sitzend verbracht, ihre Nervosität war auf ein kaum erträgliches Level gestiegen, sie hätte schreien können vor Frust und Verzweiflung, traute sich aber nicht. Laut zu werden, hatte sie sich noch nie getraut.

Der Polizist ließ Simon Schierling herein, übergab ihm Fajas Telefon und verschwand nach draußen.

«Was soll das mit meinem Handy?», rief Faja aufgebracht statt einer Begrüßung.

Simon sah müde, abgekämpft und traurig aus. Ein Schatten seiner selbst. Das sympathische Lächeln war verschwunden. Neue, tiefe Falten schienen sich in sein Gesicht gegraben zu haben.

«Setzen wir uns einen Moment», sagte er und deutete auf die Couch.

«Ich will mich nicht setzen. Ich will wissen, was hier los ist!», begehrte Faja auf und erschrak, weil sie jetzt doch ein wenig lauter geworden war.

Simon reichte ihr das Handy.

«Er hat Aylin», sagte er dabei.

«Was?»

«Der Täter hat sich Aylin geschnappt. Das erste Video von ihr ist seit einer Stunde online. Ich wollte, dass du es von mir hörst und es nicht unvorbereitet im Netz entdeckst.»

Jetzt wollte Faja sich doch setzen. Oder besser, sie sackte ohne bewusste Entscheidung auf die Couch, das Handy umklammert wie Moses die göttliche Tafel.

«Nein!», stieß sie heiser aus.

«Du musst es dir nicht ansehen, es ist ähnlich wie die anderen, nur dass Aylin in einer Art Trancezustand ist. Nicht richtig bei Sinnen. Sie wirkt aber unversehrt.»

Da schwang keinerlei Hoffnung in Simons Stimme.

«Und ... und ...», stotterte Faja, ohne zu wissen, was sie

sagen wollte. Ihre Gedanken stießen an die Grenze des Begreifbaren. Sie erinnerte sich daran, wie sie in der Nacht noch einmal versucht hatte, Aylin anzurufen, doch es war nur die Mailbox drangegangen – wie auch schon beim ersten Mal. Und Faja hatte sich nichts dabei gedacht.

«Wir müssen eine Geschichte finden, die ihn besänftigt, so schnell wie möglich», sagte Simon. «Bei den anderen sind zwischen der Veröffentlichung des ersten und des zweiten Videos nicht mehr als sieben Stunden vergangen. Wir haben also maximal fünf bis sechs Stunden. Vielleicht nur fünf, er scheint ja ein Faible für die Zahl Fünf zu haben.»

Einen Moment stand der kleine dünne Mann noch vor ihr wie ein eingeschüchterter Junge, dann verließ auch ihn die Kraft, und er sackte auf den Sessel.

«Damit hat niemand gerechnet», stieß Simon mit verzweifelter Stimme aus. «Dabei hätten wir es wissen können. Er hat Aylin Coban an dem Tag gesehen, als er dich schnappen wollte. Vielleicht ist er sogar wieder zurückgekommen und hat sie beobachtet, als sie deine Wohnung verlassen hat. Jaro hat herausgefunden, dass sie zu Hause war, bis ... bis er sie mit einem Trick aus der Wohnung gelockt hat.»

Simon, der sonst so schnell sprach, hatte jetzt Mühe, Worte zu finden.

Faja schloss die Augen. Sofort sah sie ein grell explodierendes Feuerwerk hinter ihren Lidern. Sie riss die Augen wieder auf, ihr Herz raste, die Halsschlagader pumpte unnatürlich stark.

«Okay ... okay», versuchte sie sich selbst zu beruhigen. «Wir schaffen das. Diesmal schaffen wir es. Ich gehe sofort mit meiner Gruppe online und ... und ...»

Sie sah Simon an. Tränen lief ihr aus den Augen.

«Aber ich kann nicht für Aylins Tod verantwortlich sein», sagte sie mit erstickter Stimme. «Ich habe bereits Claas in den Tod geschickt und Lisbeth, noch einmal ...»

«Nein, nein, nein», unterbrach Simon sie. «Das hast du nicht. Du hast versucht zu helfen. Der Täter ist schuld an ihrem Tod, nicht du. Hast du das verstanden! Niemand denkt etwas anderes, und niemand erwartet von dir, dass du noch einmal eine Geschichte postest. Niemand.»

Die Tränen schmeckten salzig auf ihren Lippen.

«Aber wer dann?», fragte sie leise.

Darauf hatte Simon keine Antwort.

Sein Handy klingelte.

«Jaro ist hier», sagte er, stand auf, eilte zur Tür und ließ ihn rein.

Auch der große, starke Jaroslav Schrader schien in den letzten Stunden gealtert und irgendwie geschrumpft zu sein.

«Es tut mir so leid», begrüßte er Faja und nahm sie in die Arme. Sie hielten sich einen Moment fest. Das tat gut.

Dann schob er Faja von sich. Seine Augen glühten, als habe er Fieber.

«Ich habe eine Idee», sagte er mit zitternder Stimme. «Scheherazade.»

Nachdem Jaro den beiden erklärt hatte, was er mit Scheherazade meinte, saßen Simon und Faja da und glotzten ihn an. Er sah Zweifel in ihren Blicken und konnte sie verstehen.

«Es gibt keine Garantie», sagte Jaro. «Vielleicht liege ich total daneben, und vielleicht ist es auch gar nicht machbar. Aber wer auch immer dahintersteckt, ist der Literatur verbunden, und es besteht die große Chance, dass er weiß, wer Scheherazade ist. Selbst wenn es nicht das ist, was er fordert, kann es dennoch sein, dass er Aylin leben lässt, um zu schauen, wie lange wir das durchhalten. Er spielt mit uns von Beginn an, also sollten wir versuchen, mit ihm zu spielen. Und während Faja und ihre Bücherjunkies sich um diesen Teil kümmern, gewinnen wir Zeit, ihn aufzustöbern. Denn eines darf auf keinen Fall passieren: Aylin darf nicht sterben.»

Jaro musste keine Überzeugung in seine Stimme legen, sie war einfach da. Er konnte und wollte sich Aylin nicht tot vorstellen. Er ahnte, dass es ihn brechen würde, denn wenn er ehrlich zu sich selbst war, musste er eingestehen, sich in die Therapeutin verliebt zu haben. Aber das mussten die anderen ja nicht wissen.

«Ich finde, es klingt klug», sagte Faja schließlich. «Und was haben wir schließlich für eine Wahl?»

«Keine», bestätigte Simon. «Aber wie wollt ihr das machen? Deine Freunde und du?»

«Ich weiß es noch nicht», gab Faja zu. «Aber ich muss sofort mit ihnen darüber reden. Zusammen finden wir bestimmt eine Lösung. Schließlich ist nichts unmöglich. Man muss nur fest genug daran glauben.»

Sie nahm ihr Handy hoch, um online zu gehen und die Bücherjunkies zu treffen.

«Warte noch», sagte Jaro. «Deine Freundinnen und Freunde, die Bücherjunkies, kennst du sie alle persönlich? Ich meine, im wahren Leben? Hast du sie je in der Realität getroffen.»

«Norman und Susi schon, Sascha bisher nicht.»

Jaro nickte. «Über Sascha sollten wir reden. Trotz mehrfacher Aufforderung hat sie sich nicht gemeldet. Norman und Susi sind jeweils in einem Präsidium an ihren Wohnorten, aber Sascha nicht. Die Anfrage an Facebook nach ihrer IP-Adresse läuft, aber in der Regel dauert es zwei bis drei Wochen, bis wir die Daten bekommen. Wer ist Sascha? Gibt es sie überhaupt? Oder steckt jemand ganz anderer dahinter?»

Diese Worte verschlugen Faja zunächst die Sprache. Sie hatte bisher nicht einmal daran gedacht, ein Mitglied ihrer Gruppe zu hinterfragen.

«Du ... du meinst?», begann sie, brachte den Satz aber nicht zu Ende.

Jaro nickte. «Meine ich. Und es ist ja auch nicht unwahrscheinlich. Also, wie gut kennst du Sascha?»

«Sie ist noch nicht so lange bei den Bücherjunkies dabei, erst ein paar Monate», antwortete Faja. «Kurz vor der Buchmesse in Leipzig ist sie dazugekommen.»

«Aber sie war nicht auf der Messe?»

«Nein, sie konnte nicht dabei sein, wegen ihres Freundes. Der ist krank. Irgendwas Psychisches ...»

Faja schüttelte den Kopf.

«Aber Sascha ... eine Mörderin? Nein, das glaube ich nicht. Sie ist so empathisch und offen und herzlich. Deswegen haben wir sie doch überhaupt nur in unsere Gruppe aufgenommen. Ich fand, sie würde gut zu uns passen, weil sie einen tollen Gegenpol zu Claas darstellt.»

«Was meinst du damit?», fragte Simon.

«Ganz gleich, ob Sascha ein Buch gut oder schlecht findet, sie hat so eine Gabe, ihre Rezensionen immer positiv klingen zu lassen. Selbst die größte Kritik klingt bei ihr wie eine Motivation für den Autor, es beim nächsten Mal besser zu machen. Keine Sätze wie ‹Hat mich nicht überzeugt› oder ‹Dabei war die Idee so gut› oder ‹Daraus hätte ein begabterer Autor mehr machen können›. Sascha schreibt Sätze wie: ‹Es fehlt nur ein wenig mehr Überzeugungskraft›, ‹Das Potential der Idee ist nicht vollkommen ausgeschöpft, aber nahe dran›, ‹In dem

Autor schlummert noch viel mehr›. Sätze, die motivieren, an sich zu arbeiten ... Da fällt mir gerade etwas ein.»

«Was?», fragte Jaro.

«Zuletzt erschien sie mir ein wenig gereizt.»

«Was meinst du?», wollte Simon wissen.

«Ich glaube, es lag an ihrer Wortwahl. Sie benutzte plötzlich Wörter, die irgendwie ... nicht zu ihr passten, teilweise unterschwellig aggressiv waren.»

«Und wann hast du diese Veränderung bemerkt?»

«Ich weiß nicht genau, vielleicht vor drei oder vier Wochen. Wartet, ich schaue schnell nach ...»

Faja öffnete die Messenger-App und las den gespeicherten Verlauf der Bücherjunkies-Gruppe.

«Darf ich mitlesen?», fragte Simon, und sie hielt das Display so, dass er mit draufschauen konnte.

«Ja, das kommt hin», sagte Faja schließlich. «Drei Wochen.»

«Hm», machte Jaro. «Vor drei Wochen verschwand Thorsten Fleischer. Dein Stiefbruder.»

«Versuch doch mal, sie zu erreichen», schlug Simon vor.

Faja schrieb eine Nachricht an Sascha, und sie warteten einige Minuten, aber sie reagierte nicht.

«Das passt», murmelte Simon. «Versuch es bitte weiter und gib uns Bescheid, wenn sie sich meldet. Wir müssen jetzt los.»

4

Draußen, im Wagen, der zwei Straßen entfernt von der Sparkassenfiliale mit der sicheren Wohnung darüber parkte, hielten Jaro und Simon Kriegsrat.

«Thorsten Fleischer oder Sanford, es läuft auf einen von beiden hinaus, oder?», begann Jaro.

«Sanford sitzt in Haft», entgegnete Simon. «Dafür habe ich gesorgt. Seine Assistentin ebenfalls. Selbst wenn sie das erste Video von Aylin vorbereitet hatten, stellen sie jetzt keine Gefahr mehr für sie dar.»

«Und wenn das zweite Video auch schon abgedreht ist?»

Jaro hasste sich für diesen Gedanken, zulassen mussten sie ihn trotzdem.

«Okay», sagte er. «Gehen wir es noch einmal durch. Wo können wir suchen? Was haben wir übersehen? Bei Sanford haben wir gesucht. Und wenn es keiner von beiden ist, müssen wir Fajas Vater noch mal auf den Zahn fühlen. Was ist bei diesem Dirk Eberitzsch herausgekommen?»

«Noch nichts. Ich bin nicht mehr dazu gekommen, mit ihm zu reden», sagte Simon. «Das sollten wir sofort angehen.»

«An diese Sascha kommen wir nicht rechtzeitig ran – wenn überhaupt. Ich denke, dass es ein Fake-Account ist, der vom Täter betrieben wird.»

«Aber warum dann die Veränderung in der Ausdrucksweise?»

«Keine Ahnung. Vielleicht steht er genauso unter Stress wie wir und verliert langsam die Kontrolle über sich.»

«Trotzdem klingen die Texte, die diese Sascha geschrieben hat, immer noch eher weiblich», sagte Simon.

«Echt? Woran machst du das fest?»

«Es gibt da diese Seite. Genderanalyzer. Damit habe ich mich mal beschäftigt, ist aber schon eine Weile her. Da kannst du einen Text daraufhin überprüfen, ob er von einer Frau oder einem Mann geschrieben worden ist. Und als ich eben die Worte von dieser Sascha gelesen habe, dachte ich, das ist eindeutig eine Frau. Sie beschreibt sehr eindrücklich, welche Bilder und Gefühle bestimmte Textpassagen in ihr ausgelöst haben. Männer sind eher förmlich, nicht so prosaisch, gehen mehr auf Technik ein, benutzen andere Wörter.»

«Also hätten wir mit Sascha eine Frau, die sich nicht von der Polizei in Sicherheit bringen lassen will, die einen psychisch kranken Freund hat und plötzlich härter klingt als zuvor. Zumindest in der Konversation mit ihren Bücherjunkies. Ich weiß nicht …», meinte Jaro.

«Ich auch nicht», sagte Simon. «Lass uns loslegen. Am besten teilen wir uns auf. Ich Fajas Vater, den kenne ich ja nun schon, du den kleinen Eberitzsch mit frischem Blick?»

«Okay. Und hoffen wir, dass die Bücherjunkies eine gute Seriengeschichte hinbekommen.»

5

Allzu lang musste Aylin nicht auf ihren Peiniger warten. Aber «allzu lang» war keine messbare Einheit, wenn jede Sekunde eine Ewigkeit dauerte, wenn mit jedem Atemzug mühsam aufgebaute Stärke aus dem Körper floss, wenn jeder Gedanke unweigerlich das Ende des eigenen Lebens heraufbeschwor.

In dieser nicht «allzu langen» Zeit war Aylin im Geiste in ihre Jugend gereist, zurück zu den Urlauben mit ihren Eltern in der Türkei, zu der Verwandtschaft dort, deren Herzlichkeit und Ehrlichkeit alles übertraf, was Aylin aus ihrem Heimatland Deutschland kannte. Zurück zu ihrem ersten Freund, der ihr binnen eines Jahres alles bedeutet und dann alles zerstört hatte. Bilder, Gefühle, Gerüche, ohne Abstriche, ohne

Verluste an die Zeit, die seitdem vergangen war. Sie hatte geweint, aber nicht vor Angst, sondern vor Dankbarkeit. Und sie hatte entschieden, wenn sie schon sterben musste, dann in diesem Zustand der Dankbarkeit.

Als sie irgendwo eine Tür klappern hörte, wich das heroische Gefühl dann doch wieder der Angst, aber sie riss sich zusammen, erhob sich, packte die Axt und machte sich bereit. Aylin wusste nicht, ob sie wirklich mit so einem Ding auf einen Menschen einschlagen konnte, aber davon hatte ihr Peiniger ja keine Ahnung.

Sie wartete zitternd, spürte ihre Beine schwächer werden. Die unmenschliche Anstrengung vorhin und der Blutverlust hatten sie geschwächt.

Die Tür ging auf.

Eine Gestalt in weißem Maleranzug mit einer medizinischen Maske vor dem Gesicht stand dort. Für eine Sekunde, bis die Gestalt die Situation erfasste und die Tür sofort wieder zuschlug. Aylin kam nicht einmal dazu, mit der Axt auszuholen.

Okay, okay, bleib ruhig. Er weiß jetzt, dass du nicht wehrlos bist, sagte sie sich.

Es war klar, er würde wiederkommen, und Aylin nahm sich vor, ihn, wenn möglich, in ein Gespräch zu verwickeln. Darin war sie schließlich ausgebildet. Das war die Art von Axt, die sie beherrschte. Vielleicht gelang es ihr, ihn von seinem Tun abzubringen.

Nach ein paar Minuten der Stille, in denen ihr Herz wie verrückt raste und ihr schwindelig wurde, hörte sie erneut ein Geräusch. Es klang, als stelle ihr Peiniger etwas Schweres, Hohles vor der Tür ab. Dann ging die Tür auf. Aylin machte sich bereit, hob die Axt hoch über den Kopf. Sie stand ungefähr zwei Meter von der Tür entfernt und begriff nicht sofort, was sie da sah. Ein grauer, länglicher Trichter mit einem Schlauch daran schob sich herein. Plötzlich ein lautes Zischen wie von einem Überdruckventil, und eine weiße Wolke schoss ihr entgegen.

Aylin, die so fokussiert gewesen war auf ihren Gegner, wandte sich den Bruchteil einer Sekunde zu spät ab. Da hatte der trockene weiße Nebel sie schon erreicht und eingehüllt, ihr Sicht und Atem genommen.

Löschpulver, dachte sie noch, bevor sie stark husten und um Atem ringen musste. Ihre Augen brannten und tränten, sie konnte rein gar nichts mehr sehen. Aylin versuchte noch einen halbherzigen Rundumschlag mit der Axt, dann ging sie röchelnd zu Boden.

Ein Schlag von hinten gegen den Kopf löschte ihre Lichter.

6

Jaro fuhr zum Buchladen *Schriftzeichen*.

Simon hatte ihm gesagt, er würde dort die Mutter von Dirk Eberitzsch treffen, vielleicht auch Dirk selbst. Der Laden war wegen der Ermittlungsarbeiten geschlossen, die KTU war aber bereits abgerückt. Die Eingangstür war nicht abgeschlossen, also trat Jaro ein.

Jaro liebte Buchläden, und er fand es schrecklich, dass er diesen unter solchen Umständen betreten musste. Schon in seiner Jugend hatten der Anblick und der Geruch von Büchern etwas in ihm ausgelöst, das sich nur schwer beschreiben ließ. Von Büchern umgeben, fühlte er sich ruhiger, besser, tiefer. Es war, als perlte die Oberflächlichkeit der Welt an einem

Schutzschirm aus Buchstaben ab. Wer sich zwischen die Sätze begab, stieg hinab in die Tiefe der Geschichte, die im besten Fall das verborgene Selbst sichtbar und begreifbar machte, sodass man daran wachsen konnte. Jaro war nicht an jedem, aber an vielen Büchern gewachsen, aber er wusste auch, es bedurfte lebenslangen Lesens, um nicht wieder zu schrumpfen.

Über der Ladentür bimmelte eine kleine Glocke.

Drinnen überlagerte der wunderbare Geruch von bedrucktem Papier alles. Es waren keine Kunden im Laden, aber auch keine Angestellten. Die Bücher waren unter sich. Jaro verharrte, lauschte. Meinte, von irgendwo hinter dem Tresen eine leise Stimme zu vernehmen. Wahrscheinlich telefonierte jemand im Büro. Es bestand ja keine Eile. Wer einen Buchladen betrat, sollte Zeit mitbringen. Selbst wenn man ein Ziel hatte, gab es auf dem Weg dorthin viel zu entdecken. Doch dies war eben kein normaler Besuch, Jaro nicht als Kunde hier. Leider.

Jaro ging vor bis zum Verkaufstresen und hörte eine weibliche Stimme, leise, aber hektisch, fast zischend, so als teilte sie Befehle aus.

Jaro räusperte sich.

Das Gespräch wurde rasch beendet. Aus dem Büro kam eine große, kräftige Frau in einem braunen Baumwollkleid, um den Hals trug sie eine Kette aus Türkisen. In der Sekunde, da sie den Laden betrat, vertrieb ein einstudiertes Verkaufslächeln die Sorgenschatten aus ihrem Gesicht.

«Tut mir leid, wir haben leider geschlossen.»

Jaro stellte sich als Kollege von Simon Schierling vor.

«Gibt es etwas Neues?», fragte Frau Eberitzsch und presste sich eine Hand gegen den Brustkorb. «Ich bin immer noch total schockiert ... wir alle sind es. Geht es Faja gut? Das arme Mädchen!»

«Wir ermitteln mit Hochdruck in alle Richtungen», benutzte Jaro die abgedroschene Phrase. «Die Kriminaltechnik ist hier schon fertig?»

«Ja, vor einer Viertelstunde ist der Letzte fort. Sie haben gesagt, ich müsse auf einen Anruf von Kommissar Schierling warten, bevor ich offiziell wieder öffnen darf. Dadurch gehen mir Einnahmen verloren. Ist das denn wirklich nötig?»

«Ich denke, ja. Gut möglich, dass noch mal jemand von der KTU vorbeischaut, weil sich Fragen ergeben haben. Wo finde ich denn Ihren Sohn?»

«Dirk? Was wollen Sie denn von Dirk?»

«Ein Gespräch.»

«Aber warum? Kommissar Schierling hat ihm schon so merkwürdige Fragen gestellt. Dirk wird doch nicht verdächtigt, oder?»

«Das nicht, aber wir erhoffen uns Hinweise von ihm.»

«Was denn für Hinweise?»

«Wo finde ich Ihren Sohn?», wiederholte Jaro seine Frage mit ein wenig mehr Nachdruck.

«Im Moment bei mir zu Hause. Ich habe Dirk für Renovierungsarbeiten eingespannt. Ich kann ihn aber sofort herkommen lassen.»

Sie griff zum Telefon.

«Das ist nicht nötig. Ich fahre zu ihm.»

Mit einem gewissen Widerwillen bekam Jaro die Adresse genannt und machte sich auf den Weg. Die Buchhändlerin kam ihm merkwürdig vor. Sie verhielt sich, als hätte sie etwas zu verbergen oder als wollte sie die Polizei von ihrem Sohn fernhalten. Jaro hätte einen Monatslohn darauf verwettet, dass sie in dem Moment, da er den Laden verlassen hatte, ihren Sohn vorgewarnt hatte.

Dirk Eberitzsch war also vorbereitet.

Jaro benötigte nur eine Viertelstunde. Frau Eberitzsch lebte in einem kleinen Einfamilienhaus aus den Siebzigerjahren. Es wirkte vernachlässigt, die Farbe an den verputzten Wänden von der Witterung abgewaschen, der Garten kaum gepflegt. Vor dem Haus parkte ein älterer Skoda neben Brennholz, das noch gespalten werden musste.

Jaro klingelte.

Die Tür ging sofort auf, der junge Mann musste dahinter gelauert haben. Sein Blick hatte etwas Gehetztes. Er trug einen weißen Schutzanzug aus dem Baumarkt, der mit roter Farbe bekleckert war.

«Ihre Mutter hat mich angekündigt, nehme ich an», sagte Jaro, nachdem er sich vorgestellt hatte.

«Ja, aber ich kann nichts sagen. Ich weiß ja nichts. Nur dass ich vergessen habe, die Hintertür abzuschließen.»

«Darf ich trotzdem hereinkommen?»

Der junge Mann hielt die Tür fest wie einen Schild, so als müsste er sich vor Jaro schützen.

«Ich streiche gerade.»

«Es dauert nicht lange.»

Jaro bewegte sich nicht von der Stelle und fixierte Eberitzsch. Der dachte ein paar Sekunden nach, und Jaro erwartete die Frage nach einem Durchsuchungsbeschluss, doch dann ließ Eberitzsch ihn doch herein.

Sofort scannte Jaro die Wohnung. Suchte nach etwas Verdächtigem. Zunächst erschien alles normal. Der Flur war leer geräumt, der Fußboden mit grauem Malerfilz ausgelegt. Am Übergang zur Decke klebte Malerkrepp. Eine Wand war bereits rot gestrichen, die anderen waren noch weiß. Es roch nach frischer Farbe und Terpentin.

Jaro bemerkte, dass es unter der Treppe, die ins Obergeschoss führte, einen Holzverschlag mit einer Tür gab, die wahrscheinlich in den Keller führte. Eberitzsch ging voran in die Küche, Jaro folgte ihm. Die Küchenmöbel waren alt, durch die Plastikabdeckung der Deckenlampe schimmerten die Körper toter Fliegen, auf der kurzen Fensterbank neben der Terrassentür standen große Packungen mit Frühstückscerealien. Auf der Arbeitsfläche neben dem Spülbecken lagen mehrere gebrauchte Pinsel und eine Farbrolle, allesamt rot eingefärbt. Pinsel und Rolle waren in Frischhaltefolie eingepackt, um nicht auszutrocknen. Zwei Rollen Frischhaltefolie lagen daneben.

Hatte Eberitzsch sie nur für das Gespräch eingehüllt, oder hatte er noch etwas anderes vor, sobald Jaro verschwunden war? Etwas, das ihn längere Zeit beschäftigen würde?

Der junge Mann bot ihm keinen Platz an und verschränkte die Arme vor dem Brustkorb. Seine Augen fanden kein Ziel, der Blick huschte hin und her. Er war extrem nervös. Das musste nicht unbedingt verdächtig sein, viele Menschen verhielten sich gegenüber der Polizei so, eine Vernehmung war schließlich nichts Alltägliches. Aber warum die Frischhaltefolie, um die Pinsel einzupacken? Ein Müllbeutel hätte es auch getan.

«Sie renovieren?», fragte Jaro

«Ja. Für meine Mutter. Sie hat das Haus erst vor Kurzem gekauft, und es muss noch eine Menge gemacht werden.»

«Sehr hilfsbereit.»

«Mutter kann ja nicht. Wegen dem Laden. Weil Faja fehlt. Und Rücken hat sie auch noch. Meine Mutter, meine ich.»

«Wo Sie den Namen gerade erwähnen. Ich finde es sehr nett, dass Sie sich nach Fajas Befinden erkundigt haben.»

Eberitzsch schoss das Blut in den Kopf, schlagartig bekam er rote Wangen.

«Nein, ich … Das war meine Mutter, aber über mein Handy, weil sie kein WhatsApp hat.»

«Ach so. Na ja, dann war es sehr nett von Ihrer Mutter.»

Der junge Mann wusste nicht, was er sagen sollte, und Jaro ließ ihn einen Moment in seinem Schweigen schmoren. Wenn eines Menschen redselig werden ließ, dann war es Schweigen. Bei Eberitzsch schien das aber nicht zu verfangen.

«Wie ist Ihr Verhältnis zu Faja?», fragte Jaro schließlich.

«Verhältnis? Ich … Wir haben kein Verhältnis.»

«Aber Sie kennen sich doch.»

«Ja, schon, von der Arbeit, weil ich doch im Laden aushelfe. Aber sonst haben wir keinen Kontakt.»

«Wie war das am Abend der Lesung mit Sanford. Sie waren doch dort. Ist Ihnen da etwas Ungewöhnliches aufgefallen?»

Wie auf Befehl schüttelte Eberitzsch den Kopf. «Nein, gar nichts.»

«Wann sind Sie gegangen?»

«Nachdem der Laden aufgeräumt war.»

«Vor Faja?»

«Ja.»

«Mögen Sie Faja?»

Die Fragerei verwirrte den jungen Mann, und Jaro hoffte, ihn mit ein bisschen Druck aus der Reserve locken zu können. Irgendwas an dem Kerl war seltsam.

«Schon, ja. Sie ist immer nett.»

«Aber privat haben Sie keinen Kontakt?»

«Nein, warum auch. Faja ist sieben Jahre älter als ich.»

Die Antwort auf die Frage lieferte eine Information, die Eberitzsch nie direkt aussprechen würde. Für den jungen Mann schien die Frage nach Kontakt zu Faja nur auf eine sexuelle Beziehung ausgerichtet zu sein, nicht auf kollegiale Freundschaft. Wenn Jaro raten müsste, würde er sagen, der Junge war unglücklich verliebt.

«Und wo waren Sie gestern Abend? Und den Abend davor?»

Eberitzsch schwieg. Sein Blick ging auf seine Hände, wo er rote Farbe entdeckt hatte, die er unbedingt jetzt abknibbeln musste.

«Meine Mutter sagt, ich muss diese Fragen nicht beantworten.»

«Sie sind fünfundzwanzig Jahre alt und müssen sich mit Ihrer Mutter darüber absprechen, was Sie sagen dürfen?»

Eberitzschs Lippen bewegten sich, als würde er sprechen wollen, Worte kamen aber nicht hervor.

«Darf ich mich im Haus umschauen?», fragte Jaro.

«Nein», war die Antwort, aber da hatte Jaro sich schon umgedreht und war in den Flur gegangen. Er legte die Hand auf die Klinke zur Kellertür.

«Das dürfen Sie nicht!»

Jaro beachtete ihn nicht und drückte die quietschende Holztür auf. Kalte, abgestandene Luft schlug ihm entgegen. Es roch nach Chemikalien. Die Kellertreppe lag im Dunkeln, einen Schalter entdeckte Jaro nicht sofort.

«Was ist da unten?», fragte er.

7

Jetzt ging es nicht mehr nur darum, eine Fünf-Wort-Ge-schichte für Aylins Überleben zu finden, nein, sie wollten auch noch die Idee von Kommissar Schrader einbeziehen.

Scheherazade.

Die vielleicht erste Seriengeschichtenerzählerin der Welt, bekannt aus den Märchen aus Tausendundeiner Nacht.

Kurioser ging es kaum, und die drei übrig gebliebenen Mit-glieder der Bücherjunkies-Gruppe, Faja, Susi und Norman, mussten sich eingestehen, dass sie nicht von allein daraufge-kommen wären. Norman hatte sogar noch nie etwas von Scheherazade gehört.

Sie hatten sich über Skype zusammengeschaltet, damit sie einander sehen konnten, während sie an der Aufgabe arbei-teten. Sascha war nicht dabei. Sie meldete sich einfach nicht. Faja hatte die anderen über den Verdacht informiert, und sie konnten es nicht fassen, glaubten auch nicht wirklich daran, teilten aber Fajas Meinung, dass Sascha sich in ihrer Aus-drucksweise verändert hatte.

«Pass auf. Die Kurzfassung», begann Susi. «Es gab einen persischen Herrscher, der in seiner Hochzeitsnacht von sei-ner Frau mit einem Sklaven betrogen wurde. Um eine Wie-derholung der Schmach zu vermeiden, tötete der Herrscher fortan seine Frauen bereits in der Hochzeitsnacht und hei-ratete jeden Tag eine neue. Ein endloses Gemetzel. Bis Sche-herazade auf den Plan trat. Sie konnte dem nicht länger zuse-hen und ließ sich von dem Herrscher heiraten. Ihr Vater hatte wohl Connections zu dem Typen und hat das arrangiert. In der Hochzeitsnacht begann Scheherazade, dem mordenden König eine Geschichte zu erzählen, die am frühen Morgen mit einem Cliffhänger endete. Weil der neugierige König das Ende erfahren wollte, ließ er seine Frau am Leben. So ging es fortan jede Nacht.»

«Klingt ja richtig logisch», sagte Norman

«Na ja, es ist ein Märchen, das hat seine eigene Logik», sagte Faja. «Und was Kommissar Schrader gesagt hat, könnte funktionieren. Was, wenn wir den Täter mit einer Seriengeschichte wirklich eine Weile hinhalten können? Ich denke, wir sollten es versuchen.»

«Schwierig genug», wandte Susi ein. «Ich habe schon Probleme damit, mir eine in sich abgeschlossene Fünf-Wort-Geschichte einfallen zu lassen, und jetzt soll sie auch noch ein offenes Ende haben.»

«Moment mal», sagte Norman, der Scheherazade gerade googelte. «Da gab es noch eine Schwester. Dinharazade. Die hat damals auch eine Rolle gespielt. Sie hat ihre Schwester jede Nacht um die Fortsetzung oder eine neue Geschichte gebeten, sie quasi angebettelt, und somit diesen Wunsch auch bei dem König immer wieder aufrechterhalten. Ich finde, wenn wir uns schon von Märchen inspirieren lassen, dann richtig.»

«Was meinst du?», fragte Susi.

«Ganz einfach. Wir trommeln online so viele Leute wie möglich zusammen, die unter unsere Geschichte posten, dass sie unbedingt wissen wollen, wie es weitergeht. Wir müssen einen richtigen Hype darum lostreten, im besten Fall geht es viral.»

«Geile Idee», sagte Susi.

Faja war ins Grübeln geraten. Zwischen ihren Brauen lag eine tiefe Spalte. Die verbrannte Haut ihrer rechten Gesichtshälfte fühlte sich gespannt an.

«Was hast du?», fragte Susi.

«Ich find's gut», antwortete sie. «Aber mir fällt da noch etwas ein. Wenn wir schon die anderen Bookstagrammer einbeziehen, warum nicht deren Kreativität nutzen. Lasst uns doch dazu aufrufen, Fünf-Wort-Geschichten mit offenem Ende zu erfinden. Wir sind nur zu dritt. Wäre die Chance nicht viel größer, wenn wir dreitausend wären? Oder gar dreißigtausend?»

«Crowdfunding», sagte Norman.

«Eher Schwarmwissen», meinte Faja.

«Und wenn der Täter es mitbekommt?», wandte Susi ein.

«Soll er ruhig. Wer weiß, vielleicht können wir ihn damit richtig fesseln, und er lässt Aylin frei.»

«Okay!» Norman klatschte in die Hände. «Dann lasst es uns online verbreiten.»

«Wartet mal», sagte Susi. «Euch ist schon klar, was wir damit bei dem Typen, der Aylin gefangen hält, auslösen könnten? Was, wenn er Gefallen daran findet, die Kommissare ihn aber nicht finden? Dann sind wir gezwungen, solange Geschichten zu erfinden, bis ... na ja, er die Lust verliert oder verhaftet wird.»

«Also müssen wir so viele Geschichten parat haben, wie wir bekommen können. Sie müssen aber aufeinander aufbauen», sagte Norman.

«Und wir müssen sofort loslegen», fügte Faja an.

8

Waren das Schreie?

Simon Schierling verharrte in der Dunkelheit unter dem Schleppdach der alten Lagerhalle.

Er befand sich auf dem seit Jahren stillgelegten Teil des Bahnhofs, einem der beklagenswertesten Bereiche der Stadt. Wer hier lebte, gehörte nicht zur «normalen» Gesellschaft. Die backsteinernen Lagerhallen waren provisorisch zu Wohneinheiten umgebaut worden, für viele gab es wahrscheinlich nicht einmal eine Genehmigung, aber die Behörden kümmerten sich nicht darum, solange nichts passierte. Jeder Quadratmeter Wohnraum wurde gebraucht, und die Menschen, die hier lebten, hatten kein Geld für richtige Wohnungen. Einmal im Leben eine falsche Reaktion, ein Wutausbruch, ein Streit, der eskalierte, und man konnte am Ende hier landen. Die Gesellschaft verzieh solche Fehler nicht, wollte solche Menschen nicht in ihrer Mitte. Sie an den Rändern ertragen zu müssen war schon schlimm genug.

Über mehrere Dutzend Meter zogen sich in parallelen Reihen einstöckige Lagerhallen dahin. Vor den meisten gab es Rampen aus Beton, die als Terrassen genutzt wurden. Darauf standen Gartenmöbel, Paletten, Heizstrahler, Feuerschalen. Die Fenster waren klein und mit Metallgittern versehen, viele Türen waren noch die alten hölzernen Schiebetüren aus den Zeiten, als hier Waren gelagert wurden.

In Nummer fünf wohnte Marco Pohl, Fajas Vater.

Und Simon glaubte, aus ebendieser Wohneinheit einen Schrei vernommen zu haben. Jetzt bereute er es, allein unterwegs zu sein, und es war der Zeitpunkt gekommen, sich an die Dienstvorschriften zu halten. Bei allem Zeitdruck, den sie spürten, nützte es Aylin Coban nichts, wenn sie ihr eigenes Leben riskierten.

Simon rief Unterstützung.

Die ganze Anlage war sowieso zu unübersichtlich für eine Person. Wahrscheinlich verfügten die Wohneinheiten über zusätzliche Ein- und Ausgänge, Keller und Dachböden. Es war leichtfertig gewesen, allein hierherzukommen, aber noch nicht zu spät, die Entscheidung zu revidieren.

Während er wartete und beobachtete, kam Simon zu der Überzeugung, dass man hier einen Menschen für eine kurze Zeit gefangen halten und töten könnte, ohne dass es jemand mitbekam. Vielleicht bekam es sogar jemand mit, interessierte sich aber nicht dafür. Schlägereien und Drogen waren in dieser Gegend an der Tagesordnung, hier ermittelte die Polizei nicht einmal mehr Verstöße gegen das Betäubungsmittelgesetz.

Welchen Grund sollte Marco Pohl haben, Faja nach all den Jahren jetzt auf diese Art und Weise nachzustellen? Rache? Am eigenen Kind? Pohl konnte sich eingeredet haben, sein Unglück sei ihre Schuld, aber wie lange konnte man Wut konservieren? Und warum diese medienwirksame, anstrengende Art, sich zu rächen? Je länger Simon darüber nachdachte, desto weniger konnte er sich vorstellen, dass Pohl der Täter war. Überprüfen musste er ihn dennoch. Simon wollte nicht mit der Schuld leben müssen, die ein Versäumnis an dieser Stelle nach sich ziehen würde.

Er wartete zwanzig Minuten, dann traf der Streifenwagen ein. Simon ging zu den beiden männlichen Kollegen hinüber. Zu dritt waren sie immer noch nicht ideal besetzt, aber mehr Einheiten waren gerade nicht verfügbar. Es handelte sich um junge, unerfahrene Kollegen, und Simon wünschte sich Jaro an seiner Seite. Dessen oft unkonventionelle Vorgehensweise entsprach nicht Simons Vorstellung von Polizeiarbeit, aber wenn es hart auf hart kam, gab es kaum einen besseren Partner.

Aber jetzt musste es eben mit den jungen Kollegen gehen.

Simon setzte sie ins Bild, und zu dritt gingen sie auf das Gebäude zu. Der Bereich davor war mit Kopfstein gepflastert und von alten Schienensträngen durchzogen. Überall wuchs hohes Unkraut.

Simon stieg auf die Rampe, die Kollegen folgten.

Keine Menschen zu sehen. Vielleicht hockte dort hinten an der Feuerschale jemand, schwer zu sagen.

Die kleinen viereckigen Fenster, die zu Pohls Wohnung gehörten, waren von innen verhangen, durch die Vorhänge schimmerte Licht. Der Schrei wiederholte sich nicht, und Simon entspannte sich etwas, zog aber jetzt seine Dienstwaffe. Er konnte sich noch gut an den Stiernacken aus der Spielhalle erinnern, den Freund von Pohl. Diese Leute fackelten nicht lange, und wer wusste schon, mit wem Pohl dadrinnen war. Die Kollegen zogen ebenfalls die Waffen.

Es gab keine Möglichkeit, in die Wohnung hineinzuschauen, Simon blieb nichts anderes übrig, als zu klingeln – nur fand er keine Klingel. Also pochte er an die hölzerne Schiebetür.

Zunächst blieb alles still.

Simon klopfte noch einmal und rief: «Polizei, öffnen Sie die Tür.»

Drinnen ertönten laute Geräusche. Dann gedämpfte Stimmen. Das klang alles bedrohlich.

«Okay, Sie beide bleiben hier, ich schaue auf der Rückseite nach einem Hinterausgang», sagte Simon, entsicherte die Waffe und lief die Rampe entlang bis an die Stirnseite des lang gestreckten Gebäudes. Dort sprang er von der Rampe ins Gras, knickte um, fluchte laut, konnte aber weiterlaufen. Kaum war er an der Ecke der Giebelwand angekommen, stieß er mit einer Gestalt zusammen und ging zu Boden. Die Gestalt ebenso. Ein Tritt traf Simon im Gesicht, als er sich gerade wieder aufrichten wollte. Der andere warf sich auf ihn, Simon spürte einen Schlag an seiner Waffenhand, dann einen am Kopf.

Plötzlich löste sich ein Schuss.

Der andere stand auf, taumelte, blickte auf Simon hinab, drehte sich um und lief davon.

Simon kämpfte sich auf die Beine, wollte die Verfolgung aufnehmen, doch das war ihm nicht möglich. Als ihm klar wurde, dass er selbst angeschossen worden war und am Bauch eine Menge Blut austrat, fiel er auch schon auf die Knie und verlor einen Moment später das Bewusstsein.

9

Als Jaro an dem alten Güterbahnhof eintraf, herrschte Hochbetrieb und Endzeitstimmung. Scheinwerfer leuchteten die Szenerie aus, grelles Licht schuf tiefe Schatten. Blaulicht zuckte an den Fassaden entlang und ließ die weißen Anzüge der Spurentechniker gespenstisch blau aufleuchten. Mindestens ein Dutzend Männer und Frauen der KTU sah Jaro außerhalb des Gebäudes, weitere hielten sich drinnen auf.

Der Anruf hatte ihn vor einer Dreiviertelstunde erreicht, er war sofort losgerast. Da war er mit dem Keller im Hause Eberitzsch gerade fertig gewesen. Leider erfolglos. Keine Aylin, keine Hinweise auf Verbrechen, nur Gerümpel, Feuchtigkeit und Schimmel. Jaro hätte Dirk Eberitzsch gern mit aufs Präsidium genommen, doch sein Bauchgefühl reichte dafür nicht aus. Auch nicht die Frischhaltefolie, mit der die Pinsel eingewickelt waren. Der junge Eberitzsch war merkwürdig, seine Mutter auch. Bei einer Zielfahndung würde Jaro an den beiden dranbleiben, in diesem Fall aber konnte er sich nicht nur auf ein Ziel konzentrieren.

Jaro fragte sich durch, bis er den verantwortlichen Einsatzleiter fand. Ein kleiner Mann mit Glatze und breiten Schultern. Der erklärte ihm, dass Kommissar Schierling mit einer lebensgefährlichen Schussverletzung ins Krankenhaus eingeliefert worden sei. Über dessen derzeitigen Zustand konnte der Einsatzleiter nichts sagen, er war aber gesprächsbereit, was den Rest betraf. Den Flüchtigen, der geschossen hatte und bei dem es sich wahrscheinlich um Marco Pohl handelte, hatten sie noch nicht gefasst. Es lief eine Großfahndung. In dem Gebäude hatten sie erhebliche Mengen Drogen gefunden.

Keine Aylin und kein Hinweis darauf, dass Pohl etwas mit dem Fall zu tun hatte.

Jaro war zutiefst frustriert. Sie kamen einfach nicht weiter, und irgendwo saß Aylin mit Frischhaltefolie an einen Stuhl gefesselt und wartete auf ihren Tod. Jaro wollte sich nicht vorstellen, wie ihr jemand einen Papierball in den Rachen stopfte und den Mund mit Folie versiegelte. Verhindern konnte er diese Gedanken dennoch nicht.

Weil er nicht wusste, was er jetzt tun sollte, aber auch nicht nichts tun konnte, machte er sich auf den Weg ins Krankenhaus. Auf der Fahrt dorthin fühlte er sich so einsam wie selten zuvor in seinem Leben. Er überlegte, Faja anzurufen, ließ es aber bleiben, weil sie bestimmt an seiner Stimme hören würde, dass etwas Schreckliches passiert war. Nein, die Bücherjunkies mussten sich darauf konzentrieren, Geschichten zu erfinden, die den Täter davon abhalten würden, Aylin zu töten.

Im Krankenhausfoyer herrschte nächtlich gedämpfte Stimmung. Ein paar Automaten surrten, eine Schwester lief mit quietschenden Sohlen vorbei, ansonsten war es angenehm still. Die Anmeldung war besetzt. Jaro fragte den älteren Herrn, der seine Brille tief auf der Nase trug, nach Simon. Er musste sich ausweisen, bekam dann aber den Weg genannt.

Die Intensivstation.

Dort huschte zwar Krankenhauspersonal über die Flure, aber niemand konnte oder wollte Jaro etwas zu Simon sagen. Eine Schwester meinte, der Polizist sei noch im OP. Jaro blieb nichts anderes übrig, als zu warten. Sitzen kam nicht infrage, also lief er auf und ab. Schließlich entschied er sich, Faja doch anzurufen, um zu fragen, ob die Bücherjunkies schon eine Geschichte hatten, musste aber feststellen, dass er in den Katakomben der Intensivstation keinen Empfang hatte. Also ging er hinaus an die frische Nachtluft. Es tat gut, die feuchte Kühle im Gesicht zu spüren.

Faja nahm ab.

Jaro bemühte sich um Zuversicht, gab aber zu, noch keine Spur von Aylin gefunden zu haben. Von Simon erzählte er nichts, zum Glück fragte Faja auch nicht nach ihm. Sie war aufgeregt und präsentierte Jaro die erste Geschichte.

«Das ist richtig gut», sagte Jaro und meinte es auch so. «Wenn der Täter überhaupt gewillt ist, uns eine Chance zu geben, dann muss er darauf anspringen.»

«Aber sollen wir sie jetzt posten?», fragte Faja. «Oder fragen wir erst noch Simon?»

«Simon kann gerade nicht», sagte Jaro, was keine Lüge war. «Ich erzähl ihm davon, bin mir aber sicher, er sieht es genauso.»

«Also sollen wir?»

Faja klang unsicher, und Jaro konnte das verstehen.

«Von wem ist die Geschichte?», fragte er. Das war wichtig. Sie durfte nicht von Faja stammen. Es würde sie zerstören, wenn der Täter Aylin trotzdem tötete.

«Vom Schwarm», sagte sie.

«Ich verstehe nicht ...»

Und dann erzählte sie, dass sie mit der Aufgabe an die Online-Öffentlichkeit gegangen waren und dass es sofort eine riesige Welle der Hilfsbereitschaft gegeben hatte, die immer noch anhielt. Geschichten über Geschichten. Alle Büchernerds und Geschichtenerzähler, Fantasiebegabte und Märchenliebhaber schienen sich daran zu beteiligen.

«Hier tut sich etwas richtig, richtig Gutes», rief Faja aufgeregt ins Telefon. «Und es ist der Beweis dafür, dass die sozialen Netzwerke doch für etwas gut sind.»

Jaro war den Tränen nahe und wusste nicht, warum. Irgendwas berührte ihn tief. Er gab Faja das Go für die Fünf-Wort-Geschichte und legte schnell auf, damit sie nicht merkte, wie betroffen er war.

Sollte es schiefgehen, hatte er Aylin auf dem Gewissen.

Nicht die Bücherjunkies. Nicht der Schwarm. Er, weil er es autorisiert hatte.

Nachdem er sich ein wenig beruhigt hatte, ging Jaro wieder hinein und versuchte, einen Arzt zu fassen zu bekommen. Die Schwestern wimmelten ihn ab, baten ihn zu warten. Es fühlte sich so an, als würden sie ihm eine schreckliche Nachricht vorenthalten.

Jaro wartete.

Auf die Nachricht über Leben oder Tod zweier Menschen, die ihm etwas bedeuteten.

Als Aylin erwachte, war sie erneut mit Klarsichtfolie an den Stuhl gefesselt, immer noch in demselben Raum, nur dass vor ihr der Fußboden nun mit einem weißen Pulver überzogen war, das wie Schnee aussah. An ihrem Körper klebte das Pulver ebenfalls. Kaum hatte sie das Bewusstsein wiedererlangt, spürte sie zuallererst ein Brennen in den Augen, der Nase, dem Rachen. In ihrem Mund hatte sie ein pelziges Gefühl. Zudem pochte eine Stelle an ihrem Hinterkopf, und mit jedem Pochen schoss ein scharfer Schmerz durch den Nacken die Wirbelsäule hinab.

Das war's, dachte Aylin. *Du hast deine Chance verspielt, noch eine wirst du nicht bekommen.*

Während sie darauf wartete, was als Nächstes passierte, dachte sie über das Loch im Fußboden nach. Das ins Holz eingesickerte Blut, die Axt. Was war hier passiert? Warum hatte jemand den Boden an dieser Stelle mit der Axt aufgerissen?

Andere Gedanken schoben sich nach vorn. Spontan, unzusammenhängend, einfach so. Hatte Jaro den Drogendealer vom Balkon gestoßen? Ohne Zweifel war Jaro im Grunde ein guter Mensch, aber was sagte es über ihn aus, wenn er zu so etwas fähig war? Hätte Aylin die Axt benutzt, wenn sie die Chance bekommen hätte? Und konnte man beide Fälle miteinander vergleichen?

Als die Tür abermals aufging, merkte Aylin es zuerst an dem kühlen Lufthauch in ihrem Nacken. Schon legte sich eine Hand sanft auf ihre Schultermuskulatur, und sie zuckte erschrocken zusammen, soweit es die jetzt deutlich straffere Fesselung mit der Folie zuließ.

Die Person in dem weißen Maleranzug ging an ihr vorbei

und stellte ein Stativ auf, auf dem bereits eine Kamera installiert war. Als sie die Kamera auf Aylin ausrichtete, hatte sie Gelegenheit, ihren Peiniger zu beobachten. Er trug die Kapuze des Maleranzuges fest am Kopf verschnürt, darüber die medizinische Maske, an die man sich seit der Corona-Epidemie gewöhnt hatte. Oberhalb davon war nur ein schmaler Spalt frei, durch den die Augen blickten. Für einen Moment glaubte Aylin, es seien die einer Frau, aber vielleicht täuschte sie sich auch.

Die Person justierte an der Kamera herum und drückte schließlich den Aufnahmeknopf. Verzweifelt versuchte Aylin sich zu erinnern, ob bereits ein Video von ihr gedreht worden war. Wenn ja, dann würde sie jetzt gleich sterben.

Merkwürdig, aber der Gedanke machte ihr gar keine Angst mehr. Sie hoffte nur, dass es schnell ging und sie nicht allzu lange leiden musste.

Die Person trat von der Kamera weg hinter sie, legte ihr wieder sanft die Hand in den Nacken. Dann verschwand die Hand, und Aylin hörte, wie Papier zusammengepresst wurde. Ihr Peiniger nahm sie in den Schwitzkasten und setzte ihr eine Klammer auf die Nase, und als Aylin den Mund weit aufriss, um Luft zu holen, presste er ihr den Papierball in den Mund – sie konnte nichts dagegen tun.

Dann rückte er von ihr ab, und sie hörte, wie Folie von einer Rolle gezogen wurde. Einen Moment später legte sich die Folie über ihren Mund und die Nase, und Aylins qualvolles Sterben begann.

Jorgensen saß auf dem Fenstersims und grinste ihn an. Ein teuflisches, abscheuliches Grinsen war das, voller Hohn und Spott. Seine Zähne waren blau verfärbt vom Holundersaft. «Ich hab doch gesagt, wenn ich euch vor dem Haus sehe, schmeiße ich sie aus dem Fenster ...»

Jetzt lachte er lauthals, während er seine Hände vom Fensterrahmen löste und einen Blick in den Abgrund warf. Für einen Moment schien er zu überlegen, ob er es tun sollte, doch dann verlagerte er sein Gewicht zurück in die Wohnung. Mit zwei schnellen Schritten war Jaro bei ihm. Zwei entgegengesetzte Bewegungen trafen aufeinander. Die eine stärker als die andere.

Jorgensen fiel. Suchte nach Halt. Griff nach Jaros Hand, packte ihn ...

«Herr Schrader ... Jaro, wach bitte auf!»

Es war nicht Jorgensens Hand gewesen, die nach ihm gegriffen hatte, sondern die einer Frau. Sie rüttelte an ihm. Jaro riss die Augen auf. Ihr Gesicht war ganz nah an seinem. Er erkannte sie und zugleich auch nicht. War das Mandy Stein?

«Du bist eingeschlafen», sagte die Frau, ließ ihn los und zog sich ein Stück zurück.

Jaro kämpfte sich in die Realität zurück, weg von Jorgensen, Mandy und ihrem ungeborenen Kind. Sein Kopf fühlte sich schwammig an, sein Mund trocken, der Körper kraftlos. Er musste in einen tiefen Erschöpfungsschlaf gefallen sein.

«Tut mir leid ...», brachte er mühsam mit rauer Stimme hervor und richtete sich ein wenig auf.

Das Wartezimmer der Intensivstation war leer. Die Uhr an der Wand zeigte zehn vor zwei. Jaro wusste nicht, wann er eingeschlafen war, aber zwei Stunden war es bestimmt her. Zwei Stunden weniger auf Aylins Zeitkonto. Jaro wollte einen Blick aufs Handy werfen, erinnerte sich aber, dass er hier keinen Empfang hatte.

Jetzt erkannte er die Frau wieder, die ihn geweckt hatte. Es war Simons Ehefrau, Marie. Sie stand vor ihm, raffte eine weiße Strickjacke eng um ihren Körper und schlang die Arme um ihren Brustkorb. Ihre Augen waren rot vom Weinen, die Falten in ihrem Gesicht tief eingespült von Tränen.

«Simon …», stieß Jaro aus.

«Man hat ihn gerade auf ein Zimmer gebracht. Die OP ist gut verlaufen, er ist außer Lebensgefahr.»

Jaro erhob sich und wischte sich mit beiden Händen den Schlaf aus dem Gesicht. Hörte dabei, wie lang seine Bartstoppeln mittlerweile waren.

«Gott sei Dank», sagte er und nahm Simons Frau in die Arme. Im ersten Augenblick war sie steif wie ein Brett, aber dann fiel die Anspannung von ihr ab, sie umarmte auch ihn und begann wieder zu weinen.

«Ich bin so froh», sagte Marie, den Kopf an seine Brust gedrückt. «Das hätte ich nicht auch noch ertragen.»

Sie stützten sich einen Moment, trösteten sich, trennten sich dann auf Armeslänge voneinander.

Marie wischte sich mit dem Ärmel ihrer Strickjacke Tränen aus dem Gesicht und lachte ein erlösendes Lachen.

«Ich müsste sauer auf dich sein», sagte sie. «Simon ist wach, und das Erste, was er sagt, ist: ‹Wo ist Jaro?›»

Jaro lachte ebenfalls kurz auf.

«Das ist wahre Liebe», sagte er. «Kann ich denn zu ihm?»

Sie nickte. «Der Arzt hat fünf Minuten gestattet, länger hält Simon auch nicht durch, die haben ihm ein starkes Medikament gespritzt. Wir müssen uns beeilen, wenn du noch mit ihm reden willst. Komm mit.»

Sie ging voran.

«Wie geht es den Zwillingen?», fragte Jaro, während er ihr den Gang hinunter folgte.

«Die schlafen und wissen es noch nicht. Meine Mutter passt zu Hause auf.»

Sie erreichten das Zimmer, und Marie ließ Jaro den Vortritt.

Der Raum war dunkel, nur die Geräte, an denen Simon angeschlossen war, leuchteten sowie eine kleine Lampe in einer Steckdosenleiste über seinem Kopf. Simon hatte die Augen geöffnet und starrte Jaro an.

«Du siehst scheiße aus, dabei bin ich doch angeschossen worden», sagte er mit schwacher Stimme.

Jaro ging auf das Bett zu.

«Mann, Alter, du suchst dir einen echt doofen Zeitpunkt aus, um krank zu machen. Wir haben alle Hände voll zu tun.»

«Ja, ich weiß ... Wie sieht es denn aus? Hier drinnen bekomme ich nichts mehr mit. Meine eigene Frau sagt mir gar nichts. Das bringt mich eher um als die Kugel aus meiner eigenen Dienstwaffe.»

Jaro berichtete ihm, dass in Pohls Wohnung nur Drogen, aber kein Hinweis auf seine Täterschaft gefunden worden waren und er seit dem Schuss auf der Flucht war. Dann weihte er ihn in das letzte Telefonat mit Faja ein, und Simon wiederholte die fünf Worte der Geschichte, die Aylin das Leben retten sollte.

«Das ist richtig gut. Das muss einfach klappen. Es gibt noch kein zweites Video, oder? Du würdest es mir doch sagen, trotz meiner Situation.»

Jaro schüttelte den Kopf. «Nein, gibt es nicht», sagte er, obwohl er das gar nicht wusste. Schließlich hatte er zwei Stunden schlafend verbracht.

Simons Lider schienen immer schwerer zu werden. Nur mit Mühe konnte er seine Augen offen halten.

«Die haben mir irgendwas gespritzt ... Und der kleine Eberitzsch ... was war da?»

«Der Typ ist merkwürdig», begann Jaro und berichtete in kurzen, schnellen Sätzen, was er dort erlebt hatte. «Und dann liegen da in der Küche zwei Rollen Klarsichtfolie, damit hat er seine Pinsel eingewickelt. Schön und gut und plausibel. Aber zwei Rollen? Und warum überhaupt? Wollte er mich herausfordern?»

Mit geschlossenen Augen schüttelte Simon den Kopf.

«Nicht haushaltsüblich ...», sagte er leise. «Industriefolie ... um Waren auf Paletten zu sichern ...»

Jaro glaubte, die letzten Worte nicht richtig verstanden zu haben. Er beugte sich tief zu Simon hinunter.

«Was hast du gesagt?»

Simon wiederholte seinen letzten Satz mit großer Mühe, dann war er weg. Jaro beobachtete, wie er ruhig und gleichmäßig atmete.

«Industriefolie», wiederholte Jaro.

12

Am frühen Morgen hingen dunkle Wolken tief am Himmel, ein grauer Vorhang, der vom Sonnenaufgang nicht mehr ließ als eine Ahnung. Das Wetter war umgeschlagen, vom lichten, warmen Sommer war nicht mehr viel zu spüren.

Wo immer es ging, drückte Jaro das Gaspedal des Dienstwagens gegen das Bodenblech und holte aus der Karre raus, was ging. Er hatte schon früher unter Zeitdruck arbeiten müssen, aber so wie heute war es nie gewesen. Jede Ampel war gegen ihn, jedes andere Auto, das langsamer fuhr, ein Feind, jede Vorfahrtsstraße eine Zumutung, und wenn er von Weitem einen Traktor am Horizont auftauchen sah, schrie Jaro seine Anspannung hinaus.

Die digitale Zeitanzeige auf seinem Handy kostete ihn den letzten Nerv, und doch konnte er nicht anders, als dauernd hinzuschauen.

Die Zeit war abgelaufen.

Jedenfalls so ungefähr, denn sie wussten ja nicht, wann die Zeit ablief. Bald, hatte der Täter geschrieben, bald. Und bei den beiden vorherigen Opfern war bald eine Zeitspanne von nicht mehr als sieben Stunden gewesen. Eher fünf.

Jetzt war es fast sechs Uhr in der Früh.

Wo blieb der Anruf? Der furchtbare, erlösende Anruf. Dass es ihn bisher nicht gegeben hatte, konnte nur ein schlechtes Zeichen sein. Oder ein gutes? Bei der Geschwindigkeit, die Jaro fuhr, konnte er das Handy nicht bedienen, langsamer fahren konnte und wollte er aber auch nicht. Das Ziel war nicht mehr weit entfernt, nur noch eine Viertelstunde.

Und dann ging der Anruf ein.

Faja Bartels.

«Sie lebt!», rief Faja aufgeregt ins Telefon, und Jaro schrie auf vor Erleichterung. «Er hat das gleiche Video noch einmal gepostet, aber auf dem Zettel um ihren Hals steht jetzt nur ein Wort: *Weiter*.»

«Es hat geklappt. Ich fasse es nicht, es hat geklappt! Ja!» Jaro schlug mehrfach aufs Lenkrad.

«Haltet ihn noch hin», rief er ins Telefon. «Ich glaube, ich bin ihm ganz dicht auf den Fersen.»

«Ich kann Simon nicht erreichen», sagte Faja.

«Mach dir keine Sorgen, bei Simon ist alles in Ordnung, ich gebe das an ihn weiter.»

«Wir haben eine zweite Geschichte ausgewählt. Es ist eine Mischung aus dem, was uns der Schwarm zugespielt hat, und unseren eigenen Einfällen. Willst du es hören?»

«Unbedingt!»

Faja nannte ihm die fünf Worte, die Aylin am Leben halten sollten.

«Das ist super, richtig super. Haltet ihn hin, ich bin sicher, wir schaffen das. Ich muss Schluss machen. Ach ja, Faja ...»

«Ja?»

«Ich danke dir. Du bist großartig. Ihr seid alle großartig.»

Jaro legte auf und drückte das Gaspedal wieder durch. Den restlichen Weg kannte er bereits und musste sich nicht mehr nach dem Navi orientieren. Er stand unter Strom, spürte die Spannung bis in die kleinste Muskelzelle, das Jagdfieber hatte seine Maximaltemperatur erreicht.

Bald bog er in das Gewerbegebiet ein und fuhr bis ganz hinten durch, wo die Fleischer Elektro GmbH ihren Firmensitz hatte. Jaro sah Licht in der Halle und im Bürogebäude. Er wusste nicht, wann der Betrieb morgens die Arbeit aufnahm, und war erleichtert, dass er nicht noch warten musste, bis die ersten Mitarbeiter eintrafen. Er wusste auch nicht, was ihn hier erwartete, aber er war sich sicher, dass die Fäden hier zusammenliefen. Anders konnte es gar nicht sein.

Jaro stoppte den Wagen zwar nicht mit quietschenden Reifen vor dem Gebäude, die Bremsung war aber abrupt genug, um ihn in den Gurt zu pressen. Nach Handy und Waffe greifen war eins, dann war er auch schon aus dem Wagen und eilte mit weit ausgreifenden Schritten auf die Halle zu. An den Verladerampen parkten zwei weiße Lkws mit der Aufschrift *Fleischer Elektro GmbH*. Weiter hinten auf dem Gelände standen mehrere weiße Transporter in der Größe des Wagens, in den der Täter Faja gezogen hatte. Der hatte keine Aufschrift gehabt, da war sich Jaro sicher, dennoch hätte er die Verbindung schon früher ziehen können. Andererseits gab es massenweise weiße Kleintransporter auf den Straßen.

Hier bin ich richtig, schoss es Jaro durch den Kopf.

Ein Mitarbeiter schob mit einem Hubwagen eine Palette mit Kartons in einen der Lkws. Die Palette war mit der besonders reißfesten und strapazierfähigen Folie gesichert.

Diese eine Information hatte Jaro nicht bekommen, vielleicht hätte er sonst schon früher eins und eins zusammengezählt. In dem Augenblick, als Simon ihm beim Wegdämmern von der Industriefolie erzählt hatte, war es ihm wie Schuppen von den Augen gefallen, und er hatte sich an den Mitarbeiter erinnert, der bei Jaros erstem Besuch hier eine Palette mit durchsichtiger Folie eingewickelt hatte, um die daraufstehenden Kartons zu sichern. Und Thorsten Fleischers Vater hatte ihm erzählt, dass Thorsten die gleiche Arbeit gemacht hatte, um seinen Lebensunterhalt zu verdienen. Thorsten Fleischer hatte die Möglichkeit, an große Mengen solcher Folie zu kommen, ohne dass es jemand bemerkte. Thorsten Fleischer war der Stiefbruder von Faja Bartels. Thorsten Fleischer wollte schon immer Schriftsteller werden, doch der Gegenwind aus der Familie war zu groß gewesen, sein Ego schon früh zerstört worden, und Jaros Informant aus der Drogenszene, Holunder, hatte Thorsten Fleischer als den Mann erkannt, der Kontakt zu Hardy Herrmann gehabt hatte.

Am Dönerstand. Auch Hardy kam aus der Buchszene. Und Hardy stellte das Papier her, an dem mutmaßlich die Opfer erstickten.

Thorsten Fleischer war nicht tot. Er war verschwunden, um aus dem Hintergrund die Fäden ziehen zu können. Weiß der Teufel, wie er es hinbekommen hatte, dass Faja ihn bei dem Angriff nicht erkannt hatte. Vielleicht hatte er auch einen Helfer.

Jaro gab sich bei dem Mitarbeiter als Polizeibeamter zu erkennen und fragte nach Heinz Fleischer. Er erfuhr, dass der Chef nicht da sei, dafür aber seine Frau. Jemand brachte ihn nach vorn in eines der Büros. Dort saß Frau Fleischer vor einem PC. Sie war in ihre Arbeit vertieft und überrascht, als sie Jaro sah.

Es war noch eine Mitarbeiterin im Raum, und Frau Fleischer führte Jaro in einen kleinen Besprechungsraum, der mit einem Whiteboard, einer Flipchart und einem runden Tisch mit zwölf Stühlen ausgestattet war.

«Ich finde es unangemessen, dass Sie einfach hier in der Firma auftauchen», sagte sie. «Das bringt Unruhe unter die Mitarbeiter. Kündigen Sie sich das nächste Mal bitte an.»

«Überlassen Sie bitte mir, wie ich arbeite, ich rede Ihnen ja auch nicht rein.»

«Was bilden Sie sich ein!»

«Ich bilde mir gar nichts ein, ich ermittle, und deshalb ist ein erneutes Gespräch mit Ihrem Mann nötig.»

«Mein Mann hat sich ein paar Tage freigenommen.»

«Freigenommen?»

Jaro konnte nicht glauben, dass Heinz Fleischer so etwas wie Urlaub überhaupt kannte.

«Was ist daran so ungewöhnlich?» Frau Fleischer stemmte

die Hände in die Hüften. «Heinz leidet unter dem Verschwinden seines Sohnes und braucht ein wenig Zeit für sich.»

«Meine Fragen sind dringend. Wie kann ich Ihren Mann erreichen?»

«Gar nicht. Sie können mit mir sprechen.»

«Okay. Dann sagen Sie mir bitte, ob die Möglichkeit besteht, dass Thorsten hier aus dem Betrieb größere Mengen der Folie mitgenommen hat, mit der die Ware auf Paletten gesichert wird.»

Sie runzelte die Stirn.

«Das ... Woher soll ich das wissen? Ich arbeite hier in der Buchhaltung, und auch nur, wenn durch Krankheit oder Urlaub Unterbesetzung besteht.»

«Kann es sein, dass Thorsten mit einem der kleinen weißen Lieferwagen abgehauen ist?»

«Das weiß ich nicht. Was sollen diese Fragen?»

«Frau Fleischer, ich fordere Sie auf, mir zu sagen, wie ich Ihren Mann kontaktieren kann. Meine Fragen sind wichtig, es geht um Leben und Tod.»

«Für Thorsten?»

«Wo ist Ihr Mann?»

Jaro wurde laut, und wenn er die Stimme erhob, klapperte das Porzellan in den Vitrinen.

«Er ist in seiner Jagdhütte. Direkt dort gibt es keinen Handyempfang, man muss zehn Minuten mit dem Auto fahren, um ein Netz zu haben. Deshalb ist er nur zu erreichen, wenn er es will. Ich habe schon zwei Tage nicht mit ihm gesprochen. Aber morgen kommt er zurück.»

«Aha. Und wo ist diese Hütte?»

«Ungefähr eine Stunde Fahrt entfernt. Am Rande eines ehemaligen Truppenübungsplatzes. Mein Mann hat die Jagdpacht dort schon seit vielen Jahren. Er kommt nur zu selten dorthin.»

«Ich brauche eine Adresse fürs Navi.»

«Gibt es nicht. Ich kann Ihnen den Weg erklären.»

Jaro ließ sich den Weg auf einem Zettel skizzieren.

«Es muss doch in der Firma jemanden geben, der Überblick über den Fahrzeugbestand hat», fragte er.

«Der Einzige, der über alles den Überblick hat, ist mein Mann. Ich weiß aber, dass es zwei oder drei ausgemusterte Lieferwagen gibt, die nur noch in Notfällen eingesetzt werden. Oft stehen die bei den Mitarbeitern zu Hause, die sie gerade benutzen.»

«Ich muss eine dieser Folienrollen mitnehmen», verlangte Jaro.

«Warum?»

«Weil es wichtig ist.»

«Was hat das alles mit Thorsten zu tun? Und warum sprechen Sie von Leben und Tod? Ich hätte gern eine Erklärung.»

«Ich auch, glauben Sie mir, ich auch. Ich habe Sie das schon einmal gefragt: Wo könnte Thorsten sich verstecken? Gibt es neben dieser Jagdhütte noch andere Immobilien?»

«Und ich habe Ihnen bereits geantwortet, ja, die gibt es, aber die sind alle vermietet. Da kann er sich nicht verstecken. Wenn, dann ist er bei einem Freund. Wenn Sie auf meinen Mann gehört und die Liste abgearbeitet hätten, dann wüssten Sie längst, wo er ist. Arbeiten Sie einfach diese verdammte Liste ab!»

13

Als der Tod sich in Form einer durchsichtigen Folie über ihr Gesicht gelegt hatte, war die Angst zurückgekommen, hatte sich binnen einer Sekunde zu Panik gesteigert, und Aylin hatte sich verhalten wie die anderen Opfer in den Videos.

Sie hatte gekämpft.

Einen sinnlosen Kampf, könnte man meinen, aber das war er nicht. Gegen den Tod konnte sie damit nicht gewinnen, das war gewiss, aber immerhin gegen das entsetzlich demütigende Gefühl aufzugeben, sich zu beugen, diese Gewalt damit zu legitimieren.

Sie hatte ein letztes Mal eingeatmet, und dann war sie abgeschnitten gewesen von dem lebenserhaltenden Sauerstoff, der immer da war, um den sich niemand sorgte, der Leben, Lieben und Leiden erst ermöglichte. Bis er dann fehlte und alles beendete.

Doch sie hatte überlebt.

Nicht weil sie gekämpft hatte, sondern weil ihr Peiniger die Folie von ihrem Gesicht entfernt und den Papierball aus ihrem Mund geholt hatte. Dann war er kurz verschwunden, mit einem neuen Stück Papier zurückgekommen, hatte es ihr um den Hals gehängt, nach einer Minute abgenommen, sich die Kamera geschnappt und war erneut verschwunden.

Ohne ein Wort.

Zunächst hatte Aylin nicht verstanden, was geschehen war, warum sie weiterleben durfte. Darüber nachzudenken war ihr nicht möglich gewesen. Die Nahtoderfahrung hatte jedes Denken verhindert.

Doch dann war es ihr eingefallen.

Die Geschichte.

Jemand hatte eine Fünf-Wort-Geschichte geschrieben und ihr damit in letzter Sekunde das Leben gerettet.

Was bedeutete das?

Würde ihr Peiniger sie jetzt gehen lassen? Die Aufgabe war schließlich erfüllt. Aber es lag sicher schon eine halbe Stunde zurück, seitdem er oder sie verschwunden war. Nichts war seitdem passiert.

Aylin spürte Hoffnung in sich. Sie war immer ein hoffnungsvoller, positiver Mensch gewesen, der in allem das Glück und die Freude entdeckte. Schwere Schicksalsschläge, die dem entgegenstünden, waren ihr bisher erspart geblieben. Ihre Hoffnung gründete also auf einem stabilen Fundament.

Da draußen waren Menschen damit beschäftigt, sie zu finden, und wenn sie sich nicht täuschte, dann hatte Faja Bartels es geschafft, eine Fünf-Wort-Geschichte zu schreiben, die den Täter besänftigt hatte.

Er war also zugänglich.

Vielleicht konnte Aylin diese Zugänglichkeit nutzen, sobald er wieder auftauchte.

14

Nieselregen auf der Windschutzscheibe behinderte die Sicht, als Jaro auf die Schranke zusteuerte, die den Waldweg abriegelte.

Er nahm noch einmal die Skizze zur Hand, die er von Frau Fleischer bekommen hatte, verglich die Abzweigungen und den Weg und war sich sicher, hier richtig zu sein. Am Ende des Weges musste die Jagdhütte von Heinz Fleischer liegen.

Bevor Jaro ausstieg, wollte er zuerst bei Faja und dann bei

Simons Frau Marie anrufen, musste aber feststellen, dass Frau Fleischer recht gehabt hatte: Es gab hier draußen kein Netz. Jaro seufzte. Deutschlands Funklöcher waren den Netzanbietern heilig, sie würden für immer bestehen.

Dann also nicht.

Jaro stieg aus und zog die Lederjacke an. Der Nieselregen war nicht besonders stark, aber nervig. Die feinen Tropfen sammelten sich in den Wimpern, sodass Jaro immer wieder blinzeln musste. Er sprang über die Metallschranke, die mit einem Zahlenschloss gesichert war und an die rechts und links ein Zaun anschloss, und folgte dem Weg. In der Mitte die Grasnarbe, rechts und links tief eingefahrene Spuren. Der Golf wäre mit diesem Weg nicht zurechtgekommen. Jaro entdeckte Reifenspuren, die noch recht frisch aussahen.

Der Weg führte in einen Wald, verlief dort in zwei scharfen Kurven und endete an einer Lichtung, auf der die Jagdhütte stand. Eine einfache Holzhütte mit grasbewachsenem Dach, vielleicht fünf mal fünf Meter groß, eine Veranda nach vorn raus, dazu eine kleine Gerätehütte. Zwischen den beiden Gebäuden parkte der Land Rover, den Jaro schon vor der Fleischer Elektro GmbH gesehen hatte.

Heinz Fleischer war also wirklich hier.

Jaro hoffte, dass er keine Zeit verschwendete. Vielleicht konnte Fleischer ihm die Sache mit der Folie bestätigen. Möglicherweise auch, dass Thorsten mit einem der weißen Lieferwagen unterwegs war, aber führte das auch zu Aylin? Es war eine Sache, den Verdacht zu erhärten, dass der zutiefst gekränkte Thorsten Fleischer hinter alledem steckte, eine ganz andere war es, das Versteck zu finden, in dem er seine Opfer gefangen hielt und tötete. Diesen Raum, den er nach dem Bild in David Sanfords Insta-Feed gestaltet hatte.

«Hallo!», rief Jaro, betrat die Veranda und stampfte laut auf, damit man ihn hörte.

Eine Klingel gab es nicht.

Nichts rührte sich. Selbst die Vögel im Wald waren ruhig. Die Stille war beängstigend, beinahe schon unheimlich. Befand Fleischer sich auf der Jagd? Hockte er irgendwo auf einem Hochsitz mit dem Gewehr im Anschlag? Jaro kannte sich mit der Jagd nicht aus, glaubte aber, dass sie in der Morgen- und Abenddämmerung stattfand. Jetzt war es beinahe acht Uhr und hell – insofern man dieses graue Wetter hell nennen konnte.

Jaro hämmerte gegen die Tür.

«Herr Fleischer? Hier ist Kommissar Schrader.»

Nichts.

Drei Schritte nach rechts auf der Veranda gab es ein Butzenfenster. Jaro presste seine Nase gegen das Glas und legte die Hände seitlich ans Gesicht, um in dem dunklen Raum etwas erkennen zu können.

«Scheiße!», stieß er aus.

Zurück zur Tür, die nicht verschlossen war. Jaros Aktionen waren schnell und geübt: Die Dienstwaffe ziehen, entsichern, die Tür aufstoßen und den Raum dahinter sichern. Außer Fleischer schien sich niemand darin aufzuhalten. Jaro fand einen Lichtschalter, betätigte ihn, eine schwache LED-Lampe unter der Decke ging an, wahrscheinlich gespeist von einem Solarpanel.

Heinz Fleischer saß in einem Schaukelstuhl aus Holz.

Er trug eine Tarnfleckhose, ein langärmliges Tarnfleck-Shirt und graue Filzpantoffeln an den Füßen. Seine Unterarme und Schienbeine waren mit Klarsichtfolie an den Schaukelstuhl gefesselt. In seiner Brust waren zwei Einschusslöcher.

Eines direkt über dem Herzen, das andere eine Handbreit rechts neben dem Brustbein. Fleischers Kopf war nach vorn gesackt, das Blut in den Wunden längst getrocknet.

Er saß schon länger da.

Die Tatwaffe lag auf dem runden Teppich, dessen Rand die Filzpantoffeln berührten. Es handelte sich um ein Jagdgewehr.

Jaro war sich sicher, Fleischer war tot, dennoch suchte er an der Halsschlagader nach einem Puls, fand aber keinen. Aus Gewohnheit griff er zum Handy, um Verstärkung zu rufen, aber es gab ja kein verdammtes Netz. Einen Moment stand Jaro da, starrte den Toten an und erinnerte sich an die Geschichte, die Heinz Fleischer ihm über die Jagd mit seinem Sohn erzählt hatte. An diesem Ort hatte Thorsten eine weitere Demütigung erfahren, und er war zurückgekehrt, um sich zu rächen. Der Sohn hatte den Vater erschossen. Der Sohn, der angeblich nicht in der Lage war, Entscheidungen zu treffen, nicht einmal, was sein Geschlecht betraf, hatte eine Entscheidung getroffen, und er schien entschlossen zu sein, all jene, die ihn gekränkt hatten, die aus seiner Sicht schuld waren daran, dass er keinen Erfolg als Schriftsteller hatte, dafür zu bestrafen.

Jaro überprüfte die Hütte und das Gerätehaus, fand aber nichts, was darauf schließen ließ, dass Thorsten Fleischer hier die Videos gedreht hatte. Er kehrte zu seinem Wagen an der Schranke zurück, wendete mühsam auf dem schmalen Weg und fuhr zehn Minuten, bis er auf die einspurige Landstraße traf, auf der er zumindest zwei Balken Empfang hatte. Von dort rief er in der Dienststelle an und bat um Unterstützung.

Dann kontaktierte er Simons Frau. Sie konnte ihn beruhi-

370

gen. Simon schlief noch, die Ärzte machten sich keine Sorgen.

Als Nächstes war Faja dran. Sie ging sofort ans Telefon. An ihrer Stimme konnte er hören, dass das Adrenalin langsam den Kampf gegen die Müdigkeit verlor. Bei ihm selbst war es ähnlich. Faja berichtete ihm von einer weiteren Geschichte, und dass sie auch bereits ein Ende hatten, aber nicht sicher waren, ob es gut genug war. Sie trug ihm alles vor. Jaro fand es gut, und sie verständigten sich darauf, eine weitere Geschichte in einer Stunde zu posten, aber nicht das Ende. Als sie fragte, wie nah daran er und Simon waren, Aylin zu finden, musste er ihr die Wahrheit sagen. Er erzählte ihr, dass er Thorstens Vater tot in der Jagdhütte aufgefunden hatte, erschossen mit seinem eigenen Jagdgewehr.

«Selbstmord?», fragte Faja.

«Nein, definitiv nicht. Ich sag es nicht gern, aber ich vermute, Thorsten hat es getan. Er wusste von der Hütte.»

Jaro berichtete ihr auch von der Industriefolie, verschwieg aber weiterhin, dass Simon schwer verletzt im Krankenhaus lag und Fajas eigener Vater dafür verantwortlich war. Zu viel war einfach zu viel.

«Aber Thorsten ist nicht bei der Hütte, und ich habe keine Ahnung, wo ich ihn suchen soll. Wo er ist, ist auch Aylin.»

Jaro hörte selbst, wie verzweifelt er klang.

«Was ist mit unserer Mutter?», fragte Faja. «Wenn es das ist, was du denkst, wenn Thorsten sich für die Kränkungen rächt, dann ... Unsere Mutter hat ihn zuerst und wahrscheinlich am tiefsten verletzt und gekränkt.»

Jaro verstand, was sie meinte. Sofort hatte er ein Bild vor Augen. Katrin Fleischer auf ihrem Balkon, dessen Ausblick sie ihr Leben ertragen ließ. Und er sah sie fallen, wie Jorgensen und Mandy Stein gefallen waren. Jaro musste sich über die Augen wischen, um das Bild zu vertreiben. Er versprach Faja, sich sofort darum zu kümmern.

«Während wir Ideen aus den sozialen Netzwerken gesammelt haben, haben wir uns nebenbei auch noch mit Sascha beschäftigt», sagte Faja schließlich. «Dabei ist uns aufgefallen, dass sie nie explizit geschrieben hat, dass sie eine Frau ist. Sie hat einige Male ihren kranken Freund erwähnt und dass sie wegen ihm nicht an der Buchmesse und anderen Treffen teilnehmen kann, und wir sind deshalb einfach davon ausgegangen, dass sie eine Frau ist. Scheiß Schubladendenken. Denn der Name Sascha kann in Deutschland für beide Geschlechter genutzt werden. Ich weiß es nicht, es ist nur eine Vermutung ... aber was, wenn Thorsten hinter diesem Account steckt?»

«Du meinst, er könnte eure Gruppe schon eine Weile online ausgespäht haben?»

«Wäre doch der einfachste Weg, oder?»

Jaro gab ihr recht.

«Als ich mit seinem Vater sprach, erwähnte er, dass Thorsten irgendwann nicht mehr wusste, welches Geschlecht für ihn das richtige sei, und dass er über einen anderen Namen nachdachte», erinnerte sich Jaro.

«Und Sascha wäre ein Name, bei dem er die Entscheidung nicht treffen müsste», sagte Faja.

Jaro dachte an die Worte von Heinz Fleischer, dass sein Sohn nicht in der Lage sei, Entscheidungen zu treffen, wurde aber von Faja unterbrochen:

«Und dann haben wir noch einmal über die Liedzeile von Simon and Garfunkel gesprochen, die Sanford in seinem Buch so gern zitiert ...»

«Hello darkness, my old friend ...», begann Jaro.

«... I've come to talk with you again», vollendete Faja. «Der Hintergrund dieser Textzeile hat etwas mit Freundschaft zu tun. Mit tiefer, aufrichtiger Freundschaft. Man steht zu dem, der gerade Hilfe braucht, holt ihn aus der Dunkelheit ins Licht. Sascha, oder wer auch immer dahintersteckt, hat ihren oder seinen kranken Freund erwähnt und dass er ihre – oder seine – Hilfe braucht. Wir finden, da fließt so vieles zusammen.»

Wieder gab Jaro Faja recht.

Sie beendeten das Gespräch, und Jaro blieb nachdenklich in dem viel zu kleinen Dienstwagen sitzen, eingehüllt vom Nieselregen in einer grauen Welt, die voller Toter war und voller Rätsel. Aber auch voller Freundschaft und aufopfernden Einsatzes für andere. Und dann beugte er sich zu der Ablage über dem Handschuhfach hinüber, in dem aufgerollt immer noch die Liste lag, die er ganz am Beginn der Ermittlungen von Frau Fleischer bekommen hatte. Die Liste, die Heinz Fleischer angefertigt hatte. Der jetzt erschossen in seiner Jagdhütte im Schaukelstuhl saß.

Arbeiten Sie endlich die verdammte Liste ab.

Die Worte der Fleischer von vorhin klangen Jaro noch in den Ohren, als er die Liste entrollte und durch die Namen ging.

Dann rief er noch einmal Faja an.

«Sag mal, hat Sascha auch mal den Namen des kranken Freundes erwähnt?»

«Ja, einmal», bestätigte Faja und nannte Jaro den Namen.

Der Schock hätte größer nicht sein können.

15

Perseidennacht. Lagerfeuer. Alkohol, Drogen und Musik.

Das Look-up-Festival, von dem Thorsten Fleischer nicht zurückgekehrt war.

Ansgar.

Das war der Name des kranken Freundes von Sascha aus der Bücherjunkies-Gruppe.

Ansgar war der erste Name auf der Liste der Fleischers, die Jaro seit dem ersten Tag seiner Ermittlungen mit sich herumfuhr.

Ansgar war die erste Person gewesen, mit der Jaro über Thorsten Fleischer gesprochen hatte, und Jaro konnte sich noch sehr gut daran erinnern. Sie seien keine Freunde, hatte Ansgar Brandhorst ausgesagt. Thorsten sei ein merkwürdiger Zeitgenosse gewesen, ein Besserwisser und Klugscheißer, keiner, mit dem man gern abhing. Zur Stimmung hatte er während des Festivals nichts beigetragen. Wahrscheinlich hatte er nicht einmal die Sterne singen hören.

Jaro verfluchte sich selbst dafür, dass er nicht daraufgekommen war, dass Thorsten Fleischer auf dem Biohof Unterschlupf gesucht haben könnte. Denn noch etwas hatte schon früher in den Ermittlungen einen Hinweis darauf geliefert: das handgeschöpfte Papier in den Mündern der Opfer. Leider war auch hier eine Information nicht bei Jaro angekommen, da Simon sie wahrscheinlich zu einem Zeitpunkt erlangt hatte, als ihrer beider Ermittlungen noch nichts miteinander zu tun gehabt hatten.

Um sich seine Vermutung bestätigen zu lassen, rief Jaro noch einmal Simons Frau an. Wieder nahm sie sofort ab, und diesmal war Simon wach. Mit großer Erleichterung in der

Stimme erzählte sie, dass er gerade ein leichtes Frühstück zu sich nahm. Sie reichte das Telefon an Simon weiter.

«Wie sieht es aus?», fragte Simon zur Begrüßung.

Jaro war auch erleichtert, dass es ihm besser ging, und er hätte gern einen Scherz auf Simons Kosten gemacht, war aber nicht in der Stimmung dazu.

«Eine Frage», begann Jaro. «Das Papier aus den Mündern der Opfer. Weißt du, woraus es besteht?»

«Ja, das Labor hat herausgefunden, dass es aus Hanf besteht. Kein seltener Grundstoff heutzutage. Wird überall vielfach angebaut. Alles Mögliche gibt es aus Hanf. Warum fragst du?»

«Kann sein, dass es da eine Verbindung gibt. Ich melde mich wieder», sagte Jaro und wollte das Gespräch beenden. Doch Simon hielt ihn auf.

«Warte ...», sagte er. «Was für eine Verbindung?»

«Ich bin mir noch nicht sicher.»

«Wo bist du?»

«In der Heimat von Thorsten Fleischer. Vorhin habe ich seinen Vater in dessen Jagdhütte gefunden. Erschossen mit seinem Jagdgewehr. Ich gehe davon aus, dass es Thorsten war.»

«Und wohin bist du unterwegs?»

«Zu Thorsten Fleischer.»

«Du weißt also, wo er ist?»

«Ich denke schon.»

«Jaro ... mach keinen Scheiß. Geh nicht allein dorthin.»

«Du weißt doch, wie ich arbeite. Ich bin es gewohnt, die Dinge allein in die Hand zu nehmen. Und da es jetzt schnell gehen muss ...»

Vielsagend ließ Jaro den Satz unvollendet.

«Du bringst dich in Gefahr», warnte Simon.

«Du hast Verstärkung gerufen und liegst jetzt trotzdem im Krankenhaus. Es kommt, wie es kommen muss.»

«Sag mir bitte, wohin du unterwegs bist.»

Jaro überlegte. Er war noch zehn Minuten entfernt von Ansgar Brandhorsts Biohof. Selbst wenn Simon sofort Unterstützung in Bewegung setzte, würde die trotzdem nicht rechtzeitig ankommen.

Nicht rechtzeitig wofür?, fragte die Stimme in seinem Inneren. Plötzlich war sie wieder da, aber Jaro erschrak nicht, denn sie zu hören war so normal für ihn wie atmen.

Er sagte Simon, wohin er unterwegs war, dann beendete er das Gespräch.

Nicht rechtzeitig wofür?

Die Stimme blieb hartnäckig. Sie wollte eine Antwort. Eigentlich musste Jaro sie nicht formulieren, weder laut noch in Gedanken, denn sie wusste immer, was in seinem Kopf vorging. Aber sie wollte, dass er es tat, damit er selbst die Monstrosität erkannte, die dahintersteckte.

«Um Gerechtigkeit zu üben», sagte er in die Stille des Wagens.

Was du vorhast, ist nicht recht, sondern unrecht. Und wenn du das Böse auf diese Art zerstörst, zerstörst du zugleich das Gute in dir selbst.

Dann schwieg sie wieder und ließ Jaro mit diesen Gedanken allein. Und mit der schweren Last, die er seit dem Tod von Mandy Stein und Jorgensen mit sich herumtrug. Jaro wusste sehr genau, was die Stimme ihm sagen wollte. Er wusste, was in ihm kaputtgegangen war. Er wusste, wer er war und wozu er fähig war.

Vor ihm tauchte die Abfahrt zum Biohof auf.

Ohne zu bremsen oder zu blinken, riss Jaro das Steuer herum und schoss in den Schotterweg. Steine spritzten zu den Seiten weg. In ihm kochten Wut und Sorge hoch. Wenn er nicht erneut auf einer falschen Spur war, wurde irgendwo dort vorn, in dieser Ansammlung von Bruchbuden, Aylin Coban gefangen gehalten und misshandelt. Einer Frau wie Aylin, deren helle Farben das Dunkel in seinem Inneren erhellt hatten und die es geschafft hatte, ihn ein wenig zu öffnen, durfte so etwas nicht zustoßen.

Er würde es verhindern, koste es, was es wolle.

Jaro klammerte sich ans Lenkrad und steuerte den behäbigen Dienstwagen durch die Kurven des Schotterwegs. Nachdem er die erste große verfallene Scheune passiert hatte, kam das Wohngebäude in Sicht. Der andauernde Nieselregen fiel aus grauem Himmel auf rote Schindeln, in den Staub des Hofes und ins Fell der Schafe, die sich darum nicht scherten. Eine bedrückende Stimmung lag über dem Anwesen. Die Äste der Bäume hingen tief herunter, Wasser bog sie zu Boden, vielleicht auch die Anwesenheit des Bösen. Nirgends ein Licht, die Fenster des Wohnhauses schwarz und schmutzig.

An einem der Nebengebäude standen die beiden grünen Holzflügel einen Spaltbreit offen, und Jaro sah darin das Heck eines weißen Transporters der Marke Ford.

Jaro bremste vor dem Wohnhaus. Kaum war er aus dem Wagen, hielt er auch schon seine Waffe in der Hand. Der Daumen fand den Hebel und entriegelte die Sicherung.

Es war still. Die Schafe glotzten, ihre Kiefer mahlten, das Gras nun nicht mehr vertrocknet, sondern nass und matschig. Sieben Gebäude unterschiedlicher Größe lagen hier beieinander. Wo sollte er zuerst suchen? Wo würde Thorsten

Fleischer auf ihn warten, ihm eine Falle stellen? Und wie war Ansgar Brandhorst in die Geschichte involviert? War er Mittäter, oder schwieg er einfach nur?

Für Fragen war jetzt nicht der richtige Zeitpunkt.

Jetzt musste er handeln.

Jaro nahm sich das Wohnhaus vor. Wie schon beim letzten Mal war die Haustür nicht abgeschlossen, wenngleich sie diesmal nicht offen stand. Jaro betrat das alte Bauernhaus und schlich über die Diele in die Küche. Dort war niemand. Benutztes Geschirr stapelte sich in der Spüle, es roch nach lange nicht geleertem Mülleimer.

Jaro wollte die anderen Zimmer im Untergeschoss durchsuchen, verharrte aber, als er die Musik aus dem Obergeschoss hörte. War das nicht bei seinem ersten Besuch genauso gewesen?

Er horchte hin. Englische Sprache, eine Frau, Rockröhre mit Country-Anklängen. Jaro setzte einen Fuß auf die Treppe. Das Holz knarrte. Ein alter Läufer führte hinauf, verblichen, in der Mitte schmutzig. Mit der Waffe nach oben sichernd, überwand er die Treppe und folgte dabei dem Klang der Musik. Oben gab es einen langen Flur, alte Ölbilder an den Wänden und zwei Holztruhen, die wahrscheinlich die Bettwäsche von Generationen beherbergten. Die Musik schien aus dem letzten Raum am Ende des Flures zu kommen. Er konnte sich täuschen, musste sich täuschen, aber aus der Entfernung sah es so aus, als würde die Tür leben. Vorbei an den anderen Türen, die allesamt geschlossen waren, schlich Jaro darauf zu. Er kam an einem körperhohen Spiegel mit wuchtigem Goldrahmen vorbei. Sah sich selbst flüchtig in dem schmutzigen Glas, das vor Anspannung verzerrte Gesicht. Je näher er der Tür am Ende des Ganges kam, desto klarer wurde ihm, was er dort sah.

Hunderte fetter Schmeißfliegen krabbelten darauf herum. Sie surrten nicht, sie flogen nicht, sie bewegten ihre Flügel nicht, krabbelten einfach nur fett und träge umher, so als warteten sie vollgefressen auf ihr Ende. Oder darauf, dass ihnen die Tür geöffnet würde.

Es stank.

Ein besonderer Geruch, den Jaro kannte.

Er griff in die wuselnde Fliegenmasse nach der Klinke, drückte sie nieder und öffnete so vorsichtig wie nur möglich die Tür. Die Fliegen blieben sitzen.

Hinter der Tür aus Holz fand sich eine zweite aus Plastik. Eingelassen in eine milchige Wand aus Kunststofffolie, wie sie auf dem Bau verwendet wurde. Diese Folie war mittels Holzlatten an den Fußboden, die Decke und die Wände gekeilt, die einzelnen Bahnen waren mit silbernem Panzerband verklebt. Eine solche Wand aus Folie zog man beispielsweise bei Renovierungen ein, wenn man verhindern wollte, dass sich Staub ausbreitete.

Die Tür darin ließ sich durch einen Reißverschluss öffnen.

Auch an der milchigen Folie saßen Fliegen, aber von innen. Wie geisterhafte Schemen wuselten sie daran entlang. Fett und träge, so wie die Artgenossen draußen an der Tür, nur noch viel mehr davon.

Die Musik kam von der anderen Seite dieser Folienwand.

Jaro sah in den Flur zurück, weil er das Gefühl hatte, beobachtet zu werden, doch da war niemand. Sein Herz schlug wie verrückt. Er war nicht annähernd so ruhig, wie er es von sich bei solchen Einsätzen gewohnt war.

Mit spitzen Fingern zog er den Reißverschluss auf.

Sofort drang der Verwesungsgeruch mit Macht heraus, gefolgt von einigen Schmeißfliegen, die nicht wussten, wohin. Jaro wedelte sie davon, damit sie ihm nicht ins Gesicht flogen. Dann setzte er einen Fuß hinter die Folie, zögerte einen Moment, warf wieder einen Blick in den langen, düsteren Flur und zog dann das andere Bein nach.

Hinter der Folie lag eine andere Welt.

Eine Welt, in der sich Liebe, Zuneigung und Freundschaft in etwas anderes, Unsagbares verwandelt hatten.

Mittig im Folienzimmer stand ein altes Ehebett aus Eichenholz, getischlert, als es noch Tischler im Ort und Bauern auf diesem Hof gegeben hatte. Neben dem Bett ein großer Tisch, ebenfalls aus Eichenholz, darauf ein altes Abspielgerät für CDs und zwei schwarze Boxen. In dem Sichtfenster drehte sich eine CD in Endlosschleife. Jaro kannte die Musik nicht. Sie klang motivierend und melancholisch zugleich.

Davon hatte der Mann im Bett nichts mehr.

Er war nackt und komplett in Folie eingewickelt und glich damit einer Mumie. Er musste schon so lange bei den hohen Sommertemperaturen dagelegen haben, dass der Verwesungsprozess den Körper zu verflüssigen begonnen hatte. Und war die Folie auch noch so oft und dicht um den Körper gewickelt, drang doch der Geruch heraus, fanden die Fliegen doch einen Weg hinein.

Es war ein entsetzlicher Anblick, und Jaro musste den Schrecken für sich selbst noch steigern, weil er wissen wollte, um wen es sich handelte. Also hielt er den Atem an und beugte sich über das Gesicht der Leiche.

Nein, unmöglich.

Das war nur noch eine breiige Masse.

Jaros Magen zog sich schmerzhaft zusammen. Er schaffte

es gerade noch heraus aus dem Käfig aus Plastik und übergab sich neben der eigentlichen Zimmertür aus Holz.

Noch einmal würde er nicht hinter die Folie treten, und das war auch nicht nötig. Mit Blicken allein ließ sich nicht herausfinden, wer dort lag. Dafür brauchte es Experten.

Also musste Jaro tun, worin er Experte war.

Er stieß alle Türen in dem großen Wohnhaus auf, fand aber niemanden dahinter. Schließlich stolperte er hinaus auf den Hof, froh, endlich wieder reine Luft atmen zu können, auch wenn sie von perlender Feuchtigkeit war.

Wohin jetzt?

Wo wurde Aylin gefangen gehalten?

Jaro lief zu dem niedrigen, aber lang gestreckten Gebäude hinüber, aus dem bei seinem ersten Besuch auf dem Hof Ansgar Brandhorst mit einem Beutel Marihuana gekommen war. Darin befand sich die kleine Plantage, mit der er seinen Lebensunterhalt aufbesserte. Brandhorst hatte Jaro erzählt, dass er sowohl das Gras als auch die Pflanzen verkaufte, nicht aber, dass er Rohmaterial zur Papierherstellung lieferte. Hier schloss sich der Kreis zu Hardy Herrmann. Der angehende Schriftsteller musste Kontakt zu Brandhorst gehabt haben. Warum er zum Opfer geworden war, wusste Jaro nicht.

Die Tür war abgeschlossen. Jaro versuchte sie einzutreten, aber sie war zu stabil. Also holte er die Ramme aus dem Kofferraum des Dienstwagens. Drei Schläge, und die Tür hing schief in den Angeln.

Mit schussbereiter Waffe arbeitete Jaro sich vorwärts. Hinter der nächsten Tür befand sich eine kleine, fensterlose Halle – das Gewächshaus. Allerdings waren all die Lampen unter der Decke aus, und die Pflanzen wirkten, als hätten sie seit Tagen kein Wasser mehr bekommen. Entweder war es Ansgar Brandhorst, der dort oben auf dem Bett verweste, oder aber er war mit anderen Dingen beschäftigt gewesen.

Einen Hinweis auf Aylin fand Jaro im Gewächshaus nicht.

Das nächste Gebäude war wohl einmal ein Kuhstall gewesen. Die Tür bestand aus Stahl, und sie war verschlossen. Keine Chance, sie aufzubekommen, weder mit Körperkraft noch mit der Ramme. Die Fenster entlang der Seiten des Backsteingebäudes waren von innen mit Kalkfarbe blind gemacht, und sie waren zu schmal, um durch sie hineinklettern zu können.

Jaro handelte kurz entschlossen. Er setzte sich in den Dienstwagen, den er sowieso hasste, schnallte sich an, setzte ausreichend weit zurück, visierte die Stahltür an und gab Gas. Wie beabsichtigt, stieß er mit dem linken Kotflügel gegen die Tür, die in den Innenraum des Gebäudes flog. Der Golf wurde so stark eingedrückt, dass sich die Motorhaube einige Zentimeter aufstellte.

Jaro sprang aus dem Wagen und lief ins Gebäude.

Ein langer Betongang, rechts und links davon Rinnen, dahinter Spaltböden für die Tierhaltung. Tiere gab es hier schon lange nicht mehr, aber es roch noch ein wenig nach ihnen, und nach dem Verwesungsgeruch im Haus war dies hier eine Wohltat für die Nase und den Rachen.

Jaro stürmte vorwärts. Eine weitere Stahltür am anderen Ende, diese aber nicht verschlossen. Dahinter ein Büro mit einem alten Schreibtisch, einem abgewetzten Stuhl, einem offenen Regal mit Aktenordnern – und einem Stativ mit einer Kamera darauf. Außerdem ein Abroller für Klarsichtfolie, wie Jaro ihn in der Fleischer Elektro GmbH bereits gesehen hatte.

Die nächste Tür war ebenfalls nicht abgeschlossen.

Jaro stieß sie auf.

Dahinter hockte Ansgar Brandhorst auf einem Stapel leerer Gemüsekisten – und er hielt eine Pistole in der Hand.

16

Brandhorst drückte sich die Mündung unters Kinn. Sein Blick war fest, er schien zu allem entschlossen.

Jaro zielte auf ihn, sein Finger lag am Abzug. Er war ein guter Schütze und würde nicht danebenschießen.

«Lebt Aylin Coban?», fragte er.

«Und wenn nicht? Schießt du dann?»

«Wenn ich meine Waffe runternehme, tust du dann dasselbe?»

Brandhorst starrte ihn an und nickte dann. Jaro war sich nicht sicher, glaubte aber, dass der Mann unter Drogeneinfluss stand.

Jaro ging das Risiko ein und nahm seine Waffe runter. Er machte einen Schritt zur Seite, lehnte sich gegen die Wand und ließ sich mit dem Rücken daran herunterrutschen, bis er genauso dasaß wie Brandhorst. Auf Augenhöhe. Die Arme legte er auf den Knien ab, die Waffe in den Händen zeigte zu Boden.

«Wer ist der Tote oben im Haus?», fragte Jaro.

«Die Liebe meines Lebens», antwortete Brandhorst.

«Thorsten?»

Er nickte.

«Warum die Musik?»

«Weil er Stille nur schwer erträgt. Er mag Geräusche, Menschen, Musik, Literatur, er mag das Leben. Ich kann ihn da oben nicht der Stille überlassen.»

«Warum hast du ihn nicht begraben ... irgendwo hier?»

«Hast du nicht zugehört? Er erträgt die Stille nicht. Was glaubst du, wie es zwei Meter tief in der Erde ist. Nein, er bleibt bei mir, bis die Natur ihn sich zurückgeholt hat.»

«Hast du ihn getötet?»

Ansgar Brandhorst schüttelte den Kopf. «Er hat sich in den Kopf geschossen, in dem Raum hinter mir ... mit dieser Waffe. Und ich werde es ihm gleichtun.»

«Das ist allein deine Entscheidung. Und ich kann verstehen, warum du das tun willst. Ich würde dir aber helfen, wenn du davon absiehst.»

«Du bist ein merkwürdiger Bulle», sagte Brandhorst. «Ist mir schon beim ersten Mal aufgefallen.»

«Das habe ich in letzter Zeit häufig gehört. Stimmt wohl.»

«Wie bist du darauf gekommen?», fragte Brandhorst.

«Bin ich nicht. Zumindest habe ich dich nicht verdächtigt. Chapeau, wie hast du das gemacht?»

Brandhorst zuckte mit den Schultern. «Typen wie du sind einfach einzuordnen. Du hältst dich für einen Jäger, und damit sind alle, die vor dir flüchten, schwächer als du. Schwächer und dümmer, aus deiner arroganten Sicht. Als du das erste Mal hier auf den Hof kamst, brauchte ich keine Minute, um dich zu durchschauen, und mir war klar, sobald ich vor dir weglaufe und mich fangen lasse, nimmst du mich nicht mehr als Bedrohung wahr. Nimmst mich überhaupt nicht mehr wahr.»

Jaro wollte in diesem Moment nicht darüber nachdenken, ahnte aber, dass Brandhorst recht haben könnte.

«Also, wie bist du auf mich gekommen?», wiederholte Brandhorst seine Frage.

«Dass du mit drinhängst? Durch Sascha. Ich nehme an, das war Thorstens Account bei Insta, oder?»

Brandhorst nickte. «Ich habe ihn weitergeführt, damit nicht auffällt, dass er plötzlich verstummt ist.»

«Du hättest dir besser die alten Postings angeschaut. Da schreibt er von seinem Freund Ansgar, der krank ist und seine Hilfe braucht. Er nutzte das als Ausrede, um sich nicht mit den anderen Bücherjunkies treffen zu müssen.»

Brandhorst lächelte versonnen. «Verstehe. So ist Thorsten eben. Ein Kümmerer. Er möchte, dass es allen gut geht. Weißt du, was solchen Menschen immer passiert?»

Jaro schüttelte den Kopf.

«Sie werden fertiggemacht. Sobald die Gesellschaft einen ausmacht, der schwach ist, der die Liebe lebt und keinerlei Machtwunsch in sich trägt, stürzt sie sich auf ihn. Er wird kritisiert, denunziert, verhöhnt, gekränkt ... nur wenige überleben das.»

«Hat Thorsten sich deshalb getötet?»

«Ich habe ihn lange Zeit davon abhalten können. Ich habe Kraft für zwei und dachte, die würde reichen. Hat sie aber nicht. Weil die anderen da draußen zu viele sind und weil sie zu laut schreien. Sie schreien alle. Und dank Social Media kann es jeder überall und jederzeit hören. Ich habe Thorsten gesagt, er soll nicht hinhören, aber das Gift war längst in ihm. Es ist wie mit dem Alkohol. Du weißt, er bringt dich um, aber die Finger davon lassen kannst du nicht.»

Jaro nickte schweigend.

«Okay», sagte Brandhorst und drückte sich die Waffe fester unters Kinn. «Das war's.»

«Warte. Ich verspreche dir, ich lasse dich gehen, wenn du das willst, aber beantworte mir vorher ein paar Fragen.»

Brandhorst starrte ihn an, sein Finger lag am Abzug. Er dachte darüber nach, dann ließ er die Waffe sinken.

«Nur wenn du mir sagst, wie die Fünf-Wort-Geschichte ausgeht», verlangte Brandhorst.

«Versprochen, aber erst meine Fragen.»

«Dann frag.»

«Wie lange wolltest du damit weitermachen?»

«Darüber habe ich nicht nachgedacht. Ich hätte wohl gespürt, wenn es genug gewesen wäre. Keine Ahnung, wie lange mein Schmerz mich noch angetrieben hätte ... Irgendwann wäre ich Thorsten gefolgt.»

Jaro nickte, tat entspannt, ließ aber Brandhorsts Hand mit der Waffe nicht aus dem Blick. Brandhorst hatte ihn schon einmal verarscht mit seiner vermeintlich hilflosen, schüchternen, weltfremden Art, ein zweites Mal sollte es ihm nicht gelingen.

«Und worum ging es dir? Wirklich um die Opfer? Oder waren die beliebig?»

«Opfer? Was für Opfer? Sie sind die Täter, sie alle, hast du das nicht kapiert? Alle da draußen, die durch ihr Geschrei meine große Liebe in den Tod getrieben haben. Die, die gestorben sind, genauso wie die, die meinen, alles besser zu wissen.»

Brandhorst redete sich in Rage, und Jaro erkannte, dass er ihn irgendwie beruhigen musste. Vielleicht gelang es, wenn er ihn mit seinen Taten prahlen ließ. Das mochten die meisten Täter.

«Wer hat Thorstens Vater erschossen?»

«Ich. Thorsten hat oft davon gesprochen, es zu tun, aber natürlich konnte er es nicht. Keiner Fliege hätte er etwas zuleide tun können. Dieser Mistkerl von einem Vater war die personifizierte Demütigung für Thorsten. Für jeden anderen Menschen übrigens auch. Ich konnte ihn nicht davonkommen lassen.»

Es klappte. Brandhorst brüstete sich mit diesem Mord.

«Und warum Hardy Herrmann?»

Brandhorst dachte einen Moment nach.

«Wenn man nach einem höheren Sinn sucht, nach einer göttlichen Erklärung, dann kann man behaupten, die Perseiden sind schuld. Die Sterne haben alles gelenkt. Als alle anderen längst gegangen waren, saßen Hardy, Thorsten und ich noch am Feuer. Hardy und Thorsten kannten sich aus einem Literaturklub. Sie waren beide gut darin, sich Dinge auszumalen, aber schlecht darin, sie umzusetzen. Sie schauten zu den Sternen hinauf und stellten sich vor, wie sie sich an den Menschen rächen würden, die sie immer wieder kränkten. Sie entwarfen einen detaillierten Plan, so wie sie es in ihren Büchern taten. Es war ein Spiel für sie, vielleicht auch Genugtuung, Balsam für die Seele, manchen reicht dafür ja die Vorstellung. Mir nicht. Die beiden glaubten mir in dieser Nacht vielleicht nicht, aber ich versprach ihnen, den Plan in die Tat umzusetzen. Irgendwann.»

«Also war diese Sache mit den fünf Wörtern die Idee der beiden?»

«Thorstens. Hardy war dafür zu einfältig. Ja, es war Thorstens Idee. Er hatte es so satt, für seine Texte immerzu von Menschen kritisiert zu werden, die es selbst nicht besser konnten. Er träumte davon, ihnen vor Augen zu führen, dass sie nicht beherrschten, wovon sie redeten.»

«Und wie passt Sanford da rein?»

Brandhorst zuckte mit den Schultern. «Kennen Sie die wichtigste Zutat für einen Thriller?»

«Nein.»

«Falsche Fährten. Sanford ist so eine. Und er hat es verdient. Schmückt sich mit falschen Federn, der eitle Gockel.»

«Sein Buch hat eigentlich Hardy geschrieben?»

«Hat er, und weil er Geld brauchte, hat er es diesem Möchtegernkünstler verkauft. Sanford hat über den Literaturklub Kontakt zu ihm aufgenommen.»

«Und Thorsten selbst hat niemanden getötet?»

Brandhorst schüttelte den Kopf und lächelte versonnen, vielleicht sogar verliebt. In Gedanken war er bei seiner großen Liebe, die oben auf dem Bett verrottete. Die keiner Fliege etwas zuleide tun konnte, was andersherum nicht so war.

«Dazu war er nicht in der Lage. Wer weiß, vielleicht hätte ich es auch nicht gekonnt, hätte Thorsten seinem Leiden kein Ende gesetzt. Aber so ... Ich werde niemals wieder so lieben, das weiß ich. Manche Dinge passieren einem nur ein einziges Mal im Leben. Was hatte ich noch zu verlieren?» Brandhorst starrte jetzt auf die Waffe in seiner Hand hinab. «Ich begann mit Hardy. Weil er ein unzuverlässiger Scheißkerl war. Weil er sich von einem Typen wie Sanford hatte kaufen lassen. Weil er mich früher oder später verraten hätte ... und weil ich an jemandem testen musste, ob das mit der Folie und dem Papier im Mund funktioniert. Das ist nämlich auch so eine Sache bei diesen Schreiberlingen. Sie übertreffen sich in den kühnsten Mordmethoden, wissen aber nicht einmal, ob die auch funktionieren. Ich wusste es. Dank Hardy.»

«Für die Folie sorgte Thorsten, für das Papier Hardy?»

Brandhorst zuckte mit den Schultern. «Manche Produkte, die ich hier vertreibe, müssen in Folie verpackt werden, und über Thorsten bekam ich sie umsonst. Andere verpacke ich in Hanfpapier, wegen des Öko-Gedankens. Das mögen die Leute. Bezahlen wollen sie allerdings nicht dafür. Ich habe alles, was ich brauche, hier vor Ort.»

«Sehr pragmatisch.»

«Ein guter Racheplan muss pragmatisch sein.»

«Das Lied, das für Thorsten in Dauerschleife läuft. Wie heißt es?»

«‹The Story› von Brandi Carlile. Er liebt es. Es geht darum, dass das Leben keinen Sinn macht, wenn du niemanden hast, dem du deine Geschichten erzählen kannst.»

Jaro nickte.

«Ja, das stimmt wohl.»

Sie schwiegen einen Moment.

«War's das?», fragte Brandhorst schließlich.

«Im Großen und Ganzen.»

«Dann bin ich an der Reihe. Diese Büchergruppe ... das ist schlau, aus der Fünf-Wort-Story eine Serie zu machen. Aber jede Serie muss ein Ende haben. Ich würde es gern erfahren, bevor ich abtrete. Oder kennen die es selbst nicht?»

«Doch, sie kennen es.»

«Du auch?»

Jaro nickte.

«Verdient hast du es nicht, dass ich es dir verrate, aber Deal ist Deal. Deine Taten sind abscheulich, und keine Kränkung dieser Welt rechtfertigt sie. Und sie sind umso verwerflicher, weil niemand dich gekränkt hat. Du bist also nichts weiter als ein psychopathischer Mörder.»

«Klingt so, als hätte ich dich gekränkt.»

Brandhorst lächelte überheblich.

Jaro schüttelte den Kopf.

«Die Macht hast du nicht.»

«Also. Das Ende», verlangte Brandhorst.

«Lebt Aylin?»

«Sie lebt. Eben wegen dieser Seriengeschichte.»

Jaro ließ einen Moment schweigend vergehen. Er wollte diesem Mann seinen Wunsch nicht erfüllen, er wollte ihn anschreien und fertigmachen und kränken und mit dem miesesten Gefühl in den Tod schicken, das man sich vorstellen konnte. Er wollte diesen Moment der Rache für all das Leid, das Brandhorst verursacht hatte. Aber dann dachte er an Jorgensen und Mandy Stein und das ungeborene Kind. An all das Leid, das Jaro verursacht hatte, weil er bereit gewesen war, Jorgensen zu kränken, ihn mit der Unterhose um die Knöchel zu verhaften, während seine Freundin zusah. Und wenn es je einen Punkt gegeben hatte, diese Kette zu durchbrechen, die früh in seinem Leben ihren Anfang gefunden hatte, dann jetzt.

Also nahm er sich ein Herz und erzählte dem Mörder das Ende der Geschichte.

Der hörte zu, lächelte und hob die Waffe gegen sein Kinn.

Und Jaro blieb so reglos, wie er es bei Jorgensen auch hätte bleiben sollen.

17

Jaro packte die Leiche von Brandhorst an den Füßen, zog sie von der Tür weg und legte sie ab. Er wusste, er hätte den Suizid nicht verhindern können, also machte er sich keine Vorwürfe.

Die Tür war nicht abgeschlossen.

Den Raum dahinter kannte Jaro aus den Videos, in denen Claas und Lisbeth gestorben waren. Zumindest die Ecke, vor der der Stuhl mit Aylin darauf stand. Die sandfarbene Wand mit den Wörtern *burn, burn, burn* darauf, die dem Foto aus Sandfords Account nachempfunden war.

Aylin saß mit dem Gesicht zur Kamera, sie konnte Jaro nicht sehen. Als er vor dem Stuhl in die Hocke ging, zuckte sie erst erschrocken zusammen und schloss dann vor Erleichterung die Augen, aus deren Winkeln Tränen quollen.

Jaro entfernte den Knebel von ihrem Mund; ein alter Lappen, der hinter ihrem Kopf verknotet war. Sie riss den Mund auf und sog die Atemluft tief in ihre Lungen.

«Der Schuss ...», stieß sie mit rauer Stimme aus.

«Er hat sich selbst getötet», sagte Jaro. «Halt still, ich mach dich los.»

Mit dem kleinen Messer, das er immer bei sich trug, zerschnitt er vorsichtig die durchsichtige Folie. Überall an Aylins Körper war Blut, Jaro sah eine Vielzahl kleiner Wunden, an denen die Gerinnung wegen der Feuchtigkeit unter der Folie nicht eingesetzt hatte. Aylin wollte aufstehen, taumelte aber. Jaro fing sie auf.

«Wie schlimm ist es?»

Sie schüttelte den Kopf. «Das sind nur oberflächliche Wunden. Von den Holzsplittern da drüben.»

Sie deutete mit dem Kinn auf das Loch im Boden. An den Rändern klebte frisches Blut.

Jaro legte einen Arm um Aylin und stützte sie beim Gehen. Gemeinsam warfen sie einen Blick in das Loch, in dem eine Axt lag.

«Sein Geliebter hat sich hier erschossen», sagte Jaro. «Vielleicht wollte er einfach nur den Blutfleck weghaben ...»

«Bringst du mich raus ... ich weiß nicht ... mein Kreislauf, irgendwie ...»

Jaro spürte, wie Aylin zusammensackte. Er griff zu, nahm sie auf die Arme und trug sie durch den alten Kuhstall nach draußen in die feuchte Regenluft. Sie war nicht bewusstlos, aber auch nicht richtig bei Sinnen.

Jaro legte sie auf den Rücksitz des ramponierten Dienstwagens und versuchte, sie mit dem Gurt liegend zu sichern.

«Keine Angst, das wird schon wieder. Ich bringe dich ins Krankenhaus», sagte er. Aylin stöhnte auf vor Schmerzen. Obwohl die Verletzungen nicht tief waren, hatte sie aufgrund der Vielzahl, und weil das Blut nicht hatte gerinnen können, eine Menge davon verloren. Jaro befürchtete, dass sie jeden Moment einen Schock erleiden würde.

Er musste sich beeilen.

Er setzte den Wagen zurück, dabei rissen Stoßstange und Kotflügel ab, aber er blieb fahrtüchtig. Er war vielleicht nicht schön und komfortabel, aber zuverlässig, und in diesem Moment wusste Jaro das zu schätzen.

Und dann saß er am Steuer und konnte nicht fahren. Der Motor lief, aber sein Fuß senkte sich nicht aufs Gaspedal. Plötzlich war da eine Sperre, die er nicht überwinden konnte. Er begann zu schwitzen, seine Hände zitterten am Lenkrad, im Magen breitete sich Übelkeit aus.

Es war nicht deine Schuld.

Da war sie wieder, ihre Stimme. Einfühlsam und warm, wie er sie kannte.

Es war ein Unfall, niemand konnte etwas dafür. Niemand gibt dir die Schuld. Auch ich nicht.

Jaro biss sich auf die Unterlippe, bis er Blut schmeckte. Er brauchte den Schmerz, um gegen die Sperre in seinem Kopf anzukämpfen. Er wusste natürlich, dass die Stimme nicht existierte, dass er sie sich einbildete, all die Jahre schon, um weiterleben zu können mit einer Schuld, die zu schwer war, als dass ein Mensch sie ertragen konnte.

Und all die Jahre hatte eine Frage auf seinen Lippen gelegen. Er hatte sie nicht stellen können, hatte immer gehofft, dennoch eine Antwort zu bekommen, aber so funktionierte das nicht. Aylin hatte ihm gezeigt, wie viel einfacher das Leben sein konnte, wenn man über das sprach, was einen im tiefsten Inneren beschäftigte.

«Kannst du mir verzeihen?», fragte Jaro mit leiser, brüchiger Stimme.

Das habe ich doch längst, du großer Dummkopf.

Es dauerte noch einen Moment, doch dann war er in der Lage, den Fuß zu senken und das Gaspedal durchzudrücken. So vorsichtig wie möglich lenkte er den Golf über den Schotterweg des alten Biohofes. Erst auf der Asphaltstraße gab er ein bisschen mehr Gas, suchte die richtige Geschwindigkeit zwischen Sorge und Eile.

Immer wieder ging sein Blick in den Innenspiegel.

Aylin lag auf der Seite, die Augen geöffnet.

«Erzählst du es mir jetzt?», fragte sie leise. «Auch wenn ich auf der Couch liege, nicht du.»

Jaro brauchte noch einen Moment, aber dann erzählte er, worüber er seit damals mit niemandem gesprochen hatte.

«Sie saß hinten, ich bin gefahren», begann er. «Mein bester Freund war gerade ausgestiegen, er hatte auf dem Beifahrersitz gesessen. Ich bat Nicole, nach vorn zu kommen, doch sie wollte nicht. Sie hatte sich hinten ausgestreckt, lag da, so wie du jetzt, und ich dachte, sie würde schlafen, hat sie wahrscheinlich sogar für eine Weile. Wir waren alle ziemlich platt von dem langen Tag am Meer, und als ich selbst kurz davor war einzuschlafen, legte sie mir plötzlich ganz sanft die Hand in den Nacken ...»

Hier stockte Jaro die Stimme, und er spürte, wie ihm eine Gänsehaut aus dem Nacken heraus über den ganzen Körper lief. Das war nicht schön, sondern schmerzhaft.

Aylin Coban sagte nichts, sah ihn aber durch den Innenspiegel an.

«Ich erschrak. Der nächste Baum war nicht weit. Ich war angeschnallt, Nicole nicht. Ich überlebte. Nicole nicht. Sie war meine erste Liebe. Wir hatten schon von Verlobung, Hochzeit und Kindern geträumt.»

Stille.

Wie damals, als die Geräusche der Zerstörung abgeebbt waren. Stille nach einer Katastrophe war anders, weil die Zeit darin rückwärtslief, so als wollte sie wiederholen, was geschehen war. Wieder und wieder. Vielleicht war dies der Moment des Teufels, dessen Lebenselixier nun mal die Wiederholung war.

«Danke, dass du es mir erzählst.»

«Du bist die Erste und ... es fühlt sich gut an.»

«Ja, ich weiß, besser als doloröses Schweigen, nicht wahr.»

Sie mussten beide lachen.

«Deshalb liebe ich meinen Beruf», sagte Aylin leise. «Weil wir alle jemanden brauchen, dem wir unsere Geschichten erzählen können. Denn dafür sind Geschichten da, nicht wahr. Um sie zu erzählen.»

Statt zu antworten, streckte Jaro seine Hand nach hinten, ergriff ihre und streichelte sie mit seinem Daumen. Mitunter brauchte es keine Worte.

18
Das Ende der Geschichte

«Hinter jeder Geschichte steht ein ...
Mensch, der dich Folgendes lehrt ...
Ich bin zugleich Anfang und ...
Ende dieser Geschichte, aber nicht ...
Wahrheit oder Lüge, sondern nur ...
Erfahrung, Liebe, Leid und dein ...
Schutzschild vor der Angst des Scheiterns.»

Sie schwiegen und lauschten der Wirkung der Worte nach, die Faja Bartels soeben vorgetragen hatte.

Simon Schierling. Jaroslav Schrader. Aylin Coban.

Sie alle hatten sich in dem Krankenhaus versammelt, in dem Simon noch das Bett hüten musste. In einer Woche sollte er entlassen werden. Aylin hatte nur oberflächliche Verletzungen davongetragen und hatte wegen des Blutverlustes nur eine Nacht zur Beobachtung im Krankenhaus bleiben müssen – mit Jaro an ihrer Seite. Nicht einmal der Chefarzt war in der Lage gewesen, ihn des Zimmers zu verweisen.

«Wow!», sagte Simon nach einer Weile.

«Stammt nicht von mir», erklärte Faja. «Es ist eine Gemeinschaftsleistung von Menschen, die Bücher und Geschichten lieben.»

«Der letzte Satz hat aber sechs Wörter», sagte Jaro.

«Im Gedenken an Hemingway. Schließlich ging es bei ihm um eine Geschichte aus sechs Wörtern», beantwortete Faja die Frage.

«Ich muss mich bei all diesen Menschen bedanken», sagte Aylin mit heiserer Stimme. «Aber vor allem bei dir, Faja. Ohne dich und deine Freunde wäre diese gemeinschaftliche Leistung nicht möglich gewesen.»

Aylin nahm Faja in den Arm und drückte sie fest an sich.

«Und dieses Loch im Boden, was hatte es damit auf sich?», fragte Simon schließlich, dem noch einige Informationen fehlten.

«Das Holz ist mit dem Blut von Thorsten Fleischer getränkt», erklärte Jaro. «Das hat die Untersuchung ergeben. Wir können wohl davon ausgehen, dass er sich in dem Raum erschossen hat und Brandhorst den Boden zerhackt hat, um das Blut irgendwie wegzubekommen.»

«All das aus Liebe?», fragte Simon.

Aylin schüttelte den Kopf.

«Nein, nicht aus Liebe. Liebe kann niemals der Grund für solche Grausamkeiten sein. Hass, ja, auch Rache, aber beides muss auf den richtigen Nährboden fallen. Und das scheint bei ihm der Fall gewesen zu sein.»

«Und Sanford hatte wirklich nichts damit zu tun?»

«Nur am Rande. Es gab zwischen ihm und Hardy Herrmann Streitigkeiten wegen der Urheberrechte an dem Buch *Dunkelheit, mein Freund*. Sanford hatte einen Vertrag mit Herrmann abgeschlossen, der für Herrmann nachteilig war, und der besagte, dass Herrmann noch ein weiteres Buch für ihn schreiben sollte. Und dann verschwand Herrmann spurlos. Sanford und seine Assistentin waren in Panik, haben überall nach ihm gesucht.»

«Aber ich verstehe nicht, warum Brandhorst Sanford da mit hineingezogen hat», sagte Simon.

«Weil es zur Story gehörte. In einem Raum auf dem Hof, in dem Thorsten Fleischer zwischendurch wohl gewohnt hat, haben wir handschriftliche Aufzeichnungen gefunden, die bestätigen, was Brandhorst mir erzählt hat. Die ursprüngliche Idee zu diesen Taten stammte von Thorsten Fleischer. Er hat alles aufgeschrieben, seine Vorstellung von Rache für das, was alle Welt ihm angetan hatte. Und eine der falschen Fährten sollte Sanford sein. Immerhin wusste Fleischer von dem Deal zwischen Hardy Herrmann und Sanford.»

«Hat er auch den Mord an seinem Vater aufgeschrieben?»

«Nein, dazu habe ich nichts gefunden. Das war wohl Brandhorsts Idee. Zum Glück ist er nicht darauf gekommen oder hatte keine Zeit mehr, Fajas und Thorstens Mutter etwas anzutun.»

«Okay», sagte Simon und lehnte sich mit schmerzverzerrtem Gesicht zurück in die Kissen. «Ehrlich gesagt, stand bei mir zwischenzeitlich Dirk Eberitzsch ganz hoch im Kurs.»

«Ja, bei mir auch», sagte Jaro. «Die beiden haben wohl eine ungesunde Mutter-Sohn-Beziehung, nachdem der Ehemann und Vater vor zehn Jahren mit einer Jüngeren abgehauen ist. Die Nachbarn sagen, die beiden streiten sich oft sehr lautstark, können aber wohl nicht ohneeinander.»

«Eine weitere fehlgeleitete Liebe», sagte Aylin.

Alle schwiegen einen Moment, um darüber nachzudenken. Über eine entsetzliche Geschichte, die fünf Menschenleben gekostet hatte, weil jemand mit dem Verlust seiner großen Liebe nicht zurechtkam. Jemand, der Liebe zum Vorwand für Rache nahm und sie damit zerstörte. Vor sich selbst vielleicht nicht, aber für alle anderen. Selbst Thorsten Fleischer hätte das wohl nicht gewollt, friedfertig, wie er gewesen war – außer in den Geschichten, die er geschrieben hatte. Jaro hatte in ein paar der unveröffentlichten Manuskripte hineingelesen und sich gefragt, wie ein Mensch auf solche Gedanken kam. Na ja, der Erfinder von Hannibal Lecter hatte nach allem, was man wusste, auch kein Menschenfleisch gegessen.

«Sanfords Buch ist übrigens wieder auf Platz eins, nachdem die Sache in die Medien geraten ist», sagte Faja.

«Tja, die Menschen lieben solche Geschichten.»

«Vielleicht. Aber nur so lange, wie das Blut an der Tapete nicht ihr eigenes ist.»

Nachdem sie sich von Simon verabschiedet hatten, standen Jaro, Aylin und Faja draußen vor dem Krankenhaus beisammen.

«Wir sehen uns nächste Woche?», fragte Aylin, und Faja nickte.

«Ganz bestimmt, ich freue mich darauf, aber vorher kommen Norman und Susi zu mir. Wir haben eine Menge zu besprechen, im wirklichen Leben, in meinem Wohnzimmer, nicht online.»

Nachdem sie sich umarmt hatten, ging Faja Richtung Bushaltestelle davon.

«Nächste Woche?», fragte Jaro. «Was ist nächste Woche?»

«Beginn ihrer Therapie bei mir», sagte Aylin. «Faja ist nämlich mutig genug für meine Couch.»

Ihr Blick sprach Bände, aber Jaro hätte den Wink mit dem Zaunpfahl auch so verstanden.

«Vielleicht würde es auf einer anderen Couch ja auch mit mir klappen», sagte er.

«Aha. Und auf welcher?»

Darauf musste Jaro nicht antworten. Aylin verstand ihn auch so.

ENDE

Liebe Leserinnen und Leser,

ich plane meine Geschichten nicht, suche nicht danach, sie finden mich und entwickeln dann rasch ein Eigenleben, das ich nur bedingt beeinflussen kann. So war es auch bei «Nicht ein Wort zu viel».

Zuerst war da diese Legende von Hemingway, die mich faszinierte und nicht wieder losließ. Hinzu gesellte sich der persönliche Kontakt zu einem Zielfahnder sowie eine magische Nacht unter einem grandiosen Sternenhimmel in Brandenburg. Irgendwo dazwischen lag eine Fahrradreise durch Skandinavien, bei der ich in den tiefen Wäldern Schwedens das gruseligste leer stehende Haus fand, das man sich nur vorstellen kann.

Und weil an all diesen Erlebnissen und Inspirationen Menschen beteiligt waren, möchte ich mich bedanken bei:

Hardy für Kampfkunst und Gespräche.

Norman (Graf Wasserrutsche) für das Kreuzen der Lichtschwerter und einen unvergesslichen Abend.

Sophia und Bosse vom Albertinenhof Havelland für eine magische Sternennacht.

Dirk Eberitzsch von der Buchhandlung Leuenhagen & Paris für seinen Namen und seinen Humor.

Romy Hausmann für ihren bunten Mantel.

Aylin Coban für ihre Ausstrahlung bei unseren Videomeetings.

Nadine für tolle Gespräche, die mich in mein Innerstes geführt haben.

Dem gesamten Team von Rowohlt für Vertrauen und langjährige Zusammenarbeit.

Und am Ende dem Alten Schweden für die Albträume, die er mir beschert hat.